AMPUTIERT

Gill Rollo

Aus dem Englischen von

Michael Krug

otherworld

ISBN 978-3-8000-9538-4

Titel der englischen Originalausgabe:
The Jigsaw Man

By arrangement with Dorchester Publishing Co. Inc.
Dieses Werk wurde vermittelt durch Interpill Media GmbH, Hamburg
Gedruckt in Tschechien
1 3 5 7 6 4 2

Otherworld im Internet: www.otherworld-verlag.com

Danksagung

Dieser Roman ist meinem Vater gewidmet, James Rollo, der mir die Liebe zum Lesen schenkte und mich zu meinen ersten Schritten hin zum Schriftsteller anspornte. Wenngleich dieses Buch nicht ganz sein Fall sein dürfte, denke ich, dass er seine Freude daran haben wird ...

Kein Buch wird je völlig von einem Autor allein geschrieben, ich wäre also nachlässig, würde ich mich nicht bei einigen Menschen bedanken, die dabei geholfen haben, es zu verwirklichen: Gene O'Neill, Michael Laimo, J. F. Gonzalez, David Nordhaus, Brian Keene, Jimmy Z. Johnston, Shane Staley und Don D'Auria. Außerdem möchte ich meine Brüder Tony, Brian und Stuart grüßen und mich besonders bei meiner Frau Debbie dafür bedanken, dass sie es mit mir aushält.

Prolog

Der Grund

Drummond Brothers Rock and Bowl,
North Tonawanda, New York

Das Drummonds *war mal ein tolles Lokal, eine altmodische, familiengeführte Bowlingbahn, allerdings leidet es in letzter Zeit an einer Identitätskrise. Die gemütlichen Holztische und -stühle sind durch hässliche, schwarze Plastikhocker mit glänzenden Chrombeinen ersetzt worden; das sanfte Neonlicht an der Decke durch in den Augen brennende violette und rote Spots; die beruhigende Hintergrundmusik durch basslastigen, trommelfellerschütternden, harten alternativen Rock. Früher kamen die Leute mit der Familie und Freunden, um zu bowlen, nüchtern Spaß zu haben und das beste Cream Soda im westlichen New York zu genießen. Jetzt kommt halbstarke Kundschaft, um sich zu besaufen, sich zu prügeln, mit den Bowlingkugeln nach den Köpfen ihrer Kumpel zu werfen und die grauenhaft laute Musik mit gebrüllten Obszönitäten und Aufrisssprüchen zu übertönen.*

Wäre der alte Mr. Drummond noch am Leben und könnte sehen, was seine Söhne aus dem Familienbetrieb gemacht haben, würde er das Lokal niederbrennen – mit seinen Taugenichtsen von Söhnen darin. Aber trotz seiner Geschmacklosigkeit und der völligen Verachtung seiner bescheidenen Anfänge scheffelte das Rock and Bowl *Geld – dem hätte sogar der alte Mann nichts entgegensetzen können.*

Donnerstagabend. Großer Andrang.

Zwei Männer, etwas älter als die übliche Kundschaft Anfang zwanzig, sitzen am Ende der Bar. Drei weitere Freunde, die hinter ihnen stehen, jubeln ausgelassen, als die beiden Sitzenden die kalten Krüge an die Lippen heben und zu trinken beginnen.

An der Wand hinter der Bar klingelt das Telefon – zweimal, dreimal. Es ist unter dem hypnotischen Beat von Rob Zombies Living Dead Girl, *der aus den Lautsprechern an der Decke dröhnt, kaum zu hören. Schließlich stapft der übergewichtige Barkeeper hinüber, hebt ab, legt die freie Hand um den Hörer, um zu verstehen, was der Anrufer will. Alle Farbe weicht aus seinem Gesicht, als er sich langsam umdreht und einen der Biertrinker anstarrt.*

Er legt das Telefon auf den Tresen, nähert sich der Gruppe der fünf Männer, die scherzen und darüber diskutieren, wer den Trinkwettbewerb gewonnen hat, und beugt sich über die Bar, um sie zu unterbrechen.

»Die Polizei ist dran«, sagt er zu dem dünnen Betrunkenen, der rechts sitzt. »Man sucht nach dir. Du solltest besser rangehen.«

Der Mann wirkt besorgt, aber er versucht, sich vor seinen Freunden gelassen zu geben. Er steht auf, stolpert beinah über den Hocker und bahnt sich wankend den Weg zum anderen Ende der Bar, wo diese offen ist, sodass er auf die andere Seite kann, um das Telefon zu ergreifen. Angst hat ihn an den kurzen Haaren gepackt, doch er weiß nicht, warum. Einen Augenblick lang erfasst ihn ein Schwindelgefühl, und der laute Raum beginnt, sich zu drehen. Er stützt sich am Tresen ab und schließt fest die Augen, bis das Übelkeit erregende Empfinden vergeht. Dann das Telefon …

»Hallo?«

»Michael Fox?« Eine nüchterne Stimme mit irischem Akzent.

»Ja. Wer spricht?«

Der alkoholisierte Mann lauscht einige Minuten lang, schwankt, droht, jeden Moment zu stürzen. Aber er bleibt auf-

recht; stattdessen fällt das Telefon zu Boden, bereits vergessen, als der Mann schreiend zum Ausgang stürmt. Draußen regnet es heftig. Er hat deutlich zu viel getrunken, um zu rennen, was ihn jedoch nicht davon abhält, es zu versuchen. Die Worte des Polizeibeamten suchen ihn heim, treiben ihn an.

»Es tut mir leid, Mr. Fox, aber es hat einen Unfall gegeben …«

TEIL EINS

DIE BRÜCKE

Kapitel 1

Ich schlief mitten am Nachmittag in der Gosse, und der Betonbordstein gab kein besonders bequemes Kissen ab. Ich erinnere mich nicht daran, wie ich aufwachte, aber ich weiß, dass ich mehrere Minuten in den Klauen des Drachen liegen blieb und zitterte, als hätte ich Parkinson, während ich darauf wartete, dass die Schmerzen in meinen Knochen verschwanden, bevor ich auch nur versuchte, die Augen zu öffnen. Als ich es tat, war es ein Fehler; das Sonnenlicht bohrte sich mir in den Kopf, steckte mein von Drogen benebeltes Gehirn in Brand. Mein Schädel fühlte sich an, als würde er jeden Moment platzen. Ein Teil von mir wünschte, er täte es.

Warum, zum Henker, tue ich mir das immer wieder an? Wieso bin ich so schwach? So dumm?

Gute Fragen. Allerdings nicht einfach zu beantworten. Jeder in der Straße hat seinen eigenen Drachen, seinen persönlichen Dämon, der ihn unter Kontrolle hält. Was immer es ist, man fühlt sich damit gut und sicher, kann damit eine Weile mit den Adlern kreisen; nur ist es ein verflucht tiefer Sturz zurück auf den Boden. Träume waren etwas für gewöhnliche Menschen, nicht für Typen wie mich. Jedes Mal, wenn ich zu dreist wurde und mir einzubilden begann, ich könne es wieder in die echte Welt hinausschaffen, bäumte sich der Drache auf und biss mir in den Hintern, um dafür zu sorgen, dass ich meinen Platz kannte.

Jedem das Seine, aber der Name meines Drachen lautete Sterno – jener stinkende Brennstoff mit blauen Flammen, den die Leute verwendeten, um sich bei Skiausflügen die Hände zu wärmen oder um in diesen großen Gläsern Brandy zu karamellisieren, wenn man in teuren Restaurants

Kaffee zum Dessert bestellte. Man kann Sterno problemlos kaufen, aber das Zeug ist teuer, und um ehrlich zu sein, ich brauchte es nicht zu kaufen. Ich brach in Autos ein, um es mir zu besorgen. Unter alteingesessenen Straßenbewohnern, besonders unter jenen, die lange genug überlebt haben, um zu lernen, wie der Hase hier oben in den kälteren Klimaregionen läuft, gilt es als Allgemeinwissen, dass die Notfalltaschen, die Leute im Handschuhfach oder unter den Vordersitzen mitführen, Goldminen im Kleinformat sind. Sie enthalten genau das, was wir regelmäßig brauchen: Streichhölzer, Pflaster, Aspirin, Nadel und Zwirn, Schokolade und – Überraschung – einen kleinen Behälter mit Sterno-Brennstoff, falls man im Schneegestöber eine Panne hat und etwas Wärme braucht, um eine kalte Nacht zu überstehen, bis Hilfe eintrifft.

Man seiht es durch eine Scheibe Brot ab. Dadurch entfernt man einen Großteil des giftigen Drecks, dann trinkt man den Alkoholsud, der übrig bleibt. Versuchen Sie es nicht; es schmeckt abscheulich, erinnert stark an Methanol, aber Mann, alle Probleme verfliegen im Nu.

Jedenfalls hievte ich mich schließlich würgend in sitzende Position und erinnerte mich, dass meine letzte Mahlzeit bereits einige Tage zurücklag. Ich war durstig. Wirklich durstig, und wie durch Magie tauchte vor meinen Augen eine Flasche mit Wasser auf. Eine Hand hielt die Flasche, und mein Blick folgte dem dunkelhäutigen Arm nach oben. Überrascht sah ich, dass der einzige echte Freund, den ich auf der Welt noch hatte, auf mich herablächelte.

Blue J war ziemlich in Ordnung, wenn man über seine wachsende Neigung hinwegsehen konnte, Klebstoff zu schnüffeln, und über seine schwer eklige Gewohnheit, sich anzukotzen, während er den Chemierausch ausschlief.

Als ich ihm das erste Mal begegnete, war sein Name Jason, und er sah echt gut aus. Groß, dunkle eindringliche Augen, glatte schwarze Haut – ein wenig erinnerte er an Wesley Snipes, allerdings ohne dessen Haltung. Leider hatte ihm das Leben auf der Straße sein gutes Aussehen geraubt. Seine schöne Ebenholzhaut war teigig und ausgebleicht geworden; aus irgendeinem seltsamen Grund wirkte sie mittlerweile einen Farbton näher bei Blau als bei Schwarz. Ich wusste nicht, ob es an all dem Klebstoff lag, den er schnüffelte, oder an dem billigen Fusel, den er soff, aber deshalb habe ich seinen Namen geändert. Wie ich ihn auch nannte, er war trotz seines üblen Teints ein anständiger Kerl.

»He Kumpel. Willst 'n Schluck?«

Mann, und ob. Ich hatte einen widerwärtigen Geschmack im Mund und konnte mir nur vorstellen, wie grässlich mein Atem in dem Moment stinken musste. Ich ergriff die Flasche und leerte sie mit einer Reihe von gierigen Schlucken. Erst, als ich fertig war und die Flasche zurückgab, fiel mir auf, dass mein Freund nicht allein war. Er hatte eine Frau dabei. Na ja, eigentlich eher ein Mädchen als eine Frau, aber wer war ich, dass ich mir ein Urteil anmaßte. Jedenfalls war sie hübsch. Dunkle Haare, nette Beine und ein knackiger Hintern, in ein Kleid gezwängt, das zwei Nummern zu klein war. Sie war ein wenig dreckig und abgehärmt, aber hey, waren wir das nicht alle?

»Das is' mein Kumpel Mike«, sagte Blue J zu ihr.

Offensichtlich zufrieden nickte sie. Ich hätte mich nach ihrem Namen erkundigen können, aber ich hatte eine gute Vorstellung davon, worauf das hier hinauslaufen würde, also war ihr Name nicht wirklich wichtig. Ich setzte ein verkrampftes Lächeln auf – das Beste, was ich mit nach wie vor pochendem Schädel zustande brachte – und schwamm mit dem Strom.

»Was liegt an, J?«, fragte ich, betrachte den kurvigen Körper des Mädchens und ging nahtlos von einer Sünde zur nächsten über, als ich mich zittrig auf die Beine rappelte.

»Tja, falls du nix Besseres zu tun hast, die nette Lady hier sagt, sie will mit uns feiern. Haste Lust?«

Ich hatte.

Blue J war nicht mehr der gut aussehende Kerl, der er einst gewesen war, und ich erfüllte bei Gott nicht die Definition eines Ladykillers, trotzdem machten wir einen guten Schnitt. Warum? Ganz einfach. Zu Beginn jedes Monats hatten wir Drogen – so lange sie vorhielten. J erhielt aufgrund seiner Veteraneninvalidität monatlich eine Verschreibung für Valium, Clonazepam und Haloperidol. Er hatte nur fünf Monate bei Desert Storm verbracht, aber er hatte einen Arzt im Veteranenkrankenhaus davon überzeugt, dass er an Depressionen und kriegsbedingter Demenz litt. J nahm seine Medikamente selten ein. Stattdessen sparte er sie, um sie für Lebensmittel, Fusel und, so wie heute, die Dienste einer jungen Ausreißerin einzutauschen.

Interpretieren Sie nicht zu viel hinein. J und ich waren keine üblen Kerle. So funktionierte das Leben auf der Straße nun mal – Geschäfte, wie sie Menschen machten, die sonst nichts zu bieten hatten. Medikamente gegen Sex – wer kam dabei zu Schaden?

»Ich bin dabei«, sagte ich. »Geh voraus.«

Blue J zwinkerte mir zu, kramte in seiner Hosentasche und gab uns beiden eine blaue Pille. Das Mädchen und ich schluckten sie trocken, ohne zu fragen, worum es sich handelte, dann setzte sie sich den Gehsteig entlang in Bewegung. J und ich beeilten uns, um mit ihr Schritt zu halten.

Sie führte uns mehrere Häuserblocks weit Richtung Innenstadt, dann bog sie in eine Gasse zwischen einem chinesischen Restaurant und einer Filiale der *Bank of America*.

Die Kleine lebte unter einer rostigen Metalltreppe, die in den ersten Stock des Restaurants führte. Irgendwo hatte sie eine große grüne Plane gefunden, die sie unter der Treppe als recht effektives Dach festgebunden hatte. Die Plane hing fast bis zum Boden, bot ihr Schutz vor den Elementen und, was wichtiger war, uns ein wenig Intimsphäre.

Im Inneren kamen J und ich sogleich zur Sache und schälten sie hastig aus ihrer Kleidung. Keiner von uns erwartete Romantik, und ein Vorspiel war einfach nicht drin, wenn drei Loser auf Drogen in einem anderthalb mal drei Meter großen Unterschlupf zu Werke gingen. Ich machte mich gerade bereit, mein Ding durchzuziehen, als J die Sache vermasselte.

»Wie heißt du noch mal, Süße?«, fragte er.

»Arlene«, antwortete sie lächelnd. Ihre Augen wurden bereits glasig von dem Zeug, das J ihr gegeben hatte.

O Scheiße.

... strömender Regen, als ich renne. Genauso schwere Tränen schießen aus meinen Augen, während ich blindlings an den dunklen Gebäuden und geparkten Autos vorbeistolpere, bis ich die blinkenden Lichter der Streifen- und Rettungswagen erblicke. Ich renne weiter; nur noch Panik und Verzweiflung halten mich auf den Beinen. Dann erreiche ich das verbogene Metall; Polizisten schubsen mich herum, bis ich hervorstammle, wer ich bin. Da ändert sich ihr Verhalten, aber alles, was ich bemerke, sind das auf dem Dach liegende Auto und die verwässerten roten Pfützen, die den Asphalt unter der fahrerseitigen Tür besudeln ...

Damit war es für mich gelaufen. Mein Ständer tauchte ab, und ich stürzte hinaus auf die Gasse, erbrach mit den Jeans um die Knöchel meinen aus Wasser bestehenden Mageninhalt. Blue J steckte den Kopf durch die Plane heraus, um zu sehen, was los war, aber ich winkte ihn weg, zog die Hose hoch und rannte in Richtung der Straße.

Arlene war der Name meiner Tochter. *Ist* ihr Name, sollte ich wohl besser sagen. Sie hat den Unfall überlebt, bei dem meine Frau und mein Sohn in jener grauenvollen Nacht gestorben sind, aber nicht die Dummheit ihres Vaters in den darauf folgenden Monaten und Jahren. Zum Glück war meine Schwägerin Gloria so nett, sich um sie zu kümmern, als ich nicht in der Lage dazu war. Ich habe Arlene seit fast drei Jahren nicht mehr gesehen. Natürlich wollte ich das, aber als ich endlich klar genug im Kopf geworden war, um zu wissen, was im Leben zählte, weigerte sie sich, mich zu sehen. Ich kann nicht behaupten, dass ich ihr einen Vorwurf daraus mache.

Arlene ist mittlerweile siebzehn, eine junge Frau, die nächsten Herbst aufs College gehen wird. Sie ist wahrscheinlich ...

Wahrscheinlich dem jungen Mädchen nicht unähnlich, dass du gerade völlig high und auf dem Rücken liegend bei Blue J zurückgelassen hast. Du bist ein echter Held, Mike. Wieder mal Anwärter auf den Titel ›Vater des Jahres‹.

»Halt die Klappe!«, brüllte ich, womit ich bewirkte, dass nahe Fußgänger einen weiten Bogen um mich beschrieben.

Woran es den Verrückten der Stadt nie mangelte, war Ellbogenfreiheit. Aber war ich verrückt?

Richtig verrückt?

Unkontrollierbar schluchzend sank ich auf dem Gehsteig auf die Knie, ignorierte die Frage einerseits, und beantwortete sie andererseits gleichzeitig. *Wer weiß? Wen interessiert's?*

Ich hatte es so satt, so zu leben.

Ich wollte das Leid nur noch beenden. Mein Leid, das

von Arlene ... das von allen. Auf den Knien betrachtete ich den Verkehr, der geräuschvoll auf der Straße neben mir vorbeizog. Es wäre so einfach, sich aufzurappeln und vor ein ...

Halt, schalt ich mich. *Du weißt, dass es nicht so passieren soll.*

Richtig.

Ich hatte einen besseren Plan.

Monatelang hatte ich darüber nachgedacht, die Dinge vorbereitet, Unsicherheiten geklärt. Nun brauchte ich nur noch den Mut aufzubringen, es durchzuziehen. Ich konnte es tun. Kein Problem. Mit mir hatte es ohnehin nichts zu tun. Es war alles für Arlene. Ich hatte jede Chance auf ein Leben zerstört, dass wir vielleicht gemeinsam hätten haben können, aber wenn es mir gelänge, mich ein letztes Mal zusammenzureißen, könnte ich ihr unter Umständen einen Start in das Leben ermöglichen, das sie verdiente. Das Leben, das ich ihr so selbstsüchtig gestohlen hatte.

Dann tu es. Keine Ausreden mehr. Tu einmal in deinem erbärmlichen Leben das Richtige.

Ich rappelte mich auf die Beine. Die Tränen waren getrocknet und längst versiegt. Mit geschlossenen Augen stand ich da und dachte an Arlene, während ich im Takt der Stadt schwankte. Ich hatte es nicht eilig, und es kümmerte mich einen Dreck, ob ich den Leuten im Weg herumstand.

Morgen, beschloss ich.

Ich musste noch einen Brief schreiben und ein Päckchen bei der Post aufgeben, aber morgen Nachmittag wäre perfekt. Natürlich hätte ich es auch noch an diesem Abend tun können, aber drauf geschissen; in dieser Nacht würde ich losziehen, um mich besinnungslos zu saufen.

Warum auch nicht?

Kapitel 2

Glauben Sie mir, ich hatte nicht vor, eine Träne wegen des Heims und der weltlichen Besitztümer zu vergießen, die ich zurücklassen würde. Soweit es mich betraf, war ich eher froh, sie loszuwerden. Alles, was ich besaß, war ohnehin Müll, altes Zeug, das andere Leute weggeworfen hatten. Ich würde nichts davon je wieder brauchen, soviel stand fest. Das war einer der wenigen Vorteile, wenn man beabsichtigte, sich umzubringen – man brauchte keine Koffer zu packen.

Ich sollte mich besser erst mal anständig vorstellen. Tut mir leid, gestern saß mein Kopf nicht richtig auf den Schultern. Mein Name ist Michael Fox, Mike für meine Freunde, allerdings nannten mich die meisten Leute bloß einen Penner. Ich war obdachlos, das stimmte, aber fürs Protokoll: Ich war gewiss kein Penner. Vielmehr war ich ein recht gewöhnlich aussehender Weißer, neununddreißig Jahre alt, fünfundachtzig Kilo schwer, eins achtundsiebzig groß, mit einem Stoppelbart, der sich beharrlich weigerte, zu mehr als einem lückenhaften Flaum zu wachsen. Sicher, ich bettelte um Geld und Essen, aber ich arbeitete auch hie und da, wann immer ich konnte. Mit einem Teil des Geldes, das ich verdiente, kaufte ich Kleider, die ich regelmäßig im nächstgelegenen Selbstbedienungs-Waschsalon wusch. Im Wesentlichen versuchte ich, sauber, *menschlich* zu bleiben, so gut ich konnte.

Die letzten anderthalb Jahre hatte ich in Buffalo, New York gelebt – nicht, dass es eine große Rolle gespielt hätte. Der Name der Stadt war irgendwie irrelevant. Mein eigentlicher Wohnsitz war ein blauer Metallmüllcontainer unter der rostigen Eisenbahnbrücke an der Carver Street. Aus irgendeinem Grund benutzte die Stadt den Container nicht mehr, also hatten Blue J, ich und ein weiterer obdachloser Verlierer namens Puckman ihn geerbt, auf die Seite gekippt, mit unserem jeweiligen nutzlosen Zeug vollgestopft, bezogen und fortan als unser trautes Heim verwendet.

Es war immer kalt, immer beengt, und es stank nach billigem Fusel, Erbrochenem und etlichen Schichten dreckiger, mit Pisse und Scheiße besudelter Kleidung. Durch das Dach tropfte es so heftig herein, dass wir gezwungen waren, uns an einem Ende zusammenzukauern, um nicht völlig durchnässt zu werden, und das, wenn es sich nur um einen leichten Nieselregen handelte. Ging ein richtiger Schauer nieder, war es zum Vergessen – dann konnten wir ebenso gut draußen stehen. Die Brücke an der Carver Street, etwa neun Meter über uns, trug ein wenig dazu bei, uns zu schützen, allerdings mussten wir dafür die klapprigen alten Güterzüge ertragen, die alle zwölf Stunden über uns hinwegdonnerten, Tag und Nacht.

Es waren entsetzliche Lebensumstände. Entwürdigend. Wir waren wie Kanalratten – oder noch schlimmer; die Ratten waren wenigstens zu dumm, um zu begreifen, wie beschissen ein solches Leben wirklich war. Das Beste, was ich über unseren lausigen kleinen Winkel der Welt sagen konnte, war, dass ich durch die Lage unter der Brücke wenigstens nicht besonders weit gehen musste, um mich umzubringen. Was durchaus gut war, denn ich fühlte mich erschöpft, geistig und körperlich. So verdammt erschöpft, dass ich nicht sicher sein konnte, ob ich genug Kraft haben würde, um die schlammige Böschung rechtzeitig für den nächsten Zug zu erklimmen.

So leise wie möglich stieg ich mit einem kleinen braunen Päckchen in der Hand über den weggetretenen Blue J hinweg. Er lag ausgestreckt in seiner üblichen spätnachmittäglichen Position und blockierte unsere behelfsmäßige, aus einer Plastikplane bestehende Tür. Ich steckte meine letzten vierzig Cent – einen Quarter und drei Nickel – in seine Hemdtasche, wünschte ihm stumm Glück und schlich hinaus, ohne ihn zu wecken.

Draußen saß Puckman auf dem Boden und lehnte an einem der rechteckigen Betonstützpfeiler der Brücke, etwa fünf Meter zu meiner Linken. Er war damit beschäftigt, etwas zu essen, das wie eine große Ratte aussah, jedoch ebenso gut eine kleine braune Katze sein mochte. Die gewöhnliche Gesellschaft würde über solche Kost wohl die Stirn runzeln, aber in dieser Gegend war eine Mahlzeit eine Mahlzeit. Wahrscheinlich war das Tier von einem Auto erfasst worden und hatte irgendwo auf der Straße geklebt. Überfahrene Viecher zählten zwar nicht unbedingt zu den Grundnahrungsmitteln einer ausgewogenen Obdachlosenkost, aber in harten Zeiten aß man, was immer zur Verfügung stand. Es ging doch nichts über einen halb verbrannten, halb rohen Brocken unidentifizierbaren Fleisches, auf dem noch die Abdrücke eines LKW-Reifens zu sehen waren. Das mochte eklig sein und Brechreiz auslösen – manchmal brachte es tatsächlich zum Kotzen –, aber auf der Straße tat man, was notwendig war, um zu überleben.

Jedenfalls kaute Puckman gerade auf *irgendetwas*, als sich der Blick seiner glänzenden, kleinen Augen in meine Richtung drehte und auf mich heftete. Sein Gesicht verzog sich zu einer zornigen Grimasse, und ob Sie es glauben oder nicht, er begann zu knurren. Offensichtlich hegte er nicht die Absicht, sein Mahl mit mir zu teilen. In der Hinsicht hatte er nichts zu befürchten. An diesem Tag wollte ich mit dem verrückten Mistkerl nichts zu tun haben.

Puckman war nicht mein Freund. Er war es nie gewesen und würde es nie werden. Blue J und ich ertrugen ihn nur, weil er für die Mitbenützung des Müllcontainers Miete löhnte, wenn man es so bezeichnen wollte. Manchmal bezahlte er mit Geld, häufiger jedoch versorgte er uns mit Lebensmitteln und Kleidern. Er war ein guter Bettler und ein noch besserer Dieb. Abgesehen davon hielt ich ihn für einen nichtsnutzigen, lausigen Penner. Typen wie er rückten den Rest der obdachlosen Bevölkerung in ein schlechtes Licht.

Puckman war ein kleiner, fetter Mexikaner mit schmierigem schwarzem Haar, das ihm halb den Rücken hinabhing. Die meiste Zeit wusste er nicht einmal, wo er sich befand, viel zu blau von selbst gepanschtem Rum, um zu begreifen, dass er nicht mehr im sonnigen Acapulco herumgammelte, oder woher er auch stammen mochte. Er war vor drei Sommern mit einem befristeten Arbeitsvisum nach Kanada gebracht worden, um Tabak zu ernten. Die Arbeit an sich war zwar hart, aber die Leute wurden gut behandelt und hervorragend bezahlt. Allerdings war sein fetter, fauler Arsch der Plackerei nicht gewachsen, und er hatte sich in Richtung US-Grenze verdrückt, um in der Nähe von Fort Erie durch den Niagara River zu schwimmen und in die Heimat der Tapferen, in das Paradies der Schmarotzer zu gelangen.

Der Name Puckman ging auf seine lästige Besessenheit für Eishockeypucks zurück. Er hatte Hunderte davon in der ganzen Stadt gesammelt und in Dutzenden weißen Plastiktüten in seiner Ecke der Mülltonne verstaut. Er hatte so viele der verdammten Dinger, dass er gezwungen war, darauf zu schlafen, doch das schien ihn nicht zu stören. Zu mir hatte er mal gemeint, ich würde es verstehen, wenn ich je in Kanada gelebt hätte, wo Eishockey so etwas wie eine Religion darstellte. Klar doch. Er hatte drei Wochen im heißen August auf einer Tabakfarm in Kanada verbracht und betrachtete sich nun als Fachmann für den Lieblingswintersport der Kanadier. Was für ein Scheißhaufen. Puckman war für nichts ein Fachmann; er war bloß ein Irrer und definitiv niemand, den zurückzulassen ich bedauerte.

»Adios, Arschloch, wir sehen uns in der Hölle«, rief ich zu ihm hinüber, dann ging ich davon.

Er knurrte mich noch einmal an und lächelte triumphierend, als hätte er einen Machokampf harter Kerle gewonnen, weil ich nicht um ein Stück von seinem leckeren Mittagessen gebeten hatte. Er hätte wohl nicht gelächelt, hätte er gewusst, dass ich einen seiner geliebten Pucks in der Tasche meiner ausgefransten Jacke hatte. Wenn der Güterzug kreischend auf mich zuraste, drauf und dran, meinen Körper in hundert Fetzen zu zerreißen, hoffte ich, dass Gott mir einen letzten Wunsch gewähren würde. Ich wollte von der Brücke hinabschauen, dieses dämliche Stück Hartgummi auf Puckmans großen Schädel schleudern und ihm ein Ding mitten in die Fresse verpassen. Dann könnte ich als glücklicher Mann sterben. Wahrscheinlich würde es nicht so laufen, aber hoffen konnte ich ja, oder?

Ohne einen weiteren Blick zu ihm begann ich, die steile, schlammige Böschung zu erklimmen, die hinauf zur Carver Street führte. Von dort konnte ich geradewegs auf die Brücke marschieren und auf meine Fahrkarte aus diesem beschissenen Leben warten. Auf dem Weg nach oben rutschte und stolperte ich mehrmals, trotzdem stand ich innerhalb einer Minute auf der ersten Eisenbahnschwelle am Fuß der Brücke.

Die Eisenbahnbrücke an der Carver Street stellte ein wunderbares Beispiel menschlicher Dummheit dar. So weit ich wusste, wurden Brücken in der Regel gebaut, um sich über irgendetwas zu spannen, beispielsweise Flüsse, Schluchten oder andere Straßen und Bahnstrecken. Nicht so diese Brücke; sie erstreckte sich etwa fünfundzwanzig Meter lang über – nichts. Na ja, Blue J und Puckman befanden sich dort unten, aber ich bezweifelte schwer, dass die Stadtplaner sie im Sinn gehabt hatten, als sie die Brücke entwarfen. Vielleicht hatte man darunter irgendwann eine Straße vorgesehen gehabt, die aus irgendeinem Grund nie gebaut worden war. Ich hatte keine Ahnung. Spielte auch keine Rolle.

Ich trat auf die Brücke; erst da fiel mir der braune Umschlag unter meinem Arm ein. *Idiot.* Wie konnte ich etwas so Wichtiges vergessen? Es war unerlässlich, dass ich den Umschlag zur Post brachte, bevor ich das hier durchzog. Zum Glück würde das nicht lange dauern. Nur einen halben Häuserblock südlich der Carver Street gab es in der Dupont Street einen Briefkasten.

Das Päckchen war an Gloria Churchill adressiert, die von mir erwähnte Schwägerin. Darin befanden sich die letzten drei Dinge, die ich meiner Tochter je geben würde: ein Umschlag mit Bargeld – nur hundertdreißig Dollar von meinem letzten Sozialversicherungsscheck –, ein Brief und eine Versicherungspolice, die ich für mich abgeschlossen hatte. Das Bargeld war nutzlos, aber mehr hatte ich nicht. Der Brief war kurz und gefühlsduslig; ich teilte Arlene darin Dinge mit, die sonst niemand wissen muss oder soll, doch das wirklich Wichtige war die Versicherungspolice. Seit mittlerweile über einem Jahr zahlte ich die Prämien über Gloria, und ich hatte es so eingerichtet, dass Arlene die Begünstigte war, sollte mir etwas zustoßen, wie beispielsweise *versehentlich* von einem Güterzug überrollt zu werden. Die Versicherungssumme war nicht allzu hoch, nur fünfundzwanzigtausend Dollar, dennoch wäre das mehr als genug, um sie durch die ersten Jahre am College zu bringen. Vielleicht würde das Geld sogar für die gesamte Zeit dort reichen. So oder so, es würde ihr ein wenig Luft verschaffen, um an der Verwirklichung der Träume zu arbeiten, die sie für ihr Leben hatte.

Ich gebe zu, ich hoffte selbstsüchtig, dass sie Gutes von mir denken und vielleicht die Mauer einreißen würde, die sie um ihr Herz gebaut hatte, um mich auszuschließen, aber letzten Endes würde nichts davon wirklich zählen. Zumindest würde ich ihr helfen, würde endlich ihr Vater sein statt der vergessene Loser, der ständig alles versaute.

Am Briefkasten überprüfte ich noch einmal die Adresse und vergewisserte mich, dass die Briefmarken fest auf dem Umschlag klebten. Mit Tränen in den Augen küsste ich das Päckchen zum Abschied und betete zu Gott, der Umschlag möge wohlbehalten bei Arlene ankommen. Wenn mein Tod ihr den Schlüssel zu einem glücklichen Leben geben würde, wäre er es wert. Ich hoffte, dass sie alt genug war, das zu verstehen.

Auf dem Weg zurück zur Bahnstrecke hielt ich inne, um zu verschnaufen, und ließ den Blick über die rostigen Schienen der Brücke zu einer etwa drei Meilen entfernten Stelle am Horizont wandern. Dort verliefen über einen grasbewachsenen Hügel am Stadtrand weitere Schienen. Zweimal täglich, sechsmal die Woche rollte ein Güterzug aus Erie, Pennsylvania, jenen Hügel herab, wand sich durch die Eingeweide der Stadt und donnerte anschließend auf dem Weg nach Rochester, New York, über die Brücke an der Carver Street. Zwölf Stunden später raste derselbe Zug – oder wahrscheinlich eher einer, der genauso aussah – in entgegengesetzter Richtung auf dem Rückweg nach Erie erneut über die Brücke. Obwohl der Zug unzählige Male über meinen erbärmlichen Abklatsch von einem Zuhause hinweggedonnert war, hatte ich immer noch keine Ahnung, welche Fracht er beförderte.

Ich würde es wohl nie erfahren.

Fast so, als hätten meine Gedanken ihn herbeibeschworen, geriet der Zug langsam in Sicht und verringerte kurzzeitig die Geschwindigkeit, als er den Weg hinab in die Stadt antrat. Ich beobachtete ihn, bis er hinter den hohen Gebäuden verschwand, dann ging ich hinaus auf die Brücke. Sofern der Güterzug keine ungewöhnliche Verspätung hatte, blieben mir noch etwa acht Minuten zu leben.

KAPITEL 3

Der September in Buffalo war eine großartige Zeit des Jahres. Wunderschön. Die Bäume präsentierten sich in unzähligen verschiedenen Farben, die Temperaturen sanken endlich zurück in den Bereich zwischen fünfzehn und zwanzig Grad, und die abgestandene Luft der Stadt fühlte sich nach einem langen Sommer voll Schweiß und Smog wieder sauber an. Der Herbst war mit Abstand meine Lieblingsjahreszeit, doch leider genügten saubere Luft und hübsche Blätter nicht, um meinen Plan für diesen Tag hinauszuzögern.

Es gab viele Gründe, weshalb ich mich umbringen wollte, aber abgesehen von der Versicherungspolice war keiner besonders wichtig. Ich hatte dieselbe traurige, rührselige Geschichte, wie sie die meisten Obdachlosen erzählen. Früher hatte ich einen guten Job, eine nette Familie, ein hübsches Häuschen mit weißem Lattenzaun, bla, bla, bla. Alles belanglos. Ich hatte alles verloren; das allein zählte. Einen Teil kennen Sie bereits, den Rest können Sie sich vermutlich denken. Meine Frau Jackie und mein Sohn Daniel wurden während eines schweren Gewitters bei einem Autounfall getötet. Es waren keine anderen Fahrzeuge daran beteiligt. Jackie fuhr den Wagen, dennoch war zu einhundert Prozent ich daran schuld. Ein paar Kumpel hatten mich dazu überredet, ausgerechnet zum Bowlen mitzukommen. Wir spielten ein paar Runden, setzten uns an die Bar, und bald war ich hoffnungslos betrunken, weshalb ich Jackie anrief, um mich abholen zu lassen. »Sind ja nur ein paar Regentropfen, Schatz, was kann schon passieren?«

Berühmte letzte Worte.

Jedenfalls verlor ich an dem Tag alles, was mir wichtig

war – meine Frau und meinen Sohn an den Tod, meine Tochter an blanken Hass. Etwa sieben Monate später folgten mein Job und mein Haus, danach wandte ich mich ganztags der Whiskeyflasche zu und endete letztlich auf dieser Brücke, bereit zu sagen: ›Scheiß drauf, ich bin raus.‹ Ich musste niemandem etwas erklären, brauchte keine Begründung dafür, sterben zu wollen. Ich tat es für Arlene, aber um die Wahrheit zu sagen, mir hing auch der Rest des Lebens zum Hals raus. Kurz gesagt: Ich hatte genug.

In meinen selbstmitleidigen Gedanken versunken, hörte ich nicht, wie der Wagen hinter mir heranrollte, aber als ich zur Mitte der Brücke gelangte und mich umdrehte, stand er da. Es war eine jener großen Stretchlimousinen – metallic-weiß mit goldenen Zierleisten und dazu passenden goldenen Drahtspeichenfelgen. Herrgott, das Ding schien gut und gern zwölf Meter lang zu sein. In diesem Viertel fiel ein solches Auto ebenso sehr auf, wie es ein tanzender Elefant getan hätte. Der Anblick verschlug mir kurzzeitig die Sprache, allerdings nicht, weil der schicke Wagen so fehl am Platz aussah. Was mich am meisten überraschte, war, wie *vertraut* er wirkte. Ich konnte mich nicht an das Wo oder Wann erinnern, aber ich war sicher, die Limousine schon einmal gesehen zu haben.

Da öffnete sich die fahrerseitige Hecktür, und ein großer, muskelbepackter Mann in einem teuren, grauen Nadelstreifenanzug trat auf die Carver Street. Er blickte mich an, bückte sich, um etwas zum Fahrer zu sagen, und kam auf die Brücke. Er war ein Weißer mit kahlem Schädel und sauber gestutztem Goatee, knapp eins neunzig groß und geschätzt mindestens hundertdreißig Kilo schwer. Meine Überraschung schlug schnell in Bestürzung um, denn als er sich näherte, erkannte ich, dass auch er vertraut wirkte. Wo, zum Henker, hatte ich diesen Kerl und sein Auto schon mal gesehen? So sehr ich es versuchte, ich konnte mich einfach nicht erinnern.

Was will er?

Das war eine gute Frage. Allerlei garstige Szenarien gingen mir durch den Kopf. Schuldete ich jemandem Geld, der dieses Ungeheuer losgeschickt hatte, um es einzutreiben? Das sähe meinem Glück ähnlich – ich kam hierher, um Selbstmord zu begehen, und ein großer Primat würde mir die Beine brechen, bevor ich es tun könnte. Ich spielte ernsthaft mit dem Gedanken, zur anderen Seite der Brücke zu flüchten, doch was er sagte, ließ mich innehalten.

»Warten Sie, Mr. Fox. Ich muss mit Ihnen über etwas Wichtiges reden. Etwas wirklich Wichtiges.«

Woher kannte er meinen Namen? Ich hatte Angst, dennoch flüchtete ich nicht. Ich wartete, bis er sich auf fünf Meter genähert hatte.

»Das ist nah genug«, sagte ich. »Was wollen Sie?«

»Nichts. Nur fünf Minuten mit Ihnen reden. Vertrauen Sie mir, es wird Ihr Schaden nicht sein.«

Darüber lachte ich. Hätte ich einen Nickel für jedes Mal, wenn mir auf der Straße jemand beteuerte, ich könne ihm vertrauen, nun, ich schätze, dann wäre ich kein obdachloser Gammler mehr. Aber ich *war* obdachlos, und ich würde nicht darauf hereinfallen.

»Ob Sie's glauben oder nicht, das habe ich schon mal gehört«, entgegnete ich. »Wenn ich schon von meinen sogenannten Freunden verarscht wurde, warum sollte ich einem völlig Fremden wie Ihnen vertrauen?«

»Weil ich nicht wirklich ein Fremder bin. Erinnern Sie sich nicht an mich, Mr. Fox? Wir sind uns vergangene Nacht kurz begegnet. Sie waren ziemlich neben der Spur. Haben Sie es vielleicht vergessen?«

Seine Worte lösten eine Erinnerung daran aus, wie mir

ins Gesicht geschlagen und ich grob auf einen abgewetzten, grünen Teppichboden geschleudert wurde; keine besonders angenehme Erinnerung also. Ich hatte genug gehört und beschloss, doch vor diesem mysteriösen Kerl wegzurennen. Aber bevor ich den ersten Schritt getan hatte, lichtete sich mein verworrenes Gedächtnis, und ich entsann mich tatsächlich, ihm begegnet zu sein. Allerdings war nicht er es gewesen, der mich geschlagen hatte, sondern jemand anders. Dieser Mann hatte versucht, mir zu helfen.

Ja, nun erinnerte ich mich wieder. Ich wollte groß ausgehen, ein letztes Mal versuchen, mich in diese verrückte Welt zu fügen, bevor ich ihr auf Nimmerwiedersehen sagte. Nachdem ich Blue J und die junge Frau verlassen hatte, holte ich mir von der nächstgelegenen katholischen Kirche neue Kleider. Sie waren alles andere als modisch, aber sauber, trocken und – am besten von allem – kostenlos. Ich wusch mich und ging in eine der Bars in der Gegend, um zu trinken. Es war ein dummer Fehler. Ich hatte schon vor dem Verlassen des Müllcontainers mit Puckman getrunken – Traubenlimonade und billigen Gin –, und ich schmuggelte eine Flasche in die Bar. Als ich ankam, war ich bereits fast zu betrunken, um aufrecht zu stehen, doch daran schien sich niemand zu stören. Erst, als mich der Barkeeper dabei ertappte, wie ich aus der Flasche trank, statt Drinks zu bestellen, brach die Hölle los. Er hetzte mir einen Rausschmeißer auf den Hals, der mich auf die Straße befördern sollte, doch ich war zu dämlich, um still und leise von dannen zu ziehen. Ich doch nicht. Nein, ich legte es auf einen Streit mit diesem Berg von einem Mann an, und schon bald schmeckte ich seine mächtig große Faust und stemmte mich vom Boden hoch.

»Sie haben mir geholfen, nicht wahr? Dieser Rausschmeißer wollte mit mir gerade den Boden aufwischen, als Sie eingegriffen und ihn weggeschleift haben. Dann brach eine allgemeine Rauferei aus, aber ich bin zum Nebeneingang hinausgehuscht und habe das Weite gesucht. Ihr Auto, die weiße Limousine dort, stand am Randstein geparkt. Ich wusste, ich hatte sie schon einmal gesehen.«

»Genau. Und jetzt lassen Sie uns von dieser Brücke verschwinden und etwas trinken gehen. Hier donnert gleich der Zug vorbei. Wann noch mal genau? In drei, vier Minuten?«

»Woher ... woher«, setzte ich an, aber er schnitt mir das Wort ab.

»Wir haben Sie beobachtet. Sie verfolgen schon die ganze Woche, wann der Zug vorbeifährt, aber das ist das erste Mal, dass sie auf die Schienen gehen. Selbstmord ist nicht die Lösung, Mr. Fox.«

Hatte ich mich so offensichtlich angestellt? Es verängstigte mich, dass dieser Muskelprotz mir gefolgt war, ohne dass ich auch nur das Geringste bemerkt hatte, zugleich verärgerte es mich jedoch auch. Welches Recht hatte er, so mit mir zu reden? Wenn ich wollte, würde ich mich sehr wohl umbringen – vielen Dank. Zur Hölle mit diesem Clown, wenn es ihm nicht passte. Sollte er doch mal versuchen, so auf der Straße zu überleben, wie ich es getan hatte. Nähme man ihm sein schniekes Auto und seine teuren Klamotten weg, würde er wahrscheinlich keine sechs Monate überstehen.

»Selbstmord ist nicht die Lösung?«, fragte ich sarkastisch. »Aber ich vermute, Sie sind es, richtig?«

»Nicht ich, Mr. Fox, sondern der Mann, für den ich arbeite.«

Er kam auf mich zu, zog seine Geldbörse aus der Hosentasche und holte zwei frische Hundertdollarnoten daraus hervor. Er reichte sie mir und entfernte sich in Richtung der Sicherheit der Carver Street. Ich blickte auf das Geld in meiner Hand hinab – mehr, als ich in den vergangenen drei Jahren je zur selben Zeit besessen hatte – und musste ihn einfach fragen.

»Wofür ist das?«

Er schaute über die Schulter zurück, hielt inne und antwortete: »Kleingeld, Mr. Fox. Das erhalten Sie dafür, dass Sie lediglich von der Brücke kommen. Zweihundert mehr gibt es, wenn Sie in die Limousine steigen und sich meinen Vorschlag anhören. Sie sind in keiner Weise verpflichtet, ihn anzunehmen, aber ich bin mir ziemlich sicher, dass Ihnen gefallen dürfte, was Sie hören werden. Wir suchen seit Wochen nach jemandem wie Ihnen, und Sie sind perfekt für das, was wir vorhaben. Es ist wirklich einfach. Lassen Sie uns etwas trinken, und ich erzähle Ihnen davon. Wo das herstammt, gib es noch mehr, Fox. Jede Menge mehr. Kommen Sie und holen Sie sich etwas davon.«

Ohne einen weiteren Blick zu mir kehrte der muskulöse Glatzkopf zur Limousine zurück und verschwand darin. Die Tür ließ er offen, eine augenscheinliche Einladung für mich, ihm zu folgen. War ich bereit dazu? War ich wirklich so dumm? Sicher, er hatte mir in der Bar geholfen und mir zweihundert Mäuse ohne Gegenleistung gegeben, aber genügte das, um es zu riskieren, ihm zu vertrauen? Ich hatte keine Ahnung, wer dieser Kerl war oder für wen er arbeitete. Ebenso wenig wusste ich, was er von mir wollte oder worum es bei diesem Angebot ging. All das hatte den Anschein eines großen, schweren Fehlers.

Doch was hatte ich wirklich zu verlieren? Im schlimmsten Fall wäre alles ein Schwindel, und er würde in der Limousine mit einem Messer darauf warten, mir die Kehle aufzuschlitzen, sobald ich einstieg. Das mochte eine grausige Art zu sterben sein, aber wäre es um so viel besser, von einem Güterzug überrollt zu werden? Ob er schwul und auf der Suche nach einem Date war? Aber nein, wenn er darauf aus war, konnte er das für deutlich weniger als die vierhundert Dollar haben, die er mir anbot. Außerdem wäre er mir dann nicht tagelang gefolgt.

Meine Füße setzten sich in Bewegung, noch bevor ich die bewusste Entscheidung dazu getroffen hatte. Ich schätze, sie wussten, dass ich bei der Aussicht auf Geld im Herzen ein willensschwacher Waschlappen war und letztlich doch nachgeben würde. Warum also sollte ich es nicht gleich hinter mich bringen? Vielleicht war es verrückt, aber zumindest für mich schien es das Risiko wert zu sein. Außerdem konnte ich immer noch den Zug in zwölf Stunden erwischen, sollte es nicht funktionieren.

Ich befand mich am Fuß der Brücke, vielleicht drei Meter über Straßenhöhe, als der Güterzug aus Erie um eine Ecke in Sicht raste. Mir blieb noch reichlich Zeit, um aus dem Gefahrenbereich zu verschwinden, aber eine Sekunde lang zögerte ich und überlegte, dass ich vielleicht doch bei Plan A bleiben und herausfinden sollte, ob die Dinge im Leben nach dem Tod besser wären. Allerdings konnte ich dem Gedanken an weitere zweihundert Mäuse nicht widerstehen. Verdammt, es war dumm, mit so viel Geld in der Tasche zu sterben, vor allem, wenn die Chance darauf bestand, dass es noch – wie hatte er gesagt? – jede Menge mehr geben könnte.

Wie viel mehr?

Ich schaffte es mit genügend Vorsprung auf die Carver Street und beobachtete, wie der Zug an mir vorbeidonnerte – wie eine riesige Metallschlange, die sich einen Weg Richtung Rochester bahnte. Nachdem er weg und nur noch der gewöhnliche Lärm der chaotischen Stadt zu hören war, drehte ich mich um und stellte fest, dass die Tür der Limousine immer noch offenstand. Im Inneren war es zu dunkel, um etwas zu erkennen, aber ich hatte das Gefühl, der Glatzkopf beobachtete mich mit einem breiten, frostigen Grinsen im Gesicht.

Komm in meinen Salon, sagte die Spinne zur Fliege.

Zwei Gedanken wirbelten mir durch den Kopf, als ich mich dem eleganten Fahrzeug näherte. Zum einen, dass ich wahrscheinlich bis Mitternacht tot sein würde, wenn ich in den Fond dieses Wagens stiege, zum anderen, dass ich auf der Brücke die Gelegenheit hatte sausen lassen, Puckman den Eishockeypuck in meiner Tasche auf den Scheitel zu werfen. Ich musste mich in einer ziemlich verqueren Stimmung befinden, denn der zweite Gedanke regte mich deutlich mehr auf als der erste.

»Worauf um alles in der Welt lasse ich mich da bloß ein?«, fragte ich mich laut, doch um ein Klischee zu bemühen: Es gab nur einen Weg, das herauszufinden.

Ich kletterte auf den Rücksitz.

TEIL ZWEI

DAS ANGEBOT

Kapitel 4

Wenngleich es stimmt, dass wir alle unsere eigenen Pfade im Leben wählen müssen, kann man getrost behaupten, dass andere Menschen diese Entscheidungen stark beeinflussen können.

Und dasselbe galt für ihre schnittigen Autos.

Das geräumige Interieur der weißen Limousine war mit einem Wort erstaunlich. Das weichste, gemütlichste Leder, das zu berühren ich je das Vergnügen gehabt hatte, bot genug Platz für zehn Personen. Der Wagen war mit einem Kühlschrank samt Gefrierfach, einem Spülbecken und einem Hängegestell für Gläser ausgestattet. Außerdem mit einem 14-Zoll-Farbfernseher, einem DVD-Player, einer mörderischen Stereoanlage mit Surround-Sound-Lautsprechern und fünffachem CD-Wechsler.

Für den Durchschnittsbürger symbolisierte dieses wunderschöne Auto Status, Glanz und herrliche Extravaganz, für mich jedoch kam der übertriebene Luxus – in Anbetracht der schäbigen Orte, an denen ich mich in letzter Zeit herumtrieb – einem Angriff auf meine Sinne gleich. Der Geruch von teurem Leder, der sich mit jenem eines brandneuen Plüschteppichs vermischte, war schlichtweg unglaublich, beinah berauschend. Immer wieder holte ich tief Luft und genoss das süße Aroma wie einen seltenen Leckerbissen, was es für mich auch war.

Es roch wirklich wunderbar, doch was ich am meisten roch, war Geld. Kaltes, hartes Bargeld. Es war unmöglich, in diesem prunkvollen Fahrzeug zu sitzen, und nicht zu begreifen, dass dessen Besitzer nicht nur reich sein, sondern in Moneten schwimmen musste. Es fühlte sich eigenartig an, dort zu sitzen, verblüffend. Es war, als schlügen mir all die Dinge, die ich auf dieser Welt verloren hatte, aber insgeheim begehrte, wie ein Schwergewichtler in den Magen; als hätte ich einen verbotenen Ort der Fantasie betreten, ein für mich so seltsames und fremdartiges Land wie ein Weltraumausflug auf die Mondoberfläche.

Offensichtlich war ich beeindruckt, allerdings auch klug genug, um zu wissen, dass diese Leute etwas von mir wollten und diese Zurschaustellung obszönen Reichtums einen Bestandteil ihres Plans darstellte. Es war ein Köder – sie hielten dem mittellosen Penner Geld vor die Nase und wollten sehen, ob er zubeißen würde. Ich musste zugeben, es funktionierte. Mir gefiel, was ich sah, und ich wollte mehr davon. Noch war ich nicht ganz bereit, den Haken zu schlucken, aber ich wurde mächtig hungrig.

Mein muskulöser Gastgeber war neben mir der Einzige im Fond der Limousine und saß mir gegenüber, das rechte Bein lässig über das linke Knie geschlagen, während er leise in ein winziges Handy sprach. Er tat so, als ignoriere er mich und widme sich ausschließlich seinem Telefongespräch, doch ich ertappte ihn mehrmals dabei, dass er verstohlen zu mir spähte und mich dabei beobachtete, wie ich die Umgebung betrachtete.

Viel hörte ich von seiner Unterhaltung nicht, da ich erst kurz vor deren Ende eingestiegen war, aber ich bekam noch mit, wie er einige Male »Ja, Sir« sagte, als rede er mit dem Boss, den er zuvor erwähnt hatte. Wahrscheinlich versicherte er seinem Arbeitgeber, dass ich leichte Beute wäre, zumal ich mit geweiteten Augen um mich glotzte wie ein Kind zu Weihnachten.

»Entschuldigung«, sagte er, schloss das Telefon und schob es in die Innentasche seines Jacketts. »Musste mich sozusagen mal eben im Büro melden. Wie auch immer, stellen wir uns einander vor. Ich weiß zwar bereits, wer Sie sind

– Michael Benjamin Fox –, allerdings bin ich nicht sicher, wie Sie möchten, dass ich Sie anrede.«

»Die meisten Leute nennen mich Mike. Das genügt.«

»Schön, also Mike. Ich habe Ihnen gestern Nacht in der Bar gesagt, wer ich bin, nur können Sie sich offensichtlich nicht daran erinnern. Kein Problem. Mein Name ist Drake, Alexander Drake, aber ich bevorzuge es, nur meinen Nachnamen zu verwenden. Ist das in Ordnung? Gut. Genehmigen wir uns einen Drink, dann kommen wir zur Sache.«

Drake tippte zweimal gegen die getönte Glasscheibe, die uns vom Fahrer trennte, und der Wagen setzte sich sofort in Bewegung. Ich hatte keine Ahnung, wo man mich hinbrachte, doch das spielte wirklich keine Rolle. Überall wäre es besser als hier. Ohne sich zu erkundigen, was ich wollte, schenkte er für uns beide drei Fingerbreit Single Malt Scotch auf Eis ein und reichte mir ein Glas. Jemandem wie mir, der daran gewöhnt war, billigen Gin oder selbst gepanschtem Rum zu trinken, ging der Single Malt wie Nektar der Götter die Kehle runter. Wohl wissend, dass ich dadurch wie der Inbegriff eines Penners rüberkommen musste, aber darauf pfeifend, leerte ich das Glas in einem Zug und streckte die Hand für Nachschub aus. Drake lächelte und schenkte wortlos ein. Diesmal gelang es mir, mich unter Kontrolle zu halten, und ich trank nur einen kleinen Schluck, bevor ich das Glas in einen eingebauten Becherhalter neben mir stellte. Ich lehnte mich auf dem weichen Sitz zurück und versuchte, mich zu entspannen.

»Da wir uns nun einander vorgestellt haben«, sagte ich, »worum geht es bei diesem sagenhaften Angebot, das Sie für mich haben?«

Drake nippte an seinem Scotch – befeuchtete kaum die Lippen –, dann stellte er das Glas beiseite und begann mit seinem Vortrag.

»Wie ich bereits angedeutet habe, bin ich bei einem überaus wohlhabenden und wichtigen Mann beschäftigt. Sein Name ist Nathan Marshall – Dr. Nathan Marshall, um genau zu sein. Er zählt zu den besten Neurochirurgen des Landes und ist Inhaber von siebenundzwanzig medizinischen Patenten für verschiedene chirurgische und forschungsbezogene Innovationen. Der Mann ist ein Genie, das steht außer Zweifel, Mike. Seine Arbeit über Stammhirnverletzungen und Nervenregeneration der Wirbelsäule ist unerreicht.

Dr. Marshall hat ein Vermögen mit seinen medizinischen Patenten gemacht, ganz zu schweigen von den privaten und staatlichen Subventionen, die nach all seinen Erfolgen nur so hereinströmten, aber er war schon reich, bevor seine Karriere überhaupt begann. Seine Familie hatte von jeher Geld wie Heu. Er brauchte vom ersten Tag an keinen Cent. Deshalb hatte er kein Problem damit, einfach völlig aus den Augen der Öffentlichkeit abzutauchen und seine Zeit sowie sein gewaltiges Vermögen seiner privaten Forschung zu widmen, als er wütend über die Medizinergemeinschaft wurde und genug von ihren restriktiven Regeln und Vorschriften hatte.

Er ist einmalig, Mike, Sie werden ihn mögen. Da bin ich sicher. Was gäbe es auch nicht zu mögen? Er hat die vier Gs.«

»Die vier Gs?«, hakte ich nach.

»Ja. Er ist gut aussehend, ein Genie, großzügig mit seinem Geld und hat gigantische Mengen davon, mit denen er um sich wirft. Die vier Gs, Mann. Er ist Bill Gates mit einem Skalpell!«

Offensichtlich war es ein Vergleich, den Drake häufig benutzte, dennoch gelang es ihm, über den eigenen Witz zu lachen. Ich persönlich fand ihn nicht besonders lustig, aber ich beschloss, trotzdem zu kichern, um mitzuspielen. Als sich Drake wieder beruhigte, beschloss ich, auf den Punkt zu kommen.

»Und was will dieser reiche und berühmte Doktor mit einem gebrochenen Penner wie mir?«

Drakes Lächeln verschwand schlagartig, als wäre es nie da gewesen, und wurde durch eine herablassende, finstere Miene ersetzt.

Er wackelte mit einem Finger vor meinem Gesicht. »Also, Mike, das ist keine schöne Art, sich selbst zu beschreiben, oder? Sie vergessen, dass ich Ihnen gefolgt bin und Sie besser kenne, als Sie annehmen. Sie sind kein Penner. Jedenfalls glaube ich das nicht, und ich denke, Sie glauben es auch nicht. Sie sind jemand, der Pech hatte, das ist alles. Jemand, der weiß, dass es mehr im Leben gibt, als in einem Müllcontainer zu hausen. Obwohl Sie im Begriff waren, die Front dieses Güterzugs zu küssen, denke ich, dass Sie immer noch zurück auf die Beine kommen und wieder leben möchten. Und damit meine ich nicht diese sinnlose Existenz, die Sie so satthaben, sondern *richtig* leben. Habe ich recht?«

Drake hatte keine Ahnung von meinem Plan, Arlene zu helfen, trotzdem berührten mich die Worte des großen Kerls *tatsächlich* ein wenig. Andererseits waren Worte billig. Es war viel zu früh, um seine Frage zu beantworten, und manchmal brachte mich mein Mundwerk in mehr Schwierigkeiten, als ich zugeben möchte, deshalb beschloss ich, einfach die Klappe zu halten und mir anzuhören, was mein Gastgeber zu sagen hatte. Anscheinend fasste er mein Schweigen als Bestätigung auf und fuhr fort.

»Ich wusste es. Ich wusste einfach, dass Sie der Richtige sind, Mike. Darum bin ich heute hier – um Ihnen zurück auf die Beine zu helfen. Auf meine Empfehlung hin ist Dr.

Marshall bereit, Ihnen eine stattliche Summe dafür zu bieten, dass Sie ihm bei der Fortführung seiner Forschungen unterstützen. Was er von Ihnen möchte, ist völlig legal, und niemand bekommt Schwierigkeiten. Alles, was Sie verloren haben, können Sie zurückhaben – und mehr. Sie können alles haben, was Sie sich je erträumt oder gewünscht haben. Es ist ganz einfach, Mike. Wenn Sie bereit sind, Dr. Marshall zu geben, was er will, ist er bereit, Sie reich zu machen.«

Mir gefiel nicht, wie sich das allmählich anhörte. Kein Geld der Welt konnte mir meine Frau und meinen Sohn zurückbringen, was ich mir am meisten ersehnte, aber dieses Steroidungetüm würde das nie verstehen. Für Typen wie ihn war Geld alles, was zählte. Und was das Geld anging – die wussten, dass ich obdachlos war und keinen Cent hatte; mich reich zu machen, bedeutete vermutlich, dass sie zwei- oder dreitausend Kröten ausspucken würden. Das würde mir nicht weiterhelfen. Ebenso wenig meiner Tochter. Sicher, einige Monate lang könnte ich es mir gutgehen lassen, nur danach wäre ich wieder dort, wo ich mich im Augenblick befand. Und was war mit dieser Unterstützung des Doktors bei seinen Forschungen? Was, zum Teufel, sollte das heißen? Wollten die, dass ich mich als menschliches Versuchskaninchen verpflichtete? Mir vielleicht radioaktive Seifenblasen in die Nüsse injizieren, um herauszufinden, wie groß Hoden anschwellen können, bevor sie explodieren? Nein, mir gefiel kein Stück, was sich da abzeichnete, aber da ich nun schon so weit gekommen war, konnte ich mir ebenso gut den Rest anhören.

»Und was genau will Dr. Marshall von mir?«

Drake stellte seinen Scotch wieder ab und sah mir unverwandt in die Augen. Mit gedämpftem Tonfall, beinah flüsternd antwortete er: »Er will Ihren rechten Arm.«

Eine Sekunde lang dachte ich, er scherzte wieder, doch etwas in seinen Augen, an der Haltung seiner Schultern und an der Verbissenheit seiner Kiefer verriet mir, dass er es tatsächlich ernst meinte.

»Er will WAS?«, brüllte ich, schlagartig wütend auf mich, weil ich mich in diesen Unfug hatte hineinziehen lassen. »Halten Sie den Wagen an, Drake. Ich habe genug von Ihrem Schwachsinn gehört. Sie können Dr. Stinkreich sagen, er soll sich zum Teufel scheren. Nur weil ich obdachlos und dreckig bin und manchmal aus Mülltonnen esse, bin ich noch lange kein Tier, mit dem er bei seinen kranken Experimenten herumspielen kann. Scheiß auf ihn, und weil wir gerade dabei sind, auf Sie gleich dazu. Sie kommen mit ihrer aufgetakelten Karre in die Elendsviertel und suchen nach einem einfachen Opfer. Tja, suchen Sie woanders, denn ich verschwinde. Und jetzt halten Sie den gottverdammten Wagen an!«

Ich war in keiner besonders günstigen Lage für Drohungen und fürchtete, zu weit gegangen zu sein. Für mich bestand kein Zweifel daran, dass dieser Hüne mein Rückgrat wie einen Zweig brechen konnte, aber was sollte es, ich war wütend. Zum Glück blieb Drake während meiner kleinen Tirade vollkommen ruhig und wartete geduldig, bis ich fertig war, ehe er antwortete.

»Wie Sie meinen, Mike. Ich habe Ihnen von Anfang an gesagt, dass die Entscheidung bei Ihnen liegt und für Sie keinerlei Verpflichtung zu irgendetwas besteht.«

Wie zuvor klopfte er an die Trennscheibe; die Limousine rollte über den Schotterrandstreifen und blieb stehen. Drake beugte sich vor und öffnete die Tür für mich, dann lehnte er sich zurück, um mich hinauszulassen.

»Sind Sie sich sicher, Mike? Sie schießen damit eine Menge Geld in den Wind.«

»Und ob ich sicher bin. Er will meinen *Arm*? Sie müssen den Verstand verloren haben! Wo sind die anderen zweihundert Mäuse, die Sie mir dafür versprochen haben, dass ich mir diesen Mist anhöre?«

Drake bedachte mich mit einem verhaltenen Grinsen, was entweder bedeutete, dass er über mich lachte, oder dass er meine jämmerliche Demonstration von Härte respektierte. So oder so, er griff nach seiner Brieftasche und holte zwei weitere Hunderter daraus hervor. Er zerknüllte sie wie Müll – zuvor hatte er die Scheine als Kleingeld bezeichnet – und schlug sie mir in die Hand. Ich steckte das Geld ein, rutschte hastig über den Sitz und hielt auf die Tür zu.

Ich rechnete damit, dass Drake mich aufhalten würde, bevor ich es aus dem Wagen schaffte. Seine Hand der Größe eines Baseballhandschuhs würde mich grob an der Schulter packen und mich rückwärts auf den Boden schleudern. Über mir aufragend, würde er brüllen: »Sie gehen nirgendwohin, Mister. Wir wollen Ihren Arm, und ich werde ihn mir hier und jetzt nehmen!« Drake würde einen seiner glänzenden Abendschuhe Größe sechsundvierzig mitten auf meine Brust pflanzen und mir den Arm mit bloßen Händen ausreißen.

Natürlich geschah nichts davon, trotzdem konnte ich das Bild meines über den hübschen neuen Teppich spritzenden Blutes erst abschütteln, als ich mich wohlbehalten aus der Limousine geschält hatte und auf dem Gehsteig stand. Da ich nicht darauf geachtet hatte, wohin wir gefahren waren, konnte ich nicht genau einordnen, wo ich mich befand, aber das war kein großes Problem. Ich würde einfach laufen, bis ich zu einer großen Kreuzung gelangte, zu einer, die ich kannte, dann würde ich den Weg zurück zur Carver Street mühelos finden.

Ich versuchte bereits, diese unschöne Episode zu verdrängen, und begann zu planen, wie Blue J und ich mit den vier großen Scheinen in meiner Tasche eine Nacht erster Klasse in der Stadt verbringen würden. Ginge alles gut, würde ich fürstlich gespeist und mich betrunken haben und trotzdem rechtzeitig zu meiner Mutprobe mit dem Güterzug erscheinen, der in elfeinhalb Stunden aus Rochester zurückkehren würde. Meine Füße hatten sich gerade in Bewegung gesetzt, als Drake den riesigen Schädel zur Tür der Limousine herausstreckte und etwas sagte, das mich vor dem vierten Schritt innehalten ließ.

»Nichts für ungut, Mike«, rief er. »Ob Sie es glauben oder nicht, ich habe großen Respekt vor Ihnen. Man begegnet nicht jeden Tag jemandem mit genug Mumm, um einfach aufzustehen und zwei Millionen Dollar links liegen zu lassen.«

Kapitel 5

Zwei Millionen Dollar?

Zwei *MILLIONEN Dollar?*

Hatte ich Drake das wirklich sagen gehört? Keine Chance, es musste sich um einen Irrtum oder womöglich einen weiteren Scherz handeln. Andererseits hatte Drake gemeint, sein Arbeitgeber sei unverschämt reich. Vielleicht ...

ZWEI MILLIONEN DOLLAR?

Die Zahl war so schwindelerregend gewaltig, dass mir die Nullen, als ich sie mir vorzustellen versuchte, wie eine Flipperkugel im Kopf herumschwirrten. Wie angewurzelt blieb ich stehen, außerstande weiterzugehen, zugleich jedoch zu verängstigt, um mich umzudrehen. Instinktiv spürte ich, dass ich untergehen würde, wenn ich umkehrte und mir mehr von diesem Wahnsinn anhörte.

Geh einfach weiter, Mike. Verschwinde von hier, warnte ich mich, doch ich konnte es nicht. Ich konnte einfach nicht. Wie sollte ich es rechtfertigen, eine solche Summe ausgeschlagen zu haben? Ich dachte daran, was ich damit alles kaufen könnte, an die Orte, die ich besuchen könnte – rechter Arm hin, rechter Arm her.

Ich dachte an Arlene. Herrgott im Vergleich zu dieser Summe waren die fünfundzwanzigtausend von der Versicherung nichts.

Wenn ich meine Karten richtig ausspielte, würde ich vielleicht sogar wieder mit ihr zusammen sein, ein Teil ihres Lebens werden können.

Langsam, Kumpel. Werd nicht euphorisch. Das wird nie geschehen.

Und dennoch *konnte* es geschehen. Oder nicht? Wie lautete noch mal das alte Sprichwort? Wie man es machte, konnte es verkehrt sein. Das fasste ziemlich gut zusammen, wie ich mich in dem Moment fühlte.

Letztlich drehte ich mich doch zu der Limousine um. Wenn ich schon verdammt sein würde, konnte ich dabei auch reich werden, oder? Drake bemühte sich redlich, nicht von einem Ohr zum anderen zu grinsen, aber Taktgefühl zählte offensichtlich nicht zu seinen Stärken. Er wusste, dass er mich dort hatte, wo er mich haben wollte; ich spielte den Trottel und dachte nur noch an das Geld.

»Sie haben richtig gehört, Mike. Zwei Millionen für Ihren rechten Arm. Wenn Sie mir nur kurz zuhören, ist es nicht annähernd so unheimlich, wie es klingt. Nathan Marshall ist kein verrückter Wissenschaftler aus einem schlechten Film, der, wie Sie es so fantasievoll ausdrücken, kranke Experimente durchführt. Um Himmels willen, er ist ein hoch angesehener medizinischer Forscher und Neurochirurg. Was haben Sie gedacht, dass er tun würde? Ihren Arm mit einer Axt abhacken, während ich Sie festhalte?«

Wie aus weiter Ferne hörte ich mich sagen: »Ich bin nicht sicher ...« Allerdings fühlte sich mein Gehirn losgelöst von meinem Mund an; es trieb in einer Vision, in der ich mich gemütlich auf einer sattgrünen Wiese aalte und mich auf einem Bett aus zwei Millionen Ein-Dollar-Grashalmen entspannte.

Es war seltsam, wirklich sonderbar, und Tagträume sahen mir überhaupt nicht ähnlich. Drake redete wieder mit mir.

»Was?«, fragte ich nach.

»Ich sagte, kommen Sie zurück in die Limousine und lassen Sie mich erklären, wie genau das Ganze vonstattengehen würde. Genehmigen Sie sich noch einen Drink, hören Sie sich *alles* an und treffen Sie dann Ihre Entscheidung. Zumindest können wir Sie zurück nach Hause fahren.«

Ich brauchte keine Fahrt zurück nach Hause. Was ich

brauchte, war der Wille, so schnell abzuhauen, wie mich die Beine tragen konnten, aber meine verfluchten Füße traten stattdessen einige Schritte auf die offene Autotür zu.

Tu's nicht, Mike, mahnte mich meine praktische Seite. *Sei kein Narr. Nimm das Geld, das du bereits eingesackt hast, und such das Weite. Lass es dir mit Blue J gutgehen, wie du es vorhattest, und vergiss dieses wahnwitzige Angebot. Er redet davon, dir den Arm abzuschneiden, deinen gottverdammten Arm, Mann! Wach auf und verdrück dich!*

Aber he, Fox, denk doch mal an all das Geld, schoss der gierige Teil meines Gewissens zurück. *Denk an alles, was du mit so viel Knete haben könntest, nicht zuletzt, dass deine Tochter dich vielleicht wieder lieben würde. Die Möglichkeiten, Fox – denk an die Möglichkeiten!*

Und das tat ich.

Es hatte keinen Sinn, es zu leugnen. Ganz gleich, wie angestrengt ich es versuchte, und ganz gleich, wie beschissen sich das Szenario anhörte, ich konnte nicht aufhören, daran zu denken, wie viel Geld auf dem Spiel stand.

Visionen von großen Häusern, kobaltblauen Swimmingpools, Tennisplätzen, Luxusautos, Ferien in Europa und wunderschönen, langbeinigen Frauen zogen vor meinem geistigen Auge vorbei. Bevor ich etwas dagegen unternehmen konnte, kletterte ich zum zweiten Mal auf den Rücksitz der Limousine und ließ mir ein weiteres Glas Single Malt Scotch reichen.

Drake klopfte gegen die Trennscheibe, und der Fahrer brachte uns wieder auf den Weg. »Guter Mann«, beglückwünschte er mich. »Und nun lassen Sie mich die Sache richtig erklären, damit Sie nicht mehr so schockierend wirkt. Es ist richtig, dass Dr. Marshall ihren rechten Arm entfernen möchte, allerdings wird er ihn nicht einfach abhacken. Wie ich schon sagte, er ist ein Chirurg von Weltruf. Derzeit arbeitet er an der Regeneration beschädigter Nerven. Fragen Sie mich nicht nach Einzelheiten, denn davon habe ich keine Ahnung. Ich kann nur sagen, dass er bereits vor geraumer Zeit mit seiner Forschung so weit fortgeschritten ist, wie er es mit Tierversuchen und Computersimulationen konnte. Nun muss er seine modernen Theorien an lebendigen Menschen testen. Natürlich würde die Gemeinschaft der Mediziner so etwas nie gestatten, was der Grund dafür ist, weshalb Dr. Marshall seine Forschung selbst finanziert. Auch wenn das ungern gesehen werden mag, wird es dadurch nicht illegal. Sie haben jedes Recht, Ihren Arm der medizinischen Forschung zu spenden, und er hat jedes Recht, Sie für Ihre Unannehmlichkeiten zu entschädigen. Das wird ständig gemacht. Im ganzen Land verkaufen Menschen einen Teil ihrer Leber oder eine Niere und bekommen dafür Geld. Warum also nicht Sie?«

Ich saß stocksteif da, nippte nicht einmal an meinem sündteuren Scotch. Ich kannte die Geschichten über Leute, die ihre Nieren für gutes Geld verkauften, hatte aber nie richtig darüber nachgedacht. Diese Geschichte hier unterschied sich nicht besonders davon, oder? Ich war zwar nicht restlos davon überzeugt, dass es legal war, aber wen kümmerte das schon? Dr. Marshall würde die Polizei nicht anrufen, um mich zu melden, soviel stand fest. Und bis es jemand anderer herausfände, falls überhaupt, hätten sich Arlene und ich längst gemütlich auf irgendeiner warmen Tropeninsel niedergelassen.

»Wo und wann würde es passieren, wenn, und damit meine ich *falls* ich mich entscheide, es zu tun?«

»Dieses Wochenende. Sie werden in seine Privatklinik gebracht, etwa drei Stunden von hier entfernt. Dort lernen Sie Dr. Marshall und sein erstklassiges medizinisches Personal kennen. Sie werden durch die Einrichtung geführt und erhalten Gelegenheit, jegliche Fragen zu stellen, bevor Sie endgültig einwilligen. Das Geld wird für Sie auf ein Bankkonto überwiesen, und Sie bekommen eine Überweisungsbestätigung, bevor die Operation beginnt. Der Eingriff selbst ist dem Vernehmen nach einfach und dauert höchstens ein paar Stunden. Sie werden dabei nichts spüren.

Wenn es vorbei ist, werden Sie versorgt und verwöhnt, so lange es dauert, bis Ihre Wunde ordentlich verheilt. Das Schlimmste, was zu befürchten steht, sind Fieber und Infektionsgefahr, aber die Ärzte und Krankenpfleger werden Sie rund um die Uhr überwachen. Sie werden erst dann aus der Klinik entlassen, wenn Sie zu einhundert Prozent gesund und schmerzfrei sind. Sie erhalten sogar eine Rehabilitationsbehandlung, um Ihnen lernen zu helfen, mit nur einem Arm zurechtzukommen. Zum Glück sind Sie Linkshänder, was die Sache leichter …«

»Woher wissen Sie das?«, unterbrach ich ihn, ziemlich schockiert darüber, dass diese Fremden so viel über mich wussten. Ich war tatsächlich Linkshänder.

»Was? Oh, das war einfach. Sie halten Ihren Drink mit der linken Hand.«

Ich verzog das Gesicht und setzte dazu an, etwas zu entgegnen, aber Drake begann sogleich zu lachen.

»War bloß ein Scherz, Mike. Ich gehe schon etwas Professioneller vor. Ich habe mich umgehört, Ihren Namen herausgefunden und anschließend alles über Sie in Erfahrung gebracht, was möglich war. Hab' mir all Ihre Unterlagen angesehen – Finanzdaten, Krankenakten, Ihre Ausbildung. Ich habe alles überprüft.

Wann werden Sie endlich begreifen, dass die Geschichte hier real ist, Mike? Wir albern nicht bloß rum und verschwenden Zeit. Dr. Marshall ist ein äußerst bedeutender Mann, der bereit ist, Sie reich zu machen, wenn Sie ihm helfen. Logischerweise wird es für Sie eine Weile hart sein, eine Gliedmaße zu verlieren, das ist mir klar, und er weiß es auch. Deshalb bietet er Ihnen ja so viel Geld dafür. Sie bringen damit ein gewaltiges Opfer. *Gewaltig*, aber ich traue mich zu wetten, dass Sie innerhalb eines Jahres mächtig froh sein werden, mir begegnet zu sein.

Sagen Sie einfach ja und kommen Sie in die Klinik. Lernen Sie Dr. Marshall kennen und fragen Sie ihn, was immer Sie wollen. Verbringen Sie ein paar Monate im Krankenhaus und zack – Sie sind Multimillionär. Es liegt bei Ihnen, Mike. Was sagen Sie?«

Das war eine gute Frage. Eine, auf die ich noch keine Antwort hatte. Um Zeit zu schinden, begann ich an meinem Drink zu nippen und dachte dabei nach. Drake lehnte sich mit seinem eigenen Scotch zurück und ließ mich in Frieden.

Tatsache eins: Ich hasste mein derzeitiges Leben und war vor Kurzem bereit und mehr als willig gewesen, mich umzubringen, um ihm zu entfliehen.

Tatsache zwei: Ich wollte meinen rechten Arm nicht verlieren. Das erklärt sich wohl von selbst. Nach neununddreißig Jahren fühlte ich mich meiner Gliedmaße ziemlich verbunden – im übertragenen und wörtlichen Sinn.

Tatsache drei: Ich glaubte alles, was mir Drake erzählte. Es mochte dumm sein, aber das war es, was mir mein Bauchgefühl sagte.

Tatsache vier: Ich wollte das Geld unbedingt. Es mutete absurd an, aber die vierhundert Dollar in meiner Tasche fingen bereits an, sich wie das Kleingeld anzufühlen, als das Drake sie bezeichnet hatte. Selbst wenn Arlene mich nie wieder lieben würde, hätten wir beide damit für den Rest des Lebens ausgesorgt.

Ich hockte da, trank meinen Scotch, ging die Punkte immer und immer wieder durch, bemühte mich, mir darüber klar zu werden. Sollte ich vielleicht einfach eine Münze werfen? Herrgott, war ich verwirrt. Es erschien mir beinah vorstellbar, dass ich dieses lächerliche Angebot tatsächlich in Erwägung ziehen würde. Aber ich konnte mir doch nicht einfach den Arm abschneiden lassen, oder? Nein, bei näherer Betrachtung wohl nicht.

Stimmt, Mike, aber im Augenblick denkst du nicht klar. Ich weiß, das Geld ist verlockend; trotzdem, vergiss es einfach. Die vierhundert hast du sicher – genieß sie, steige aus diesem Auto und schau nicht zurück. Bleib bei Plan A.

Fast so, als unterhielte der Fahrer der Limousine eine direkte Verbindung zu meinem Gehirn und könnte meine Gedanken hören, hielt der Wagen unvermittelt an. Ich blickte aus dem Fenster und stellte überrascht fest, dass wir uns wieder dort befanden, von wo wir aufgebrochen waren. Vom gemütlichen, weichen Ledersitz aus konnte ich unseren rostigen Müllcontainer unter der Eisenbahnbrücke und Puckman sehen, der immer noch davor kauerte und ungestüm rote, saftige Brocken aus seinem widerwärtigen Essen biss.

Es stand mir frei zu verschwinden. Ich brauchte nur die Tür zu öffnen und wegzugehen. Warum war ich dann noch nicht ausgestiegen? Immerhin hatte ich mich doch entschieden, oder? Ich konnte mich nicht auf diese Geschichte einlassen, richtig? Ich warf einen weiteren Blick auf das Leben in Armut und Würdelosigkeit, das mich draußen erwartete. Hatte ich mich entschieden? Ja, ich schätze, das hatte ich.

»Schreiben Sie mich ein, Drake«, sagte ich. »Ich bin dabei.«

Kapitel 6

Ich fühlte mich wie ein idiotisches kleines Kind, das ungeduldig auf den Schulbus wartete, als ich in meiner blauen Bomberjacke und mit meinem schäbigen Koffer in der Hand an der Carver Street stand, bereit, von Drake mit der weißen Limousine abgeholt zu werden. Er hatte zu mir gesagt, ich solle halb acht fertig sein, aber da ich keine Uhr besitze, stand ich bereits seit kurz nach Sonnenaufgang da, um die Fahrt nicht zu verpassen.

Die vergangenen drei Tage waren nur so verflogen. Es ist schon komisch: Davor war mir nie aufgefallen, wie sehr sich die Zeit verlangsamt hatte, da sie im Grunde genommen bedeutungslos wurde, wenn man obdachlos ist. Wenn man nach keinerlei Zeitplan lebte, nicht zur Arbeit musste, keine Anrufe zu tätigen, keine Post zu öffnen, keine Rechnungen zu bezahlen, keine Termine einzuhalten und keine Familie hatte, mit der man in Kontakt blieb, welche Rolle spielte es dann, wie spät es war? Oder welcher Wochentag, welcher Monat oder welches Jahr? Jede Minute jedes Tages war mit demselben, statischen, vergeudeten Leben ausgefüllt. Seit ich jedoch in Drakes bizarren Vorschlag eingewilligt hatte, war Zeit – oder vielleicht deren Mangel – plötzlich wieder wichtig für mich geworden.

Ich konnte nicht aufhören, an meinen rechten Arm und daran zu denken, wie bald er verschwunden sein würde. Jedes Mal, wenn ich ihn benutzte, um etwas aufzuheben, ein Glas Wasser zu trinken oder mich am Hintern zu kratzen, ging mir durch den Kopf: *Tja, bald kannst du das nicht mehr machen, Mike. Nie wieder.*

Ich versuchte, nicht mehr daran zu denken, doch das erwies sich als nahezu unmöglich. *Was ist mit Schuhen? Du wirst keine Schuhe mit Schnürsenkeln mehr tragen können, weil du nicht in der Lage sein wirst, sie dir selbst zuzubinden.* Die Liste der Dinge, die ich nie wieder tun können würde, schien endlos zu sein. Wie sollte ich nur zurechtkommen?

Zum Glück boten zwei Millionen Dollar eine Menge Motivation, um so gut wie allem optimistisch entgegenzusehen, und tief in meinem Innersten glaubte ich, dass ich mich an jedwede Unbilden gewöhnen würde, die vor mir liegen mochten. Immerhin würde ich noch meinen unversehrten linken Arm haben, und wenn der gerade beschäftigt wäre, konnte ich mir immer noch jemanden anheuern, der mich am Hintern kratzte.

Galgenhumor; gut für die Seele.

»Mach schon, Drake, beeil dich, bevor ich's mir anders überlege.«

Ich hatte nichts dergleichen vor, aber es auszusprechen, half mir, die Gedanken von meinem Arm abzulenken.

Die vierhundert Dollar, die Drake mir gegeben hatte, waren weg. Am Mittwoch waren Blue J und ich in die Stadt gegangen und hatten uns im protzigen *Four Seasons* eine Suite gemietet. Wir ließen es uns wirklich gutgehen, jedenfalls im Vergleich zu unseren üblichen Standards. Unser Zimmer war riesig und besaß getrennte Wohn- und Schlafbereiche. Im Wohnzimmer gab es eine Ledercouch, Stühle, einen Rollschreibtisch aus Eichenholz und eine komplette Heimkinoanlage mit Stereoturm, Surround-Sound-Lautsprechern und Breitbild-Satelliten-TV. Das Schlafzimmer wartete mit einem extragroßen Himmelbett samt glänzenden Satinlaken und einem Balkon mit Blick auf den Lake Erie auf.

Das Beste aber war das Badezimmer, in dem es eine Wanne für vier Personen und genug kostenlose Seifen, Shampoos und Schaumbäder gab, um eine Armee sauber zu bekommen. Blue J und ich bestellten erst Steaks und Wein, später Pizza, Hühnchenflügel und Bier und verbrachten fast die gesamte Nacht feiernd in der Wanne. Leider halten vierhundert Dollar in einem Nobelhotel nicht lange vor, deshalb standen wir bereits am Donnerstagmorgen wieder auf der Straße und kehrten zu unserem Müllcontainer zurück. Aber gut, solange es gedauert hatte, war es toll.

Aus irgendeinem Grund brachte ich es nicht über mich, Blue J zu erzählen, was ich tun würde. Ich behauptete, das Geld für das Gelage im Hotel hätte von der Schwester meiner Frau, Gloria, gestammt, die mich aufgespürt und eingeladen hätte, sie und Arlene einige Monate zu besuchen. Blue J glaubte mir; wir saßen beisammen und redeten darüber, dass ich vielleicht wieder auf die Beine kommen und ein neues Leben mit meiner Familie beginnen würde. Ich hasste es, meinen einzigen Freund zu belügen, aber es fühlte sich einfach nicht richtig an, ihm die Wahrheit zu sagen. Vielleicht dachte ich, er würde mich auslachen, als Trottel bezeichnen oder womöglich sogar mitkommen wollen. Ich wusste es nicht. Mein Plan bestand darin, zurückzukehren und ihn zu holen, sobald ich das Geld hatte. Er verdiente etwas Besseres als dieses Leben. Puckman hingegen erzählte ich überhaupt nichts, nicht einmal, dass ich froh war, ihn los zu sein. Ihn würde ich mit Sicherheit nicht retten kommen. Scheiß auf ihn.

Das Geräusch eines herannahenden Autos erregte meine Aufmerksamkeit. Als ich nach rechts schaute, erblicke ich die auf mich zusteuernde weiße Limousine. Dicht dahinter folgte ein kastanienbrauner Van, und ich stellte überrascht fest, dass beide Fahrzeuge an den Straßenrand rollten und in meiner Nähe anhielten. Die Hecktür der Limousine auf der Beifahrerseite öffnete sich, und ich ging um das Auto herum, wollte einsteigen. Drake schälte sich aus dem Fond und streckte die Hand aus, um mich aufzuhalten. Er wirkte größer und fieser, als ich ihn im Gedächtnis hatte, deutlich mehr als der bezahlte Muskelprotz, der er in Wirklichkeit war. Diesmal trug er einen schwarzen Jogginganzug und weiße Turnschuhe.

»Langsam, Mike«, brummte er. »Was soll das werden?«

Ich war verwirrt. »Na, ich komme mit, oder nicht?«

»Nicht in der Limousine, nein. Warum solltest du eine Sonderbehandlung erhalten? Steig in den Van. Du kannst mit den anderen zu Dr. Marshalls Anwesen fahren.«

Mit den anderen?

Ich schaute zu dem kastanienbraunen, etwa drei Meter entfernt stehenden Van, aber die Fenster waren zu dunkel getönt, um jemand im Inneren zu erkennen. Mein Blick heftete sich wieder auf Drake.

»Was soll das heißen, mit den anderen? Verkaufen noch *andere* ihre Arme?«

»Wann habe ich je gesagt, du wärst der Einzige?«

»Keine Ahnung. Ich schätze, ich dachte ...«

»Pass auf, Mike, ich habe keine Zeit, das jetzt mit dir durchzukauen. Wir sind ohnehin schon spät dran, also steig in den Van. Dr. Marshall wird alles erklären, wenn wir dort sind, in Ordnung?«

Damit kletterte Drake wieder in die Limousine und schlug die Tür zu. Ich wollte sie gerade noch einmal öffnen, um eine weitere Frage zu stellen, aber das Geräusch der Türverriegelung schob der Idee im wahrsten Sinne des Wortes einen Riegel vor. Ich war zwar immer noch verwirrt, hatte aber wenig andere Wahl, als zum Van zu gehen und zu tun, was man mir sagte.

Es war ein einigermaßen neuer Doge Caravan. Die große Schiebetür des Passagierbereichs öffnete sich in dem Moment, als ich die Hand nach dem Griff ausstreckte. Ich warf einen letzten Blick zur Brücke an der Carver Street und zu der jämmerlichen Zuflucht darunter, die ich als Zuhause bezeichnete, stählte mich und stieg in den Van.

Im Inneren befanden sich vier weitere Personen: ein Fahrer und drei nervös und verwahrlost aussehende Kerle, die hinten saßen. Der Fahrer, ein Schwarzer mit dunkler Sonnenbrille in grauem Nadelstreifenanzug, war vermutlich ein Mitarbeiter von Nathan Marshall, was bedeutete, dass wir uns zu viert unters Messer legen würden. Ein Blick auf die Männer im Fond glich einem Blick in den Spiegel: Alle waren weiß, Anfang bis Mitte dreißig und trugen saubere, aber offensichtlich gebrauchte Klamotten. Neben jedem stand ein etwas ramponierter Koffer oder Rucksack. Natürlich sahen wir alle unterschiedlich aus – zwei hatten Bärte – trotzdem verkörperten wir im Wesentliche dasselbe: Penner. Ich erkannte auf Anhieb, dass die anderen ebenfalls obdachlos waren oder kurz davor standen, es zu werden. Was durchaus Sinn ergab. Man musste schon gehöriges Pech gehabt haben, um auf ein solches Angebot einzugehen.

»Mach schon, Kumpel«, forderte mich der Fahrer auf. »Setz dich hin, die Limousine rollt schon an.«

»Ja, schon gut«, sagte ich, und da niemand auf dem Beifahrersitz saß, stellte ich meinen Koffer ab und kletterte neben den Fahrer. »Was dagegen, wenn ich mich hierhin setze?«

»Ganz und gar nicht. Aber halt dich gut fest, denn ich bekomme mächtig Ärger, wenn ich die Limousine aus den Augen verliere.«

Kaum hatte er es ausgesprochen, trat er das Gaspedal durch, und wir schossen hinter dem rasch entschwindenden Luxusschlitten her. Dann schaltete er die Radioanlage ein. Aus den Lautsprechern dröhnte Jazz. Die Musik war gut, aber viel zu laut für meinen Geschmack. Eine Unterhaltung war nahezu unmöglich, doch das war vielleicht gut so und womöglich der einzige Grund für die übertriebene Lautstärke. Der Fahrer lehnte sich herüber und brüllte mir praktisch ins Ohr.

»Entspann dich, Kumpel, wir haben gute drei, dreieinhalb Stunden Fahrt vor uns.«

Er zwinkerte mir kurz zu, dann richtete er die Aufmerksamkeit wieder auf die Straße. Es blieben die einzigen Wörter, die ich während der Fahrt zu hören bekam, die laut der Digitaluhr auf dem Armaturenbrett zwei Stunden und fünfzig Minuten dauerte. Gott allein wusste, wo wir uns befanden. Ich vermutete, irgendwo südlich von Buffalo, wahrscheinlich nahe der Südgrenze des westlichen New York. Ich hatte ein Straßenschild gesehen, das auf den Naturschutzpark Allegheny hinwies, und eine Ortstafel einer Kleinstadt namens Millhaven, wo immer das liegen mochte. Als der Fahrer die Musik schließlich leiser drehte, um uns mitzuteilen, dass wir fast ›zu Hause‹ wären, wie er es ausdrückte, seufzte ich zugleich nervös und erleichtert, dann streckte ich die Beine und den Rücken wie eine erwachende Katze.

Und tatsächlich, innerhalb von wenigen Minuten bog die weiße Limousine auf eine als ›Privatweg‹ gekennzeichnete Asphaltstraße. Durch Bäume hindurch konnte ich in der Ferne undeutlich ein riesiges Backsteingebäude ausmachen. Die Straße wand sich etwa eine Meile durch den Wald, bis sie daraus hervorbrach und mir den ersten genauen Blick auf Nathan Marshalls Anwesen ermöglichte.

Um ehrlich zu sein, ich war enttäuscht. Es handelte sich um ein dreigeschossiges, rechteckiges Gebäude mit etwas, das an ein Turmzimmer erinnerte, an der vorderen linken Ecke. Auf der Spitze des Turms wehte eine US-Flagge, die ein wenig ausgebleicht wirkte, als wäre sie seit zwanzig Jahren nicht mehr eingeholt worden. Auch der Rest des Gebäudes sah vernachlässigt aus und mutete mehr wie eine verwahrloste mittelalterliche Burg als eine topmoderne medizinische Forschungseinrichtung an. Ich wusste zwar nicht genau, was ich erwartet hatte, aber mit Sicherheit nicht dieses architektonische Ungetüm.

»Nicht besonders schön, was?«, meinte ich zum Fahrer.

»Das kannst du laut sagen, Kumpel, aber lass dich davon nicht täuschen. Doc Marshall ist ein verdammt guter Chirurg, und das Haus ist nur mit dem besten Zeug ausgestattet. Du kennst doch das Sprichwort, dass der Schein trügen kann, nicht wahr? Tja, auf diesen Ort trifft es zu. Du wirst schon sehen.«

Die Limousine rollte vor die Doppeltür des Eingangs, und wir hielten dahinter an.

»Alles aussteigen«, sagte der Fahrer. »Oh, und ihr zwei da hinten wartet kurz, ich hole eure Stühle.« Er klopfte mir auf den Arm und fragte: »Kannst du mir mit den Rollstühlen helfen?«

»Äh ... sicher.«

Wir gingen zum Heck des Vans, holten zwei klapprige alte Rollstühle heraus und halfen den beiden Bärtigen hinein. Schockiert stellte ich fest, dass jedem ein Bein fehlte, wenngleich nicht dasselbe. Es war mir nicht aufgefallen, als ich in den Wagen gestiegen war. Ich musste einfach fragen.

»Also, Leute, kriegt das bitte nicht in den falschen Hals, aber ihr habt beide schon ein Bein verloren. Braucht ihr nicht beide Arme, um zurechtzukommen?«

»Doch«, antwortete der mit dem roten Bart, dem das linke Bein fehlte. »Aber was soll die Frage?«

»Na ja, ich meine ja nur. Wenn ihr schon im Rollstuhl sitzt, wie könnt ihr da einen Arm verkaufen? Ihr könnt euch dann nicht mehr selbst fortbewegen. Jedenfalls nicht besonders leicht.«

Kurz hatte ich das Bild eines frustrierten Mannes mit nur einem Arm und einem Bein vor Augen, der mit dem Rollstuhl versuchte, die Straße zu überqueren, und stattdessen nur im Kreis herumfuhr.

»Wovon redest du, Mann?«, meldete sich der andere zu Wort, der einen braunen Bart hatte. »Ich bin hier, um mein Bein zu verkaufen, keinen Arm. Wie du schon sagtest, die Arme brauche ich.«

»Ich auch«, sagte der Rotbärtige. »Nur verkaufe ich mein rechtes Bein. Kann es ohnehin nicht mehr gebrauchen, also kann ich genauso gut das Geld dafür einstreifen, oder?«

Moment mal, Mike. Was ist hier los?

Ich wandte mich dem anderen Kerl zu, der still an der Eingangstür stand. »Was ist mit dir? Was verkaufst du?«

»Meinen linken Arm. Ich dachte, ihr anderen tätet das auch. Spielt aber keine Rolle, solange wir alle unser Geld bekommen.«

Damit hatte er wohl recht. Eigentlich spielte es wirklich keine Rolle. Es hatte mich nur im ersten Moment unvorbereitet getroffen, das war alles.

»Stimmt schon. Kommt nur etwas überraschend«, meinte ich. »Zwei Arme und zwei Beine. Ich meine, dieser Ort sieht zwar aus wie Frankensteins Burg, aber niemand hat mir gesagt, dass wir hier sind, um Teile für einen Körper zu liefern, den Dr. Marshall baut.«

Es war der Versuch eines Scherzes, doch als ich die anderen betrachtete, den Blick über den schaurigen Ort wandern ließ, an dem wir waren, und darüber nachdachte, was ich gerade gesagt hatte, lachte niemand – kein Einziger.

Grundgütiger!

Worauf hatte ich mich da bloß eingelassen?

TEIL DREI

DIE BURG

Kapitel 7

Drake öffnete die massive Tür, die in die Klinik führte, und scheuchte uns vier hinein. Ich schob den Rollstuhl des Rotbärtigen, während der Fahrer der Limousine den anderen übernahm.

Nachdem wir uns alle im Inneren befanden und die Tür hinter uns geschlossen hatten, forderte Drake uns auf, zu warten, während er überprüfte, ob man für uns bereit sei. Kaum war er um eine Ecke gebogen, verabschiedete sich der Fahrer der Limousine rasch, verschwand durch die Eingangstür hinaus und ließ uns allein.

Es gab nichts zu tun, außer einander anzustarren und auf Drakes Rückkehr zu warten. Die Diele, in der wir uns befanden, bestand vollständig aus Beton, einschließlich des Bodens und einer Treppe, die links nach oben führte. Die Decke lag viereinhalb Meter über unseren Köpfen, und obwohl es in dem Raum vermutlich ziemlich gehallt hätte, herrschte Totenstille, da niemand ein Wort sprach. Es war so ruhig, dass ich nervös wurde, deshalb ergriff ich die Initiative und stellte mich vor.

»Der Name ist Smith«, sagte der andere Mann ohne Behinderung – derjenige, der seinen linken Arm spenden würde. »William Smith, aber ich werde lieber Bill genannt.«

»He, stellt euch vor, ich bin auch ein Bill«, ergriff der Braunbärtige das Wort, dem das rechte Bein fehlte. »Bill Tucker. Nur, damit wir nicht durcheinanderkommen – zu Hause sagen wegen des Rollstuhls die meisten Rolli zu mir.«

Wir alle waren uns darin einig, dass Rolli gut wäre.

Der Name des Rotbärtigen lautete Sinclair Halderson. Persönlich wollte ich ihn lieber weiter Rotbart nennen, und als ich es ihm gegenüber scherzhaft erwähnte, lächelte er und meinte, damit hätte er kein Problem.

»Viele Leute nennen mich ohnehin Red. Kannst du ruhig auch tun, wenn du willst, Mike.«

»Klar«, erwiderte ich. »Wir stecken zusammen in diesem verrückten Abenteuer, und könnte man bei einem Abenteuer einen besseren Gefährten haben als einen Piraten? Also bleibt es bei Rotbart.«

Wir lachten zusammen, was die Anspannung ein wenig zu lockern schien. Alle waren nervös wegen dem, was uns bevorstand, aber zumindest gingen wir richtig an die Sache ran, nämlich mit Sinn für Humor. Es fühlte sich gut an, zu lachen; wir brauchten das. Bald zogen wir einander damit auf, was wir mit all dem Geld anfangen sollten, wenn alles vorbei wäre. Dabei erfuhr ich, dass meine ursprüngliche Vermutung zutraf: Wir alle vier hatten tatsächlich auf der Straße gelebt, bevor wir Drakes Angebot angenommen hatten.

Kurz überlegte ich, wie dieser Dr. Marshall bereit sein konnte, insgesamt acht Millionen Dollar an vier Außenseiter der Gesellschaft zu löhnen. Klang das nicht nach etwas *zu* viel Geld, um es einfach rauszuwerfen?

Vielleicht …

Mein Verstand begann gerade, die Dinge zu überdenken, doch dann tauchte Drake wieder auf und rief uns zu, wir sollten uns in Bewegung setzen. Unter Umständen hätte ich meinen Gedankengang weitergeführt, aber als wir ihm um die Ecke folgten, ließ mich das, was uns erwartete, hörbar die Luft einsaugen und alle noch vorhandenen Restzweifel schlagartig vergessen.

Die schmucklose Diele ging in einen prunkvollen, dreigeschossigen Vorraum mit Glasdach über. Ein auf Hochglanz polierter smaragdgrüner Marmorfußboden erstreckte sich über die gesamte Fläche eines Raums mit einem Durchmesser von über zwanzig Meter und einer Höhe, die fast dreißig Meter betragen musste. Zu unserer Linken befand sich ein langer Rezeptionsschreibtisch aus Kirschholz, kunstfertig von Hand mit einem Taubenschwarm beschnitzt. Luxuriöse Sofas und Sessel aus schwarzem Leder waren kunstvoll im Raum angeordnet, außerdem mehrere Glasschaukästen, gefüllt mit Statuen, Gemälden und sonstigen offenbar wertvollen Stücken. Besonders hingezogen fühlten sich meine Augen zu einer Anordnung juwelenbesetzter Schwerter auf einem Teppich aus antiken Goldmünzen.

Alle Sitzgelegenheiten und Schaukästen waren zur Nordmauer hin ausgerichtet, wodurch mein Blick auf einen riesigen, drei Meter hohen Kamin in der bunten Feldsteinwand fiel. Zu beiden Seiten des Kamins hingen fünfzehn Meter hohe Wandteppiche. Beide zeigten prunkvoll die majestätisch aufgehende Sonne über den Spitzen zweier gottgleich ausgestreckter Hände.

Ich hatte mich noch nie in einem solchen Raum aufgehalten. Er war einfach unglaublich, atemberaubend in seiner Schönheit, besonders im Vergleich zum schäbigen, verfallenden Äußeren des Gebäudes. Zuvor hatte ich diesen Ort in Gedanken mit einer mittelalterlichen Burg statt mit einer Klinik verglichen; der Anblick des gewaltigen Kamins und der erlesen gewobenen Wandteppiche verstärkte den ursprünglichen Eindruck nur.

Was mag all diese Extravaganz gekostet haben? Diesem Arzt muss das Geld beim Hintern rausquillen!

Allein dieser Raum musste ein Vermögen gekostet haben. Vielleicht waren acht Millionen für uns Loser doch keine so große Summe, wie ich zuvor gedacht hatte.

Drake führte uns an der Rezeption vorbei durch den

Vorraum in einen kleineren Raum, den ich auf den ersten Blick irrtümlich für ein Kino hielt. Fünf Reihen von Stühlen mit hohen Lehnen waren in einem Halbkreis nach unten abgestuft zu einer großen weißen Projektionsleinwand hin angeordnet. Rechts neben der Leinwand stand eine erhöhte Holzkanzel mit einem daran befestigten silbrigen Mikrofon, das für jemanden gedacht war, der sich an die Anwesenden wandte. Offensichtlich handelte es sich bei dem Zimmer um eine Art Konferenzraum, in dem Besprechungen, Medienveranstaltungen und Videopräsentationen abgehalten werden konnten.

»Alle hinsetzen«, befahl Drake. »Dr. Marshall wird gleich hier sein und alles mit euch durchgehen. Falls ihr Fragen habt, ist das der richtige Zeitpunkt, sie zu stellen. Am Ende jeder Reihe ist Platz für Rollstühle. Ihr anderen beiden hockt euch hin, wo ihr wollt.«

Ich half Rotbart, sich am Ende der dritten Sitzreihe niederzulassen, dann pflanzte ich mich einige Stühle nach innen versetzt in dieselbe Reihe. Rolli fuhr die Rollstuhlrampe hinunter zur ersten Reihe, während Bill hinten auf der gegenüberliegenden Seite des Gangs Platz nahm.

»Gut«, meinte Drake. Er spähte in den Vorraum, lächelte und winkte jemandem zu, dann ging er die Rollstuhlrampe hinunter in den vorderen Bereich des Raums. »Also, keine lange Einleitung, denn ich bin kein guter Redner, aber es ist an der Zeit, dass ihr den Mann kennenlernt, der dafür verantwortlich ist, dass ihr heute hierher gebracht worden seid. Es ist mir ein Vergnügen, euch den brillantesten Mann vorzustellen, den ich kenne. Behandelt ihn anständig, oder ich schlage euch die Schädel ein.« Er deutete zur Tür. »Dr. Nathan Marshall.«

Drake hatte recht; ein großer Redner war er wahrhaftig nicht, aber die Einleitung genügte trotzdem. Wie alle anderen drehte ich mich um, als Nathan Marshall den Raum betrat.

Ich bezweifle, dass ich als Einziger überrascht war, einen Mann zu sehen, der gemütlich in einem blauen Metallrollstuhl mit glänzenden Chromreifen saß, die Beine unter einer dünnen gelben Wolldecke verborgen.

Ein flüchtiger Blick zu Bill, Rotbart und Rolli bestätigte, dass offenbar niemand von uns von der Behinderung des guten Doktors gewusst hatte. Nicht, dass es wirklich wichtig gewesen wäre – ich hatte ihn mir bloß anders vorgestellt.

Allerdings war er genauso gut aussehend, wie Drake angedeutet hatte. Dichtes, gewelltes schwarzes Haar krönte sein schmales, adelig wirkendes Gesicht. Er musste mindestens sechzig Jahre alt sein, wirkte aber bedeutend jünger, wenn man ihn nicht allzu genau musterte. Ich denke, es lag an den Augen – ausdrucksstarke, stechende blaue Augen, in denen ein leichter Hauch von Grün mitschimmerte. Seine Haut war ziemlich blass, was jedoch nicht von einer Krankheit herrührte; wahrscheinlich lag es daran, dass er die meiste Zeit im Haus verbrachte.

Der Doktor war leger mit einem dunkelblauen Pullover bekleidet, dessen Ärmel er zu den Ellbogen hochgekrempelt hatte. Seine Beine verbarg die gelbe Decke, aber darunter trug er brandneue weiße Adidas-Laufschuhe. Seine Beine schienen dünn und etwas verkümmert zu sein, dafür war sein Oberkörper umso besser entwickelt. Offensichtlich verbrachte Dr. Marshall trotz seiner Behinderung unzählige Stunden im Fitnessraum. Alle Blicke folgten ihm, während er sich langsam den Weg nach vorn zum Podium bahnte.

»Guten Morgen, meine Herren«, begrüßte uns Dr. Marshall, als er sich schließlich auf der erhöhten Plattform einfand. Er ignorierte das Mikrofon und sprach stattdessen mit kräftiger, klarer Stimme zu uns. »Ich bin so froh, dass wir uns endlich kennenlernen.«

Er besaß einen leichten Akzent – eindeutig europäisch, vielleicht deutsch. Sein Tonfall war freundlich, und er schien aufrichtig glücklich darüber zu sein, uns zu treffen. Wie Drake vorhergesagt hatte, mochte ich ihn auf Anhieb. Unwillkürlich verspürte ich auch einen Anflug von Ehrfurcht. Ich hatte in meinem gesamten wertlosen Leben nie etwas vollbracht, und vor mir befand sich ein beherzter Mann, der sich aus einem Rollstuhl heraus weltweite Anerkennung verdient hatte und sich etlicher Errungenschaften rühmen konnte. Ich fühlte mich dadurch wie ein Versager erster Klasse. Ich verdiente es nicht, mich im selben Raum wie dieser Mann aufzuhalten.

Drake übernahm es, uns nacheinander vorzustellen.

»Sie müssen entschuldigen, wenn ich nicht aufstehe, um Ihnen die Hand zu schütteln«, sagte Dr. Marshall, und alle kicherten, vor allem Rotbart und Rolli, die den Scherz noch besser nachvollziehen konnten als Bill und ich.

»Zunächst möchte ich Ihnen dafür danken, dass Sie eingewilligt haben, heute hierher zu kommen. Mir ist bewusst, wie groß ihr Opfer sein wird, und Sie sollen wissen, ich nehme es nicht leichtfertig entgegen. Was Sie im Begriff zu tun sind, ist etwas Besonderes, nicht nur für mich, sondern für die medizinische Wissenschaft und alle Menschen, die künftig zweifellos von unseren Erfolgen profitieren werden. Ich habe zudem einen wesentlich persönlicheren Grund, Ihnen dankbar zu sein, aber darauf komme ich später zu sprechen.«

Dr. Marshall hielt inne, um Drake etwas ins Ohr zu flüstern. Drake nickte, stand auf und verließ den Raum durch eine Metalltür zu unserer Linken. Die Tür schwang zu, und ich richtete die Aufmerksamkeit wieder auf den Mann am Podium.

»Also gut«, sagte Dr. Marshall. »Wir haben viel zu besprechen, also fangen wir an. Wie Mr. Drake Ihnen sicher mitgeteilt hat, bin ich Chirurg und habe Jahre im öffentlichen Dienst hinter mir gelassen, um mich auf meine private Forschung zu konzentrieren. Meine Arbeit hier unterscheidet sich im Wesentlichen nicht von der jedes anderen Wissenschaftlers, nur finanziere ich alle Projekte selbst, ohne vor verschiedenen Bankern, Regierungsbehörden und Financiers aus der Privatwirtschaft buckeln zu müssen. Sie wären überrascht, wie viel Zeit von ungemein talentierten Leuten verschwendet wird, deren Forschungsarbeit sich verzögert, weil sie um weitere Subventionen und Darlehen betteln müssen. Und glauben Sie mir, Verzögerungen und unzureichende Mittel können in dieser Branche verheerend sein.

Zum Glück war Geld hier nie ein Thema. Infolgedessen verläuft meine Forschung tendenziell deutlich reibungsloser und schneller als die der meisten Kollegen. Wird eine weiterentwickelte oder neue Technologie verfügbar, die dem förderlich sein kann, woran ich arbeite, ziehe ich los und besorge sie mir. Die Kosten sind nebensächlich. Geld ist ziemlich bedeutungslos. Wissen ist mir erheblich wichtiger als Dollars und Cents.«

Eins stand fest: Dr. Marshall war ein guter Redner. Seine packenden Worte und die Überzeugung in seinem Tonfall bannte die Aufmerksamkeit aller Anwesenden. In dem kleinen Konferenzraum herrschte Stille, während er sprach, und als ich einen Blick zu meinen drei Gefährten warf, nickten sie zum Vortrag des Doktors, als glaubten sie alle genauso felsenfest, dass Wissen über schnöden Mammon zu stellen sei.

Was für ein Haufen Scheiße!

Der Mann war Milliardär – er konnte es sich leisten, so zu reden. Wir alle hingegen waren Penner, die auf der Straße lebten, immer nur zwei oder drei entfallende Mahlzeiten vom Hungertod entfernt. Keiner von uns wollte Wissen. Wir wollten Kohle. Zwei Millionen, um genau zu sein, oder warum sonst saßen wir in diesem Raum? Ich persönlich jedenfalls war nicht gekommen, um meinen Arm zum Wohl der Menschheit zu stiften – drauf geschissen. Ich war zum Wohl von Michael Fox hier.

Allerdings klangen die Worte des Doktors aufrichtig und bewegten mich so sehr, dass ich mich dabei ertappte, genau wie die anderen an den entsprechenden Stellen der Rede zu nicken. Wer war ich, einem Milliardär zu widersprechen, erst recht einem, der im Begriff war, mich reich zu machen? Wenn Dr. Marshall meinte, wir wären zum Vorteil unserer Mitmenschen und zur Erlangung von Wissen hier – klar doch, Mann. Dann waren wir eben deshalb hier.

»Über dreißig Jahre lang«, fuhr Dr. Marshall fort, »habe ich den Großteil meiner Studien dem menschlichen Nervensystem gewidmet, oder, um es präziser auszudrücken, der Regeneration und Heilung der Nerven, wenn sie beschädigt oder versehentlich durchtrennt werden. Dinge wie Wirbelsäulenverletzungen, Lähmungen und Unfälle mit Amputationsfolge sind meine Spezialgebiete. Ich hoffe, eines Tages schreckliche Krankheiten wie Schüttellähmung, Epilepsie und Multiple Sklerose in Angriff nehmen zu können – Gebrechen, die alle durch genetisch defekte oder unfallbedingt beschädigte Nervensysteme verursacht werden –, aber Behandlungen dagegen sind momentan noch ein Wunschtraum und liegen in ferner Zukunft.

Als ich anfing, wurde ich öffentlich als Narr bezeichnet. Niemand wollte sich des Nervensystems annehmen, weil das von vornherein als verlorene Schlacht galt. Und damit meine ich, dass kein Geld damit zu holen war. Konnte man keine positiven Ergebnisse vorweisen, bekam man keine Mittel, um die Forschung weiterzufinanzieren, warum sich also die Mühe machen? Für Wissenschaftler war es einfacher, sich anderen Spezialgebieten zu verschreiben, in denen man eher Ergebnisse erzielen und Subventionen erlangen konnte. Ich sah das anders, und zu dem Zeitpunkt, zu dem ich mich letztlich in die private Forschung zurückzog, nannte mich niemand mehr einen Narren.

Seither wurden große Fortschritte erzielt; nicht nur von mir, sondern von vielen hingebungsvollen Wissenschaftlern weltweit. Ich habe eben nur mehr als die meisten anderen geschafft.«

Drake kehrte unauffällig in den Raum zurück, nickte seinem Arbeitgeber bestätigend zu und nahm in der ersten Sitzreihe Platz. Als hätte Dr. Marshall auf das Zeichen gewartet, setzte er sich im Rollstuhl aufrechter hin und begann, sich die Hände zu reiben. Seine Aufregung zeigte sich unübersehbar. Als er weitersprach, ertönte seine Stimme lauter als zuvor, und sein leichter Akzent kam deutlicher zum Vorschein.

»Ich könnte wahrscheinlich noch Stunden hier sitzen und über medizinische Fortschritte und Durchbrüche referieren, allerdings vermute ich, Sie würden den Großteil davon nicht verstehen. Das ist natürlich keineswegs respektlos gemeint, aber die Einzelheiten können bisweilen etwas trocken und verwirrend sein. Ich möchte Ihnen lieber zeigen, was wir bisher erreicht haben, damit Sie sich ein Bild davon machen können, wie weit wir schon gekommen sind.

Nach dem Mittagessen unternehmen wir einen Rundgang durch die Einrichtung, aber zuvor habe ich mir die

Freiheit genommen, eine Videopräsentation über einige Höhepunkte unseres Programms zusammenzustellen. Deshalb haben wir uns in diesem beengten Raum statt in einer gemütlicheren Ecke eingefunden. Mr. Drake versicherte mir, das Video sei abspielbereit, also schlage ich vor, wir sehen es uns an und besprechen die Dinge im Anschluss daran weiter. Einverstanden?«

Wir alle befanden, das sei in Ordnung – was hätten wir sonst sagen sollen? Drake wartete auf ein Nicken seines Auftraggebers, dann ging er zu einem Schalter an der Wand, um die Lichter abzudunkeln.

»Oh, einen Moment noch, Mr. Drake«, hielt ihn Dr. Marshall zurück. »Vielleicht sollte ich doch ein paar Worte darüber verlieren, was wir in dem Video sehen werden, bevor wir loslegen. Das Material, das Ihnen gleich präsentiert wird, ist etwas explizit. Ich fürchte, expliziter, als Sie es gewohnt sind. Medizinische Wissenschaft ist kein hübscher Anblick, um offen zu sein. Manchmal ist sie regelrecht abscheulich, aber dagegen lässt sich nichts machen. Falls Ihnen der Anblick von Blut Unbehagen oder Übelkeit bereitet, können Sie jederzeit die Augen schließen oder wegschauen. Jedenfalls fand ich, es wäre einfacher, wenn Sie es zuerst hier auf Video sehen, als Sie gleich unvorbereitet durch die Labors zu führen.

Das Material wird Sie zweifellos auf unseren späteren Rundgang vorbereiten, aber der Sinn des Videos besteht nicht darin, irgendjemanden zu schockieren; vielmehr soll es beweisen, dass die Dinge, die wir hier versuchen wollen, getan werden können und teils bereits getan *werden*. Ich glaube aufrichtig daran, dass wir Erfolg haben werden.«

Ich wusste nicht, wie es den anderen ging, aber ich saß da und fragte mich, was er damit meinte. Was wollten wir denn versuchen? Ich spielte mit dem Gedanken, den Doktor danach zu fragen, doch er war gerade damit beschäftigt, den Rollstuhl beiseitezumanövrieren, damit er niemandem die Sicht auf das Video versperrte.

»Wie auch immer«, fuhr der Chirurg fort, nachdem er seinen neuen Platz eingenommen hatte. »Genug geredet. Mr. Drake, spielen Sie das Video ab!«

Drake dunkelte den Raum ab, und gleich darauf erwachte die große weiße Leinwand zu gleißendem Leben.

Kapitel 8

Insgesamt dauerte die Vorführung wahrscheinlich nur fünfzehn Minuten, aber es fühlte sich drei- oder viermal so lange an. Es ist schwer zu beschreiben, was ich sah – Körperteile, Blut und seltsame Maschinen, die wie etwas aus einem Science-Fiction-Streifen anmuteten. Das Material war grausig und zugleich spannend.

Offensichtlich hatte Dr. Marshall eine Möglichkeit entwickelt, Organe und Gliedmaßen ... *am Leben zu erhalten*, wäre wohl die beste Beschreibung. Er konnte beispielsweise ein abgetrenntes Bein an diese Maschine anschließen, die kontinuierlich Blut hindurchpumpte, als wäre es noch an einem Körper angewachsen. Hunderte, vielleicht Tausende feine Drähte waren an dem Glied befestigt und übertrugen an die freiliegenden Nervenenden anscheinend elektrische Reize, die bewirkten, dass sich das Bein bewegte. Und die Drähte mussten ordentlich Strom übertragen, denn in jedem Beispiel, das uns gezeigt wurde, zuckte und tänzelte der Arm, das Bein, das Herz oder was auch immer gehörig.

Es war in der Tat ungewöhnlich zu beobachten, wie sich eine körperlose Hand öffnete und schloss, mit den Fingern wackelte und sich anschließend spastisch auf der Tischoberfläche hin- und herwarf. Zuerst jagte es mir eine Höllenangst ein – es war das Unheimlichste, was ich je gesehen hatte –, doch je länger die stete Abfolge von Beispielen andauerte, desto mehr wurde der Anblick bizarr statt schaurig. Bizarr ist wahrscheinlich ein zu starkes Wort. Vielleicht seltsam? Ja, das klingt besser. Es war so verdammt *seltsam* zu sehen, wie ein oberhalb des Knöchels abgeschnittener Fuß zu einem nicht zu hörenden Takt rhythmisch mit den Zehen klopfte.

Das mit Abstand Erstaunlichste – und hätte ich es irgendwo anders gesehen, hätte ich gelacht und geschworen, es sei fingiert – war ein unterhalb des Kinns abgetrennter menschlicher Kopf. Die Wirbelsäule hing noch daran, lag jedoch frei und befand sich in einer mit milchig-gelblicher Flüssigkeit gefüllten Glaskammer. Die Augen öffneten und schlossen sich alle vier oder fünf Sekunden, die Nase zuckte unablässig, und einmal während der etwa dreißig Sekunden, die der Kopf zu sehen war, klappte der Mund auf und schien geräuschlos zu schreien.

Unter dem Kinn, wo sich der Hals hätte befinden sollen, verschwanden mehrere rote und blaue Schläuche in der Halshöhle, offenbar irgendwie mit dem Gehirn des armen Mannes verbunden, um es mit lebenserhaltendem Blut zu versorgen. Darunter im Glastank war ein gigantisches Netzwerk von Drähten und Elektroden an der gesamten Länge der Wirbelsäule befestigt und verursachte, dass sie in ihrem wässrigen Heim zuckte wie der Schwanz eines filetierten Fischs, der sich beharrlich weigerte zu sterben.

Als das Video schließlich endete und Drake die Lichter wieder heller schaltete, beherrschte ein unbehagliches Schweigen den Konferenzraum. Niemand schien eine Ahnung zu haben, was er sagen sollte. Ich meine, mal ehrlich, was *konnte* man nach einer solchen Vorführung schon sagen? Es wäre anders gewesen, hätten wir gewusst, dass es sich um einen miesen Horrorstreifen mit Ketchup und billigen Spezialeffekten handelte, doch das traf nicht zu. In diesem Fall war alles real – sogar der abgetrennte Kopf.

Und dennoch: So schockierend und grotesk Dr. Marshalls Experimente zweifellos waren, nach dem Video ertappte ich mich dabei, mich von der Arbeit des Chirurgen nicht abgestoßen, sondern nur umso verblüffter zu fühlen. Was er vollbracht hatte, reichte an ein Wunder heran, das mir die Sprache verschlug, je mehr ich darüber nachdachte. Ich hatte unzählige Fragen, die ich stellen wollte, nur schien ich nicht die richtigen Worte zu finden, um damit anzufangen. Anscheinend hatte sich das, was wir gesehen hatten, auf meine körperteilspendenden Mitstreiter ähnlich ausgewirkt. Ihre Mienen widerspiegelten dieselben gemischten Gefühle aus Grauen, Ungläubigkeit, Akzeptanz, Neugier und Faszination, die ich empfand. Es war Drake, der schließlich das Schweigen brach.

»Brauchen Sie mich noch, Sir?«, fragte er seinen Boss.

»Äh ... nein, Mr. Drake. Sie können gehen, wenn Sie möchten. Sehen Sie doch bitte nach, wie weit der Koch mit dem Essen ist. Ich beantworte noch eben etwaige Fragen unserer Gäste, dann treffen wir uns im Esszimmer.«

Drake nickte und eilte ohne ein weiteres Wort aus dem Raum. Vielleicht spielten mir meine Augen einen Streich, weil sie sich erst wieder an das grelle Licht gewöhnen mussten, aber ich war ziemlich sicher, dass sich Drakes Jogginghose vorne gewölbt hatte, als habe er eine Erektion. War das möglich? Ich fand es unvorstellbar, dass jemand das, was wir gesehen hatten, auch nur im Entferntesten als erregend empfinden könnte. Unglaublich, ja, aber erotisch – keine Chance. Drake müsste völlig krank sein, wenn ihn so etwas aufgeilte ...

»Fragen, meine Herren?«, erkundigte sich Dr. Marshall und riss mich aus meinen düsteren Gedanken. »Nur zu. Es möchte doch bestimmt jemand etwas fragen, oder?«

»Waren diese Dinger *echt*?«, meldete sich Rolli zu Wort, der geistesabwesend den Stumpf seines fehlenden Beins kratzte.

»Dinger?«, hakte der Doktor mit leicht ironischem Unterton nach. »Die Körperteile? Selbstverständlich waren sie echt. Ich sollte mich entschuldigen. Ich habe unterschätzt, wie schockierend all das aussehen muss. Aber ich habe Sie gewarnt, dass dieses Video etwas explizit sein würde.«

Beinah wäre ich in Gelächter ausgebrochen. Das musste die Untertreibung des Jahres sein. Es war, als behauptete man, der Ozean sei etwas feucht.

»Wie um alles in der Welt haben Sie das gemacht?«, staunte Rotbart. »Wie erhalten Sie die am Leben?«

»Das ist die Millionenfrage, nicht wahr? Das ist immer der Kern des Problems gewesen. Schon seit Jahren sind Chirurgen in der Lage, abgetrennte Gliedmaßen wieder zu befestigen; das Problem sind immer die Nerven gewesen, die absterben und nicht mehr funktionieren. Es ist sinnlos, jemandem den Arm wieder anzunähen, wenn er nur nutzlos am Körper hängt. Es werden schon Fortschritte erzielt, und manchmal haben Chirurgen Glück, sodass sich die Funktionstüchtigkeit zu achtzig bis neunzig Prozent wieder einstellt. Meist jedoch erlangen die Patienten nur dreißig bis vierzig Prozent der ursprünglichen Fertigkeit zurück.

Ist das ausreichend? Ich für meinen Teil sage nein. Mein Ziel sind von jeher hundert Prozent gewesen. Meine Patienten werden die vollständige Verwendungsfähigkeit und Kontrolle über ihre beschädigten Gliedmaßen erreichen. Das ist eine hochgegriffene, ja, manche würden sagen, eine arrogante Behauptung, trotzdem bin ich fest davon überzeugt, dass sie realistisch ist.

Der Trick besteht darin, zu verhindern, dass die Nerven absterben. Das ist zwar leichter gesagt, als getan, gehört aber nicht mehr ins Reich der Fantasie. Sie müssen wissen, das menschliche Nervensystem besteht aus Milliarden und Abermilliarden einzelnen Nervenzellen, die alle in Reihen angeordnet sind wie ... wie eine Marschkapelle. Kein besonders toller Vergleich, aber er funktioniert. Wenn der Kapellmeister, mit anderen Worten das Gehirn, vom Trompetenspieler eine bestimmte Melodie hören will, teilt er das der ersten Nervenzelle in der Kolonne mit. Dieses erste Glied in der Kette gibt das Ersuchen an die nächste weiter, bis der Trompetenspieler die Nachricht erhält und damit beginnt, das gewünschte Lied zu spielen, oder, in menschlichen Begriffen, bis der Fuß zu gehen, sich der Finger zu krümmen anfängt oder was auch immer. Verstehen Sie?

Wenn nun eine der Nervenzellen beschädigt oder tot ist, kann die Botschaft vom Gehirn nicht richtig weitergeleitet werden. Wir haben einen Weg gefunden, das zu beheben. Allerdings gibt es einige Faktoren, die entscheidend dafür sind, dass es funktioniert. Einer davon ist Zeit. Die abgetrennte Gliedmaße darf nicht einfach herumliegen. Ein weiterer Faktor ist Blut. Es muss so rasch wie möglich eine ununterbrochene und kräftige Versorgung mit Blut wiederhergestellt werden.

Und das ist die Stelle, an der die meisten Wissenschaftler und Chirurgen den falschen Weg einschlagen. In ihrer Eile, die Blutversorgung wieder einzurichten, befestigen sie das abgetrennte Glied sofort wieder am Körper des Patienten. Die Durchblutung ist dadurch wieder gegeben, aber das Nervensystem ist in der Regel tot oder stirbt ab, und dann gibt es keine Möglichkeit mehr für den Versuch, es zu reparieren. Die Ärzte lehnen sich einfach zurück und hoffen, dass Zeit und Erholung den Schaden letztlich heilen werden.

In diesem Institut haben wir einen radikal anderen Ansatz gewählt. Die Durchblutung muss natürlich wiederhergestellt werden, aber niemand kann behaupten, dass ein abgetrenntes Glied zurück an den Körper muss, um das zu bewerkstelligen.«

Rolli, der in der vordersten Reihe saß, stieß hörbar die Luft aus und zog damit die Aufmerksamkeit aller auf sich. Er klopfte zur Betonung auf die Armlehne seines Rollstuhls, als er endlich die Verbindung herstellte, auf die ich bereits gekommen war, während wir uns das Video ansahen. »Es sind diese verdammten Maschinen, nicht wahr? Sie pumpen das Blut. Mit ihnen stellen Sie die Durchblutung ohne Körper wieder her, richtig?«

»Genau. Und es ist sogar relativ einfach. Wir schließen die Schläuche direkt an die vorhandenen Hauptvenen und -adern an. Falls Sie je jemanden gekannt haben, der eine Herztransplantation oder, was häufiger vorkommt, eine Bypassoperation hatte, dann wissen Sie, dass die Ärzte das Herz des Patienten anhalten, damit sie daran arbeiten können. Dafür schließen sie den Patienten an eine sogenannte Herz-Lungen-Maschine an, kurz HLM. Der Chirurg leitet den Blutstrom vom Herzen weg in diese HLM, die für die Dauer der Operation die Funktion des menschlichen Herzens und der Lungen übernimmt.

Es ist ein erstaunliches Gerät. Die Maschine pumpt nicht nur gleichmäßig Blut durch den Körper, sie wärmt es auch, um es auf Körperkerntemperatur des Patienten zu halten, und obendrein versorgt sie es noch mit Sauerstoff, wodurch sie wie eine gesunde Lunge fungiert.

Interessant und vielen Menschen nicht bekannt ist der Umstand, dass ein Patient, der auf der Intensivstation nach einer Bypassoperation einen Herzstillstand erleidet, in den Operationssaal gebracht und wieder an die Herz-Lungen-Maschine angeschlossen wird. Auf diese Weise können die Ärzte am Herz des Patienten arbeiten, ohne dem Druck der tickenden Uhr ausgesetzt zu sein, gegen die sie arbeiten. Statt wenigen Minuten steht ihnen ein ausgeweitetes Zeitfenster zur Verfügung, und häufig kann jemand wiederbelebt werden, dessen Herz buchstäblich vor Stunden stillgestanden hat. Ich fand das immer faszinierend.

Normale HLM sind ziemlich sperrig und schwer transportierbar; unsere verbesserte Version ist kleiner, effizienter und tragbar, sodass die Geräte aus Operationssälen in Labors oder überallhin gebracht werden können, wo man sie braucht. Wir haben ein kleines Problem damit, unseren ständigen Bedarf an frischem Blut zu decken, aber abgesehen davon, funktioniert das System fabelhaft.

In der medizinischen Gemeinschaft liegt die Bestmarke für den am längsten mit einer HLM am Leben erhaltenen Patienten bei achtundzwanzig Tagen. Die meisten Menschen würden finden, das sei ein beeindruckender Wert. Nicht so hier bei uns. Mit einer speziell modifizierten, von mir patentierten Version einer solchen herkömmlichen HLM wurden einige der Körperteile aus dem Video über mehrere Monate am Leben erhalten. Unser persönlicher Rekord beträgt einhundertneunzehn Tage ... und die laufen noch. Ja, ganz recht, die Gliedmaße lebt noch. Es ist ein linkes Bein, und wenn sie sich dazu in der Lage fühlen, sehen wir beim Rundgang durch die Labors im Anschluss an das Mittagessen nach, wie es ihm geht.«

Alle waren sich darin einig, dass sie die Arbeit des Doktors gern mit eigenen Augen sehen würden. Ich hob die Hand, um eine Frage zu stellen, doch Bill Smith kam mir zuvor.

»He, Doc? Was ist mit all den Drähten? Ich konnte mir zusammenreimen, dass sich die Körperteile durch sie bewegen, aber können Sie uns sagen, wie?«

»Gewiss, Mr. Smith, aber das *Wie* ist der einfache Teil, dabei handelt es sich lediglich um elektrische Reize. Die eigentliche Frage müsste lauten: *Warum?* Jedenfalls nicht, um Sie zu erschrecken. Weit gefehlt. Tatsächlich stellen die

Bewegungen, die sie bezeugt haben, den entscheidendsten Teil unserer Forschung dar. Lassen Sie mich ein wenig ausholen und es Ihnen erklären.

Die Durchblutung ist offensichtlich wichtig, wir jedoch haben herausgefunden, dass es noch entscheidender ist, die Vielzahl der freiliegenden Nervenenden elektrisch zu stimulieren. Erinnern Sie sich daran, wie wir davon gesprochen haben, dass die Nervenzellen in einer Reihe angeordnet sind? Nun, das menschliche Nervensystem ist unglaublich komplex, aber im Wesentlichen besteht es aus den Nervenzellen, den Synapsen oder Lücken dazwischen, dem Rückgrat, das als Busleitung für die Reize dient, und dem Gehirn, das alles steuert. Das Gehirn lässt sich mit einer großen Batterie vergleichen, die elektrische Impulse produziert und über das Rückenmark Zelle für Zelle einen bestimmten Nervenstrang entlangsendet, um eine spezifische Stelle zu erreichen. Das nennt sich Elektrotonus und entspricht dem geänderten Zustand eines Nervs, wenn elektrischer Strom durch ihn geleitet wird. Sie müssen wissen, all das vollzieht sich fast sofort, und es ist wesentlich komplizierter, als ich es ausgeführt habe, aber nicht annähernd so komplex, wie man einst dachte.

Nehmen wir die Hand, die Sie in dem Video gesehen haben. Normalerweise würde das Gehirn das Signal die richtige Nervenleitung entlangsenden, um der Hand mitzuteilen, sie soll beispielsweise den Zeigefinger krümmen. Mein faseroptisches Netzwerk ist in der Lage, exakt dasselbe zu bewirken. Die Hand aus dem Video hat keine Ahnung, dass sie sich nicht mehr an einem Arm und einem Körper befindet. Sie erhält immer noch das elektrische Signal, einen ihrer Finger zu bewegen. Soweit es die Hand betrifft, macht es keinen Unterschied, dass der Reiz über einen Draht statt über einen Strang von Nervenzellen übertragen wird. Die Funktion des Gehirns übernimmt bei diesen Experimenten ein hoch entwickeltes Computerprogramm, zwar nicht annähernd so komplex wie ein organisches Gehirn, aber mühelos in der Lage, die rudimentären Aufgaben zu erfüllen, die wir von ihm verlangen.«

Der Wissenschaftler hielt inne, um zu sehen, ob wir ihm folgen konnten. Für mich ergaben seine Worte durchaus Sinn, aber die anderen schüttelten verwirrt die Köpfe. Statt eine Unzahl von Fragen zu beantworten, hob Dr. Marshall die Hand, um uns davon abzuhalten, sie zu stellen, und fuhr mit seiner Erklärung fort.

»Gehen wir es langsam durch. Ich hoffe, dadurch wird es klarer. Also, wenn ein Glied ein so schweres Trauma wie eine unfallbedingte Amputation erleidet, werden unweigerlich viele Nervenzellen zu stark beschädigt, um zu überleben. Dagegen kann niemand etwas unternehmen, auch ich nicht. Deshalb ist es falsch, das Glied sofort am Körper des Patienten anzunähen. Damit verbindet man nur zwei tote Nervenzellen miteinander und blockiert effektiv den Weg, über den die Signale aus dem Hirn normalerweise reisen.

Durch winzige, in das freiliegende Körpergewebe eingesetzte elektrische Empfänger und Sender haben wir herausgefunden, dass die Nerven darunter noch intakt sind und sich fragen, was um alles in der Welt los ist. Nicht im Oberflächengewebe, wo die Nervenzellen größtenteils tot oder viel zu stark beschädigt sind, sondern darunter, im nächsten Glied der Kette, wenn man so will. Dort sind die Nerven nach wie vor unversehrt und warten auf die nächsten Signale des Gehirns.

Unser Mainframecomputer verfolgt das von ihm ausgesendete Signal, und wenn es von einer Nervenleitung in der Gliedmaße empfangen wird, erfasst der Computer die

Stelle und versorgt sie weiter mit elektrischen Reizen. Dabei hat er natürlich wechselnden Erfolg, aber wir versuchen, so viele unbeschädigte Nervenleitungen wie möglich aufzuspüren, dann lehnen wir uns zurück und warten. Läuft alles wie geplant, beruhigt sich das traumatisierte Glied und fängt an, sich zu verhalten, als wäre nichts geschehen. Es erhält eine mehr als ausreichende Blutversorgung und wird konstant von einer Gehirnsimulation elektrisch stimuliert. Das ist wiederum stark vereinfacht ausgedrückt, aber im Wesentlichen sind das die einzigen beiden Dinge, die das Glied benötigt.

Die spastischen, ruckartigen Bewegungen, die Ihnen zweifellos in dem Video aufgefallen sind, werden von uns ausgelöst. Die Körperteile brauchen eigentlich nicht so viel Stimulation, um gesund zu bleiben, aber wir tun es trotzdem, um zu verhindern, dass die Muskeln verkümmern.

Es ist keineswegs ein perfektes System, und manchmal sind unsere Bemühungen trotz allem vergeblich, aber derzeit haben wir eine Erfolgsrate von knapp über einundneunzig Prozent. Nicht allzu schlecht, oder?«

Damit verstummte er, und wieder herrschte in dem kleinen Konferenzraum Schweigen, diesmal jedoch fühlte es sich nicht unbehaglich an.

Im Gegensatz zu der spannungsgeladenen Stille im Anschluss an die Videovorführung wirkte es diesmal eher nachdenklich, als würden gerade die präsentierten Fakten verdaut. Wir waren sowohl visuell als auch verbal mit einer Menge Informationen gefüttert worden, und wir brauchten einige Minuten, um sie mit unserer eigenen Geschwindigkeit zu verarbeiten.

Dr. Marshall, dem dies offenbar bewusst war, blieb stumm. Er beschäftigte sich damit, die Decke über seinen Beinen zu glätten und zurechtzuzupfen, was an sich nicht nötig gewesen wäre, aber es gab uns die Zeit, die wir brauchten, um unsere Gedanken zu sammeln.

Die meinen waren nicht besonders angenehm, tatsächlich sogar ziemlich hässlich. Ich bekam das Bild meines eigenen Armes nicht mehr aus dem Kopf. Unweigerlich stellte ich mir vor, wie er, abgetrennt von meinem Körper, auf einem Labortisch zuckte und dabei Tausende dieser dünnen, bunten Drähte aus seinem zerfetzten, blutigen Ende hinter sich herschleifte. Es war beileibe kein schönes Bild; um mich von meinen morbiden Gedanken abzulenken, stand ich auf und stellte Marshall eine Frage.

»Doktor?«, begann ich. »Bevor Sie uns das Video gezeigt haben, meinten sie, es solle niemanden schockieren, sondern beweisen, das getan werden könne, was wir hier versuchen werden. Vielleicht übersehe ich etwas, aber bei den offensichtlichen Erfolgen, die Sie bei solchen Dingen bereits haben, wird das nicht allmählich ein alter Hut für Sie? Ich meine, Sie haben das schon mit verschiedensten Körperteilen gemacht, und zumindest für mich scheint es so zu sein, als hätten Sie es im Griff. Wofür brauchen Sie uns? Was wollen Sie mit *unseren* Gliedmaßen versuchen, das so besonders ist?«

Dr. Marshall schien in seinem Rollstuhl zu schrumpfen, und einen Moment lang glaubte ich, meine Chance vertan zu haben, reich zu werden. Ich war überzeugt davon, er würde gleich wütend werden und mich rauswerfen lassen. Stattdessen rollte er näher an uns heran und ersuchte Bill und mich, nach unten zu kommen, damit er nicht mehr so laut reden musste. Ich half Rotbart hinunter neben Rolli, und Bill und ich nahmen ebenfalls in der ersten Reihe Platz.

»So ist es besser«, meinte Dr. Marshall lächelnd, dann holte er tief Luft. »Ich wollte das eigentlich bis nach dem

Mittagessen aufheben, aber was soll's, jetzt ist es genauso gut. Mr. Fox hat einen sehr guten Punkt angesprochen. Bei jedem Forschungsprojekt kommt ein Zeitpunkt, zu dem es überflüssig wird, das jeweilige Experiment lediglich zu wiederholen. Was bringt es, etwas noch einmal zu tun, von dem man bereits weiß, dass es machbar ist? Damit verschwendet man nur Zeit und Ressourcen.

Wenngleich unsere Forschung der des öffentlichen Sektors meilenweit voraus ist, hat sie nun diesen Punkt der Redundanz erreicht, deshalb habe ich beschlossen, die nächste Stufe der Leiter zu erklimmen. Es ist an der Zeit, die Erkenntnisse, die wir gewonnen haben, nicht nur dafür einzusetzen, ein abgetrenntes Glied am Leben und gesund zu erhalten, sondern es wieder an einem menschlichen Körper anzubringen, voll funktionsfähig und so stark wie eh und je. Dabei kommen Sie ins Spiel. Ihre Gliedmaßen werden die ersten sein, mit denen wir das versuchen, deshalb war es mir ein wichtiges Anliegen, dieses Gespräch heute mit Ihnen zu führen.«

»Soll das heißen, Sie werden unsere verschiedenen Körperteile wie vereinbart entfernen, an diese Maschinen anschließen, damit sie gesund bleiben, und sie anschließend wieder an uns annähen?«, fragte sich Bill Smith laut. »Werde ich im Wesentlichen genau so hier rausspazieren, wie ich jetzt aussehe?«

In seiner Stimme schwang ein Anflug von Hoffnung mit, und auch meine Gedanken rasten, aber der Ausdruck in Dr. Marshalls Gesicht verdeutlichte, dass wir vergeblich hofften.

»Nein, Mr. Smith«, antwortete der Doktor. »Ich fürchte, das wird nicht geschehen. Ich habe andere Pläne. Es tut mir leid, aber ich habe Ihre Gliedmaßen bereits jemand anderem versprochen.«

»Wem?«, fragten wir alle vier gleichzeitig.

Dr. Marshall schien noch tiefer in seinem Stuhl zu versinken, ehe er mit einem tiefen Seufzen flüsterte: »Falls Sie sich erinnern, ich habe erwähnt, dass ich einen persönlichen Grund habe, Ihnen dankbar zu sein. Nun, dieser persönliche Grund ist mein Sohn. Ich habe vor, ihm ihre Arme und Beine zu geben.«

Kapitel 9

»Ich werde Ihre Arme und Beine am Körper meines Sohns anbringen«, wiederholte Dr. Marshall, doch obwohl ich zweimal gehört hatte, wie er es aussprach, hatte ich immer noch Mühe zu begreifen, was er uns sagte.

»Das verstehe ich nicht«, stieß ich hervor. Meine Gefährten teilten meine Verwirrung offensichtlich. »Das kann nicht Ihr Ernst sein. Ihr Sohn braucht alle vier unserer ... Ich meine, er besitzt *keine* eigenen ...

Ich konnte den Satz nicht einmal beenden. Großer Gott! Wie konnte ich diesen Mann fragen, ob sein Sohn nur aus einem Rumpf bestand? Vielleicht hatte ich die Lage völlig falsch verstanden. Womöglich hatte sein Sohn beide Arme und Beine, aber es stimmte etwas nicht damit, und er konnte sie nicht verwenden. Das klang schon eher plausibel – einen Moment lang war einfach meine Fantasie mit mir durchgegangen. Ich entschuldigte mich bei Dr. Marshall für meine Taktlosigkeit, dann beschloss ich, schleunigst die Klappe zu halten, bevor ich noch einmal ins Fettnäpfchen treten konnte.

»Schon gut, Mr. Fox«, sagte er. »In Wirklichkeit haben Sie die Situation meines Sohns völlig richtig eingeschätzt. Zumindest vorläufig besitzt er weder Arme noch Beine. Er ist oben an eines meiner Krankenhausbetten gefesselt.«

Der Doktor sah mich unmittelbar an und schien eine Erwiderung zu erwarten. Sein Tonfall war unbeschwert gewesen, aber die Art, wie er mich anstarrte, wirkte alles andere als freundlich. Andererseits deutete ich das womöglich falsch. Ich versuchte, mir vorzustellen, wie es sein musste, tagein, tagaus in einem Bett zu liegen, ohne sich bewegen zu können, doch es überstieg meinen Verstand.

Der Doktor starrte mich noch immer – bohrend – an, und ich spürte, wie mich Kälte umhüllte, während ich krampfhaft versuchte, mir etwas einfallen zu lassen, das ich sagen konnte. Da mir nichts in den Sinn kommen wollte, womit sich das Thema wechseln ließe, ich jedoch das Gefühl hatte, *irgendetwas* anbringen zu müssen, fragte ich: »Wie hat Ihr Sohn seine Gliedmaßen verloren? War es ein Unfall?«

»Nein, kein Unfall«, gab er zurück. »Ich habe sie ihm vor etwa drei Wochen selbst abgeschnitten.«

Einen Moment lang blickten seine Augen noch in die meinen, und ich kann aufrichtig sagen, ich hatte noch nie zuvor so kalte, stechende Augen gesehen. Sie glichen dunklen Murmeln, die beinah reptilienartig anmuteten, dann jedoch lachte er, und jede Spur von Bösartigkeit verflog schlagartig. Vielleicht war sie auch nie da gewesen.

»Das klang jetzt düsterer, als ich beabsichtigt hatte.« Der Chirurg lächelte. »Ich musste die Arme und Beine meines Sohns entfernen, aber es geschah nur zur Vorbereitung auf eine baldige Operation. Lassen Sie es mich erklären.

Der Name meines Sohns ist Andrew, Andrew Nathan Marshall, und ich liebe ihn von ganzem Herzen. Er hatte ein relativ glückliches Leben, zugleich war es aber auch schwierig. Er war von Geburt an schwer behindert, und jeder schmerzerfüllte Tag, den er erdulden musste, war meine Schuld. Ich war es, der seine Behinderungen verursacht hatte, und das konnte ich mir nie verzeihen. Jetzt hoffe ich, es endlich wiedergutmachen zu können.

Anfang der Sechziger war ich ein junger Mann, ein vielversprechender Arzt und Chirurg, der dachte, er wüsste alles. In Wirklichkeit allerdings war ich nur ein Narr erster Güte. Meine Frau Julia war mit unserem ersten Kind schwanger und litt unter entsetzlicher Morgenübelkeit. Als der brillante Arzt, für den ich mich hielt, verschrieb ich ihr das Medikament Contergan, das damals bei Schwangerschaften verwendet wurde, um die Übelkeit im ersten Trimester zu behandeln. Es gab Berichte, dass Contergan Geburtsfehler verursachte, aber ich schenkte ihnen keine Beachtung. Ich dachte, ich wüsste, was für meine Frau und mein ungeborenes Kind am besten sei, doch ich irrte mich.

Andrew wurde im Sommer 1963 geboren und war ein perfektes Beispiel für das klassische Contergan-Baby. Sein Kopf und Rumpf wiesen völlig gewöhnliche Größe auf, sein Gehirn und seine Wirbelsäule waren vollständig entwickelt und in jeder Hinsicht normal, aber etwas in dem Medikament hatte die Entwicklung seiner Arme und Beine beeinträchtigt. Sie bildeten sich zwar aus, aber nicht so, wie es hätte sein sollen. Im Wesentlichen hatte er kleine, paddelartige Flossen statt Armen und etwas bessere Beine, die aber trotzdem grotesk unterentwickelt waren und nie in der Lage gewesen wären, sein Gewicht zu tragen.

Ich selbst verlor die Funktion meiner Beine bei einem schlimmen Autounfall, nur durfte ich die Freude des Gehens zumindest in meinen ersten fünfundvierzig Lebensjahren erfahren. Wegen meiner Dummheit ist mein Sohn in seinem Leben noch keinen einzigen Tag gegangen. Er konnte nie Baseball spielen oder Fahrrad fahren. Nie konnte er die Dinge tun, die für ein normales Kind selbstverständlich sind, aber ich habe mir geschworen, nie den Versuch aufzugeben, ihm zu helfen. Deshalb habe ich mich für diese spezielle Studienrichtung entschieden. Vom ersten Tag an bestand mein Ziel darin, meinem Sohn zu helfen.

Vielleicht können Sie jetzt verstehen, warum ich Ihnen allen so dankbar bin. Es ist zu spät, um Andrew die Dinge zurückzugeben, die er in der Kindheit verpasst hat, doch mit Ihrer Hilfe, kann ich ihm zumindest das ermöglichen, was er sich am meisten wünscht, nämlich auf zwei eigenen

Beinen zu stehen und zu einem Spaziergang hinauszugehen.«

Eine einzelne Träne rollte über die linke Wange des Doktors. Er leckte sie auf, als sie seinen Mundwinkel berührte. Um die Wahrheit zu sagen, auch meine Augen wurden ein wenig feucht. Es war eine äußerst berührende Geschichte. Dieser brillante Mann kämpfte seit Jahrzehnten gegen die Grenzen der Wissenschaft an, und zwar nicht für Ruhm oder Geld, sondern aus Liebe zu seinem behinderten Kind. Mittlerweile war jenes Kind erwachsen, dennoch hatte Dr. Marshall nie verzagt, nie die Hoffnung aufgegeben, ihm eines Tages helfen zu können, und in jenem Moment bewunderte ich den Chirurgen als jeden anderen Menschen, der mir einfiel.

Ich war mehr als bereit zu helfen. Obwohl ich von Natur aus ein zynischer Mistkerl bin, war ich aufgrund dessen, was ich bereits gesehen hatte, aufrichtig davon überzeugt, dass Dr. Marshall in der Lage sein würde, sein Versprechen gegenüber seinem armen Sohn zu erfüllen. Obwohl es für mich keinen echten Unterschied machte – ich würde so oder so reich sein –, fühlte ich mich mit dem Wissen um einiges besser dabei, meinen Arm zu spenden.

Es überraschte mich nicht, dass die anderen von den Worten des Doktors ähnlich berührt zu sein schienen. Er war so offen und ehrlich zu uns gewesen, wie konnte es da anders sein? Diese persönlichen Dinge hätte er uns nicht mitteilen müssen. Klar, wir wollten das Geld, aber ich denke, wir wollten auch helfen.

Wir unterhielten uns noch einige Minuten, und mittlerweile fühlten wir uns in der gegenseitigen Gesellschaft recht wohl. Dr. Marshall versprach, uns Andrew vorzustellen, und redete davon, was wir auf dem Rundgang sehen würden. Alle waren aufgeregt, ich mit eingeschlossen.

Eine Sekunde lang spielte ich mit dem Gedanken, ihn wegen etwas aus dem Video zu fragen. Es hatte mich beunruhigt, als ich es sah, und mittlerweile beunruhigte es mich noch mehr. Ich wollte mehr über diesen abgetrennten Kopf erfahren, dessen Wirbelsäule in dem Glastank herumgezuckt hatte. Ich meine, die Arme, Beine und Hände konnte ich verstehen, nicht aber den Kopf. Diese anderen Körperteile konnten Menschen wie wir gespendet haben, nur jener Mann – wer immer er gewesen war – musste für das Experiment gestorben sein. *Gestorben*, um Himmels willen! Gingen die Dinge damit nicht ein wenig zu weit? Ganz gleich, wie hehr und rein Dr. Marshalls Absichten sein mochten, gab es nicht trotzdem eine Grenze, die nicht überschritten werden sollte?

Allerdings schien es mir nicht der richtige Zeitpunkt zu sein, um es anzusprechen, also verkniff ich es mir. Ich würde mich später danach erkundigen, wenn sich die Gelegenheit ergäbe. Wieso sollte ich die gute Stimmung verderben?

Drake steckte den Kopf zur Tür herein, um uns mitzuteilen, dass der Koch mit dem Essen soweit sei, wenn wir bereit wären. Ohne auf eine Antwort zu warten, verschwand er wieder.

»Hervorragend«, meinte Dr. Marshall. »Haben alle Lust, einen Happen zu essen?«

Nach der expliziten Videovorführung und allem anderen, was ich an diesem Vormittag gesehen und gehört hatte, klang Mittagessen nicht besonders verlockend für mich, aber wenn man so lange auf der Straße gelebt hat wie ich, lernt man, keine kostenlose Mahlzeit auszulassen.

»Klar«, sagte ich und folgte dem Rest der Truppe die Rollstuhlrampe hinauf und zur Tür hinaus.

Kapitel 10

Da unter meine Definition einer gepflegten Mahlzeit ein Whopper mit Pommes von Burger King fiel, hatte ich mir unter Dr. Marshalls ›Happen zu essen‹ eine Schüssel Suppe und vielleicht ein Erdnussbutter- oder Schinkensandwich vorgestellt. Ich konnte meinen Augen kaum glauben, als der Ober – ein dünner Asiate in Hemd, Hose und Schürze so weiß, dass sie nicht von dieser Welt zu sein schienen – ein Tablett nach dem anderen mit Feinschmeckergenüssen herbeitrug.

Zu Beginn machten wir uns über Cracker und Käse, gefüllte Eier, Essiggurken und riesige Krabbencocktails her. Danach gingen wir zu frischem Gartensalat und einer von zwei dicken, köstlichen Suppen nach Wahl über.

Bereits an dieser Stelle war ich einigermaßen satt, trotzdem gedachte ich, unter keinen Umständen den Hauptgang auszulassen, der aus honiggeröstetem Schinken mit Kartoffelgratin und in Butter geschwenkten Spargelspitzen bestand. Es gab auch noch ein Tablett mit Nachtisch, doch dem konnte ich mich nicht nähern, ohne zu platzen zu drohen. Wenn man das hier als Mittagessen bezeichnete, konnte ich es kaum erwarten zu erfahren, wie das Abendessen aussehen würde.

Als es Dr. Marshall letztlich gelang, uns staunende Penner von dem Festmahl wegzuschleifen, löste er sein Versprechen ein, uns persönlich durch seine unglaubliche medizinische Einrichtung zu führen. Wir sahen, dass im gesamten Gebäude alles für Rollstühle zugänglich war, und das nicht nur wegen Dr. Marshall. Rolli und Rotbart zeigten sich ziemlich beeindruckt, dass sie bestimmte Bereiche des Rundgangs nicht ›aussitzen‹ mussten, wie es normalerweise in einem Bauwerk dieser Größe der Fall gewesen wäre.

Das Erdgeschoss handelten wir rasch ab, da wir den Großteil davon schon gesehen hatten. Neben dem verschwenderischen, dreigeschossigen Empfang gab es dort drei Konferenz- und Videoräume, den Speisesaal, die Küche und eine ausgesprochen beeindruckende medizinische Bibliothek samt Computerrechercheterminal.

Der erste Stock bildete das eigentliche Herzstück der Einrichtung, da sich dort Dr. Marshalls Laboratorien und Operationssäle befanden. Wie der Fahrer, der uns an diesem Vormittag hierher brachte, gesagt hatte, entsprach alles dem neuesten Stand der Technik. Kein Cent war gespart worden; Labor um Labor präsentierte sich mit der besten chirurgischen und Forschungsausrüstung ausgestattet, die man für Geld kaufen konnte. Ein Teil der Gerätschaften stand Wissenschaftlern des öffentlichen Sektors gar nicht zur Verfügung. Dr. Marshall und sein Personal hatten sie entwickelt, patentiert und ausschließlich zum eigenen Nutzen hergestellt.

Als Laie in jeder Bedeutung des Wortes hatte ich bei neunundneunzig Prozent des Zeugs keinen Schimmer, wozu es diente, aber Dr. Marshall bemühte sich redlich, alle Fragen zu beantworten und uns bestmöglich aufzuklären. Wir bekamen alle Experimente aus nächster Nähe zu sehen, was irgendwie cool war, nachdem man das mulmige Gefühl überwunden hatte, sich in einem Raum voller abgetrennter Körperteile aufzuhalten. Diese waren definitiv grotesk, dennoch fand ich sie größtenteils faszinierend, als wäre ich geradewegs in einem der Science-Fiction-Filme gelandet, die ich als Kind so genossen hatte.

Zu meinen persönlichen Höhepunkten gehörten das Bein, das auf wundersame Weise seit hundertneunzehn Tagen überlebte und damit den Rekord hielt, und das Schütteln der Hand eines abgetrennten Frauenarms. Ich hielt die Hand gerade, als einer der Laborassistenten in der Nähe einen Befehl in einen Computer eingab. Fast sofort legte sich die Hand um die meine und jagte mir einen Höllenschreck ein; die anderen lachten über meine Reaktion. Abgefahren, Mann!

Nachdem wir die drei geräumigen und effizient aussehenden Operationssäle besucht hatten, verlagerten wir den Rundgang in den zweiten Stock. Diese Etage glich mit ihren dicken Luxusteppichen auf den Böden und wunderschönen Gemälden an den Wänden eher einem Nobelhotel als einer Krankenstation. Hier wohnte das Personal, und auch wir würden während unseres Aufenthalts hier untergebracht werden. Ich konnte es kaum erwarten, mein Zimmer zu erkunden, aber Dr. Marshall bedeutete uns, vor Raum 301 am Ende des ersten Flurs anzuhalten. Er drehte sich um, und als er sich an uns wandte, ertönte seine Stimme kaum lauter als ein Flüstern.

»Das ist Andrews Zimmer. Ihre Räumlichkeiten befinden sich um die Ecke am gegenüberliegenden Ende des Gebäudes. Ihre Namen sind an den Türen angebracht. Viel mehr gibt es eigentlich nicht zu sehen. Der dritte Stock dient nur als Lager und enthält leere Flächen für künftige Erweiterungen, aber bevor Sie einziehen, dachte ich, Sie würden vielleicht gerne meinen Sohn kennenlernen.«

»Sicher«, bestätigte ich. Alle pflichteten mir bei, dass es nett wäre, den Mann kennenzulernen, dem wir helfen würden.

»Prima. Ich sehe nur kurz nach ihm und vergewissere mich, dass er in der Lage ist, Besuch zu empfangen. Er hat gewisse Bedenken, Ihre Arme und Beine anzunehmen. Er denkt, Sie alle werden ihn dafür hassen. Vielleicht können

Sie ihn in dieser Hinsicht etwas beruhigen. Das ist im Augenblick das Letzte, worüber er sich Sorgen machen sollte. Warten Sie eine Minute und seien Sie bitte leise. Ich bin gleich zurück.«

Der Chirurg verschwand leise in Zimmer 301, und wir warteten geduldig fünf Minuten lang auf dem Flur. Wir fingen gerade an, unruhig zu werden, als Dr. Marshall die Tür öffnete und sich wieder zu uns gesellte.

»Ich fürchte, es ist kein guter Zeitpunkt. Andrew schläft gerade tief und fest, und ich möchte ihn nicht wecken. Er erhält eine Menge Medikamente, durch die er recht benommen ist. Er soll sich vor der Operation nicht zu sehr bewegen. Die Krankenpflegerin hat mir mitgeteilt, dass er in letzter Zeit häufig untertags schläft und den Großteil der Nacht wach ist und fernsieht.

Ich nehme Sie für einen kurzen Blick mit rein, aber Sie müssen leise sein. Natürlich werde ich Sie ihm noch formell vorstellen, nur warten wir damit besser auf einen anderen Tag. Ich bin sicher, im Verlauf der nächsten Monate werden Sie noch reichlich Gelegenheit haben, sich miteinander zu unterhalten. Kommen Sie.«

So leise wie möglich betraten wir im Gänsemarsch den Raum und gruppierten uns gleich hinter der Tür. Andrews Zimmer erwies sich als riesig; sein Bett stand gut und gern neun Meter von uns entfernt neben einem großen, dreifach verglasten Panoramafenster, damit er die Felder draußen sehen konnte. Andrew zeichnete sich nur als kleiner Klumpen unter den strahlend weißen Laken ab. Er war schlimmer bandagiert als eine ägyptische Mumie; ich hätte nie erahnt, dass sich ein Mann auf dem Bett befand, wenn man es mir nicht gesagt hätte. Eine Sauerstoffmaske bedeckte sein Gesicht und schränkte die Sicht auf den einzigen Teil seiner freiliegenden Haut ein. Es war ein trauriger, ernüchternder Anblick, und in jenem Moment war ich froh, dass er schlief, denn mir wäre rein gar nichts eingefallen, was ich zu ihm hätte sagen können.

Den Rest des Zimmers nahmen verschiedene Überwachungsgeräte, Medizinalbedarf und ein Mainframecomputer ein. Tausende winzige Drähte verliefen von dem Rechner zu Andrews Bett, wo sie sich für den Anschluss an die verbundenen Bereiche, an denen sich seine Arme und Beine hätten befinden sollen, in vier Stränge teilten. Wir blieben nur eine Minute, doch das genügte uns, um zu erkennen, dass dieser arme Mann unsere Hilfe dringend brauchte.

»Ziemlich verstörend, nicht wahr?« Dr. Marschall verzog das Gesicht, als wir uns alle wieder auf dem Flur befanden. »Vielleicht können Sie jetzt nachvollziehen, weshalb ich so besessen davon bin, ihm zu helfen. Er ist mein einziger Sohn. Ich hoffe, er wird sein Leben nicht mehr lange in diesem Zimmer fristen müssen.

Ich habe Sie hineingeführt, weil ich wollte, dass Sie sehen, wie ich den Körper für die Aufnahme der von Ihnen gespendeten Gliedmaßen vorbereitet habe. Sind Ihnen die Faseroptikverbindungen aufgefallen? Dasselbe Prinzip, über das wir geredet haben, um Ihre Gliedmaßen am Leben zu erhalten, nachdem sie chirurgisch entfernt wurden, wird auf *seinen* Körper für die Wiederanbringung angewandt. Ich habe ihm die deformierten Stumpen abgenommen und das Faseroptiknetzwerk an alle gesunden Nervenenden angeschlossen, die wir finden konnten. Bei der Operation werde ich diese gesunden Nervenenden mit Ihren gesunden Nerven verbinden, und es sollte nur einen minimalen Funktionsverlust beim Übergang von Ihrem Körper auf den seinen geben. Im Wesentlichen sollte er nach einer entsprechenden Zeit der Heilung in der Lage sein, aufzustehen und loszugehen, fast so, als wären die von Ihnen gespendeten Glieder von Geburt an seine gewesen.«

Wir dankten Dr. Marshall für den Rundgang und zogen den Flur hinab los, um unsere Zimmer zu suchen. Zuvor vereinbarten wir noch, uns pünktlich um 19 Uhr unten zum Abendessen einzufinden. Nach dem Mittagessen, auf das wir eingeladen worden waren, hatte ich für meinen Teil nicht vor, zu spät zu erscheinen.

Mein Zimmer hatte die Nummer 332 und befand sich auf halbem Weg den Flur hinab. Es entpuppte sich als verschwenderische Suite, die den Prunk des *Four Seasons* übertraf, wo Blue J und ich diese Woche eine Nacht verbracht hatten. Auch wenn das Zimmer nur halb so groß wie jenes von Andrew war, da ich aber daran gewöhnt war, in einem Müllcontainer zu schlafen, übertraf es bei Weitem, was ich gebraucht hätte. Ich streckte mich auf dem Bett aus, schaltete die Flimmerkiste ein und ließ mich eine Weile vom Programm berieseln, um all die Aufregung etwas abzubauen. Angesichts all der Informationen, die mir im Kopf herumschwirrten, hätte ich nicht gedacht, mich entspannen zu können, doch innerhalb weniger Minuten fielen mir die Lider zu. Ich kämpfte nicht dagegen an und versank in einem Nachmittagsnickerchen.

Als ich erwachte, war es bereits 18 Uhr 11, was mich überraschte. Trotzdem blieb noch genug Zeit für ein angenehm heißes Bad, bevor ich nach unten in den Speisesaal ging. Ich war der letzte Gast, der aufkreuzte. Es waren zwölf Männer und Frauen anwesend, die ich noch nicht kennengelernt hatte und die wahrscheinlich zum Personal gehörten. Sie aßen an einem anderen Tisch auf der gegenüberliegenden Seite des Raums. Bei uns saßen Dr. Marshall und Drake.

Das Abendessen war herrlich. Wir hatten Meeresfrüchtesuppe und anschließend entweder Pasta Primavera mit Hühnerfiletstreifen oder Schweinekoteletts mit Apfelsoße. Nimmersatt, der ich bin, aß ich beides. Außerdem trank ich den Großteil einer Flasche teuren Rotweins. Es schien niemanden zu stören. Ich schätze, es war Zeit zu essen, zu trinken und zu feiern.

Nach dem Essen hob Dr. Marshall sein Glas zu einem Trinkspruch. »Auf meine neuen Freunde«, sagte er. »Gemeinsam werden wir Geschichte schreiben.«

Um den Tisch ertönten Gelächter und Jubel; dann fügte Dr. Marshall etwas hinzu, das uns noch lauter jubeln ließ. »Für heute bleibt nur mehr eins zu tun: Wir müssen einen Vertrag miteinander unterzeichnen. Ist jemand daran interessiert, reich zu werden? Ja? Dann lassen Sie uns Millionäre aus Ihnen machen. Wie hört sich das an?«

Für mich verdammt gut.

Ich folgte Drake und seinem Boss aus dem Speisesaal zurück zu der Rezeption mit der Glaskuppel.

Eine ältere Sekretärin mit runzliger Stirn und zu einem engen Dutt hochgestecktem Haar teilte Vertragsformulare in dreifacher Ausfertigung aus, und wir unterschrieben sie, nachdem wir den Inhalt überflogen hatten. Für mich sah alles in Ordnung aus, aber ich schätze, zu dem Zeitpunkt vertraute ich dem Doktor bereits.

Nachdem die Sekretärin mit den eingesammelten Dokumenten gegangen war, ließ Drake uns nacheinander neben sich vor einem Faxgerät sitzen. Am Telefon sprach er mit einem Mitarbeiter der First National Bank auf den Caymaninseln. Grand Cayman galt als beliebte Wahl für Leute, die größere Beträge auf ein Konto außerhalb des Landes überweisen wollten. Das strenge Bankgeheimnis dort gestaltete es für Außenstehende – wie beispielsweise die Finanzbehörde der Vereinigten Staaten – praktisch unmöglich, die Nase in die Konten zu stecken und Fragen zu stellen. Dr. Marshall hatte die Konten bereits zuvor eingerichtet, und Drake gab die letzten Informationen weiter, um sie in unseren Namen zu aktivieren. Das Faxgerät begann, eine Bestätigung darüber auszuspucken, dass ich nunmehr Besitzer eines Bankkontos mit dem beeindruckenden Kontostand von $ 2.000.000 war.

Ich hielt das Dokument in zittrigen Händen und las es viermal durch, um mich zu vergewissern, dass es tatsächlich so viele Nullen aufwies, wie ich dachte. Ich konnte es nicht glauben. Noch am Vortag war ich ein mittelloser Verlierer gewesen, der auf der Straße lebte – und nun mit einem Schlag mehrfacher Millionär.

Nachdem der Letzte von uns seine Bestätigung erhalten hatte, kehrten wir in den Speisesaal zurück und feierten ausgelassen. Dr. Marshall und Drake ließen uns dabei allein, und bald waren wir sturzbesoffen und jauchzten aus voller Kehle. Wenn es etwas gibt, worin Obdachlose gut sind, dann feiern, als gäbe es kein Morgen, vor allem, wenn jemand anders die Rechnung für den Schnaps übernimmt.

Als ich die Party verließ, war sie noch voll im Gange, und Rotbart hatte zu singen angefangen. Was grausam war, wie ich hinzufügen möchte. Da wusste ich, dass ich genug hatte. Es muss gegen elf Uhr gewesen sein, als ich die Treppe hinaufwankte, um schlafen zu gehen. Zum Glück hatte man meinen Namen an der Tür angebracht, denn an die Zimmernummer konnte ich mich beim besten Willen nicht mehr erinnern. Jedenfalls schaffte ich es ins Bett, schaltete das Licht aus und aalte mich eine Weile selig im Alkoholdunst.

»Ich bin Millionär!«, jubelte ich. »Ein gottverdammter Millionär. Ich kann's nicht glauben. *Juhuuu!*«

Ich lachte und lachte und bekam mich kaum mehr in

den Griff. Es war eine der besten Nächte meines gesamten Lebens.

Unglaublich!

Ich schmiegte mich in das wunderbar weiche Kissen und glitt so mühelos ins Traumland wie ein Baby, das sich an den Busen der Mutter kuschelt. So behaglich und rundum zufrieden mit dem Leben hatte ich mich schon lange nicht mehr gefühlt.

Kapitel 11

So behaglich und zufrieden ich mich fühlte, ich konnte nur bis sieben Minuten nach vier Uhr schlafen. Ich musste dringend pinkeln, und als ich ins Bett zurückkehrte, bemühte ich mich redlich, wieder einzuschlafen. Es sollte nicht sein.

Durch all den Alkohol, den ich getrunken hatte, ging es mir dreckig, und mein Herz pochte, als hämmere zwischen meinen Ohren jemand auf eine Basstrommel ein. Ob es mir gefiel oder nicht, ich war hellwach. Statt herumzuliegen und leidend an die Decke zu starren, beschloss ich, dass ich mich ebenso gut anziehen und versuchen konnte, eine Tasse Kaffe aufzutreiben.

Fünfzehn Minuten später durchwühlte ich auf der Suche nach Kaffee die Küchenschränke. Die Kaffeemaschine, die auf der schimmernden Arbeitsplatte aus Edelstahl stand, hatte ich mühelos entdeckt, aber ich konnte keinen Kaffee dafür finden. Bei der zweiten Durchsuchung stieß ich auf ein Glas *Nescafé* Pulverkaffee und erhitzte in einem Topf am Ofen Wasser. Nach einer großen, doppelstarken Tasse mit Obers fühlte ich mich wieder mehr oder weniger menschlich.

Ich fragte mich, wann sich Rotbart und die anderen ins Bett verdrückt hatten. Man konnte getrost davon ausgehen, dass es ihren Köpfen deutlich schlimmer als meinem gehen würde, wenn sie letztlich aus den Laken krochen. Ich vermutete – und glauben Sie mir, ich spreche aus Erfahrung –, dass die anderen Spenderjungs nicht vor dem Mittagessen auftauchen würden.

Aber was bedeutete das für mich? Was sollte ich tun? Es war noch nicht einmal fünf Uhr morgens, und ich war vermutlich die einzige bereits wache Person in der Klinik. Andererseits vielleicht auch nicht. Mir fiel ein, dass Dr. Marshall uns mitgeteilt hatte, sein Sohn schlafe fast den ganzen Tag, sei aber die Nacht hindurch munter und sähe fern. Vielleicht wäre es ein günstiger Zeitpunkt, um hinaufzugehen und mich ihm vorzustellen. Ich war sicher, er würde sich über Gesellschaft freuen. Sollte er schlafen, konnte ich immer noch wieder aus dem Zimmer schleichen, ohne ihn zu stören.

Also lief ich die Treppe hinauf, nahm zwei Stufen auf einmal. Überrascht stellte ich fest, wie aufgeregt ich mich durch die Aussicht darauf fühlte, Andrew kennenzulernen. Teilweise rührte das wohl von Neugier her, weil ich mich fragte, wie es sein musste, ständig in diesem Krankenbett zu liegen, überwiegend jedoch wollte ich den armen Mann wegen seiner Hemmungen beruhigen, unsere gespendeten Gliedmaßen anzunehmen. Ja, ich wollte das Geld, aber ich verspürte auch das echte Bedürfnis, Andrew zu erklären, dass ich an seinen brillanten Vater glaubte und mich aufrichtig darüber freute, ihm helfen zu können. Wahrscheinlich würde er denken, ich redete Quatsch, aber ich konnte es zumindest versuchen.

Als ich den Flur im zweiten Stock erreichte, erhaschte ich einen flüchtigen Blick auf einen großen Mann, der vor mir um die Ecke bog und sich von Andrews Zimmer entfernte.

Einer von Andrews Ärzten?

Ich spielte mit dem Gedanken, nach dem Mann zu rufen, doch ich wollte niemanden unnötig wecken. Hastig lief ich zu der Ecke und sah gerade noch, wie der große Kerl in ein anderes Zimmer einige Türen weiter den Flur hinab verschwand. Allerdings erinnerte mich der Anblick des Mannes an keinen Arzt, den ich je gesehen hatte. Dafür war er zu groß und kräftig, fast wie Drake, und sein Haar war lang, strähnig und ungekämmt.

Zimmer 301 erwies sich als unversperrt. Ich öffnete die Tür, ohne anzuklopfen, und trat leise ein. Andrew lag verpackt in seinem Bett und wirkte genauso klein und mitleiderregend wie am Vortag. Über die Computermonitore und Videoschirme flimmerten verschiedene elektronische Daten, aber mich bestürzte, dass sich niemand im Raum befand, der den Patienten und die Ausrüstung überwachte. Ich hätte vermutet, dass *irgendjemand* bei ihm sein würde. Vielleicht war der große Kerl doch Andrews Arzt gewesen. Oder sein Krankenpfleger. Nicht, dass es eine Rolle gespielt hätte; ich konnte selbst sehen, dass der Fernseher ausgeschaltet war und Andrew sich nicht rührte. Er schlief, also sollte ich besser verschwinden, bevor ich ihn störte.

Zwei Schritte von der Tür entfernt erlangte meine Neugier die Oberhand. Ich wollte unbedingt einen näheren Blick auf Andrew werfen und sehen, wie es seinem Vater gelungen war, all die bunten Drähte am lebendigen Gewebe seines Sohns zu befestigen. Tief in meinem Inneren war mir klar, dass ich mich wie ein Oberarsch benahm. Andrew war kein Darsteller einer Freakshow, bei der die Leute einen Dollar bezahlten, um mit den Fingern auf ihn zeigen und über ihn lachen zu können – er war ein kranker, unglücklicher Mann, dessen Leben vom Tag seiner Geburt an die Hölle auf Erden gewesen sein musste. Ich hätte zumindest so viel Anstand besitzen können, ihn in Ruhe schlafen zu lassen, doch ich ertappte mich dabei, wie ich mich langsam seinem Bett näherte.

Es fühlte sich unheimlich an, herumzuschleichen, echt unheimlich, als wäre ich ein tollpatschiger Amateureinbrecher, der versuchte, Mut zu sammeln, bevor er seine erste Brieftasche von einem Nachttisch stahl. Das Beste, was ich tun konnte, wäre, mit dem Unsinn aufzuhören, einfach zum Bett zu gehen und einen Blick auf Andrew zu werfen. Was sollte es, wenn er dabei aufwachte? War ich nicht ohnehin hergekommen, um mich ihm vorzustellen?

Bring's hinter dich, Mann.

Ich hörte auf meinen eigenen Rat, gab es auf, wie ein Trottel zu schleichen, und trat an Andrews Bett. Dr. Marshalls Sohn bildete lediglich einen kleinen Klumpen mitten auf der großen Krankenhausmatratze. Die eng anliegende Sauerstoffmaske, die er trug, verbarg sogar sein Gesicht vor mir. Also, ich bin kein Arzt, und niemand hat mir je vorgeworfen, ein Genie zu sein, trotzdem erkannte ich auf Anhieb, dass an dem Bild etwas nicht stimmte. Obwohl Dunkelheit herrschte, drang durch das nahe Fenster genug Mondlicht herein, um deutlich zu sehen, dass Andrew nicht atmete. Ganz gleich, wie fest eine Person schläft, man kann mitzählen, wie oft sie atmet, indem man den sich hebenden und senkenden Brustkorb beobachtet – sogar bei Menschen, die im Koma liegen. Andrews Brust rührte sich unter der dünnen Wolldecke nicht.

O mein Gott ... er ist tot.

Als erster Gedanke schoss mir durch den Kopf – und ich muss zugeben, nicht besonders stolz darauf zu sein: *Scheiße. Da gehen meine zwei Millionen dahin. Jetzt wird Dr. Marshall die Kohle bestimmt nicht mehr ausspucken. Nicht, wenn ...*

Dann schaute ich zurück und bemerkte die Videoschirme an der Wand. Jeder Einzelne zeigte Andrews verschiedene Lebensfunktionen als völlig normal an. Puls, Blutdruck, Körpertemperatur, Sauerstoffsättigung; alles lag im normalen Bereich. Ich richtete die Aufmerksamkeit wieder auf den Mann im Bett und beugte mich vor, um seine Brust besser sehen zu können. Nichts. Rein gar nichts.

Schließlich ergriff ich einen Zipfel der Wolldecke und

zog sie langsam beiseite, um diesem sonderbaren Rätsel auf den Grund zu gehen. Ich erkannte das Problem sofort, erfuhr dabei jedoch einen der größten Schocks meines Lebens. Der Grund, weshalb Andrew nicht atmete, war, dass Andrew nicht existierte. Unter der Sauerstoffmaske und der Decke lag in dem Krankenhausbett eine Plastikattrappe – eine Schaufensterpuppe ohne Arme und Beine.

»Was, zur Hölle, ist hier los?«, stieß ich hervor, nicht mehr darauf bedacht, niemanden zu wecken.

Als ich mich nach Antworten umsah, fand ich keine. Die Monitore zeigten weiter ihren Unsinn an, dass alles normal sei. Die unzähligen bunten Drähte – die angeblich an Andrews Nervenleitungen befestigt waren – schlängelten sich quer durch das Zimmer, endeten jedoch in vier verworrenen Knoten, die unter den Laken verborgen lagen. Es war verrückt. Die gesamte Anordnung war nichts weiter als ein großer Schwindel, eine geschickt gestaltete List, doch mir wollte einfach kein Grund dafür einfallen. Warum sollte Dr. Marshall so etwas tun?

Bevor ich mir weiter den Kopf darüber zerbrechen konnte, hörte ich in einem nahen Zimmer die Spülung einer Toilette. Fragen Sie nicht, woher, aber ich wusste instinktiv, dass es der große Kerl mit den strähnigen Haaren gewesen sein musste, den ich vor wenigen Minuten gesehen hatte. Kein Arzt. Kein Krankenpfleger. Ein Mitglied von Drakes Sicherheitstruppe, das eine Pause dabei einlegte, Zimmer 301 vor neugierigen Blicken zu bewachen. Der Mann sollte hier sein und dafür sorgen, dass niemand hereinzukommen versuchte, aber er war weggegangen, um dem Ruf von Mutter Natur zu folgen, eine Zigarette zu rauchen oder sich die Beine zu vertreten. Ich war bloß zufällig zum richtigen Zeitpunkt aufgetaucht. Pures Glück.

Vielleicht irrte ich mich, aber ich hatte nicht vor, lange genug zu bleiben, um es herauszufinden. Ich vertraute meinen Instinkten, wollte auf Nummer sicher gehen und rannte zur Tür. Im Laufschritt eilte ich durch den Flur und ließ die Badezimmertür in dem Moment hinter mir, als sie begann, sich zu öffnen. Der Sicherheitstyp erhaschte nur einen Blick auf meinen Rücken, bevor er mir nachrief, ich solle anhalten. *Von wegen.* Ich rannte wie der Wind, pumpte mit den Armen, als wäre der Teufel höchstpersönlich hinter mir her.

Ich hörte, wie der Sicherheitsmitarbeiter – mittlerweile war ich überzeugt davon, dass er das war – jemand anderem hektisch Befehle zurief. Wahrscheinlich benutzte er ein Walkie-Talkie, um Drake oder einen Kollegen zu kontaktieren. Ich schaute nicht zurück, um es herauszufinden. Stattdessen schaltete ich den Turbo dazu und raste um die Ecke, die zu den Gästezimmern führte. Ein Moment der Panik ereilte mich, als ich im Laufen versuchte, meinen Zimmerschlüssel aus der Hosentasche zu kramen, aber es gelang mir rechtzeitig, ihn hervorzuziehen. Mein Vorsprung reichte mit Müh und Not, um es ungesehen ins Zimmer zu schaffen, die Tür hinter mir zu verriegeln und das Licht auszuschalten, bevor ich draußen schwere Schritte vorbeirennen hörte, die sich weiter den Flur hinab fortsetzten.

Verdammt! Das war knapp.

Als ich mich auszog und zurück ins Bett stieg, musste ich unweigerlich an das denken, was ich gerade gesehen hatte. Ich ging die Ereignisse der letzten Stunde durch und versuchte, einen Sinn in ihnen zu erkennen, hatte dabei jedoch wenig Glück.

Es klopfte an der Tür, und bevor mein Herz Gelegenheit hatte, aus der Brust zu springen, stürmte Drake in mein Zimmer, ohne darauf warten, hereingebeten zu werden.

Offensichtlich hatte er einen eigenen Schlüssel. Er trug einen dunkelgrünen Bademantel und Laufschuhe. Seinem Gesichtsausdruck nach überraschte es ihn, mich im Bett liegen zu sehen. Ich wusste auf Anhieb, dass er mich als den Übeltäter ins Auge gefasst gehabt hatte, aber sein großer, schmieriger Handlanger hatte ihm wahrscheinlich mitgeteilt, der Verdächtige sei noch auf der Flucht. Drake hatte gedacht, er würde mein Zimmer leer vorfinden; dadurch hätte er die Bestätigung erhalten, dass es eindeutig ich gewesen war, der den Aufruhr verursacht hatte. So wusste er nicht, was er denken sollte.

»Mike, geht es ... geht es dir gut?«, fragte er.

Er wirkte betreten, und es stand dem Mistkerl gut zu Gesicht. Ich hatte nicht vor, ihn vom Haken zu lassen. Er sollte glauben, dass jemand anderer die Flure durchstreift hatte. Mit anderen Worten, er sollte woanders einem Phantom nachjagen.

»Was soll das, Drake? Herrgott, Sie haben mich zu Tode erschreckt. Was ist denn los?«

»Nichts, Mike. Wir hatten eine Brandmeldung im zweiten Stock. Ich wollte nur nach dem Rechten sehen. War natürlich falscher Alarm. Schlaf weiter. Tut mir leid, dass ich dich geweckt habe.«

Damit verschwand er, verwirrter und wütender als zuvor. Ich konnte das nachvollziehen. Ich fühlte mich selbst ziemlich verwirrt und wütend. Es ergab einfach keinen Sinn. Also lag ich da und starrte an dieselbe Decke wie vor weniger als sechs Stunden, als ich mich als glücklicher, zufriedener Mann zu Bett begeben hatte. Nur eine einzige Frage wirbelte in dem Unwetter umher, das sich in meinem Kopf zusammenbraute: Wenn uns Dr. Marshall über seinen angeblich invaliden Sohn belog, worüber mochte er dann noch die Unwahrheit sagen?

Kapitel 12

Es heißt, das Frühstück sei die wichtigste Mahlzeit des Tages. Das mag sein, aber es ist auch die nervenaufreibendste, wenn man dabei versucht, ein Pokergesicht zu wahren, während dem Gastgeber bekannt ist, dass jemand am Tisch mehr weiß, als er zugibt.

»Und wie haben *Sie* geschlafen, Mike?« Dr. Marshalls Tonfall klang unbeschwert und beiläufig, seine Augen hingegen wirkten düster und bohrend.

Er weiß, dass der Eindringling letzte Nacht einer von uns gewesen sein muss, und er ist klug genug, um es auf zwei Personen eingeschränkt zu haben. Der schmierige Wächter hat jemanden aus Zimmer 301 weglaufen gesehen – laufen, wohlgemerkt –, und da Rotbart und Rolli an den Rollstuhl gefesselt sind, sind sie aus dem Schneider. Somit bleiben entweder Bill Smith oder ich. Er mustert mich, testet mich, um zu sehen, ob ich einknicke.

»Ich? Prima. Wieso?«, gab ich zurück.

»Oh, kein bestimmter Grund. Ich bin nur froh, dass Mr. Drake Sie nicht zu sehr gestört hat, das ist alles. Es tut mir leid, dass er Sie derart überfallen hat.«

Ich nickte, zuckte mit den Schultern und griff mir einen weiteren Blaubeerpfannkuchen vom Silberteller vor mir. Ich war nicht mehr hungrig, hatte bereits genug gegessen, aber ich brauchte Zeit zum Nachdenken, und mir etwas in den Mund zu stopfen, erschien mir eine wirksame Möglichkeit, mich nicht unterhalten zu müssen. Zum Glück befand ich mich nicht allein am Tisch. Neben Dr. Marshall und Drake waren alle vier Spender anwesend. Ich hatte mich geirrt, als ich dachte, die anderen drei Partylöwen würden den Vormittag verschlafen. Ich hätte wissen müssen, dass keiner der Penner je freiwillig eine kostenlose Mahlzeit auslassen würde, ob sie nun einen schlimmen Kater hatten oder nicht. Ich konzentrierte mich darauf, zähflüssigen Ahornsirup auf meinem Pfannkuchen zu verteilen, und beschloss, eine Weile ihnen das Reden zu überlassen.

Vielleicht sollte ich einfach gestehen, dass ich vergangene Nacht in Andrews Zimmer gewesen war, und den Doktor gleich hier vor allen anderen mit dem konfrontieren, was ich dort gesehen hatte. Sollte Dr. Marshall einen triftigen Grund dafür haben, uns wegen seines imaginären Sohns zu belügen, wollten ihn bestimmt alle hören.

Natürlich würde ich das nicht tun. Ich war nicht *so* dämlich. Das Letzte, was ich wollte, war, die Karten auf den Tisch zu legen. Warum auch? Offensichtlich waren die nicht ehrlich zu mir, warum also sollte ich es zu ihnen sein? Nein, es wäre viel besser – und klüger – die Klappe zu halten und abzuwarten. Ich musste herausfinden, was für ein Spiel Dr. Marshall trieb, bevor ich meinen nächsten Schritt unternehmen konnte.

Falls die rührselige Geschichte über Andrew ein harmloses Ablenkungsmanöver war, damit wir uns besser dabei fühlten, unsere Gliedmaßen zu spenden, fein. Damit konnte ich leben. Aber falls hier etwas anderes vor sich ging, etwas Finstereres als das rosa Bild, das man für uns malte, dann hatte ich vor, still und leise zur Hintertür hinaus zu verschwinden, ehe jemand Wind davon bekam, dass ich Lunte gerochen hatte.

Doch das war das eigentliche Problem. Trotz allem, was ich gesehen hatte, und trotz allem, was ich wusste, hatte ich immer noch keine Ahnung, wie sich die Lage hier entwickeln würde. War ich auf eine Goldgrube gestoßen oder in eine gefährliche Falle getappt? Sollte ich bleiben und das Risiko eingehen, oder mich davonschleichen und das Geld sausen lassen? Eine harte Entscheidung, aber da Dr.

Marshall und Drake nicht wissen konnten, wer von uns in Andrews Zimmer gewesen war – natürlich konnten sie raten, aber sie konnten nicht sicher sein –, erschien es mir gefahrlos zu sein, noch eine Weile zu bleiben. Gefahrlos, solange ich meine große Klappe geschlossen und Augen und Ohren weit geöffnet hielt.

Das war natürlich leichter gesagt als getan. Als ich von meinem Teller aufschaute, sah mich Drake so eindringlich an, dass ich beinah blaue Flecken davon bekam. Unsere Blicke trafen sich, und ich erkannte, dass er versuchte, mich einzuschüchtern, mich zu brechen, indem er mich in Grund und Boden starrte. Und es funktionierte auch noch. Es fiel mir entsetzlich schwer, den Blickkontakt mit diesem halb zivilisierten Neandertaler aufrechtzuerhalten, und ich wusste, wenn ich zuerst wegschaute, würde Drake die Schuld in meinen Augen sehen. Also ließ ich mir rasch etwas einfallen, das ich zu ihm sagen konnte, um seine Aufmerksamkeit abzulenken.

»Und? Konnte der Brand gelöscht werden?«

Ohne den Blickkontakt abzubrechen, antwortete Drake: »Es gab keinen Brand. Ich habe dir ja schon heute Morgen gesagt, dass es falscher Alarm war.«

Nun starrte er mir regelrecht in den Hals – und Dr. Marshall ebenso. Beide beugten sich tatsächlich auf den Stühlen vor und schienen über mir zu schweben wie Raubvögel, bereit, die Flügel anzulegen und auf ihre Beute herabzustoßen.

Scheiße, Scheiße, Scheiiißeee! Was sollte ich nur tun?

»Brand? He, wovon redet ihr da?«

Es war Rotbart, der sich ins Gespräch mischte, als er gerade eine Pause dabei einlegte, sich ganze Würstchen in den höhlenartigen Mund zu stopfen, und mir damit unwissentlich den Arsch rettete. Er bot mir eine Entschuldigung, den Blickkontakt mit Drake abzubrechen, und zwang Dr. Marshall, ihm zu antworten.

Ich war so erleichtert, dass ich Rotbart hätte küssen können. Stattdessen griff ich erneut nach den Pfannkuchen und dem Sirup und starrte auf meinen Teller, während Dr. Marshall der Allgemeinheit am Tisch erklärte, dass es an diesem Morgen einen kleinen elektrischen Defekt gegeben habe, durch den ein Brandmeldesensor in der Sicherheitszentrale ausgelöst worden sei. Natürlich habe Drake nachgesehen, aber es habe sich um falschen Alarm gehandelt. Ich wagte einen Blick in die Runde; Rotbart und Rolli wirkten überrascht von den Neuigkeiten. Offenbar waren nur Bills und mein Zimmer überprüft worden.

»Wow«, stieß Rotbart hervor. »Gut, dass es nur falscher Alarm war. Ein Feuer in so einem Haus könnte einen Millionenschaden anrichten. Und ich weiß, wovon ich rede – als ich noch bei der Feuerwehr war, haben wir einige Infernos erlebt. Hier wäre die Brandbekämpfung die Hölle.«

Reds Offenbarung, dass er früher Feuerwehrmann gewesen war, fesselte die Aufmerksamkeit aller, und die Unterhaltung wanderte von mir zu ihm. Er genoss es sichtlich, im Mittelpunkt zu stehen, als er weiter ausführte, dass er dreizehn Jahre lang hauptberuflich in Niagara Falls, New York, bei der Feuerwehr gearbeitet hatte, bevor er bei einem Lagerhausbrand sein Bein verlor. Damals war das Dach eingestürzt, wobei sein linkes Bein unter einem Stahlträger und tonnenweise brennendem Geröll zerschmettert wurde.

»Du warst nicht *wirklich* Feuerwehrmann, oder?«, fragte Drake, der sich aufrichtig verblüfft anhörte.

Beinah hätte ich laut aufgelacht, als ich die Skepsis in der Stimme des Sicherheitschefs hörte. Er hatte über Obdachlose dieselben dummen Vorurteile wie fast jeder. Drakes massiger Schädel konnte sich einfach nicht vorstellen, dass

Red je etwas anderes gewesen war als der verzweifelte Verlierer, der nun vor ihm saß. Er glaubte – und vertrauen Sie mir, damit stand er nicht alleine da –, dass alle Obdachlosen ihr Leben lang Trunkenbolde und Trottel gewesen waren. Klar gab es auch solche Penner, Leute, die so abhängig von Alkohol und Drogen waren, dass sie sich den Weg auf die Straße selbst pflasterten, aber meiner Erfahrung nach bildeten sie die Minderheit. Die meisten, die auf der Straße leben, wie Rotbart, Blue J oder ich selbst, waren normale, hart arbeitende, produktive Mitglieder der Gesellschaft, bis ihre Welt über ihnen zusammenbrach. Verstehen Sie mich nicht falsch: Wir waren keine unschuldigen Opfer – man hat immer die Wahl –, nur würden Leute wie Drake nie verstehen, dass *Menschen wie wir* dieselben *Menschen wie er* verkörperten.

»Klar war ich das«, gab Rotbart zurück. Sein verärgerter Tonfall brachte zum Ausdruck, dass ihn dieselben Vorurteile frustrierten, über die ich gerade nachgedacht hatte. »Ich kann es sogar beweisen. Hier, sehen Sie sich das an …«

Red krempelte den linken Ärmel hoch und zeigte uns eine große, bunte Tätowierung auf seinem Bizeps. Sein Arm war mit Tätowierungen überzogen, aber diese bestand aus einem grellroten Feuerwehrhelm, vor dem sich eine gelbe Leiter und eine Axt kreuzten. Die Worte *N. F. STATION 5* standen fett darunter.

»Schön, was, Drake?«, sagte Rotbart, wobei Stolz in seiner trotzigen Stimme mitschwang. »Unsere gesamte Schicht ging mal aus, wurde sturzbetrunken und beschloss, sich das Ding machen zu lassen. Hab's nie auch nur eine Minute lang bereut.«

Drake starrte die Tätowierung eine Weile finster an, dann stand er auf und verließ wortlos den Tisch. Ein zufriedenes Lächeln breitete sich über unsere Gesichter aus, und

Rotbart zwinkerte mir zu, als wolle er sagen: *Das wird den Mistkerl ein wenig Respekt lehren.*

Bravo, Bruder, dachte ich, als ich zurückzwinkerte. *Bravo!*

Der Rest des Tages gestaltete sich im Vergleich zu der Behandlung beim Frühstück, wo ich mich wie unter dem Mikroskop gefühlt hatte, als Kinderspiel. Unsere Operationen waren für den nächsten Vormittag angesetzt – meine für zehn Uhr in Operationssaal 2. Bevor wir uns jedoch unters Messer legen konnten, mussten wir noch die Voruntersuchungen absolvieren. Es wurden Aufzeichnungen über unsere Blutgruppe, unsere Herzfrequenz, unseren Blutdruck und unsere Körpertemperatur angefertigt. Man nahm uns Blut-, Urin- und Stuhlproben ab, unterzog uns einem Augentest, röntgte uns und gab uns einen weiteren Stapel Formulare, die wir wiederum in dreifacher Ausfertigung ausfüllen mussten. Wir wurden nach Allergien, Kinderkrankheiten, Geschlechtskrankheiten und sonstigen relevanten – vergangenen oder aktuellen – Gesundheitsproblemen gefragt, von denen Dr. Marshall wissen musste. Eigentlich war das alles Unfug. Man hatte den Hintergrund von uns vier bereits überprüft, und ich hätte zu wetten gewagt, dass sie die Antwort auf jede einzelne Frage bereits kannten, bevor man überhaupt an uns herangetreten war. Trotzdem konnte es wohl nicht schaden, die Aufzeichnungen zu überprüfen und sich zu vergewissern, dass sie auf dem letzten Stand und richtig waren.

Das Prozedere nahm den gesamten Vormittag in Anspruch, und wir setzten uns erst um 13 Uhr 15 Uhr zum Mittagessen. Zum Glück gesellten sich Drake und Dr. Marshall diesmal nicht zu uns, weshalb es angenehm und friedlich verlief. Nach dem Essen gehörte der Rest des Nachmittags uns. Die anderen nutzten die Gelegenheit, um versäumten Schlaf nachzuholen. Da ich nicht aus der Reihe tanzen wollte und nach wie vor versuchte, Drake zu meiden, ging auch ich in mein Zimmer und verschanzte mich bis zum Abendessen dort.

Auch das verlief ohne Zwischenfall; es wurde beiläufige Konversation betrieben und eifrig gegessen ... bis Bill Smith alle zum Schweigen brachte, indem er fragte: »Besteht die Möglichkeit, heute Abend hochzugehen und Ihren Sohn zu besuchen, Doc?«

Der Chirurg erstarrte mit der Gabel auf halbem Weg zum Mund, und Drake wurde dermaßen überrascht, dass er die seine um ein Haar verschluckte. Rolli und Rotbart hielten Bills Idee für fantastisch, also tat auch ich rasch meine Zustimmung kund. Die anderen meinten es ernst, ich hingegen wollte lediglich sehen, wie sich Dr. Marshall aus der Affäre ziehen würde.

»Ich fürchte, damit gibt es ein kleines Problem«, begann er. »Heute ist kein guter Abend, um Andrew zu besuchen. Ich war früher bei ihm oben, und er fühlt sich nicht besonders wohl. Vielleicht ist er nur nervös wegen morgen, aber ich schlage vor, wir gestehen ihm das zu. Bringen wir erst Ihre Operationen hinter uns, danach werden Sie reichlich Zeit haben, Andrew kennenzulernen. Einverstanden?«

Kleines Problem – von wegen. Kein Abend wird günstig dafür sein, ihn zu besuchen, weil es ihn schlicht und ergreifend nicht gibt!

Ich musste allerdings zugeben, dass sich Dr. Marshall ehrlich anhörte. Entweder glaubte er selbst, was er von sich gab, oder er war ein überzeugender Lügner. Niemand am Tisch zweifelte an seiner Aufrichtigkeit. Sogar ich musste zweimal überlegen, als ich den Schmerz in seinen Zügen bei den Worten über Andrews Unwohlsein sah. Vielleicht war *ich* hier der Verrückte. Vielleicht hatte ich die Dinge irgendwie durcheinandergebracht und irrte mich, was den Doktor anging. Mann, war ich verwirrt.

Dann stell ihn zur Rede. Tu es sofort, Mike. Hör auf damit, Geheimagent zu spielen, und sprich ihn direkt auf das an, was du gesehen hast.

Ich geriet in Versuchung, genau das zu tun, und ich denke, ich hätte es getan, wenn mir nicht aufgefallen wäre, wie Dr. Marshall und Drake den armen Bill Smith unablässig mit tödlichen Blicken bedachten. Mehrmals starrten sie finster zu ihm hinüber, dann nickten sie einander kaum merklich zu, als tauschten sie eine geheime Botschaft aus. Sie glaubten, ihren Mann zu haben. Bill hatte sich arglos nach der Möglichkeit erkundigt, Andrew kennenzulernen, und nun stürzte sich der Sicherheitschef auf ihn wie ein Bluthund auf eine frische Spur. Für Drake stellte Bills harmlose Bemerkung den Versprecher dar, auf den er den ganzen Tag lang gewartet hatte.

Dr. Marshall wahrte den Schein, aber Drake sabberte regelrecht neben ihm und grinste wie ein Dorftrottel, da er dachte, den nächtlichen Unruhestifter ertappt zu haben. Angesichts des irren Ausdrucks in seinem Gesicht dankte ich meinem Glücksstern dafür, meine vorlaute Klappe gehalten zu haben.

Kapitel 13

Wir gingen früh zu Bett, da wir alle uns für die Operationen am nächsten Vormittag ausruhen mussten. Leider war Schlaf ein Luxus, den ich mir nicht leisten konnte. Ausgestreckt auf meinem allzu gemütlichen Bett wälzte ich mich bis nach Mitternacht hin und her und überlegte, ob ich Reißaus nehmen sollte oder nicht.

Etwas tief in mir flüsterte, ich sollte fliehen, bevor es zu spät war; andererseits hielt mir der Gedanke an den fetten Batzen Geld einen Grund vor Augen zu bleiben. Zwei Millionen Gründe, um genau zu sein, und so seltsam die Dinge hier zeitweise anmuteten, ich hatte eigentlich keinen handfesten Beweis dafür, dass Dr. Marshall etwas Ruchloses im Schilde führte. In Wirklichkeit hatte er mich seit meiner Ankunft ausschließlich freundlich und respektvoll behandelt. Ob ich am Ende überreagierte?

Es war eine gute Frage, auf die ich keine Antwort hatte – und nie bekommen würde, wenn ich nur im Bett herumläge, ohne etwas zu unternehmen. Mir lief die Zeit davon. In weniger als zehn Stunden würde man mir den Arm abschneiden. Um Himmels willen, ich musste *irgendetwas* tun!

Jäh stand ich auf und zog mich wieder an. Da ich einigermaßen sicher war, dass sich die Mehrzahl der Leute in der Klinik in ihren Betten befand, wollte ich mich erneut umsehen. Ich hatte keine Ahnung, wo oder wonach ich suchen sollte, doch ich war entschlossen, auf die eine oder andere Weise herauszufinden, was Dr. Marshall vorhatte.

Such sein Büro – dort solltest du anfangen.

Meine Hand griff nach dem Türknauf, als ich draußen auf dem Flur ein Geräusch hörte. Ich erstarrte. Es wiederholte sich, und diesmal erkannte ich, worum es sich handelte – ein Hüsteln. Kein richtiges Husten, nur jemand, der sich räusperte, dennoch lief es mir eiskalt über den Rücken hinunter.

Die Tür besaß keines dieser winzigen Gucklöcher, deshalb sank ich so leise wie möglich auf alle viere und drückte die rechte Gesichtshälfte auf den Boden. Und tatsächlich – direkt gegenüber meiner Tür erblickte ich zwei schwarze Schuhsolen und einen großen Schatten auf dem Teppich im Flur.

Dieser Mistkerl!

Drake hatte eine Wache vor meinem Zimmer postiert. Ich war überzeugt davon, dass er glaubte, Bill Smith wäre in Zimmer 301 gewesen, aber offensichtlich wollte er kein Risiko eingehen. Zweifellos würde auch Bills Zimmer bewacht sein. Drake stellte sicher, dass in dieser Nacht niemand irgendwohin gehen würde. Das musste ich ihm lassen – er war klüger, als er aussah. Was sollte ich jetzt tun?

Das Fenster?

Es war der einzige andere Ausweg aus dem Zimmer, und obwohl ich wusste, dass ich mich im zweiten Stock des Gebäudes befand, ging ich hinüber, um nachzusehen. In jener Nacht stand zwar der Mond am Himmel, allerdings größtenteils hinter einer dunklen Wolkenbank verborgen. Es war zu dunkel, um außerhalb der Scheibe viel zu erkennen. Alles, was ich sah, war mein verschwommenes Spiegelbild, aber ich wusste auch so, dass sich der Boden zu tief unten befand, um zu erwägen, hinauszuklettern oder hinunterzuspringen.

Ob es mir gefiel oder nicht, ich war in diesem Raum gefangen.

Das Fenster bestand aus drei separaten Scheiben. Die größte war in der Mitte, gesäumt von zwei kleineren zu beiden Seiten, die gekippt werden konnten, um Luft hereinzulassen.

Mit einem Mal fühlte ich mich etwas klaustrophobisch, drehte den kleinen Messinggriff im Uhrzeigersinn und öffnete die linke Scheibe. Ich atmete mehrmals die kühle Nachtluft ein, um mich zu beruhigen, und wollte das Fenster gerade wieder schließen, als mir etwas auffiel, das ein Stück zu meiner Linken an der Mauer hing. Ich schob das Fenster vollständig auf, entfernte leise das Insektenschutzgitter und steckte den Kopf hinaus, um es mir genauer anzusehen.

Ein Adrenalinstoß durchzuckte mich, als ich erkannte, dass es sich um ein von dichtem Grünwuchs überwuchertes Spalier handelte. Es konnte mir gelingen, dieses Gitter zu verwenden, um hinunter zum Boden zu klettern und zu flüchten. Oder nach oben zum ...

Dach, ging es mir durch den Kopf, doch mein Gedankengang kam jäh zum Stillstand, als ich den Kopf drehte, um nach oben zu blicken. Die Seitenscheibe des Fensters im Stockwerk über mir war genauso geöffnet wie die meine. Wenn ich wollte, konnte ich das Spalier hinaufklettern, einen Stock höher wieder in die Klinik gelangen und von dort aus meinen Plan umsetzen, dieses Gemäuer der Geheimnisse zu durchsuchen.

Was sollte sich dort oben befinden, hatte Dr. Marshall gesagt? *Der dritte Stock dient nur als Lager und enthält leere Flächen für künftige Erweiterungen.* Das bedeutete, niemand würde sich dort aufhalten. Ich könnte jede beliebige Treppe nehmen und suchen, wo immer ich wollte, solange ich leise und extrem vorsichtig war. Anschließend könnte ich in mein Zimmer zurückkehren, und hoffentlich würde nie jemand erfahren, dass ich es je verlassen hatte.

Würde das Spalier mein Gewicht tragen? Ich stellte mir

vor, wie ich hinübergriff, ein Knacken hörte und spürte, dass es in meinen Händen zerbrach, bevor ich wie in Zeitlupe abstürzte und mit dem Rücken auf einem scharfkantigen, unsichtbaren Stein tief unten landete. Kein angenehmer Gedanke. Vielleicht sollte ich mich einfach wieder ins Bett legen und schlafen.

Ich fasste durch den Efeu – oder was immer das Grünzeug sein mochte – und zerrte kräftig an dem Spalier. Nichts geschah. Es bestand aus Metall, fühlte sich kalt und hart an, und da sich das Spalier keinen Millimeter rührte, musste es am Mauerwerk des Gebäudes befestigt sein. Es würde mein Gewicht problemlos tragen.

Vielleicht.

Bevor ich Gelegenheit hatte, zu viel zu überlegen, schwang ich die Beine über den Sims und griff erst mit der einen Hand nach dem Metallrahmen, dann mit der anderen. Sekunden später befand ich mich erfolgreich auf dem Spalier. Eine Minute lang hing ich reglos wie eine Schaufensterpuppe da, wagte kaum zu atmen, während ich wartete, ob ich das knirschende Geräusch von Metallschrauben vor einem fünfzehn Meter langen Sturz hören würde. Nichts geschah, und wenn die Götter, die über Wahnsinnige wachen, in jener Nacht beschlossen, auf mich herabzulächeln, so hatte ich nicht vor, ihre Gründe dafür infrage zu stellen. Stattdessen hantelte ich mich so rasch und leise wie möglich die behelfsmäßige Leiter nach oben.

Zweifellos sollte ich wohl eher in die entgegengesetzte Richtung steuern, hinunter zum Boden, um so schnell wie möglich zu verschwinden, doch dafür war ich zu stur. Man mag mich einen Trottel schimpfen, aber ich wollte immer noch das mir versprochene Geld in die Hände bekommen ... nun ja, eigentlich in die Hand, wenn ich die Sache durchzog. Bis ich handfeste Beweise dafür hatte, dass Dr.

Marshall hier eine üble Nummer plante, würde ich nicht zulassen, dass mich meine lebhafte Fantasie um die Chance brachte, reich zu werden.

Es war einfach, das Spalier zu erklimmen, und noch einfacher, in das Zimmer im dritten Stock zu gelangen. Ich hatte damit gerechnet, mich mit dem Insektenschutzgitter plagen zu müssen, indem ich es abnahm und aufzufangen versuchte, während ich mich mit nur einer Hand festhielt. Glücklicherweise gab es an diesem Fenster kein Gitter, also griff ich einfach hinüber und kletterte hinein.

Im Inneren war es zu dunkel, um das Risiko einzugehen, blind umherzustolpern. Stattdessen harrte ich aus und wartete, bis sich meine Augen an die Finsternis gewöhnten. Bald konnte ich genug Einzelheiten ausmachen, um zu erahnen, dass ich mich in so etwas wie einem großen Lagerraum befand. Entlang der beiden Außenwände reihten sich mehrere sperrige Gegenstände, die Mitte hingegen war frei von Gerümpel. Geradeaus, etwa zwölf Meter entfernt, erkannte ich die rechteckigen Umrisse von etwas, das der Ausgang zum Flur sein musste. Ich setzte mich in die Richtung in Bewegung und hatte vor, die nächstgelegene Treppe zu suchen, aber noch vor dem zweiten Schritt erstarrte ich jäh.

Einer der sperrigen Schemen an der Wand zu meiner Rechten begann, sich zu rühren. Dann erfassten meine Augen eine weitere Bewegung irgendwo zu meiner Linken. Ich blieb trotzdem relativ ruhig, bis ich ein Geräusch hörte, das mir das Herz in die Kehle springen ließ. In dem dunklen, angeblich leeren Lagerraum setzte ein Schnarchen ein.

O Scheiße!

Ich befand mich nicht allein in der Kammer. Jemand war bei mir und schlief offenbar fest, aber wie lange noch? Als meine Nachtsicht besser wurde, offenbarte sich, dass die

Dinge noch schlimmer standen. Die sperrigen Gegenstände entlang den Wänden entpuppten sich als Betten, und in fast jedem lag jemand. Ich zählte zehn ... nein, elf schlafende Menschen rings um mich.

Zuerst dachte ich, in ein Zimmer voller Sicherheitsleute gestolpert zu sein, die in einem kasernenartigen Raum schliefen, bis am Morgen ihre Schicht beginnen würde. Allerdings schien mit den Leuten etwas nicht zu stimmen. Die Körper sahen merkwürdig aus, viel zu klein für eine Gruppe Erwachsener.

In jenem Moment brach der Mond hinter den Wolken hervor und tünchte den Raum durch das Fenster hinter mir in einen sanften, weißlichen Schein. Um ein Haar hätte ich laut aufgeschrien, als ich erkannte, was mit den Leuten in den Betten nicht stimmte. Es handelte sich sehr wohl um Erwachsene, nur hatte man jedem Einzelnen die Arme und Beine entfernt. An den Schulterstümpfen, Brustkörben und seitlich an den Köpfen von einigen waren durchsichtige Kunststoffschläuche befestigt, und aus kleinen Maschinen auf dem Boden neben den Betten strömte eine dunkle Flüssigkeit in mehrere der Verstümmelten.

Was ist mit diesen armen Leuten passiert?

Dann bemerkte ich einen für gewerblichen Großbetrieb gedachten Kühlschrank mit Glasschiebefront. Darin stapelten sich kleine, mit Flüssigkeit gefüllte Beutel, unterteilt in Abschnitte mit Etiketten wie *A NEG* oder *0 POS*. Dann begriff ich das wahre Grauen dessen, was in diesem geheimen Raum geschah. Die Maschinen auf dem Boden und die intravenösen Schläuche versorgten die gliederlosen Menschen nicht mit der dunklen Flüssigkeit – sie zapften sie ab.

In meinen Ohren summte es, als ich mich lebhaft daran erinnerte, wie Dr. Marshall gesagt hatte, man hätte ein

Problem damit, den ständigen Bedarf an frischem Blut für seine Experimente zu decken.

Gütige Mutter Gottes!

Dieser grausige Raum stellte die Lösung für das Versorgungsproblem des Chirurgen dar. Diese Leute hier verkörperten seinen Bluter; Personen, die ausschließlich am Leben erhalten wurden, um ihnen wieder und wieder jenes immens wertvolle menschliche Gut abzuzapfen. Ich befand mich nicht in einem Zimmer voll Kranker – ich befand mich in Dr. Marshalls Blutbank.

KAPITEL 14

Ich konnte mich nicht bewegen.

Ich versuchte es, aber es ging einfach nicht. Meine Füße fühlten sich wie auf dem Boden festgenagelt an. Ich hatte in meinem Leben viele bizarre Dinge gesehen, und ich wusste, dass Menschen zu allen möglichen Grausamkeiten und Barbareien fähig waren, aber ich hatte noch nie etwas derart Schlimmes gesehen. Dies war eine Grausamkeit so extrem, dass mein Verstand einen Kurzschluss erfuhr, überlastet vom Versuch, irgendwie zu rechtfertigen, was sich mir darbot. Es war unmöglich. Für so etwas gab es keine rationale Erklärung; die einzige Erklärung war blanker Wahnsinn.

Mit mehreren tiefen Atemzügen zwang ich mich zur Ruhe. Ich musste nachdenken und entscheiden, was das für meine Lage bedeutete und was ich als Nächstes tun sollte. Ich war gerade dabei, mich zu konzentrieren, als eine kräftige, deutliche Männerstimme fragte: »He, Mister, du bist keiner der Wächter, oder?«

Zum zweiten Mal wäre mir beinah ein Schrei herausgerutscht; die laute Stimme erschreckte mich zutiefst, aber zumindest riss sie mich aus meiner Starre. Da ich keinen Hinweis darauf hatte, zu wem die Stimme gehörte und wo sich der Mann befand, fuhr mein Kopf wild hin und her. Panik stieg in mir auf, weil ich ihn nicht finden konnte.

»Hör auf, den Kopf zu schütteln, und komm hier rüber, Junge. Hinter dir, zweites Bett von der Tür.«

Ich drehte mich um, und endlich sah ich ihn, einen kleinen, unter einer Decke verborgenen Klumpen Fleisch mit scheinbar großem, rasiertem Kopf, der mich zur Seite gedreht beobachtete. Er wirkte hellwach und etwas angespannt. Wahrscheinlich sah er mir schon eine Weile zu, anfangs vermutlich verängstigt, zumal er nicht wusste, wer ich war und weshalb ich mitten in der Nacht hier herumschlich. Nach seiner rauen Stimme und danach zu urteilen, dass er mich als ›Junge‹ bezeichnet hatte, nahm ich an, dass er ein älterer Mann war, vielleicht sechzig; was von seinem Körper übrig war, ließ in dieser Hinsicht keine Rückschlüsse zu.

»Wer, zum Teufel, bist du?«, fragte er, nachdem ich zum Fußende des Bettes getreten war.

Er sprach zu laut, deshalb antwortete ich hastig – nicht, weil ich mich mit ihm unterhalten wollte, sondern, um ihn zum Schweigen zu bringen. »Mein Name ist Michael Fox«, flüsterte ich. »Und nein, ich bin kein Wächter. Ich bin ein Gast, und ich bin nicht hier, um Ihnen etwas zu tun, Sir, also reden Sie bitte leiser, ja?«

»Leiser?«, hakte er unvermindert laut nach. »Warum? Meinst du etwa, wegen dem Gemüse da?« Er ließ die Augen rings durch den Raum wandern. »Du brauchst dir keine Sorgen darüber zu machen, einen der Burschen zu stören. Ihre Dienstwagen sind zwar noch da, aber der Rest der Züge hat den Bahnhof längst verlassen, wenn du verstehst, was ich meine. Der Einzige, der noch einigermaßen bei Trost ist, das ist Charlie, der Typ, der dort drüben schnarcht, aber bei ihm ist es mal so, mal so. Die anderen ... tja, ich hoffe, sie sind an einem besseren Ort.«

Endlich sprach er, vermutlich mir zuliebe, etwas leiser, als er fortfuhr: »Vergiss das ›Sie‹. Du kannst Lucas zu mir sagen. Was dagegen, wenn ich dich Michael nenne?«

»Aber nein. Mach Mike draus.«

»Prima. Da wir einander jetzt vorgestellt haben: Was, zum Geier, machst du hier?«

»Na ja, ich konnte meine Zimmertür nicht aufbekommen«, log ich und versuchte krampfhaft, eine Erklärung zu finden, die sich nicht völlig idiotisch anhörte. »Sie muss wohl klemmen, oder vielleicht ist das Schloss kaputt. Es ist mitten in der Nacht, und ich wollte niemanden stören, deshalb habe ich es am Fenster versucht und ...«

»Nein, nein«, unterbrach er mich. »Ist mir schnurzegal, warum du in diesem Zimmer bist. Warum bist du *hier*, in diesem gottverdammten Höllenhaus?«

Höllenhaus?

»Oh, um Dr. Marshall bei, äh, einem seiner Experimente zu helfen. Er bezahlt mir ...«

»Lass mich raten«, fiel mir Lucas erneut ins Wort. »Eine Million Dollar, richtig?«

»Eigentlich zwei Millionen. Wurden bereits auf ein Bankkonto auf den Caymaninseln überwiesen. Was weißt du darüber?«

»*Zwei* Millionen? Wow. Die Preise steigen aber gewaltig. Und das mit den Caymans kannst du vergessen. Wahrscheinlich hast du gedacht, der Quatsch mit der Sekretärin und den Faxgeräten sei echt, aber das war Blödsinn. Sie treiben dieses Spiel mit jedem. Als ich hier ankam – muss inzwischen fast zwei Jahre her sein –, da war ich blöd genug, sechshunderttausend zuzustimmen. Allerdings nur für meine rechte Hand. Charlie sagte, er hätte für eine Million unterschrieben. Ich glaube, das war für eines seiner Beine, aber inzwischen weiß ich das nicht mehr mit Sicherheit.

Spielt auch keine Rolle. Ebenso wenig wie das Geld. Völlig egal, welchen Körperteil du zu spenden eingewilligt hast oder für wie viel. Verdammt, Doc Marshall hätte dir zwei *Milliarden* für deinen Zehennagel versprechen können, Mike, du wirst keinen Cent davon sehen.«

Meine Ohren hörten die Worte, die dieser Teilweise-Mensch von sich gab, aber ich hatte Mühe, sie zu begreifen.

Nachdem ich Hoffnungen und Träume auf ein besseres Leben für meine Tochter und mich hatte wachsen lassen, fiel es mir schwer, mich dazu durchzuringen zu glauben, was mein Herz mir von Anfang an gesagt hatte. Es war eine Lüge. Alles. Dr. Marshall hatte nie die Absicht, mich für meinen Arm zu bezahlen. Die Beweise dafür lagen rings um mich.

Obwohl ich einen entsprechenden Verdacht gehegt hatte, traf mich die Erkenntnis wie eine Tonne Ziegelsteine. Ein großer Teil von mir hatte sich verzweifelt gewünscht, dass diese Geschichte klappen, dass ausnahmsweise mal etwas zu meinen Gunsten laufen würde. Ich hätte es besser wissen müssen. Sprachlos ließ ich den Kopf hängen.

»Was sollst du aufgeben?«, fragte Lucas.

»Meinen rechten Arm. Ich bin Linkshänder, deshalb dachte ich ... ich dachte ... Ach Scheiße, ich weiß nicht, was ich dachte!«

»Hör zu, Junge. Hör mir gut zu. Dr. Marshall wird dir den rechten Arm abnehmen, aber dabei wird er es nicht bewenden lassen. Er versucht diesen Mist jetzt schon seit Jahren, und es klappt nie. Jedenfalls nicht so, wie er es will. Die Spenderteile halten sich nicht, oder sie funktionieren nach ein paar Wochen nicht richtig. Wahrscheinlich hat er dir erzählt, dass er all diese Rekorde dabei hält, Körperteile am Leben zu erhalten, aber er verscheißert dich. Er ersetzt die Teile durch die von neuen Spendern und behauptet, es wären dieselben. Er ist verrückt, Mann.

Er ist nicht mal ein richtiger Arzt. Nicht mehr. Soweit ich weiß, war er mal ein verdammt guter, nur hat er etwa zur selben Zeit, als er seinen Unfall hatte, den Verstand verloren. Er ist übergeschnappt und verlor seine Zulassung, weil er bei unethischer Forschung erwischt wurde. Man hat seinen Arsch an die Wand genagelt, aber er hatte geerbte Kohle, auf die er zurückgreifen konnte. Letztlich hat er diesen Ort hier eröffnet, und seither stellt er alle verstoßenen Chirurgen und verrufenen Krankenpfleger ein, die er auftreiben kann. Denk mal nach. Wer sonst würde für einen Scheißkerl wie ihn arbeiten?«

Ich hatte keine Ahnung. Mein Verstand rotierte zu schnell, um klar zu denken. Was für ein Albtraum. Vielleicht ...

»Tu's nicht, Mike. Gib diesem Wahnsinnigen überhaupt nichts, verstanden? Er wird dich in Stücke schneiden, Junge, genau, wie er es mit mir gemacht hat. Zuerst die Arme, dann die Beine, und wenn er dich eines Tages zu sonst nichts mehr gebrauchen kann, endest du hier in diesem Zimmer bei mir. Renn weg, und zwar sofort. Renn, so weit du kannst, und komm nie zurück. Niemals!«

Ich nickte, um dem alten Mann zu zeigen, dass ich verstanden hatte, und wusste, dass es an der Zeit war zu gehen. Ich hatte genug gesehen und gehört.

Dr. Marshall mochte ein brillanter Chirurg und unglaublich kluger Mann sein, aber irgendwann hatte er durch seine Besessenheit durchgedreht. Er war kein sabbernder Wahnsinniger mit irrem Blick, nur psychotisch, ein Getriebener, der um jeden Preis Erfolg haben wollte. Kein geistig gesunder Mensch könnte die Verbrechen rechtfertigen, die er in diesem Raum beging. Natürlich würde ich die Operation auf keinen Fall durchführen lassen. Dieses Zimmer voller Bluter war mehr als genug, um mich davon zu überzeugen, dass es an der Zeit war, schleunigst das Weite zu suchen und so weit wie möglich von diesem verrückten Ort zu verschwinden.

Und meinen Arm nehme ich mit.

Ich machte auf dem Absatz kehrt, steuerte auf das offene Fenster zu und hatte vor, gerade lange genug in mein Zimmer zurückzuklettern, um mir leise mein Zeug zu greifen. Danach würde ich erneut das Spalier benutzen, um nach unten zu gelangen und zu fliehen.

»Warte«, rief der Alte und hörte sich panisch dabei an. »Du kannst mich nicht hierlassen. Nicht *so*!«

»Tut mir leid, Lucas, aber ich kann dich unmöglich mitnehmen. Ich kann von Glück reden, wenn ich es alleine schaffe. Müsste ich dich tragen ...«

»Ich will nicht mitkommen«, flüsterte er, und als ich den flehentlichen Ausdruck in seinen Augen sah, begriff ich, was er von mir wollte.

»O nein! Keine Chance, Lucas. Das kann ich nicht tun.«

»Sicher kannst du das. Nimm mein Kissen, es wird nur eine Minute dauern. Sieh mal, ich weiß, dass du mich nicht kennst und nichts von mir weißt, aber ich war mal ein stolzer Mann, Mike. Dieser Dreckskerl Marshall hat mir mehr als meine Gliedmaßen gestohlen – mein Leben, meine Menschlichkeit, meinen Seele. Ich kann so nicht weiterleben. Du bist mein einziger Ausweg. Bitte, Mike, ich flehe dich an.«

Verfluchte Scheiße. Wie bin ich nur in diesen Schlamassel geraten?

Das Traurige war: Ich musste ihm recht geben. Niemand sollte so leben müssen, nur noch existieren, um als Nahrung für die verkommene Besessenheit eines Wahnsinnigen zu dienen. Ich konnte mir gar nicht vorstellen, wie Lucas' Leben sein musste; dem Mann wurde ununterbrochen sein Lebenssaft abgezapft, und es bestand keine Hoffnung auf Erlösung, bis sein Körper verbraucht war oder sein Verstand wie der seiner Gefährten brach. Er verdiente dieses grausame Schicksal nicht, und ich verspürte das Bedürfnis, ihm zu helfen. Ich war nur nicht sicher, ob ich die Kraft besaß, es durchzuziehen. Unabhängig davon, ob er mir seinen

Segen dazu gab, war Sterbehilfe für diesen armen Mann trotzdem Mord, oder?

Ich ging neben Lucas' Bett und wand langsam das Kissen unter seinem rasierten Kopf hervor. Dabei löste sich eine Infusionsleitung, die brutal in eine Vene über seinem linken Ohr gerammt worden war, und ergoss frisches Blut auf das weiße Laken. Das Blut, das im Mondlicht schwarz wirkte, erschreckte mich, aber es schoss nicht hervor, sondern tropfte nur, daher ignorierte ich es und erwähnte es Lucas gegenüber nicht. Warum auch?

»Bist du dir sicher, Lucas?«, fragte ich und hoffte mit ganzem Herzen, dass er es sich anders überlegt hätte.

»Ich bin mir in meinem ganzen Leben noch nie einer Sache so sicher gewesen. Gott segne dich, Mike. Ich bin bereit.«

In seinen Augen standen Tränen, als ich das Kissen auf sein Gesicht senkte, aber er lächelte und nickte die ganze Zeit. Ich fühlte mich wie ein kompletter Dreckskerl, gleichzeitig jedoch wusste ich, dass ich das Richtige tat und ihm den Frieden bescherte, den er verdiente. Er hatte genug gelitten.

Da ich so etwas noch nie gemacht hatte, wusste ich nicht, wie viel Druck ich auf das Kissen ausüben sollte. Ich wollte es so rasch und schmerzlos wie möglich hinter mich bringen. Ich vertraute meinen Instinkten und drückte nach unten, bis Lucas' Rumpf zu zittern begann. Er kämpfte um Luft, doch ohne Glieder war er zu wenig Gegenwehr fähig. Ich wandte den Kopf ab und hoffte, es würde bald vorbei sein; ich konnte nicht zusehen, wie sein Körper unter mir weiter kämpfte.

Durch alles, was vor sich ging, bekam ich nicht mit, dass das Schnarchen von der anderen Seite des Zimmers verstummt war. Erst, als der Mann, den Lucas Charlie genannt hatte, aus Leibeskräften zu schreien begann, bemerkte ich, dass jemand jeden meiner Handgriffe beobachtete.

»Geh von ihm weg!«, brüllte Charlie, die verängstigte Stimme so hoch und schrill wie die eines Mädchens. »Lass Lucas in Ruhe, du Schwanzlutscher. Er ist mein einziger Freund.«

Ich versuchte, mit ihm zu reden, ihm zu erklären, dass ich Lucas nicht verletzte, sondern das tat, was er wollte, aber Charlie wollte davon nichts hören. Er war nicht mehr völlig bei Verstand, und alles, was er sehen konnte, war ein Mann, der dem einzigen Gefährten wehtat, den er noch auf der Welt hatte. Unablässig brüllte er: »Lass ihn zufrieden, lass ihn zufrieden!« Dabei schlug er jedes Mal mit dem Kopf auf sein Kissen.

»Beruhig dich«, rief ich, doch als ich das rote Licht über seinem Bett aufblitzen sah, begriff ich sofort, dass Charlie keineswegs so neben der Spur war, wie ich gedacht hatte. Er hatte nicht bloß den Kopf gegen das Kissen geknallt; in Wahrheit hatte er versucht, die an seinem Bett befestigte Ruftaste zu erreichen, um Hilfe für seinen Freund zu holen. Da er nicht bemerkt hatte, dass es ihm bereits gelungen war, warf er weiter den Kopf im Takt zu seinem Gebrüll hin und her, bis das blinkende rote Licht konstant zu leuchten begann und eine tiefe, zornig klingende Stimme durch einen kleinen Lautsprecher über seinem Bett ertönte.

»Was ist denn los? Charlie, bist du das? Was, zum Henker, willst du um diese Zeit?«

»Ihr müsst uns helfen. Jemand versucht, Lucas umzubringen. Kommt her, schnell!«, heulte Charlie mit schriller Stimme, unterbrochen von fast hysterischem Schluchzen.

Wer immer am anderen Ende zuhörte, ersparte sich eine Erwiderung auf Charlies Tirade. Ich konnte nur hören, wie jemand fluchte, nach seinem Walkie-Talkie griff und vier-

oder fünfmal die Mikrofontaste drückte, bevor er brüllte: »Carl? Bist du da, Carl? Schwing die Hufe rauf zu ...«

Das rote Licht über Charlies Bett erlosch, und ich konnte den Rest der Mitteilung nicht mehr hören. Allerdings konnte ich mir mühelos vorstellen, wie jedes Walkie-Talkie in der Einrichtung zum Leben erwachte und jeder Wachmann so schnell wie möglich zu diesem Raum rannte.

O Scheiße! Das gibt Ärger, Mike. Mächtig großen Ärger. Hau ab, und zwar schleunigst.

Ich hob das Kissen von Lucas' Gesicht und hoffte, er würde es überstanden haben, doch es sollte nicht sein. Er war bewusstlos und dem Tod vermutlich nah, aber ich konnte deutlich sehen, wie sich seine Brust hob und senkte, während sein trotziger Körper mühsam weiteratmete. Da ich nicht wusste, wie viel Zeit mir blieb, bevor sich der Raum mit wütendem Wachpersonal füllen würde, konnte ich keinen zweiten Versuch riskieren, ihn zu ersticken.

»Tut mir leid, Lucas«, flüsterte ich ihm ins Ohr, bevor ich schnurstracks auf das offene Fenster zusteuerte.

Ein Zwischenstopp in meinem Zimmer, um mein Zeug zu holen, kam nicht mehr in Frage. Ich würde einfach das Spalier bis zum Boden hinunterklettern und in die umliegenden Wälder flüchten. Hoffentlich würde es mir gelingen, schneller als meine Verfolger zu rennen oder zumindest ein Versteck zu finden, bis sie sich verzogen.

Ich wollte gerade auf das Metallspalier steigen, als mich ein Geräusch von unten um ein Haar vom Fenstersims fallen ließ. Einen Stock tiefer steckte ein Wachmann mit blondem Haar und Brille den Kopf durch das offene Fenster meines Zimmers heraus und erblickte mich sofort.

»Ich sehe ihn«, sprach der Mann ruhig in sein Funkgerät. »Er ist immer noch in Ebene vier. Wiederhole ... Verdächtiger ist immer noch auf Vier.«

Das musste der Kerl sein, der früher vor meiner Tür gestanden hatte. Als das Chaos losbrach, hatte er wohl zuerst nach mir gesehen und nur ein offenes Fenster vorgefunden. Nachdem er gemeldet hatte, wo ich mich befand, steckte er das Funkgerät in seine Jacke und begann, über das Spalier auf mich zuzuklettern. Da mein Fluchtweg somit definitiv beim Teufel war, hatte ich keine andere Wahl, als ins Zimmer der Bluter zurückzukehren und das Fenster hinter mir zu verriegeln.

Wenige Sekunden später presste sich das Gesicht des Wachmanns Zentimeter von mir entfernt gegen die Scheibe, und er versuchte, mich zu überreden, das Fenster zu öffnen.

»Machen Sie auf, Mr. Fox. Sie stecken so schon in genug Schwierigkeiten. Machen Sie es nicht noch schlimmer. Öffnen Sie.«

Leck mich, Kumpel.

Ich zog stattdessen die Vorhänge zu und hoffte, er würde die Klappe halten, damit ich eine Minute nachdenken konnte. Leider blieb mir nicht so lange Zeit. Die Tür des Bluterzimmers schwang auf, die Deckenbeleuchtung ging an, und vier kräftige Kerle betraten den Raum. Alle richteten eine Pistole auf mich.

»Sofort stehen bleiben«, befahl der Mann, der dem Lichtschalter am Nächsten stand. »Bleiben Sie locker, dann wird niemand verletzt.«

Der Wachmann neben ihm hob sein Walkie-Talkie zum Mund und sagte: »Keine Sorge, Drake – wir haben ihn.«

»Gut«, ertönte Drakes selbstgefällige Stimme. »Haltet ihn einfach dort fest. Ich bin unterwegs.«

Wachleute vor mir, ein Wachmann hinter mir, und der Oberarsch näherte sich rasch. Die Dinge standen nicht gut. Mir gefielen meine Chancen ganz und gar nicht. Ich begann, mich nach einer Art Waffe umzusehen, mit der ich mich verteidigen konnte, als ich einen möglichen Ausweg erblickte. Direkt zu meiner Linken befand sich zwischen zwei Betten eine weiße Metallplatte, die mit Scharnieren am oberen Rand in gut einem Meter Höhe an der Wand montiert war. Auf der rechteckigen Klappe stand das Wort: Abfallentsorgungsrutsche.

Mein Verstand rotierte. Konnte ich auf diese Müllrutsche hechten, hinuntergleiten und dann immer noch flüchten? So einfach konnte es nicht sein. Die Öffnung sah mehr als groß genüg für mich aus, doch was mich ängstigte, war, dass ich nicht wusste, wohin die Rutsche führte. Verlief sie schräg oder senkrecht nach unten? Ich befand mich im dritten Stock, und die Rutsche erstreckte sich wahrscheinlich bis ins Erdgeschoss oder sogar in den Keller. Das bedeutete, es ging über mindestens vier, vielleicht fünf Geschosse in die Tiefe. Wenn der Müllcontainer unten voller Abfall war, würde mir vermutlich nichts passieren – es wäre wie bei einem Stuntman, der auf einem dieser Luftpolsterdinger landete –, wenn er jedoch leer war ...

Während ich überlegte und das Für und Wider meines potenziell selbstmörderischen Sprungs gegeneinander abwog, tauchte schließlich Drake an der Tür auf, schnaufend und keuchend. Er wirkte größer und gefährlicher, als ich ihn je zuvor gesehen hatte. Und er war scheißwütend. Aus seinen Augen sprach: ›Ich werde dir unheimlich wehtun.‹ Das jagte mir mehr Angst ein als die Pistolen der Männer rings um ihn. Ich beschloss, nicht zuzulassen, dass mich dieser Muskelpsycho in die Hände bekam; sobald er den ersten bedrohlichen Schritt in meine Richtung machte, schlug ich alle Vorsicht in den Wind und rannte auf die Müllrutsche zu.

Drake war schnell, aber nicht schnell genug. Als der Sicherheitschef erkannte, was ich vorhatte, war es bereits zu spät. Wie ein olympischer Turmspringer streckte ich die Hände vor mich, duckte den Kopf dazwischen und hechtete durch die Scharnierklappe. Meine Haltungsnoten wären nicht allzu beeindruckend gewesen, trotzdem schaffte ich es auf die Rutsche.

Und fiel sofort wie ein Stein.

»*O Scheiiißeee!*«, brüllte ich, zugleich verängstigt vor der dunklen, unbekannten Leere unter mir und euphorisch durch den Adrenalinschub, den meine James-Bond-artige Flucht vor Drake und seinen Gorillas ausgelöst hatte.

Es war zu dunkel, um etwas zu erkennen, aber ich spürte, dass ich viel zu schnell wurde. Wenn ich mit dieser Geschwindigkeit unten ankam, würde mein Schädel aufplatzen wie eine verrottete Melone, über die ein Laster fährt. Die Rutsche war nur wenig breiter als mein Körper, also versuchte ich, die Arme und Beine gegen die glatten Metallseiten zu spreizen, presste mit aller Kraft nach außen und hoffte, das würde helfen. Ich wurde eindeutig langsamer, allerdings nicht viel. Nicht annähernd genug, um mich zu retten, falls der Abfallcontainer unten nicht voller weicher Müllsäcke war. Ich schloss die Augen und bereitete mich darauf vor zu sterben.

Kurz, bevor ich unten aufschlug, war die Rutsche abgeschrägt oder wies einen Knick in eine andere Richtung auf, denn plötzlich befand ich mich nicht mehr im freien Fall, sondern schlitterte auf dem Bauch. Als ich landete, landete ich hart, aber jemand im Himmel musste mich mögen, denn worauf immer ich zum Rollen kam, es war weich und schwammig. Es schmerzte höllisch, presste mir die Luft aus den Lungen, und um ein Haar brach ich mir das linke Handgelenk, aber als ich wieder klar denken konnte und zu Atem kam, war ich noch am Leben und relativ unversehrt.

Als ich aufstand, schmerzte auch mein Rücken in Schulternähe ziemlich heftig, doch ich hatte keine Zeit, mir den Kopf über meine Wehwehchen zu zerbrechen. Das konnte ich später tun, wenn ich weit weg von hier war. Mit diesem Gedanken begann ich, nach dem Deckel dieses Müllcontainers zu suchen, dessen grauenhaften Gestank ich erst jetzt registrierte.

Ich hatte nicht damit gerechnet, dass es so finster sein würde. Ich konnte rein gar nichts sehen und war daher gezwungen, mit den Händen umherzutasten. Egal, wo ich suchte, ob oben oder unten, ich konnte den Ausgang nicht finden. Es gab mehrere Eingangsrutschen wie jene, durch die ich gefallen war, aber nirgendwo Türen oder Luken. Ich war verwirrt und wurde allmählich besorgt. Es war wenig hilfreich, dass ich ständig in hüfthohe Haufen einer übel riechenden, klebrigen Masse trat und darüber stolperte.

Gott, was für ein Gestank!

Ich hatte jahrelang in und rings um Abfall gelebt, aber ich hatte noch nie ein derart überwältigendes Aroma gerochen. Mir wurde davon richtig übel. Wenn ich nicht bald rauskam, würde ich mich übergeben. Schlimmer noch, die Uhr tickte. Ich hatte keine Zeit für solchen Mist.

Draußen hörte ich den Lärm von Männern, die sich im Laufschritt näherten. Mit einem Gefühl der Hoffnungslosigkeit verfluchte ich mich dafür, so lange gebraucht zu haben.

Meine Chance zur Flucht war dahin. Ich hatte sinnlos mein Leben riskiert und war immer noch gefangen, keinen Deut besser dran als oben im Bluterzimmer. Zwar konnte ich die Wachleute nicht sehen, aber ich erkannte mühelos Drakes dröhnende Stimme, als er begann, etwas zu brüllen. Nein, Moment, Drake brüllte nicht, er lachte. Es war ein lautes, grölendes Gelächter, das mir aus unerfindlichem

Grund das Blut in den Adern gefrieren ließ. Was konnte nur so komisch sein?

»He, Mike«, rief Drake, immer noch lachend. »Du bist unbezahlbar! Ehrlich, ich hab die kleine Vorstellung genossen. Das war ziemlich dumm, aber verdammt mutig.«

»Ja, echt lustig. Mach die verfluchte Tür auf und lass mich raus. Hier drin stinkt es erbärmlich.«

Meine Äußerung brachte Drake und die Wachleute bei ihm nur noch ausgelassener zum Lachen. »Ach, wirklich?«, sagte er. »Und was denkst du wohl, woran das liegt? Lass mich dir eine Frage stellen, Mike. Bevor du beschlossen hast, auf die Rutsche zu springen, hast du da auch nur eine Sekunde lang überlegt, dass sich Abfallentsorgung vielleicht nicht unbedingt auf Müll bezieht?«

Ich gebe zu, manchmal bin ich etwas langsam, und ich war nicht *völlig* sicher, wovon Drake redete, aber als ich hörte, wie ein Schloss entfernt wurde und sich eine Schiebetür an der Decke dieser Kammer öffnete, begann ich zu begreifen. Noch bevor Drakes grinsende Visage in der rechteckigen Öffnung auftauchte und er mit einer extrem grellen Halogenlampe auf mich herableuchtete, wusste ich, was ich sehen würde.

Menschliche Körperteile.

Selbst unter dem starken Licht der Lampe blieb das Innere der Kammer dunkel – hauptsächlich, weil jeder Quadratzentimeter der Wände mit so altem, geronnenem Blut überzogen war, dass es sich längst schwarz verfärbt hatte. Den gesamten Boden bedeckten Haufen aus triefendem, rotem Fleisch und teigig-gelben Knochen, unterschiedlich stark verwest. An den Stellen direkt unter mehreren Entsorgungsrutschen reichten sie bis halb die Wände hinauf. Arme, Beine, Füße, Hände, Rümpfe und sogar ein paar aufgedunsene Köpfe lagen um meine Füße verstreut.

Der Grad an Abscheulichkeit war verblüffend, fast unbeschreiblich. Es war, als hätte jemand eine Bombe in einem Raum voller Leute detonieren lassen und wäre dann einfach davonspaziert.

»Früher war es riskant, fehlgeschlagene Experimente zu entsorgen«, erklärte Drake. »Offensichtlich können wir solches Zeug nicht einfach in den Hausmüll werfen. Deshalb ließ Dr. Marshall diese spezielle Verbrennungsanlage bauen. Die Rutschen liefern den Abfall von verschiedenen Bereichen der Einrichtung an, aus den Labors, den Operationssälen und natürlich von oben im dritten Stock.

Für gewöhnlich verbrennen wir ihn am Ende jeder Woche, spätestens alle zwei Wochen, aber wie es aussieht, waren wir zuletzt etwas nachlässig. Dieser Dreck modert wahrscheinlich seit mindestens einem Monat vor sich hin. Ich sollte besser dafür sorgen, dass er bald beseitigt wird. Vielleicht morgen.«

Warum verschwendete er Zeit damit, mir das zu erzählen? Warum warf er mir kein Seil herunter oder ließ eine Leiter zu mir herab?

»Hol mich hier raus, Drake. Bitte.« Es widerstrebte mir zutiefst, diesen lausigen Dreckskerl anzuflehen, aber ich wurde allmählich verzweifelt. Ich konnte es nicht ertragen, noch eine Sekunde länger in diesem menschlichen Schlachthaus zu bleiben.

Drakes Lächeln verschwand aus seinem Gesicht, als er kurz über meine Bitte nachdachte. »Nein, ich glaube nicht. Das ist ein guter Ort für dich, Mike – hier kann ich sicher sein, dass du dich nicht so bald davonschleichst. Und weißt du, das beruhigt mich.«

»Du kannst mich nicht hier lassen«, kreischte ich.

»Na, dann pass mal auf«, erwiderte er, zog die Halogenlampe zurück und schloss langsam die Metalltür.

Ich hörte weder, wie Drake das Schloss an der Tür wieder anbrachte, noch wie er und die anderen Wachleute lachten, als sie davongingen. Wahrscheinlich hätte ich es gehört, nur war ich im Augenblick zu sehr damit beschäftigt, zu schreien.

Kapitel 15

Ein viel klügerer Mann als ich hat einmal gesagt: »Was uns nicht umbringt, macht uns nur härter.« Ich wünschte, ich könnte diesen Kerl finden und ihm direkt in die Fresse schlagen. Was wusste der schon? Man sollte ihn mal zwingen, eine Nacht in einem Haufen verwesenden menschlichen Abfalls zu verbringen – mal sehen, ob er dann immer noch den gleichen Bockmist von sich geben würde. Ich bezweifle es stark.

Lange, nachdem Drake und seine Leute abgezogen waren und es mir irgendwie gelungen war, zu brüllen aufzuhören, wurde der Gestank des toten Fleisches zu viel für mich. Zuvor hatte meine Unwissenheit dazu beigetragen, meinen Magen ruhig zu halten, aber sobald ich genau wusste, was ich einatmete, gab es kein Halten mehr. Mann, ich explodierte förmlich. Ich kotzte, kotzte und dann kotzte ich noch etwas mehr – der Geruch meines Erbrochenen war im Vergleich zu dem unerträglichen Gestank rings um mich geradezu herrlich.

Als mein Magen nichts mehr hatte, was er von sich geben konnte, verbannte ich alles aus meinem Verstand und begann, alles in meiner Reichweite aufeinanderzustapeln, um in der Mitte der Verbrennungsanlage einen hohen Haufen zu bauen, damit ich hinaufklettern und die Ausstiegsluke erreichen konnte. Ich war extrem dankbar, dass ich mich wieder im Dunklen befand und nicht sehen konnte, was ich ergriff. Ich bezweifle, dass ich in der Lage gewesen wäre, etwas anzufassen, wäre das Licht eingeschaltet gewesen.

Es stellte sich als dumme Zeitverschwendung heraus. Die Luke war natürlich verriegelt, was ich gewusst hatte, und somit hatte ich nur erreicht, dass ich über und über voll klebrigem, schwarzem Blut war. Na ja, es war nicht völlig umsonst gewesen. Zumindest hatte mir der Versuch, *irgendetwas* zu tun, dabei geholfen, meine Gedanken zu ordnen und sie auf etwas Konstruktives zu lenken, statt mich weiter in Elend zu suhlen. Ich verbrachte noch etwas Zeit damit, nach einem anderen Ausweg zu suchen, erkannte jedoch bald, dass ich nirgendwohin gehen würde, bis Drake zurückkam.

Letztlich schlief ich mit Unterbrechungen, aber ich würde nicht sagen, dass ich Ruhe fand. Nur eine Reihe von Nickerchen, verursacht von Erschöpfung und Stress. Dabei rollte ich mich ein wie ein Embryo und versuchte, nichts Weiches und Matschiges zu berühren. Es war eine fürchterliche, eine grauenhafte Nacht. Ich weiß ehrlich nicht, wie es mir gelang, sie zu überstehen und geistig gesund zu bleiben.

Aber das blieb ich.

Scheiß auf Drake und scheiß auf Nathan Marshall – so einfach würde ich mich von ihnen nicht brechen lassen. Als ich am Morgen durch das Geräusch von sich nähernden Schritten erwachte, sprang ich auf die Beine und achtete darauf, aufrecht zu stehen, als Drake seinen großen, hässlichen Schädel durch die geöffnete Schiebetür hereinstreckte.

Falls ihm meine mitleiderregende Demonstration von Trotz überhaupt auffiel, ließ er es sich nicht anmerken und fragte: »Gut geschlafen?«

»Leck mich!«, zischte ich zurück. Von meinen Lippen sprühten praktisch Gift und Galle, aber Drake lachte nur.

»Schlechte Laune, Mike? Vielleicht sollte ich morgen wiederkommen. Mal sehen, wie du dich dann fühlst.«

Drake begann, die Luke zu schließen, und natürlich gab ich mich geschlagen. »Nein! Warte!«, quiekte ich. Meine

Tapferkeit verpuffte unter der Bedrohung, einen weiteren Tag an diesem albtraumhaften Ort zu verbringen. Sofort öffnete sich die Luke wieder, und an dem Grinsen in Drakes Gesicht konnte ich ablesen, dass er nicht die Absicht hatte, mich hier unten zu lassen. Er hatte mich lediglich in die Schranken weisen und mir vor Augen führen wollen, dass er das Sagen hatte.

Er ließ eine dreieinhalb Meter lange Aluminiumleiter zu mir herab. Nur die Hälfte davon musste durch die Öffnung, bevor sie auf den Hügel aus Fleisch und Knochen stieß, den ich im Verlauf der Nacht aufgetürmt hatte.

»Zieh die Kleider aus und lass sie fallen. Alles, Mike. Mit diesen dreckigen, stinkenden Fetzen kommst du da nicht raus.«

Verständlich.

Sie waren ohnehin ruiniert. Es war egal, solange ich nur hier rauskam.

Drake beobachtete mich, während ich mich buchstäblich aus meinen blutdurchtränkten Kleidern schälen musste, aus dem T-Shirt, der Hose, den Socken und der Unterhose. Dann wich er zurück, als ich die Leiter aus der Verbrennungsanlage erklomm. Oben zögerte ich, fühlte mich splitternackt ganz und gar unbehaglich. Ich wollte zwar um jeden Preis aus der Kammer, aber nun, da ich völlig unbekleidet dastand, meldete sich meine schamhafte Natur zurück. Leider konnte ich nichts dagegen tun. Ich hatte nichts, um mich zu bedecken, und ich würde auf keinen Fall in die Verbrennungsanlage zurückkehren.

Drake rümpfte angewidert die Nase und deutete auf eine weitere Leiter, die an der Seite des Tanks lehnte.

»Du zuerst. Beweg dich.«

Bevor ich ins Erdgeschoss kletterte, nahm ich mir einen Moment Zeit, um meine Umgebung zu betrachten. Dabei wurde mir klar, dass ich mich nunmehr unter der eigentlichen medizinischen Einrichtung befand. Der Keller mit seiner von Spinnweben überzogenen Decke und dem Betonboden wurde als riesiger Lagerraum verwendet. Durch kleine, verdreckte Fenster in den Fundamentmauern drang natürliches Licht herein und erhellte den Bereich gerade genug, um zu erkennen, dass die Bodenfläche mit Kartons und Kisten jeder Form und Größe übersät war.

Außerdem erblickte ich zwei große Container ähnlich der Verbrennungsanlage, auf der ich stand. Allerdings waren sie kugelförmiger und standen nebeneinander an der entfernten Seite des Raums. Unzählige Rohre, alle weiß gestrichen, stiegen von den Kugeln auf und verzweigten sich über die Decke, bevor sie sich durch in die Decke gebohrte Löcher einen Weg nach oben in die medizinische Einrichtung bahnten. Ich konnte mir ums Verrecken nicht zusammenreimen, wozu sie dienen mochten.

Drake versetzte mir einen Klaps auf den Hinterkopf und forderte mich auf, mich in Bewegung zu setzen. Da ich keinen weiteren Schlag wollte, tat ich, wie mir geheißen, ging zur Leiter und kletterte sie hinunter. Unten warteten sechs Wachleute, wodurch ich mich verwundbarer und unbehaglicher denn je fühlte, aber sie wichen zurück, als ihnen während des Abstiegs mein Geruch in die Nase stieg. Einer – der blonde Kerl mit der Brille, den ich vergangene Nacht auf dem Spalier ausgesperrt hatte – trat widerwillig vor und legte mir ums linke Handgelenk Handschellen an. Mit angehaltenem Atem zerrte er mich zu einer nahen Holztür auf der linken Seite. Statt mich durch die Tür zu führen, wie ich es erwartet hatte, nahm er das andere Ende der Handschellen und befestigte es an dem großen Messingknauf der Tür.

Was um alles in der Welt ...

Warum kettete er mich an der Tür an? Ich versuchte, an den Handschellen zu rütteln, doch sie hielten fest; ich versuchte, die Tür zu öffnen, doch sie war abgeschlossen. Erst, als ich mich zu Drake umdrehte und sah, wie zwei weitere Wachleute einen Feuerwehrschlauch ausrollten, begann ich zu begreifen.

»Wir bringen dich nicht zu Dr. Marshall, solange du so riechst«, erklärte Drake und warf mir ein frisches Stück Seife Marke ›Irischer Frühling‹ zu. »Schaltet die Dusche ein, Jungs.«

Ich wollte noch protestieren, aber ein eisiger Wasserstrahl traf mich mit voller Kraft an der Brust und schnitt mir jäh das Wort ab. Es fühlte sich an, als würde wiederholt eine Million Nadeln in mich gerammt, die mir fast das Fleisch von den Knochen rissen, wo immer mich das Wasser berührte. Herrgott, tat das weh. Ich versuchte, mich zu schützen, zu ducken, zu drehen und sogar zusammenzurollen, aber ich konnte mich nirgendwo verstecken, und egal, welche Haltung ich einnahm, irgendein Bereich meines Körpers blieb immer ungeschützt.

Plötzlich wurde das Wasser abgedreht und ich dachte, die Tortur sei vorüber. Falsch. Drake war noch nicht fertig mit mir.

»Fang an zu schrubben, Mike. Wir haben nicht den ganzen Tag Zeit.«

Da ich keine andere Wahl hatte, begann ich, mich mit der Seife einzureiben und bemühte mich halbherzig, sauber zu werden. Es fühlte sich herrlich an, den frischen Kiefernduft zu riechen, der den fauligen Gestank von geronnenem Blut ersetzte, allerdings wurde meine Freude durch das sichere Wissen beeinträchtigt, dass Drake anschließend befehlen würde, mich abzuspritzen.

Und tatsächlich, nachdem ich kaum genug Zeit gehabt

hatte, mit der Seife durch mein zerzaustes, klebriges Haar zu fahren, hämmerte der Strahl eiskalten Wassers erneut unangekündigt auf mich ein. Diesmal schmerzte die gnadenlose Kraft des Wassers noch mehr und misshandelte meinen Körper, bis ich nicht mehr stehen konnte. Erst da ordnete Drake an, aufzuhören.

»Steh auf«, befahl der Sicherheitschef ohne jede Spur von Mitgefühl in der eiskalten Stimme.

Drake kam näher, warf mir ein Handtuch ins Gesicht und beobachtete mich, während ich mich abtrocknete. Er stand zu nah und glotzte mich lüstern auf eine Weise an, die mir überhaupt nicht gefiel.

»So ist es schon besser.« Drake beugte sich zu mir und flüsterte mir ins Ohr. »Nicht übel.«

Ist Drake schwul oder bloß verrückt?

Langsam griff er hinter mich, und ich schauderte, da ich dachte, er würde mir an den Hintern fassen. Zum Glück öffnete er nur die an der Tür befestigte Handschelle. Nachdem er mich befreit hatte, gab er einem der Wachmänner mit einem Nicken zu verstehen, er solle mir Kleider bringen. Erst dachte ich, dass sie mir nur ein weißes Hemd gaben, doch als ich es auseinanderfaltete, stellte ich fest, dass es viel zu lang war, mir bis unter die Knie reichte und die Öffnung für hinten statt für vorne gedacht war. Warum steckten sie mich in ein Krankenhaushemd?

»Was ist das?«, fragte ich.

»Hast du es schon vergessen? Du hast einen Vertrag mit Dr. Marshall unterzeichnet, mein Freund, und ich bin hier, um dafür zu sorgen, dass du deine Seite der Abmachung einhältst.« Nach einem Blick auf seine Armbanduhr fuhr er fort: »Es ist kurz nach neun, Mike. Deine Operation ist in sechsundfünfzig Minuten. Dr. Marshall erwartet dich in Kürze, also setz dich in Bewegung.«

Mein Arm! Die werden mir meinen Arm wegnehmen!

Panik stieg in mir auf; sie schwoll beinah zu etwas Physischem an, das seine schmierigen Finger um mein Herz legte und mir Angst aus allen Poren presste. Rein instinktiv und ohne Ziel vor Augen warf ich Drake das Krankenhaushemd in die grinsende Visage und rannte los, als sei der Teufel höchstpersönlich hinter mir her. Realistisch gesehen, konnte ich nirgendwohin, aber ich rannte trotzdem. Das Bedürfnis, dem mir zugedachten Schicksal zu entfliehen, übernahm völlig die Kontrolle über meinen Körper.

Alle fingen an zu brüllen, und natürlich verfolgten sie mich, aber ein Verzweifelter mit der richtigen Motivation kann schneller als ein geölter Blitz sein. Mit der Bedrohung, meinen Arm zu verlieren, die wie Damokles' sprichwörtliches Schwert über mir schwebte, war ich mehr als schnell – ich *flog* förmlich. Leider ist es unmöglich, schneller als Kugeln zu rennen; als ich mich in dem Gewirr der Kartons verirrte, zwischen zwei großen Kisten hindurchlief und unverhofft den Lauf einer großen, schwarzen Pistole entlangstarrte, war ich klug genug, keine Dummheiten anzustellen.

Der Wachmann mit der Miniaturkanone, ein pickelgesichtiger Rotschopf, der etwa neunzehn Jahre alt zu sein schien, rief Drake zu, dass er mich habe, während er mich zurückdrängte, bis ich mit dem Rücken gegen eine harte Metallfläche stieß. Ich konnte nirgendwo mehr hin. Innerhalb von Sekunden fanden uns weitere Wachleute, und auch Drake bog um die Ecke der Lagerkisten.

»Lass ihn mich ausknipsen, Drake«, sagte der übereifrige junge Rotschopf. »Der macht mehr Ärger, als er wert ist.«

Er wird es tun. Ich beobachtete, wie sich sein Finger fester um den Abzug legte. *Er wird mich umbringen!*

Ich schloss die Augen, so fest ich konnte, da ich die auf

mich zurasende Kugel nicht sehen wollte. Ich rechnete jeden Moment damit, den lauten Knall zu hören und zu spüren, wie mein Schädel zersprang, doch was ich stattdessen hörte, war Drake, der lang gezogen »*Neeeiiin!*« brüllte. Ich öffnete die Augen gerade rechtzeitig, um zu sehen, wie Drake herbeigerannt kam und seinem jungen Untergebenen die Waffe aus der Hand schlug.

»Was bist du für ein Idiot?«, schrie Drake. »Um Himmels willen, Brad, sieh dich doch mal um, wo du bist. Wo *er* ist. Du bringst uns noch alle um.«

Der junge Wachmann schaute verwirrt drein und wusste erst nicht, worüber sein Boss so wütend war, dann jedoch weiteten sich seine Augen, und ich sah, wie ihn die Erkenntnis wie ein eisiger Wasserspritzer ereilte. Beim Ausdruck in seinem Gesicht fragte ich mich unwillkürlich, was die Wachleute wussten und ich nicht. Aber ich brauchte mich nur umzudrehen, dann verstand ich sofort. Ich lehnte an einem der beiden riesigen, kugelförmigen Tanks, die ich zuvor von der Oberseite der Verbrennungsanlage aus gesichtet hatte. Aus dieser Nähe konnte ich das in grellroten Buchstaben geschriebene Wort Sauerstoff sowie darunter den unnötigen Warnhinweis Gefahr: hoch entzündlich sehen.

Das also sind die Dinger ... Sauerstofftanks.

Das erklärte das Netzwerk kleiner Rohre, die an Dutzenden Stellen durch die Decke verliefen. Die Leitungen versorgten die verschiedenen Labors und Operationssäle in der gesamten Einrichtung. Drake hatte recht gehabt. Hätte der Wachmann die Waffe abgefeuert, wären wir mittlerweile alle tot.

Na ja, zumindest werde ich heute nicht erschossen.

Ich klammerte mich an den Sockel des Sauerstofftanks wie ein schiffbrüchiger Seemann mitten im Pazifik an einen

Rettungsring. Da die Gefahr einer Explosion aus der Gleichung genommen war, erlangte Drake rasch die Kontrolle über die Situation. Er befahl zwei seiner Männer, mich zu ergreifen, und drohte, ihnen die dürren Hälse umzudrehen, falls sie mich noch einmal entkommen ließen. Dann trat er an mich heran, bis sich unsere Nasen tatsächlich berührten, und sagte: »Ich hab die Spielchen satt, Mike. Du kommst jetzt mit, ob es dir gefällt oder nicht. Wir können das auf zwei Arten machen: auf die harte Tour oder auf die *richtig* harte Tour. Was darf's sein?«

Beides klang nicht besonders gut, also hielt ich einfach die Klappe. Ich wusste, dass mir alles, was ich sagen würde, eine Faust im Gesicht oder Schlimmeres einhandeln würde, deshalb wartete ich stumm ab, was als Nächstes kommen würde. Hätte ich gewusst, dass Drake eine große Spritze hinter dem Rücken versteckte, hätte ich mich vielleicht heftiger gewehrt, so jedoch packte mich der Sicherheitschef einfach an der Kehle und rammte mir die Nadel brutal in die rechte Schulter, bevor ich wusste, wie mir geschah.

Was für eine Droge er mir auch injiziert hatte, sie haute mächtig rein, denn noch bevor ich Drake einen hinterhältigen Scheißkerl nennen konnte, begann meine Sicht zu verschwimmen. Das Bild von Drakes breitem Grinsen erstarrte in meinem Verstand, fing an, sich in meinem Kopf zu drehen und wirbelte immer schneller, bis schließlich jemand den Stöpsel zog und mein benommenes Bewusstsein in den schwarzen Ausguss der Besinnungslosigkeit abfließen ließ.

Kapitel 16

Als ich erwachte, hatte ich pochende Kopfschmerzen, so schlimm, dass es sich anfühlte, als wäre jemand mit einem Traktor über meinen Schädel gerollt. Meine geschlossenen Augen waren verkrustet, aber nach mehrmaligem Blinzeln gelang es mir, sie zu öffnen. Schwerer Fehler. Das grelle Licht an der gefliesten Decke über mir blendete mich praktisch und jagte Dolche sengenden Schmerzes in mein Gehirn, wodurch mein armer Kopf noch schlimmer zu pochen anfing. Da ich denselben Fehler nicht zweimal begehen wollte, ließ ich die Augen geschlossen, während ich versuchte, meine Sinne zusammenzubekommen und mich zu orientieren.

Ich muss die Finger von diesem verfluchten Sterno lassen. Ich muss Wasser trinken ... dringend.

Beim Gedanken an Wasser erinnerte ich mich an die Feuerwehrschlauchdusche, die mir unlängst verpasst worden war. Sobald mein Verstand diesen Gedächtnispfad eingeschlagen hatte, dauerte es nicht lange, bis mir wieder einfiel, wo ich mich befand und dass Drake mir ein Betäubungsmittel verabreicht hatte. Außerdem hatte er versprochen, mich bei Dr. Marshall zu meiner geplanten Operation abzuliefern.

O Gott, nein!

Hatte Drake es bereits getan? Hatte Dr. Marshall mich bereits in den Operationssaal gebracht und mir den rechten Arm abgenommen? Ich war zu verängstigt, um die Augen zu öffnen und nachzusehen. Abgesehen von meinem Kopf hatte ich keine besonderen Schmerzen, aber ich war noch benommen, halb weggetreten, folglich war ich vermutlich mit allerlei Medikamenten vollgepumpt.

Fast wie auf ein Stichwort hin begann mein rechter Arm zu jucken. Zuerst spürte ich es in der Nähe des Ellbogens, dann kroch es langsam zu meinem Hals empor. Das hätte an sich ein gutes Zeichen sein und mir versichern sollen, dass ich noch in einem Stück war, allerdings war ich ganz und gar nicht überzeugt davon, dass es ein echtes Jucken war. Ich hatte alle möglichen seltsamen Geschichten über Leute gehört, die in – teils vor Jahren – amputierten Gliedmaßen Phantomempfindungen hatten, deshalb wollte ich mir keine allzu großen Hoffnungen machen.

Schlag die Augen auf, Mike. Du musst dich vergewissern. Tu es, Mann. Tu es sofort. Vielleicht ist es noch nicht zu spät.

Das stimmte. Vielleicht war ich nicht so lange bewusstlos gewesen, wie ich glaubte. Die Operation hatte womöglich noch gar nicht begonnen; vielleicht lag ich in einem der Warteräume. Unter Umständen konnte es mir noch gelingen, aufzustehen und von hier zu verschwinden. So oder so, ich musste es herausfinden.

Ich wappnete mich für das, was ich vielleicht sehen würde, murmelte ein kurzes Gebet, öffnete die Augen und ließ den Blick langsam über meinen Körper wandern.

Mein rechter Arm war verschwunden, sauber an der Schulter abgetrennt.

Mein linker auch.

Kapitel 17

Die nächsten zwei Wochen ließ mich Dr. Marshall an einem stark dosierten Morphintropf hängen, dann begann er, das suchterzeugende Medikament langsam abzusetzen. Als ich völlig high gewesen war, kam ich mit meiner Doppelamputation erheblich besser zurecht als nach dem Beginn meiner Rückkehr auf die Erde. Man mag mich verrückt nennen, aber ich zog ein dem Drogenrausch entsprungenes Fantasieland, indem ich noch beide Arme hatte, der kalten, sterilen Welt meiner entstellten Realität vor.

Der Heilprozess war eine langwierige und schmerzliche Erfahrung, verschlimmert durch meine mörderisch üble Laune und aggressive Stimmung. Die Ärzte und Krankenpflegerinnen, die mich versorgten, waren professionell und zeigten teilweise sogar Mitgefühl für meine Misere. Aber ob sie nur ihre Arbeit taten oder nicht, sie gehörten dem feindlichen Lager an, und dafür hasste ich sie.

In den gesamten drei Wochen meiner Genesung kam Dr. Marshall kein einziges Mal, um nach mir zu sehen. Ich hätte gerne geglaubt, dass er sich ein wenig vor mir fürchtete, viel wahrscheinlicher jedoch war, dass es ihn einfach nicht interessierte und er mich als so unbedeutend betrachtete, dass ich keine Verschwendung seiner kostbaren Zeit rechtfertigte. Ich verkörperte für ihn nur eine Zweckmäßigkeit, Ersatzteile aus Fleisch und Blut, die er für den Fall aufbewahrte, dass er mich noch gebrauchen könnte.

Drake hingegen kam leider andauernd vorbei, lachte über meine Schmerzen und hänselte mich auf kindische Weise, zum Beispiel, indem er mir einen Tennisball zuwarf und rief: »Da, Mike, *fang*!« Wenn der Ball mich ins Gesicht traf oder schmerzlich gegen meine verbundenen Schultern prallte, lachte er schallend wie ein Irrer. Er genoss es, mich zu ärgern, und liebte es, mir wehzutun. So hilflos ich war, ich gelobte, es diesem muskelbepackten, sadistischen Arschloch eines Tages doppelt und dreifach heimzuzahlen.

Am ersten Tag, als mich die Ärzte aus dem Bett ließen, wandte sich mein Verstand von Rache ab und begann ernsthaft, über Fluchtmöglichkeiten nachzudenken. Kaum hatten meine Füße den Boden berührt, schmiedete ich bereits Pläne, hielt Augen und Ohren offen und achtete auf eine Chance, abzuhauen. Ironischerweise war es Drake – der Obermacker in Sicherheitsfragen –, der mir die Gelegenheit bot, auf die ich wartete.

Er kam mit vorgestreckter Brust in mein Zimmer stolziert, großspurig wie immer, und befahl den beiden Krankenpflegerinnen, die gerade mit dem Wechseln meiner Verbände fertig geworden waren, rauszugehen und draußen zu bleiben.

»Dr. Marshall ist unterwegs zu dir, Mike.«

»Was will er?«, fragte ich neugierig und wartete nervös auf die Antwort.

»Ich glaube, er braucht deine Beine«, erwiderte Drake lächelnd. Er freute sich sichtlich darüber, der Überbringer der schockierenden Neuigkeit zu sein.

Er zog einen Apfel aus der Jackentasche, lehnte sich an einen Aktenschrank neben der Tür und genoss schweigend seinen Imbiss, während er sich an der entsetzlichen Wirkung erfreute, die seine Worte auf mich hatten.

Großer Gott, nein, nicht meine Beine! Nicht meine verdammten Beine!

Ich hatte ein lebhaftes Bild von mir vor Augen, wie ich, zu einem Nichts verstümmelt, oben in einem Bett neben Lucas und Charlie lag, wo mir drei Krankenpfleger Infusionsleitungen in den Kopf, Hals und Rumpf steckten, um mir meine erste von unzähligen Blutspenden abzunehmen. Die Vision war so kraftvoll, so *real*, dass ich plötzlich nicht mehr aus eigener Kraft stehen konnte. Orientierungslos, wie ich war, versuchte ich, mich an der Schublade meines Kleiderschranks abzustützen, allerdings hatte ich keine Arme, um etwas zu greifen, und so landete ich ausgestreckt auf dem Boden in der Nähe von Drakes Füßen.

Drake fand meinen Sturz natürlich komisch und erstickte beinah am letzten Bissen seines Apfels, weil er so heftig lachte. »O Mann, ich muss hier raus. Du bringst mich noch um, Mike, du bringst mich noch um.« Er warf den Apfelkern zum Mülleimer, ging zur Tür hinaus und hielt kurz inne, um sich umzudrehen und zu sagen: »Dr. Marshall wird bald hier sein, also benimm dich. Wir sehen uns später, wenn du wieder in der Reha bist.«

Damit verschwand er. Die schwere Metalltür schwang hinter ihm zu, sodass er annahm, mich in einem versperrten Raum zurückgelassen zu haben. Das war ein Irrtum. Wenngleich die Tür so eingestellt war, dass sie sich, wie immer, automatisch schloss, hatte der Sicherheitschef nicht bemerkt, dass sein abgenagter Apfelkern nicht wie beabsichtigt im Mülleimer gelandet war. Stattdessen war er vom oberen Rand abgeprallt und auf dem Boden gelandet, wo er zwischen der sich schließenden Tür und dem Pfosten zum Liegen kam. Mit dem Apfelkern dazwischen konnte der Schließmechanismus nicht einrasten, sodass die Tür einen Spalt offen blieb.

Ich lag noch, wo ich hingefallen war, hielt den Atem an und wartete, ob das Gewicht der Tür den Apfelkern ausreichend zusammendrücken würde, dass sich der Mechanismus schließen konnte, doch es geschah nicht. Hoffnung brandete in auf, verscheuchte meine schaurigen Gedanken an den Bluterraum oben und spornte meinen geschwächten Körper zum Handeln an. Innerhalb von Sekunden war ich auf den Beinen und rannte zur Tür. Aus diesem Raum zu entkommen, garantierte mir zwar keine Freiheit, war aber zweifellos ein guter Anfang.

Wie sollte ich die Tür öffnen? Der Knauf war viel zu groß, um ihn mit den Zähnen zu packen, und wenn ich versuchte, sie mit der Hüfte zu öffnen, bestand die Gefahr, dass ich sie dadurch zudrückte und mich einsperrte. Letztlich benutzte ich die Zehen, drehte den linken Fuß zur Seite, schob sie durch die Lücke und zwängte die Tür so weit auf, dass ich den Kopf und Hals hineinbekommen konnte, um sie aufzuschieben.

Drake war weit und breit nicht zu sehen, und der Gang präsentierte sich zum Glück verwaist. Zum ersten Mal seit fast einem Monat mein Zimmer zu verlassen, fühlte sich großartig an. Mir wurde vor Aufregung fast schwindlig, und ich dachte, dass diesmal das Glück vielleicht auf meiner Seite sein würde und ich einfach unbemerkt und unbehelligt aus dem Haus spazieren könnte. Ich hätte es besser wissen müssen. Ich hatte erst wenige Schritte zurückgelegt, als Dr. Marshall um die Ecke rollte, offenbar unterwegs zu meinem Zimmer. Er trug ein blaues Sweatshirt und ausgebleichte Jeans. Bis sich die Bestürzung darüber, mich außerhalb meines Zimmers zu sehen, in seinem Gesicht ausbreitete, wirkte er rundum zufrieden.

»Wie sind Sie aus Ihrem Zimmer gekommen?«, fragte er, wobei sich ein Anflug von Beunruhigung in seine sonst so selbstbewusste Stimme schlich. »Wo ist Drake?«

»Direkt hinter Ihnen«, antwortete ich, und sobald er den Rollstuhl wendete, um sich umzuschauen, rannte in die entgegengesetzte Richtung los.

Durch einen Blick über die Schulter sah ich, wie Dr. Marshall ein Messer mit langer Klinge unter dem Kissen hervorzog, auf dem er saß, und es sich zwischen die Zähne klemmte, damit er mit beiden Armen die Räder betätigen und hinter mir her rasen konnte. Ich war zwar vorn, aber der kleine Vorsprung, den ich durch meinen Bluff herausgeschunden hatte, würde nicht lange vorhalten. Mit jedem Stoß seiner kräftigen Arme holte Dr. Marshall auf und näherte sich mir beängstigend schnell.

Ohne Arme, die ich vor- und zurückschwingen konnte, gestaltete es sich schwierig, zu rennen. Ich fühlte mich ständig aus dem Gleichgewicht und hatte verdammte Mühe, in gerader Linie durch den Flur zu rennen, ohne nach links oder rechts auszuscheren. So würde das nicht klappen. Ich musste einen Ort finden, wohin mir Dr. Marshall nicht folgen konnte. Aber wo? Wohin konnte ich, ein Rollstuhl hingegen nicht?

Die Treppe. Auf der Treppe kann er mir nicht folgen.

Ich bin kein Orientierungsgenie, aber seit meiner Ankunft war ich ein- oder zweimal durch das Gebäude geführt worden, und ich war mir ziemlich sicher, auf den vorderen Bereich der Klinik zuzusteuern. Als ich an einigen Labors zu beiden Seiten des Korridors vorbeilief, wusste ich, dass sich der Aufwachraum, in dem ich gewesen war, im ersten Stock des Komplexes befand. Nicht allzu weit vor mir auf der rechten Seite musste eine Treppe sein. Sie würde hinunter in den kurzen Betonflur führen, der als Zugang zu der vierstöckigen Eingangshalle mit dem Glasdach diente, die ich bei meiner Ankunft gesehen hatte. Auch die Vordertür zum Parkplatz würde dort sein.

Tatsächlich geriet die Tür zur Treppe in Sicht, und als ich nach rechts schwenkte und durch sie ins Treppenhaus preschte, war mir Dr. Marshall bereits so nah heran, dass er die Kurve nicht rechtzeitig schaffte. Er stach wild mit dem Messer nach mir, als sein Rollstuhl wie ein römischer

Streitwagen an dem offenen Durchgang vorbeiraste, aber er hatte schlecht gezielt.

Ich wollte nicht unbedingt herumstehen und ihm eine zweite Chance geben, also setzte ich mich die gewundene Treppe hinab in Bewegung, kam jedoch jäh zum Stehen. Unter mir hörte ich von hinter der Biegung der Treppe Stimmen, zwei männliche, vielleicht auch drei. Ich konnte niemanden sehen und wusste daher nicht, ob es Wachleute, Ärzte, Labortechniker oder Darth Vaders Imperiale Sturmtruppen waren, aber um wen es sich auch handelte, diejenigen kamen eindeutig nach oben, und ich wollte ihnen nicht geradewegs in die Arme laufen. Um das zu verhindern, bestand meine einzige Chance darin, umzukehren und die Treppe *hinauf* statt hinunter zu fliehen. Vielleicht konnte ich mich im zweiten oder dritten Stock ein paar Minuten verstecken, bis die Männer, die sich von unten näherten, zu ihrem unbekannten Ziel gelangten. Sobald die Luft wieder rein war, konnte ich die Treppe wieder hinuntereilen und versuchen, es zur Vordertür zu schaffen.

Und ich lief hinauf; die panische Angst davor, erwischt zu werden, trieb mich an. Als ich um die Ecke zu dem ebenen Bereich bog, wo sich der Durchgang zum zweiten Stock befand, wurde mir allmählich klar, dass ich tiefer in Schwierigkeiten steckte, als ich gedacht hatte. Alle Türen in diesem Treppenhaus öffneten sich von den verschiedenen Gängen aus nach innen, und in meiner panischen Flucht vor Dr. Marshall hatte ich mir nicht überlegt, was genau das bedeutete.

Ich hatte keine Probleme damit gehabt, mit Körpereinsatz den Entriegelungsbügel nach unten zu drücken, um mir den Weg ins Treppenhaus zu rammen, aber um die Türen von dieser Seite aus zu öffnen, musste man die Hand auf einen Griff legen, eine kleine Schalttaste drücken und die

Tür nach innen ziehen. Ohne Hände für den Griff – und offensichtlich ohne Finger für die Taste – bestand für mich keine Möglichkeit, eine der Türen zu öffnen und zurück in die Flure zu gelangen. Ich war gefangen und konnte nur weiter die Treppe erklimmen, bis sie zu Ende war. Wenn die Männer unter mir bis in den dritten Stock gingen, wäre ich im Arsch.

Ausnahmsweise hatte ich Glück. Ich hatte gerade den Weg in den zweiten Stock angetreten, als ich hörte, wie die Tür zum ersten aufgezogen wurde und die geheimnisvollen Stimmen meiner unsichtbaren Verfolger leiser wurden, als sie den mit Teppichen ausgelegten Korridor betraten. Ich hielt inne und lauschte, ob alle in den ersten Stock verschwunden waren oder ob vielleicht einer oder zwei weiter hinaufstiegen. Ich hörte ein lang gezogenes Quietschen, bei dem es sich um die zuschwingende Tür handeln musste, doch nachdem die Verriegelung eingerastet war, herrschte Stille. Keine Stimmen. Keine Schritte. Nichts.

Puh. Gott sei Dank!

Das hätte hässlich werden können, aber noch war alles in Ordnung. Da ich die Treppe nunmehr für mich allein hatte, brauchte ich es nur noch ins Erdgeschoss zu schaffen und zu hoffen, eine Möglichkeit zu finden, wie ich zur Eingangstür dieses schaurigen Ortes gelangen konnte. Vorsichtig ging ich die gewundene Treppe zurück hinunter und rechnete damit, jeden Moment eine der Türen aufschwingen zu hören. Als nichts geschah, wuchs meine Hoffnung. Ich konnte es doch noch nach draußen schaffen.

Dann bog ich um die Ecke zum Treppenabsatz im ersten Stock und erblickte Dr. Marshall, der zufrieden in seinem Stuhl saß, auf mich wartete und mir den Weg nicht nur mit seinem Körper, sondern auch mit dem großen Wellenschliffmesser auf seinem Schoß versperrte. Meine Füße verharrten wie angewurzelt, ließen mich mitten im Schritt innehalten. Ich hätte nicht überrascht sein sollen, dennoch war ich es. Hatte ich tatsächlich gedacht, er würde mich einfach davonspazieren lassen?

Idiot!

Als mich der irre Arzt erblickte, breitete sich ein animalisches Grinsen in seinem Gesicht aus, und in dem Moment, in dem sich unsere Blicke begegneten, war mir klar: Er wusste, dass ich in diesem Treppenhaus gefangen war und mein einziger Weg nach draußen über ihn führte.

Um mich zu piesacken, begann er, mit der großen Klinge zu spielen und damit imaginären Dreck unter seinen Fingernägeln hervorzupulen. Er zog eine verdammte Show ab und versuchte, mich damit einzuschüchtern, aber ich bemühte mich, ihn nicht merken zu lassen, dass es funktionierte.

»Geh mir aus dem Weg, Arschloch, oder ich verpasse dir und deinem Rollstuhl einen Ritt, den du nie vergisst.«

Halb meinte ich das ernst und spielte mit dem Gedanken, ihn anzugreifen und zu versuchen, ihn rückwärts vom ebenen Bereich des Treppenabsatzes zu stoßen. Ich konnte mir den befriedigenden Anblick vorstellen, wie er mit den Armen nach Gleichgewicht ruderte, wenn die Räder seines Stuhls über den Rand der ersten Stufe kippten, und wie der unerträglich selbstgefällige Ausdruck in seinem Gesicht von blankem Grauen ersetzt wurde, als die Erkenntnis einsetzte, dass ihm ein schmerzlicher, möglicherweise tödlicher Sturz bevorstand.

Dr. Marshall lachte mich nur aus. Meine Drohung zeigte keinerlei Wirkung auf sein Selbstvertrauen. Da hätte ich losstürmen, ihn überrumpeln sollen, als er unvorbereitet war, aber ich tat es nicht. Vielleicht – *wahrscheinlich* – hätte ich es getan, aber er fragte mich etwas, das angesichts unserer Lage so seltsam und fehl am Platz zu sein schien, dass er mich damit völlig überraschte.

»Sagen Sie, Mr. Fox«, begann er, ergriff das Messer, stach es in der Nähe seines linken Oberschenkels in den blauen Jeansstoff seiner Hose und begann, in Richtung seines Knies zu schneiden. »Haben Sie je über meine Beine nachgedacht?«

»Ihre Beine?«, murmelte ich und versuchte, mir zusammenzureimen, weshalb Dr. Marshall vor mir sein Hosenbein abschnitt.

»Das hätten Sie tun sollen«, meinte er lächelnd und begann seelenruhig, den Stoff seines rechten Hosenbeins zu bearbeiten. »Als wir uns zum ersten Mal begegnet sind, habe ich Ihnen erzählt, dass ich seit einem Unfall nicht mehr gehen kann. Erinnern Sie sich?«

Das tat ich, aber ich ersparte mir eine Antwort. Mich verwirrte, warum wir dieses ruhige, freundliche Gespräch überhaupt führten. Es mutete zu surreal an, Dr. Marshalls dünnes Lächeln wirkte etwas gezwungen, und ich wollte nichts sagen, das unter Umständen seine mordlüsterne Wut auslösen würde.

Wieso um alles in der Welt schneidet er seine Hosenbeine ab?

»Ich war erst fünfundvierzig, als es geschah. Das ist eine lange Zeit ohne Beine, Mr. Fox. Eine zu lange, finden Sie nicht auch? Besonders, wenn man zufällig die Fähigkeiten, den Mut und die Mittel besitzt, etwas dagegen zu unternehmen. Verstehen Sie, worauf ich hinauswill?«

Dr. Marshall begann, sich aus dem Rollstuhl zu erheben. Der zerfetzte Stoff seiner Jeans rutschte zu Boden, als er aufstand. Gezackte, rosafarbene Narben, die um seine Oberschenkel verliefen, zeigten mir deutlich, wo er die neuen Beine an seinen noch verheilenden Körper transplantiert hatte.

Gütige Mutter Gottes! Er hat mit sich selbst experimentiert!

»Ich brauchte drei Versuche, drei qualvolle Fehlschläge, bevor ich es herausbekam. Wissen Sie, ich hatte überstürzt gehandelt, war zu unbesonnen und nicht annähernd bereit gewesen. Aber ich habe aus meinen Fehlern gelernt und diesmal geduldig gewartet, bis ich alle Unklarheiten beseitigt hatte und sicher war, dass es klappen würde. Mein zuverlässigster Chirurg hat die Operation für mich durchgeführt. Seit rund fünf Monaten läuft der Heilungsprozess, und schon bevor Sie hier eingetroffen sind, habe ich mit einer harten Physiotherapie begonnen. Es funktioniert, Mr. Fox. Diesmal funktioniert es. Diesmal kann ich aufstehen. Ich kann gehen.« Er richtete das lange Messer auf mich. »Und ich kann sogar Treppen steigen.«

Kapitel 18

Erst, als Dr. Marshall einen ersten, vorsichtigen Schritt auf mich zukam, traf mich mit voller Wucht, was er gerade gesagt hatte.

Er kann Treppen steigen.

Hätte ich klar gedacht, hätte ich vielleicht immer noch beschlossen, den Doktor anzugreifen und umzustoßen, solange er noch das Gleichgewicht suchte, aber ich war verängstigt und mehr als ein bisschen verwirrt, und so flüchtete ich, statt vorzupreschen, die Treppe hinauf vom Doktor weg. Schwerer Fehler. Wegzurennen, würde mir nicht helfen. Wohin wollte ich schon? Ich war im Treppenhaus gefangen, konnte nirgendwohin, während sich Dr. Marshall mir von hinten näherte. Irgendwann würden wir beide am oberen Ende der Treppe landen, und ich würde mich nur mit den Beinen eines messerschwingenden Irren erwehren müssen.

Ich rannte die Stufen hinauf und versuchte verzweifelt, mir einen Weg aus dieser Todesfalle zu überlegen, in die ich mich selbst gebracht hatte. Zum Glück hatte Dr. Marshall Schwierigkeiten mit der Treppe, da seine Beine nicht ausreichend verheilt waren, um sie so schnell zu bewegen, wie er wollte. Ich konnte ihn unten fluchen hören, als er sich im Schneckentempo die Stufen hinaufquälte, ein entschlossener Mörder auf schwachen, frischgebackenen Beinen. Das würde mir Zeit verschaffen, allerdings bestenfalls einen Aufschub, nicht die vollwertige Begnadigung, die ich anstrebte.

Denk nach, Mann! Denk nach!

Und das tat ich, aber über verschieden hässliche Szenarien nachzudenken, die alle damit endeten, dass ich erstochen wurde, half nicht viel. Daher konzentrierte ich mich auf das Treppensteigen und beschloss, den größtmöglichen Abstand zwischen mich, meinen Verfolger und meine morbiden Gedanken zu bringen.

Ich kurvte um den Treppenabsatz im zweiten Stock und spähte wehmütig zur Tür hinaus auf den Gang, doch für mich hätte sie ebenso gut eine solide Ziegelsteinmauer sein können. Ich biss vor Panik und Frustration die Zähne zusammen und lief weiter die Treppe hinauf. Als der Absatz des dritten Stocks in Sicht geriet, rechnete ich fest damit, die unweigerliche Sackgasse zu erblicken, die mein Schicksal besiegelte. Ich würde auf die letzte Stufe stoßen, auf die geschlossene Stahltür und auf die Betonwand, wo ich mich zur Wehr setzen müssen würde.

Was um alles in der Welt ...?

Irgendetwas stimmte nicht.

Die Treppe war da, auch die Stahltür, genau, wie ich vermutet hatte, aber es gab keine Wand, keine Sackgasse. Stattdessen verschwand eine weitere gewundene Treppe um eine weitere Ecke. Hatte ich falsch eingeschätzt, in welchem Stockwerk ich mich befand? Nein, ich war sicher. Dies war die dritte – und letzte – Etage, ohne Zweifel.

Wohin führen diese Stufen dann? Aufs Dach? In den Himmel?

Spielte es eine Rolle? Ich stieg hinauf, nun jedoch langsamer, zumal mir nicht klar war, wie es in einem viergeschossigen Gebäude ein fünfgeschossiges Treppenhaus geben konnte. Auf halbem Weg um die Ecke dämmerte mir die Antwort.

Das Turmzimmer.

Das Zimmer an der vorderen Ecke des Gebäudes mit der zerlumpten Fahne auf dem Dach, das ich am Tag meiner Ankunft gesehen hatte. Das musste es sein. Mein Verstand begann zu rotieren und sich zu fragen, ob mir das womöglich neue Überlebenschancen bot oder das Unausweichliche nur hinauszögerte. Ich ging weiter hinauf.

Als ich um die Ecke bog, hinter der sich normalerweise der nächste Absatz befinden sollte, ging das Treppenhaus in einen großen Raum über. Von irgendwo ertönte leise ein summendes Geräusch, kaum hörbar, aber doch laut genug, um mich geräuschlos die letzten Stufen hinaufschleichen zu lassen, wo ich innehielt, um über die oberste Stufe hinwegzuspähen und meine Umgebung auszukundschaften, bevor ich weiterging. Das Turmzimmer war nicht so groß, wie ich es mir von unten aus vorgestellt hatte, vielleicht sechs mal sechs Meter mit einer dreieinhalb Meter hohen Decke. Die Form war oval, und in der von der Treppe am weitesten entfernten Wand waren zwei große Buntglasfenster. Das Zimmer präsentierte sich makellos sauber, aber gerammelt voll mit Möbeln, Kleidern, einer teuer aussehenden Stereoanlage, einem Computer, jeder Menge medizinischem Kram, frei stehenden Sauerstoffflaschen und einem Bett mit Messingrahmen. In dem Zimmer gab es auch noch anderes Zeug, aber sobald ich das Bett sah – oder vielmehr, wer darin lag –, war alles andere egal.

Unmöglich. So viel Pech kann ich nicht haben.

Und ob ich konnte. Vier Meter von mir entfernt lag Drake nackt ausgestreckt auf den Laken und bereitete sich auf ein Nickerchen vor. Typisch für mich – das mit Gerümpel vollgestopfte Turmzimmer war anscheinend seine Privatwohnung.

Was sollte ich jetzt tun? Da sich mir Dr. Marshall langsam von unten näherte und vor mir Drake, der Neandertaler, wartete, gingen meine Chancen, heil aus diesem Schlamassel herauszukommen, gegen null.

Scheiße!

Ich schaute über die Schulter zurück. Dr. Marshall war noch nicht zu sehen, aber ich wusste, dass er kommen würde – ich konnte durch das Treppenhaus hören, wie er sich langsam den Weg heraufbahnte. Ich rechnete jede Sekunde damit, ihn mit einem garstigen Grinsen in der Fresse um die Ecke biegen zu sehen.

Ein Geräusch über mir lenkte meine Aufmerksamkeit wieder auf Drake. Der Sicherheitschef setzte sich mit dem Rücken zu mir und dem Gesicht zu den Fenstern auf. Dann stand er auf und gähnte laut, als er sich streckte. Erst, als er zu einem nahen Tisch ging, bemerkte ich, dass er einen Ständer hatte – sein großer Penis war vollständig erigiert, zeigte zum Dach und schlug bei jedem Schritt gegen seinen Bauch.

Na toll – genau, was ich sehen will.

Mitten auf dem Tisch, neben dem er stand, befand sich etwas Großes, das eine weiße Decke verhüllte. Vorsichtig entfernte Drake die Decke. Als er es tat, musste ich mir auf die Lippe beißen, um nicht aufzuschreien.

O mein Gott!

Unter der Decke verborgen war ein abgetrennter Kopf, der auf einem mit milchiger Flüssigkeit gefüllten Glastank lag. Hunderte bunte Drähte verliefen vom gezackten Halsansatz des Kopfs in den Tank, wo sie an eine kaum sichtbare Wirbelsäule angeschlossen waren. Vom Kopf selbst erstreckten sich weitere Drähte zu einem Schaltkasten neben einem Computer. Mehrere große, mit roter Flüssigkeit gefüllte Schläuche verbanden den Hals mit einer der Maschinen aus dem Video, das wir uns am ersten Tag hier angesehen hatten. Von dieser Maschine ging auch das leise summende Geräusch aus, das ich kurz zuvor bemerkt hatte.

Blutversorgung.

Der Gedanke ließ mich begreifen, was ich vor mir sah.

Das war nicht irgendein abgetrennter Kopf, sondern *der* abgetrennte Kopf – derselbe, der in dem Video gewesen war. Ich erkannte das Gesicht des armen Mannes. Ich konnte mich daran erinnern, dass er mir schon damals, als ich noch dachte, hier sei alles im Lot, einen Schauer über den Rücken gejagt hatte. Ihn nun mit eigenen Augen zu sehen, empfand ich als noch grauenvoller. Wie konnte jemand einem anderen menschlichen Wesen so etwas antun? Es war unvorstellbar grausam. Verdammt, es war diabolisch!

Leider nicht annähernd so diabolisch wie das, was Drake gerade tat. Der kranke Perverse rieb seinen pulsierenden Schwanz an der Seite des Glastanks und arbeitete sich damit langsam näher und näher zu dem Kopf hinauf vor. Die Augen des wehrlosen Mannes waren vor Angst geweitet; der gesamte Kopf und die Wirbelsäule zuckten in dem vergeblichen Versuch, zu fliehen.

Meine Gedanken kehrten an den Tag meiner Ankunft zurück, an dem ich geglaubt hatte, Drake habe die Videovorführung mit einer Erektion im Jogginganzug verlassen. Damals war ich mir nicht sicher gewesen und hatte mich gefragt, was er an Dr. Marshalls Präsentation von Körperteilen erotisch finden könnte, nun jedoch wusste ich es.

Drake kletterte auf den Tisch und versuchte, seinen Steifen in den fest verschlossenen Mund des körperlosen Mannes zu stecken, der sich auf die einzige ihm mögliche Weise wehrte. Drake lachte über den Trotz und bedrohte ihn mit einem Messer, dass er zu einem seiner Augen hielt.

»Mach auf, Süßer, sonst verlierst du die Augen«, flüsterte Drake, dessen Stimme vor Lust troff.

Hör auf damit, du kranker, perverser Arsch!

Ich wollte es laut hinausschreien und hätte es beinah getan, aber eine flüchtige Bewegung, die ich aus dem Augenwinkel wahrnahm, erregte meine Aufmerksamkeit. Dr.

Marshall, vor Anstrengung schweißüberströmt, stand anderthalb Meter von mir entfernt, das Messer über den Kopf erhoben, bereit, es mir in den Rücken zu rammen.

Da schrie ich lang und laut; es gab keinen Grund mehr für Verstohlenheit. Ich raste die restlichen Stufen hinauf, rannte an Drake vorbei und hielt erst an, als mein Rücken gegen die Wand auf der anderen Seite des Zimmers drückte. Drake wirkte einen Moment lang verdutzt, erlangte aber rasch die Fassung wieder und stieg vom Tisch, um Dr. Marshall die letzten Stufen heraufzuhelfen, während er mich gleichzeitig im Auge behielt. Nicht, dass es nötig gewesen wäre – sowohl er als auch Dr. Marshall hatten ein scharfes Messer, und ich war ein armloser Mann, der nirgendwohin konnte.

»Was, zum Geier, ist hier los?«, fragte Drake seinen Arbeitgeber.

»Das ist doch ziemlich offensichtlich«, erwiderte der Doktor. »Unser Freund Michael versucht zu fliehen. Allerdings stellt er sich dabei nicht besonders geschickt an. Wie lautet noch das Sprichwort, Mr. Drake? Vom Regen in die Traufe …«

Drake begann zu lachen. Weder ihn noch Dr. Marshall schien seine Nacktheit auch nur im Geringsten zu stören.

»Was habt ihr mit mir vor?«, stieß ich hervor, wobei es mir nicht gelang, die Angst aus meiner Stimme zu verbannen.

Dr. Marshall bedachte mich mit einem kalten, bösartigen Lächeln, dann antwortete er: »Was immer ich will, Mr. Fox. Was immer ich will.«

Mein Mund wurde trocken. Ich hatte solche Angst, dass ich kein Wort herausgebracht hätte, selbst wenn ich gewusst hätte, was ich sagen sollte. Wir starrten einander eine Weile schweigend an, dann fuhr Dr. Marshall fort.

»Ich bin nicht das Monster, für das Sie mich halten, Mr. Fox. Ich habe nicht so sehr gelogen, wie Sie glauben. Was das Geld angeht schon, aber nicht in jeder Hinsicht. Ich habe Ihnen gesagt, dass ich immer nur meinem armen, unglücklichen Sohn helfen wollte. Erinnern Sie sich?«

Natürlich erinnerte ich mich. Verlogener Dreckskerl. »Du vergisst da etwas, Marshall. Ich war im Zimmer deines angeblichen Sohnes. Ich habe den Plastikkörper und die falschen Drähte gesehen. Das war bloß eine rührselige Geschichte, um uns auf deine Seite zu ziehen. Alles Blödsinn, also spar dir den Atem.«

»Blödsinn? Sind Sie da sicher?«, fragte er.

Dr. Marshall humpelte zu dem Tisch mit dem abgetrennten Kopf und der Wirbelsäule. Zuerst strich er liebevoll über das verfilzte Haar des Mannes, dann rückte er den Glastank behutsam zurecht, sodass er genau in der Mitte des Tischs stand. Von dort, wo ich stand, konnte ich die Augen des Mannes nicht sehen, aber danach zu urteilen, wie der Kopf und die Wirbelsäule hin und her zuckten, wirkte er nun noch verängstigter als während der Belästigung durch Drake.

»Ganz ruhig«, sagte der Arzt mit sanfter, beschwichtigender Stimme. »Alles wird gut.«

Das Zittern des Kopfes legte sich allmählich, und Dr. Marshall richtete die Aufmerksamkeit wieder auf mich. Er drehte den Glastank um 180 Grad, sodass ich direkt in die gequälten Augen des körperlosen Mannes blickte.

»Mr. Fox, ich möchte Ihnen Andrew Nathan Marshall vorstellen. Meinen Sohn. Andrew, dieser dumme Mann ist Michael Fox.«

Kapitel 19

Die Stille im Raum war ohrenbetäubend. Bis zu diesem Moment hatte ich diese Phrase immer für klischeehaft und lächerlich gehalten. Aber die Stille im Turmzimmer wirkte tatsächlich fast greifbar, und in der Luft lag so dichte Anspannung, dass ich beinah daran erstickte, während mein Verstand raste und zu begreifen versuchte, was ich soeben gehört hatte.

Sein Sohn?

Es gibt ihn wirklich?

Wie konnte Dr. Marshall seinem Sohn so etwas antun?

Warum?

So viele Fragen, die ich stellen wollte, doch ich tat es nicht. Ich stand nur da, vergaß vorübergehend mein eigenes Dilemma, vergaß eigentlich alles, während ich in die vorquellenden, verängstigten Augen des bemitleidenswerten Mannes starrte, dem zu helfen ich dummerweise einen Vertrag unterschrieben hatte.

Wie erträgt er es nur, auf diese Weise zu leben?

Was muss Andrew von all dem halten?

Was denkt er wohl gerade?

»Soll ich ihn ausschalten?«, fragte Drake seinen Boss, brach damit schließlich die Totenstille und riss mich aus meiner Benommenheit. »Er macht mehr Ärger, als er wert ist.«

»Das beurteile ich«, gab Dr. Marshall zurück. »Er ist immer noch voller guter Ersatzteile. Es gibt keinen Grund, sie zu vergeuden.«

»Wie Sie meinen.«

Sie redeten über mich, als wäre ich gar nicht anwesend – als wäre meine Meinung über den Fortbestand meines Lebens völlig bedeutungslos. Und ich vermute, so war es wohl auch – zumindest für sie. Definitiv aber nicht für mich. Es musste einen Ausweg geben. Ich konnte nicht einfach herumstehen und darauf warten, dass Drake ...

Drake!

Eine Idee schoss mir durch den Kopf. Vielleicht würde sie nicht funktionieren, aber sie schien mir einen Versuch wert zu sein. Was hatte ich schon zu verlieren?

»He, Doc«, brüllte ich und unterbrach ihre zwanglose Unterhaltung darüber, ob ich auf der Stelle umgebracht oder langsam zerstückelt werden sollte, um an Ersatzteile zu gelangen. »Hast du eine Ahnung, was Drake gern mit deinem geliebten Sohn tut, wenn er mit ihm allein ist? Er zwingt Andrew mit vorgehaltenem Messer, seinen Schwanz zu lutschen. Ich habe es vor wenigen Minuten selbst gesehen. Sieh dir den großen, beschissenen Perversen nur an. Was denkst du wohl, warum er nackt ist?«

Es war kein großartiger Plan, aber ich hoffte, durch die Enthüllung, dass Drake seinen Sohn belästigte, die Wut des wahnsinnigen Chirurgen auf Drake und weg von mir zu lenken. Und wenn ich sie nur zum Streiten brächte, damit ich eine Chance hätte, zur Treppe zu preschen. Ich brauchte bloß eine Gelegenheit von drei Sekunden, schon würde ich abheben wie eine Rakete und zum Vordereingang rasen.

Statt wütend zu werden, wie ich gehofft hatte, begann Dr. Marshall zu lachen. Anscheinend fand auch Drake meine Äußerungen unterhaltsam und lachte bald zusammen mit seinem Boss.

»Versuchen Sie, mich eifersüchtig zu machen, Mr. Fox?«, fragte Dr. Marshall. »Netter Versuch, aber sagen wir einfach, von Mr. Drake gibt es genug für alle.«

Was, zur Hölle, soll das heißen?

Ich überlegte, ob Dr. Marshall derart wahnsinnig sein konnte, dass ihn Drakes sexueller Missbrauch seines Sohnes gar nicht berührte. Nein. Niemand konnte *so* herzlos sein. Oder doch? Dann beobachtete ich, wie sich Drake neben Dr. Marshall und dessen Sohn stellte und die Arme um beide legte. Dr. Marshall lächelte, zwinkerte mir zu und küsste Drake leidenschaftlich auf die Lippen. Mit der freien Hand liebkoste er zärtlich Drakes halbsteifen Pimmel und begann, ihn wieder vollständig aufzurichten.

Grundgütige Mutter Gottes!

Die beiden waren Geliebte. Ich konnte es nicht glauben. Wie viel durchgeknallter konnte diese bizarre kleine Familie noch werden? Ich meine, ein brillanter, aber ganz und gar irrer Neurochirurg, der seinen mit Steroiden vollgepumpten Sicherheitschef und Liebhaber vor dem zitternden Kopf seines künstlich am Leben erhaltenen, körperlosen Sohnes küsste? Kein schöner Anblick. Eindeutig kein Familienidyll à la Norman Rockwell, soviel stand fest.

Es war zu viel für mich. Ich konnte es nicht mehr ertragen. Ich wollte nur noch weg, weg von all dem Wahnsinn und der Perversion, zurück in meinen stinkenden, kleinen Müllcontainer unter der Brücke an der Carver Street.

Komm zurück auf den Boden. Du würdest keinen Tag auf der Straße überleben. Du hast keine beschissenen Arme, du Trottel!

Natürlich hatte mein Gewissen recht. Für mich gab es kein Zurück. Nur ein Idiot würde etwas anderes denken. Ich hätte mich an dem Tag, als Drake mit der Limousine aufkreuzte, nie von ihm überreden lassen dürfen, von den Gleisen zu kommen. Ich hätte mich an Plan A halten und mir sein verrücktes Angebot gar nicht erst anhören sollen. Und dennoch – vielleicht war es noch nicht zu spät.

Dr. Marshall und Drake würden mich nie von hier weglassen – jedenfalls nicht lebend. Warum sollte ich mir nicht das Leiden und den Kummer ersparen und die hässlichen Pläne durchkreuzen, die sie für mich hatten? Man mag mich als verrückt bezeichnen, aber ich wollte lieber unter meinen als unter ihren Bedingungen abtreten. Und ich wusste auch, wie ich es anstellen konnte.

»He, ihr Freaks«, sagte ich zu meinen Peinigern und unterbrach sie bei ihrer kleinen Petting-Runde.

Dr. Marshall witterte offenbar Gewalt, leckte sich über die Lippen und sagte: »Hüten Sie Ihre vorlaute Zunge, Sie Wicht, oder Sie könnten sie ganz schnell verlieren.«

Drake kam einen Schritt auf mich zu und hielt das Messer so, dass ich es sehen konnte. »Es ist an der Zeit, dass du Manieren lernst, Mike.«

Ich holte tief Luft und wappnete mich für das, was kommen würde. »Leck mich, Drake. Ihr zwei Psychos verdient einander, aber ich bleibe nicht, um mir diesen Scheiß noch länger anzusehen. Ich bin hier raus!«

Es war unübersehbar, dass mein Anfall sie verwirrte. »Du bist *was*?«, fragte Drake.

»Du hast mich schon verstanden. Ich verschwinde.«

Nach der anfänglichen Verblüffung begannen sowohl Drake als auch Dr. Marshall wieder zu lachen.

»Sie sind wirklich lustig, Mr. Fox, aber ich fürchte, Sie gehen nirgendwohin«, sagte Dr. Marshall. »Außer zurück in meinen Operationssaal. Wissen Sie ... ich brauche Ihre Beine.«

Vor zehn Minuten hätte mir diese Aussage eine Heidenangst eingejagt, aber jetzt nicht mehr. Ich war über meine Ängste hinaus, schloss gerade Frieden mit mir selbst und war bereit, zu handeln. Ohne ein weiteres Wort setzte ich mich in Bewegung und rannte in vollem Lauf auf eines der großen Buntglasfenster zu. Wenn Dr. Marshall meine Beine wollte, konnte er Drake losschicken, um sie zusammen mit dem Rest von mir fünf Geschosse tiefer von der Auffahrt zu kratzen. Ein Sturz auf den Asphalt aus dieser Höhe – die angesichts der hohen Decken in dieser Ecke um die zwanzig Meter betragen musste – und ohne Arme, um meinen Fall zu bremsen, würde meinen Schädel aufplatzen lassen wie eine überreife Tomate, auf die ein Vorschlaghammer niederfährt.

Perfekt.

»Halt, Sie Narr!«, brüllte Dr. Marshall, sobald offensichtlich wurde, was ich vorhatte. »Schnappen Sie ihn, Drake. Schnell!«

Drake stürzte hinter mir her, aber ich wusste, ich war im Vorteil. Er wusste es auch, aber er kam trotzdem. Mit einem Triumphschrei hechtete ich durch die Luft, zerschmetterte mühelos das Buntglasfenster in seinem Bleirahmen und war bereit, wie ein Vogel in strahlende, blaue Ferne zu fliegen. Na ja, wenigstens ein oder zwei Sekunden lang.

Es sollte nicht sein.

Ich knallte heftig gegen das Glas und durchschlug es problemlos, aber mein Flug in die Freiheit dauerte nur weitere zehn Zentimeter an. Dann prallte ich mit dem Gesicht voraus gegen ein am äußeren Mauerwerk verschraubtes Maschendrahtgitter. Es war ein stabiles Gitter, das wahrscheinlich an diesen teuren Fenstern installiert worden war, um sie zu schützen, und es bremste meinen Flug jäh. Meine Nase wurde beim Aufschlag schmerzhaft in blutigen Brei verwandelt, der Rest meines Gesichts und Körpers glich einem Flickenwerk aus Schnitt- und Stichverletzungen von all den Glasscherben. So viel zu meiner großen Flucht.

Als ich zurück in das Turmzimmer prallte, landete ich mit lautem Knall zu Drakes Füßen. Der fand den Anblick meines blutigen Gesichts und Körpers unheimlich lustig. Er lachte so ausgelassen, dass es Dr. Marshall war, der herüberkam, um mich auf dem Boden zu halten, damit ich nicht erneut wegrennen konnte.

»Holen Sie die Spritze«, befahl er Drake.

»Wozu die Eile? Lassen wir ihn doch gegen das andere Fenster laufen. Ich würde das zu gern noch mal sehen.«

»Holen Sie einfach die Spritze, wir haben mit diesem Verlierer genug Zeit vergeudet. Ich bin mit der Operation spät dran.«

»Na schön, war ja nur so ‘ne Idee«, erwiderte Drake, den mein Leid immer noch erheiterte.

Ich beobachtete, wie er zu einem Rollschreibtisch ging und aus einer der Schubladen eine große Spritze holte. Er füllte sie mit einer klaren, gelblichen Flüssigkeit – wahrscheinlich mit demselben Zeug, mit dem ich im Keller betäubt worden war –, dann kam er herüber und reichte sie seinem Boss.

Ein Teil von mir wusste, dass ich mich winden, wie am Spieß schreien und verzweifelt versuchen sollte, zu entkommen, aber ich hatte keine Kraft mehr dazu. Ich war übel zugerichtet, hatte überall blaue Flecken und blutete – jeder Quadratzoll meines Körpers schmerzte höllisch. Schlimmer noch, durch den Aufprall am Metallgitter war die Wunde an meiner rechten Schulter aufgebrochen, und durch die Menge an Blut, die sich aus mir auf den Boden ergoss, fühlte ich mich allmählich schwindlig, benommen, taub und mehr als ein wenig lethargisch.

Ich bin sicher, ich wäre von selbst ohnmächtig geworden, wenn sie mir noch dreißig Sekunden Zeit gelassen hätten, aber Dr. Marshall wollte kein Risiko eingehen. Er rammte mir die Nadel grob in den Oberschenkel, trotzdem erinnere ich mich nicht daran, Schmerz dabei empfunden zu haben. Ich schrie nicht einmal. Innerhalb weniger Momente wurde alles schwarz.

Kapitel 20

Aus der Erfahrung von jemandem, der mehrere hundert Liter billigen, oft selbst gebrannten Fusel getrunken hat und schließlich zu gestohlenem Sterno übergegangen ist, wusste ich, wie es war, mit Kopfschmerzen aufzuwachen. Tatsächlich war ich auf dem Gebiet eine Kapazität. Ich hatte mehr Kater, als ich mir in Erinnerung rufen möchte, aber diese selbst herbeigeführten Kopfschmerzen taten nie auch nur halb so weh wie das, was ich empfand, als ich letztlich erwachte und mich langsam rührte. Mein Schädel pochte; mit jedem Herzschlag wurde mir ein Hunderternagel Schmerz ins Hirn getrieben. Ich wagte nicht, die Augen zu öffnen. Gott bewahre. Stattdessen lag ich vollkommen still, atmete flach und versuchte, es durchzustehen.

Muss ja eine höllische Party gewesen sein gestern Nacht. Blue J und ich müssen ganz schön ...

Dann fiel mir durch all die Schmerzen und die verschwommenen Erinnerungen hindurch, die aus meinem drogenüberlasteten Gehirn sickerten, plötzlich ein, wo ich mich befand und was mir im Turmzimmer des Gemäuers widerfahren war. Ich versuchte, dagegen anzukämpfen, das Wissen zu verleugnen, denn die Wahrheit zu akzeptieren, würde mich in eine Richtung führen, in die ich nicht bereit war zu gehen. Keine Chance.

Vielleicht hat Puckman wieder dieses fürchterliche Zeug gebraut, und ich habe so viel davon getrunken, dass ich ...

Auf halbem Weg durch meinen jämmerlichen Versuch, der Realität auszuweichen, gab ich es auf. Was hatte es für einen Sinn? Ich wusste nur allzu gut, wo ich war und weshalb ich so üble Kopfschmerzen hatte. Alle Lügen und alles Wunschdenken der Welt würden an meiner Lage nichts ändern oder dafür sorgen, dass ich mich besser fühlte. Warum also sollte ich mir die Mühe machen?

Weil mir die Wahrheit zu viel Angst einjagte, deshalb.

Der Grund für meine Kopfschmerzen war offensichtlich, dass ich mit Medikamenten betäubt worden war. Und warum war ich betäubt worden? Weil Drake mich in den Operationssaal geschafft hatte. Warum war ich den Operationssaal geschafft worden? Weil Dr. Marshall gesagt hatte …

Er sagte, er braucht meine Beine.

O Gott, nein. Bitte nicht. Nicht meine Beine.

Nicht meine verfluchten Beine!

Meine Gedanken schienen zu erstarren. Ich wollte – konnte – mir nicht erlauben, daran zu denken. Am liebsten wäre ich auf der Stelle gestorben. Und zwar, bevor ich herausfinden würde, ob etwas mit mir geschehen war.

Ich schlug die Augen auf.

Dann begann ich zu schreien.

Ich hatte noch keinen Beweis dafür, dass meine Beine verschwunden waren – ich hatte nicht nach unten geblickt –, aber ich brauchte keinen. Kaum zwei Meter von mir entfernt lag in seinem Bett festgezurrt – Lucas, der ältere Mann, der mich angefleht hatte, sein Leiden im Blutbankzimmer zu beenden. Er schaute direkt zu mir, schüttelte den Kopf und betrachtete mich mit trauriger Miene.

»Willkommen in der Hölle«, flüsterte Lucas, dann wandte er das Gesicht von mir ab.

Das kann nicht wirklich passieren.

Doch das tat es. Es gab nur einen Grund, warum ich neben Lucas liegen würde. Dr. Marshall hatte seine Drohung wahr gemacht und mir die Beine weggenommen. Schlimmer noch, er hatte beschlossen, mich in seinen besonderen Raum im dritten Stock zu sperren. Er hatte mich auseinandergenommen und in einen seiner Bluter verwandelt.

Kapitel 21

Ich musste wieder das Bewusstsein verloren haben, denn als ich die Augen das nächste Mal öffnete, war Nacht. Der Bluterraum lag totenstill und dunkel da. Die einzige Helligkeit fiel durch das Fenster ein, wo sich das Mondlicht den Weg durch eine zwanzig Zentimeter breite Lücke zwischen den Vorhängen bahnte. Trotzdem war es zu dunkel, um etwas zu erkennen, was ich als etwas nervend empfand, aber zumindest hatten sich meinen Kopfschmerzen erheblich gebessert.

Ich versuchte, mich ein Stück aufzusetzen, um mich in der Düsternis umzusehen, stellte dabei jedoch fest, dass ich an der Matratze festgegurtet war.

Ich vermutete, damit ich nicht aus dem Bett fiel. Ohne Arme und Beine war das eine gute Idee, trotzdem stank es mir. Ich begann, mich hin- und herzuwinden, um mich zu befreien. In einem sinnlosen Anflug reiner, adrenalingeschürter Wut bäumte ich mich auf, zuckte nach links und rechts, warf mich hin und her.

Um die Wahrheit zu sagen, meine Wut hatte eigentlich nichts mit den Gurten zu tun; sie brachten das Fass nur zum Überlaufen, nachdem ich in letzter Zeit körperlich und seelisch derart misshandelt worden war. Schließlich beruhigten mich Erschöpfung und Schmerzen, und ich lag keuchend in der Dunkelheit, während mir Tränen über beide Wangen liefen.

»Alles in Ordnung, Mike?«, fragte eine Stimme zu meiner Rechten.

Es war eine vertraute Stimme, dennoch konnte ich sie nicht recht einordnen. Sie klang nicht nach Lucas, aber der hatte doch zuvor neben mir gelegen, oder? Ich drehte den

Kopf und konnte einen großen Klumpen auf dem Bett neben mir ausmachen, mehr jedoch nicht.

»Wer ist da?«, fragte ich zurück. »Bist du das, Lucas?«

»Nein. Lucas ist im Bett zu deiner Linken. Ich bin Rotbart, Mike – erinnerst du dich an mich?«

»Klar. Wie geht's dir?«

Dumme Frage, aber sie hatte meinen Mund bereits verlassen, bevor ich darüber nachdachte.

»So wie dir«, antwortete Red. »Ich wurde von diesem dreckigen Scheißkerl von einem Chirurgen zu einem Nichts zusammengeschnippelt und wünschte, ich wäre tot.«

Ich sah mich erneut im Raum um und versuchte zu erkennen, wie viele andere Betten er enthielt.

»Ich kann kaum etwas sehen, Red. Sind Bill Smith und Rolli auch hier?«

»Nein. Nur wir. Rolli war eine Zeit lang hier, aber er starb im Schlaf. Ich glaube, sie haben ihm zu viel Blut abgezapft. Der Glückspilz. Hab allerdings keine Ahnung, was aus Bill Smith geworden ist. Hab ihn nie wiedergesehen.«

»Vielleicht ist Bill geflüchtet und hat es hier rausgeschafft. Ich hab es auch versucht.«

»Ich auch«, sagte Rotbart. »So bin ich hier gelandet. Ich glaube, wenn man Dr. Marshall verärgert, steckt er einen hierher. Oh, und keine Sorge wegen deiner Sicht. Deine Augen werden sich besser daran gewöhnen, etwas in der Dunkelheit zu erkennen, wenn du erst ein Weilchen länger hier bist. Es sind ja erst drei Wochen. Hab ein bisschen Geduld.«

Drei Wochen?

»Wovon redest du?«, fragte ich. »Das ist doch mein erster Tag, oder?«

Darüber lachte Red. »Nein, ich fürchte nicht, mein Freund. Sie haben dich vor mindestens zwei Wochen hergebracht, aber ich glaube, es sind eher drei. Die Neuankömmlinge setzten sie ziemlich stark unter Medikamente, um die Schmerzen zu lindern und damit die Wunden heilen können, ohne dass sie sich bewegen. Wahrscheinlich warst du davor auch einige Tage in einem Aufwachraum.«

Verfluchte Scheiße.

Das erklärte wohl auch die mörderischen Kopfschmerzen – sie hatten mich drei Wochen lang ausgeknipst wie einen Lichtschalter. Da dämmerte mir, dass ich keinen Schimmer hatte, welches Datum wir hatten oder wie lange ich schon in der Einrichtung war. Ich wusste nicht einmal, welcher Monat war.

»Was haben wir für ein Datum, Red? Irgendeine Ahnung?«

»Spielt das eine Rolle?«, gab er zurück. »Das alles macht keinen Unterschied mehr, also vergiss es. Hier gibt es nur zwei Wochentage, über die du dir den Kopf zerbrechen musst. Schlechte Tage, wenn sie uns Blut abzapfen, und gute Tage, wenn sie uns in Ruhe lassen. Das ist alles – gut oder schlecht. Sonst ist alles egal.«

Eine Weile lagen wir schweigend da, und ich spürte, dass ich wieder einzudösen begann. Ich fühlte mich schläfrig, trotzdem musste ich fragen.

»He, Red?«

»Ja?«, antwortete er. Auch er klang müde.

»Was für ein Tag ist morgen?«

Ich hörte, wie er tief Luft holte; dann flüsterte er: »Ein schlechter. Ruh dich ein wenig aus.«

Kapitel 22

Anscheinend verschlief ich. Ich erwachte zwar im Morgengrauen, als das Sonnenlicht erst begann, die Dunkelheit zu vertreiben, aber alle im Raum, die noch einen intakten Verstand besaßen, waren bereits hellwach und nervös. Das Pflegepersonal würde bald durch die Tür kommen.

»So schlimm kann es doch nicht sein, oder?« Ich wandte mich damit an Rotbart, aber es war der alte Lucas zu meiner Linken, der antwortete.

»Hast du schon mal Blut gespendet?«, fragte er.

»Sicher«, sagte ich. »Oft sogar. War nie ‘ne große Sache.«

»Ja, da geb’ ich dir recht. Von wo haben sie es genommen?«

»Was?«

»Das Blut. Wo haben sie es dir abgezapft?«

»Ach so. Am Arm.«

»Genau. Und was denkst du, von welchem Arm sie es dir heute abnehmen werden? Ach ja, richtig, du hast ja keine *beschissenen* Arme, genau wie wir anderen, du verdammter Narr. Sie werden es dir vom Kopf abnehmen, um Himmels willen. Hat dir schon mal jemand ‘ne große Nadel in den Kopf gerammt, Mike?«

Lucas war offensichtlich fuchsteufelswild, aber ich war nicht sicher, ob er wirklich auf mich wütend war, weil ich ihn nicht getötet hatte, als ich die Chance dazu hatte, oder ob er nur gereizt und nervös wegen dem war, was passieren würde. Wahrscheinlich etwas von beidem, also biss ich mir auf die Zunge und erwiderte nichts.

»Entspann dich, Lucas«, kam mir Rotbart zu Hilfe. »Er ist neu hier; ist doch nicht seine Schuld, dass er keinen Tau hat, wie es läuft.«

»Ich weiß«, gab Lucas seufzend zurück. »Es war nur eine so dumme Frage, und ich fühle mich heute beschissen. Ich will nur noch, dass es endet, Red. Ich kann das nicht mehr lange ertragen, ehrlich nicht.«

»Ich weiß, Lucas«, sagte Red mitfühlend. »Wir alle wollen, dass es endet.«

Ich fühlte mich ein wenig wie ein Zuschauer bei einem Tennismatch und drehte mich abwechselnd nach links und rechts, während meine Zimmergenossen miteinander redeten. Als sie einen Augenblick verstummten, mischte ich mich ins Gespräch.

»Zuerst mal, Lucas, es tut mir aufrichtig leid, dass ich es nicht zu Ende brachte, als du meine Hilfe wolltest. Du brauchst mir nicht zu verzeihen, aber etwas sollst du wissen – ich wollte dir helfen, ich habe versucht, dir zu helfen. Aber ich hab's vermasselt. Ich bekam Angst und bin losgerannt, um die eigene Haut zu retten. Nicht, dass es viel gebracht hätte.«

»Ach, Scheiße, Mike«, sagte Lucas. »Ich mach' dir daraus keinen Vorwurf. Ich hätte dasselbe getan. Es liegt nur an diesem schrecklichen Ort. Der macht einen verrückt. Sie foltern uns wieder und wieder, und wir können rein gar nichts dagegen tun. So etwas schafft einen Mann nach einer Weile. Es schafft ihn, bis er überschnappt. Erinnerst du dich an Charlie, den Burschen, der in jener Nacht zu schreien anfing und die Wachleute herbrachte?«

»Ja, ich erinnere mich an ihn«, antwortete ich und dachte daran zurück, dass es mir nicht gelungen war, ihn zu beruhigen und zum Schweigen zu bringen.

»Tja, er ist letztlich übergeschnappt. Sein Körper liegt noch dort drüben, drittes Bett auf der rechten Seite, aber sein Verstand hat sich verabschiedet. Gott, wie ich ihn beneide!«

»Sag so was nicht, Lucas. Du musst weiterkämpfen. Noch sind wir nicht tot.«

Er starrte mich nur wieder mit jenem traurigen Ausdruck im Gesicht an, als bemitleidete er mich für meinen Optimismus, dann drehte er den Kopf in die andere Richtung und weigerte sich, weiter mit mir zu reden. Ich versuchte es noch einige Male, aber Rotbart meinte, ich solle mir den Atem sparen.

»Vergiss es, Mike«, sagte er. »Manchmal wird er so, bevor wir angeschlossen werden. Bald geht es ihm wieder besser. Es wird immer besser, wenn es erst angelaufen ist. Du wirst sehen.«

»Sag mir, was uns erwartet«, bat ich. »Was werden sie mit uns tun?«

»Na schön. Es sieht folgendermaßen aus: Dr. Marshall watet hier durch ein Meer von Blut, um seine Experimente am Laufen zu halten. Einen Teil bezieht er von ein paar legalen Blutbanken, aber der Großteil stammt aus diesem Raum hier.

Sieh dich um, Mike. Mit dir haben wir hier vierzehn warme Leiber, die festgezurrt auf die Krankenpfleger warten. *Vierzehn!* Das ist alles, um den Bedarf von Dr. Marshalls unzähligen Experimenten zu decken. Den Rest kannst du dir wohl selber ausrechnen.«

»Das kann nicht dein Ernst sein«, gab ich zurück. »Er müsste jedem von uns eine Badewanne voll Blut abzapfen.«

In diesem Moment beschloss Lucas, dass er doch in redseliger Laune war. »Haargenau! Die saugen uns fast leer.«

Rotbart fügte rasch hinzu: »Na ja, nicht wirklich. Es fühlt sich bloß so an. Allerdings nehmen sie schon deutlich mehr, als sie sollten, soviel steht fest. Ich habe eine der Krankenpflegerinnen sagen gehört, dass ein durchschnittlicher menschlicher Körper je nach Gewicht rund fünf bis sechs Liter Blut enthält. Verliert man die Hälfte davon, kann man sich von der Welt verabschieden. Das Dumme ist nur, da unsere Gliedmaßen entfernt wurden, müssen wir weniger Blut als ein Durchschnittsmensch haben, richtig? Sagen wir mal, höchstens dreieinhalb bis vier Liter. Sie nehmen jedem von uns knapp anderthalb Liter ab, manchmal etwas mehr.«

»Man fühlt sich komplett kraftlos und wie ein Haufen Scheiße«, meldete sich Lucas zu Wort. »Du wirst so müde sein, dass du ohnehin den ganzen Tag verschläfst. Dann lassen sie uns morgen ausruhen, damit wir neue Vorräte aufbauen können, bevor es wieder von vorne losgeht.«

Mir fiel etwas von meinem letzten Besuch in diesem Raum ein. »Warum waren einige dann nachts angeschlossen? Ich weiß noch, dass ich mehr als einen von euch mit der Nadel im Kopf gesehen habe.«

»Erinnere mich bloß nicht dran«, sagte Lucas und schauderte bei dem Gedanken. »Wir haben *Überstunden* geschoben. Wurden bestraft. Kommt hin und weder vor. Dr. Marshall wirft uns gelegentlich vor, nicht alles zu geben – als ob wir das beeinflussen könnten. Dann hängt er uns die ganze Nacht an die langsame Maschine. Die Nadeln schmerzen höllisch; das ist seine Art, uns zu missbrauchen und dafür zu sorgen, dass wir die Angst vor ihm nicht verlieren.«

Wenige Minuten später stürmten zwei Krankenpflegerinnen und zwei große, muskulöse Krankenpfleger in den Raum. Sie traten durch und durch professionell auf und gingen sofort an die Arbeit. Die Krankenpflegerinnen bereiteten die Nadeln vor, die Krankenpfleger schlossen die Absaugmaschinen neben den Betten an und waren dafür zuständig, denjenigen von uns ein wenig Kooperation einzuprügeln, die es wagten, zu brüllen, zu weinen oder den Kopf von der Nadel wegzudrehen.

Niemand sah uns in die Augen oder sprach ein Wort der Ermutigung oder des Mitgefühls. Man sollte meinen, sie würden wenigstens ein bisschen Mitleid mit uns haben, aber mir fiel nicht der leiseste Hauch davon auf, als sie methodisch ihrer Arbeit nachgingen.

Wie können diese Leute so grausam sein?

Ich wusste nicht, wie viel Dr. Marshall ihnen bezahlte, aber es musste eine hübsche Stange sein. Sonst könnte nie jemand einen solchen Job an jedem zweiten Tag verdauen. Es sei denn, sie waren genauso fanatisch von der Arbeit des Doktors überzeugt ... Nein, es musste am Geld liegen.

Überraschenderweise schmerzte es nicht so sehr, wie ich erwartet hatte, als die lange Nadel in eine Vene an der linken Seite meines Gesichts eingeführt wurde. Zumindest nicht, als sie hineingeschoben wurde. Erst, als einer der Krankenpfleger die Absaugmaschine einschaltete, wurde es schlimm.

Wirklich schlimm.

Bei all den vorherigen Malen, als ich in der Welt draußen Blut gespendet hatte, konnte ich nicht behaupten, je gespürt zu haben, wie das Blut herauskam. Man lag einfach auf einem Bett oder saß auf einem Stuhl und wartete, bis sich der kleine Beutel füllte, damit man zum Desserttablett gehen und sich einen Imbiss holen konnte. Manchmal dauerte es eine halbe Stunde, bis man fertig war.

Bei uns Blutern traf das nicht zu. Sie schalteten die Maschinen ein, die uns das Blut tatsächlich aus den Venen saugten, statt darauf zu warten, dass Mutter Natur und die Schwerkraft ihre Arbeit taten. Bei jedem Sog der Maschine hatte ich das Gefühl, das Bewusstsein verlieren zu müssen. Das Blut in mir brodelte, als es durch den klaren, an meinem Kopf angebrachten Plastikschlauch gesaugt wurde.

Innerhalb kürzester Zeit setzten die Schmerzen ein.

Grässliche Schmerzen, die mit jedem Pulsieren der Maschine anschwollen. Vielleicht lag es an meinen Nerven oder meiner Einbildung, aber es fühlte sich an, als sauge das Gerät immer gieriger. Mich beschlich der bizarre Gedanke, dass es mir beim nächsten Mal das Hirn aus dem Schädel und wie einen großen Klumpen pürierten Gelees durch den Schlauch ziehen würde. Das geschah natürlich nicht, aber Mann, bekam ich grässliche Kopfschmerzen. Genauso schlimm wie die Schmerzen nach dem Erwachen aus meiner letzten Operation.

Kopfschmerzen hin, Kopfschmerzen her, mir wurde weiter der Lebenssaft abgepumpt, bis ich sicher war, dass die Absicht darin bestand, mich auszubluten.

Genau wie bei Rolli. Wahrscheinlich blüht das allen Unruhestiftern – denen wird das Leben mit einem großen Strohhalm ausgesaugt.

Ich fiel allmählich ins Delirium, brüllte um Hilfe und forderte, dass man aufhören solle, mich so umzubringen. Ich warf mich hin und her, bäumte mich gegen die dicken Riemen auf, die mich ans Bett fesselten, geriet in Panik, war schweißüberströmt und durch den enormen Blutverlust zu drei Viertel unzurechnungsfähig.

Immerhin brachte mein Gebrüll die Krankenpfleger dazu, herbeizurennen, und einer riss mir grob die Nadel aus dem Kopf, um meine erste Behandlung als Dr. Marshalls neuer Blutspender zu beenden. Beim Herausreißen kratzte die Nadel oberhalb des Ohrs über meinen Schädel. Das jagte mir ein Feuerwerk an Schmerzen über die gesamte linke Seite meines Körpers hinab, und vor meinen glasigen Augen, die nur noch verschwommen sahen, tanzten winzige Lichtpunkte.

Eine Krankenpflegerin kam herbei und verband mich, aber mittlerweile war ich so benommen, dass ich kaum noch mitbekam, was geschah. Ich konnte mir nicht mehr zusammenreimen, wer diese Leute waren oder weshalb sie herumstanden und mich anstarrten. Bevor ich den Versuch unternehmen konnte, sie danach zu fragen, gingen die Lichter wieder aus, und ich wurde in den tiefen, dunklen Schlaf eines Halbtoten gestürzt.

Kapitel 23

Ich lief mitten auf der Straße entlang. Regen durchnässte mich und klebte mir die Haare an den Kopf, während ich meine Beine zwang, schneller und schneller zu rennen. Natürlich träumte ich und wusste nur allzu gut, wohin mich meine Traumbeine brachten, aber ich hatte keine Möglichkeit, aufzuwachen oder mein Ziel zu ändern, selbst wenn ich gewollt hätte. Die Leichen meiner Frau und meines Sohnes und den schwer verletzten Körper meiner Tochter zu finden, war mit Sicherheit keine angenehme Erfahrung, aber zumindest würde ich sie wiedersehen, und das war auch etwas wert.

Zu Beginn war mein Traum immer etwas verschwommen, aber in der Regel fing er mit dem Anruf an. Ich hatte mein Bier halb ausgetrunken und dachte, wie toll es sei, dass ich bei dem albernen Trinkspiel führte und zweifellos gewinnen würde, als das Telefon klingelte. Mittlerweile wusste ich, dass der Anruf für mich war, aber damals lenkte er mich nur so sehr ab, dass mein Kumpel mich besiegte. Wir hatten einen Dollar gesetzt – was mir zu dem Zeitpunkt ziemlich wichtig vorkam –, deshalb verlangte ich gerade Revanche, als der Barkeeper, Ronnie, mir auf die Schulter klopfte. Sein blasses, ausdrucksloses Gesicht ließ mich denken, er hätte einen Geist gesehen.

»Die Polizei ist dran«, sagt Ronnie. »Man sucht nach dir. Du solltest besser rangehen.«

»Hallo?«, fragte ich und achtete darauf, in knappen Worten zu sprechen, um nicht zu lallen.

Manchmal lief der Traum vollständig ab, und ich wankte im Stehen, während ich zu verstehen versuchte, was der Polizeibeamte zu mir sagte. Jackie, Arlene und Daniel seien in einen schweren Autounfall verwickelt worden, und es sähe nicht gut aus. Ein Krankenwagen sei unterwegs, und Jackie habe der Polizei noch gesagt, wo ich zu finden sei, bevor sie das Bewusstsein verlor; es sollten die letzten Worte bleiben, die sie je sprach, und ich war nicht da, um sie zu hören.

Manchmal, wie in dieser Nacht, hatte ich Glück, und der Traum spulte einige Minuten vor bis zu der Stelle, als ich über die verregnete Straße auf den verbogenen Haufen aus Metall und Plastik lief, der einst der silberne Honda Civic unserer Familie gewesen war. Das Auto lag auf dem Dach; die gesamte Front fehlte, war um einen Telefonmast auf dem Bankett gewickelt.

Als ich näher kam, konnte ich sehen, dass alle Fenster zersprungen waren; für gewöhnlich will ich an genau der Stelle aufwachen, da ich aus Erfahrung weiß, dass ich in wenigen Schritten Daniel erblicken werde, der noch auf dem Rücksitz angegurtet ist, während sein blutüberströmter kleiner Arm in der Luft nach Hilfe winkt. Ich renne dann noch schneller, um zum Auto zu gelangen, doch wenn ich endlich dort eintreffe, ist es zu spät. Daniel lebt noch und sieht mich an, aber das Licht in seinen wunderschönen blauen Augen erlischt, und er stirbt, bevor wir ein Wort zueinander sagen können. Es ist mir nicht einmal vergönnt, seine ausgestreckte Hand zu berühren, bevor er weg ist, und ich hasse mich dafür, dass ich nicht in der Lage gewesen bin, schneller zu rennen.

Allerdings stimmte in dieser Nacht mit dem Traum etwas nicht; etwas war anders, denn als ich mich dem Wagen näherte, befand sich Daniel nicht auf dem Rücksitz. Er war überhaupt nicht im Auto, ebenso wenig seine Mutter, die an sich über dem Lenkrad zusammengesunken sein sollte, halb von der gebrochenen Lenksäule gepfählt, wie ich sie in Wirklichkeit vorgefunden hatte. Arlene saß auf dem Beifahrersitz, aber sie war nicht blutüberströmt und brüllte, wie ich es aus meiner Erinnerung kannte. Nein, sie saß einfach da, still wie ein Mäuschen, und starrte mich mit schwarzen, leeren Augen an, aus denen Hass und stumme Anklage sprachen.

Neben mir stand ein Polizist; ich drehte mich ihm zu und fragte: »Was ist hier los? Wo sind Jackie und Daniel? Sie sollten hier sein und im Auto auf mich warten wie sonst immer.«

Der Polizist bedachte mich mit einem merkwürdigen Blick, bevor er antwortete: »Der Krankenwagen ist vor etwa zehn Minuten eingetroffen. Man hat Ihre Frau und Ihren Sohn in die nächstgelegene Klinik gebracht.«

Das war mir neu. Jedenfalls hatte es sich beim echten Unfall nicht so zugetragen, deshalb war ich nicht sicher, wie ich reagieren oder was ich tun sollte.

»Sind sie tot?«, fragte ich. Natürlich waren sie das, aber ich musste irgendetwas sagen.

»Nein, Sir. Soweit ich weiß, sind beide ziemlich schwer verletzt, aber der Sanitäter, der sie behandelte, hat gemeint, sie könnten es schaffen, wenn sie rechtzeitig ins Krankenhaus kommen.«

»Welches Krankenhaus?«, hakte ich nach und fühlte mich wie ein Volltrottel, weil ich es mir gestattete, Hoffnung zu schöpfen.

Immerhin wusste ich, dass ich träumte und dass sie vor Jahren gestorben waren; doch in jenem Augenblick zählte das alles nicht. Falls sie noch lebten, und sei es nur in diesem wirren Traum, hätte ich die Chance, sie noch ein letztes Mal zu sehen. Sie zu sehen, sie festzuhalten, mit ihnen zu reden, ihnen zu sagen, wie sehr ich sie liebte und wie leid es mir tat, dass ich Jackie veranlasst hatte, unsere Familie in einer so stürmischen Nacht aus dem Haus zu schleifen, nur weil ich zu betrunken gewesen war, um selbst nach Hause zu fahren. Keines dieser Wörter könnte die Vergangenheit ändern oder irgendetwas besser machen, aber ich musste es zumindest versuchen.

»Es ist nicht weit von hier«, sagte der Polizist. »Steigen Sie in den Streifenwagen, ich bringe Sie hin.«

Arlene kletterte aus dem Wagen und kam zu uns herüber. Ich hielt die Tür des Streifenwagens für sie auf, weil ich dachte und hoffte, sie würde mich begleiten, aber sie ging ohne einen weiteren Blick zu mir in die dunkle, stürmische Nacht davon.

Sie verschwindet für immer aus meinem Leben, dachte ich. Zumindest dieser Teil stimmte.

Ich schüttelte den Kopf, um den Regen und die Tränen aus den Augen zu bekommen, sprang in den Streifenwagen und bedeutete dem Polizisten, loszufahren. Während der Fahrt betete ich, dass ich nicht aufwachen möge. Ich wollte nicht einmal mit dem Polizeibeamten reden, da ich fürchtete, jede Änderung meiner Gedanken oder Konzentration könne meinen Traum in eine andere, unerwünschte Richtung abdriften lassen. Seit fast vier Jahren war ich nicht so nahe dran gewesen, meine Frau und meinen Sohn zu sehen, und ich wusste, es war zu schön, um wahr zu sein. Es würde, es konnte nicht von Dauer sein, aber alles, was ich wollte, war, nur fünf Minuten weiterzuschlafen, Jackie noch einmal zu küssen und Daniel kurz in den Armen zu halten. War das zu viel verlangt?

Mein Panikalarm setzte ein, als wir die Stadtgrenze hinter uns ließen und der Streifenwagen nach links auf eine asphaltierte Straße bog, die sich durch einen Wald aus hohen, dicken Bäumen wand. Außerhalb der Stadt gab es doch kein Krankenhaus, oder? Warum hatte man Jackie und Daniel nicht ins Buffalo General Hospital gebracht? Das musste näher am Unfallort liegen.

»Wo sind wir?«, fragte ich und sah den Polizisten zum ersten Mal an, seit ich in seinen Streifenwagen gestiegen war.

»Wir sind an der Klinik«, antwortete er. »Erkennen Sie den Ort nicht?«

Ich schaute durch die Windschutzscheibe, als das Auto aus dem Wald fuhr, und stellte fest, dass wir auf den Parkplatz von Nathan Marshalls hässlicher Ziegelsteinklinik rollten. In der Nähe des Vordereingangs parkte ein Krankenwagen mit noch blinkenden Lichtern.

Gott, nein! Nicht hier!

»Warum hat man meine Familie hierher gebracht? Sie braucht ein *richtiges* Krankenhaus. Dieser Ort ist böse.«

»Böse? Hören Sie mal, Mann, ich weiß nicht, was ich Ihnen sagen soll, aber wenn Sie Ihre Frau und Ihr Kind sehen wollen – das ist der Ort, an dem sie sind. Wenn ich Sie lieber in die Stadt zurückbringen soll …«

»Nein!«, rief ich etwas lauter als beabsichtigt. »Beeilen Sie sich einfach, ja?« Als wir neben dem Krankenwagen zum Stehen kamen, wirkte der Polizist erleichter darüber, dass ich aus seinem Auto stieg.

»Viel Glück, mein Freund.«

Ich ersparte mir eine Antwort und bedanke mich nicht einmal für die Fahrt. Stattdessen rannte ich wieder los. Ich konnte den Gedanken nicht ertragen, dass Dr. Marshall meine Familie in die Hände bekommen könnte; jede Sekunde zählte. Im Krankenwagen befand sich niemand, also steuerte ich auf die Eingangstür zu, fand sie jedoch verriegelt vor. Ich blickte zurück zum Streifenwagen und wollte um Hilfe rufen, doch die Worte erstarben mir in der Kehle, als ich sah, dass Drake in Polizeiuniform neben dem

Auto stand und mich unter der Krempe seines vom Regen durchnässten Huts hervor angrinste. Er deutete auf die Tür, dann hob er die große, fleischige Faust und machte in der Luft neben seinem Kopf eine Klopfgeste.

Ich wollte Drake nicht den Rücken zukehren, aber im Moment überwog meine Sorge um meine Familie, also begann ich, gegen die Eingangstür zu hämmern und zu brüllen, man möge mich hineinlassen. Die schwere Tür schwang auf, und Dr. Marshalls griesgrämige alte Sekretärin holte mich aus dem Regen.

»Wo sind sie?«, fragte ich; mein Angstbarometer stieg ständig, meine Geduld war erschöpft.

»Entspannen Sie sich, Mr. Fox. Sie werden feststellen, dass es Ihrer Familie gutgeht. Dr. Marshall hat sich um sie gekümmert. Sowohl ihre Frau als auch ihr Sohn ruhen sich gemütlich im dritten Stock aus. Sie können sie jederzeit sehen. Ich denke, Sie kennen den Weg.«

Damit machte die Sekretärin auf dem Absatz kehrt und ging zurück in die Vorhalle mit der hohen Kuppel, ohne einen weiteren Blick zurück zu mir zu werfen, um zu sehen, was ich vorhatte. Ich hatte ohnehin keine Möglichkeiten zur Wahl.

Der dritte Stock …

Warum hatte man sie in den dritten Stock gebracht? Dort oben befanden sich keine Patientenräume. Das Einzige, was es im dritten Stock gab …

Nein. Bitte nicht!

Ich preschte zur Treppe und raste hinauf, so schnell ich konnte, zwei Stufen auf einmal nehmend. Aber ganz gleich, wie rasch ich mich bewegte, ich hatte ein beklemmendes Gefühl, welche Richtung dieser Traum einschlug, und vor dem Schatten des Grauens, der mich verfolgte, konnte ich nicht wegrennen. Ich erreichte den Flur im dritten Stock und rannte geradewegs auf den Bluterraum zu, der sich auf halbem Weg durch den Gang befand. Es war der einzige Ort, wo meine Frau und mein Sohn sein konnten.

An der Tür musste ich mich zwingen, den Raum sofort zu betreten. Würde ich innehalten, um zu Atem zu gelangen, brächte ich vielleicht nicht mehr die Nerven auf, mich dazu zu überwinden. Jackie und Daniel lagen in den beiden ersten Betten auf der rechten Seite des Zimmers, und ein einziger Blick bestätigte meine schlimmsten Befürchtungen. Dr. Marshall hatte ihnen die Arme und Beine abgeschnitten und sie in Bluter verwandelt.

Ich rannte zum Fußende ihrer Betten, weinte mir die Augen aus dem Kopf und wollte ihnen verzweifelt sagen, wie leid es mir tat, dass dies geschehen war, doch die Gelegenheit bot sich mir nicht. Jackie warf einen Blick auf mich, dann wandte sie vor Scham und Ekel den Kopf ab. Daniel, mein Stolz und meine Freude, drehte sich nicht weg. Nein, er starrte mir direkt in die Augen und sagte: »Sieh nur, was du uns angetan hast, Dad. Dafür werde ich dich ewig hassen.«

Ich wachte brüllend auf; mein Laken war dermaßen von Schweiß durchtränkt, dass es sich anfühlte, als wäre ich wirklich im Unwetter aus meinem Traum gewesen. Ich weinte stundenlang, wurde von qualvollem Schluchzen gebeutelt, doch niemand kam, um mich zu trösten oder zu sehen, ob es mir gutging.

Niemand tat irgendetwas; nicht einmal die anderen Bluter, die sich bei mir im Zimmer aufhielten. Vielleicht waren sie daran gewöhnt, Leute schreien zu hören, oder vielleicht waren sie in jener Nacht in ihren eigenen Albträumen gefangen und hatten keine Zeit, mir zu helfen, den meinen zu verarbeiten. Oder es gab auf der gesamten Welt bloß niemanden mehr, der sich auch nur einen feuchten Kehricht für mich interessierte.

Ich schloss die Augen und wartete auf den Tod.

Was konnte ich sonst schon tun?

Kapitel 24

Lucas hatte recht – dieser entsetzliche Ort zerstörte einen Mann nach einer Weile.

Es schafft ihn, bis er überschnappt.

Damals hatte ich nicht wirklich verstanden, wie wahr seine Worte waren, und ich befand mich noch nicht annähernd so lange hier wie er, doch als die Tage in Wochen übergingen, hegte ich keine Zweifel mehr. Ich war zwar immer stolz darauf gewesen, einen starken Willen zu haben und stur zu sein, doch ich wusste, dieser Ort würde mich bezwingen. Es war nur eine Frage der Zeit.

Die Tage, an denen sie uns Blut absaugten, konnte man komplett abschreiben – sie bestanden nur aus Schmerzen, Leid und schließlich willkommener Bewusstlosigkeit.

An den freien Tagen, wenn sie uns in Ruhe ließen, war alles, was wir taten, zu schlafen und zu hoffen, dass die Welt enden möge.

Bei Anbruch der Nacht steigerte sich die Anspannung, da sich die Gedanken aller – auch meine – dem zuwandten, was uns bei Sonnenaufgang erwarten würde. Erschöpfung, Benommenheit und blanke Angst waren vertraute Emotionen und bildeten einen endlosen Zyklus, den nur der selige Schlaf und die unausweichliche Ankunft der Krankenpflegerinnen mit einem neuen Schwung Nadeln durchbrachen.

Ich wollte sterben. Dasselbe galt für den Rest der Bluter – jedenfalls für diejenigen, die noch zusammenhängend genug dachten, um zu wissen, was ihnen angetan wurde. Sie sollten uns rasch töten, es hinter sich bringen. Dieser quälend langsame Foltertod, zu dem wir verurteilt worden waren, war unmenschlich und unerträglich. Allerdings war kein Ende in Sicht, und wir konnten rein gar nichts dagegen tun.

Zumindest konnten die Dinge unmöglich noch schlimmer werden, oder?

Falsch.

»Warum sind sie noch nicht gekommen?«, fragte ich Lucas. »Haben die uns schon je zuvor vergessen?«

Ein schlechter Tag stand auf dem Programm, aber die Krankenschwestern und Pfleger waren noch nicht aufgekreuzt, um uns an die Maschinen anzuschließen. Der Uhr an der Wand zufolge hatten wir fast Mittag, und bisher hatte keine Menschenseele unseren Raum betreten.

»Noch nie«, antwortete Lucas, aus dessen gedämpfter Stimme nackte Angst sprach. »Das ist sehr seltsam. Irgendwas muss im Busch sein.«

Die Worte hatten seinen Mund kaum verlassen, als die Tür aufschwang und Dr. Marshall sowie Alexander Drake eintraten. Ein hörbares Keuchen ging durch den Raum, danach hätte man eine Spritzennadel zu Boden fallen gehört; alle fragten sich totenstill, was geschehen würde.

Oh-oh. Das kann nicht gut sein.

Dr. Marshall und Drake kamen nie in den dritten Stock zu uns. Nie. Ich bezweifelte stark, dass dies ein Höflichkeitsbesuch werden sollte.

Lucas hatte recht. Es ist etwas im Busch. Aber was?

Sie bewegten sich von einem Ende des Raums zum anderen und hielten bei jedem von uns an, um einen genauen Blick auf uns zu werfen, bevor sie zum nächsten Bett weitergingen. Anscheinend hatte Dr. Marshall seinen Rollstuhl außer Dienst gestellt und behalf sich nun mit einem robusten Stock. Er humpelte zwar noch, allerdings kaum merklich. Eine ziemlich beeindruckende Genesung, wenn man bedachte, dass dies nicht einmal seine Beine waren. Unwillkürlich fragte ich mich, *wessen* Beine es waren und was sie mit dem armen Kerl angestellt hatten, von dem sie stammten. Lag er irgendwo in diesem Raum neben mir? Oder war seine Nützlichkeit erschöpft, und hatte er bereits die Reise über die Abfallentsorgungsrutsche zur Verbrennungsanlage im Keller angetreten?

Dr. Marshall und Drake flüsterten am Fenster miteinander, drehten sich um und deuteten auf einzelne Betten, dann gingen sie zurück zur Tür. Mein Herz begann, wild zu pochen, als sie am Fußende meines Betts stehen blieben und mich direkt ansahen.

»Sind Sie sicher?«, fragte Dr. Marshall seinen Handlanger.

Drake betrachtete mich mit Augen so kalt, schwarz und gefühllos wie die eines Weißen Hais, der seine Beute anstarrt. Dann kam er einen Schritt näher, und ein wildes Grinsen, das sich auf seinem Gesicht ausbreitete, steigerte die Ähnlichkeit zusätzlich.

»Oh, absolut. Er ist es«, meinte Drake.

Was bin ich?

So sehr ich mich dafür schämte, ich zitterte in der Gegenwart diese beiden Wahnsinnigen unkontrollierbar. Noch vor wenigen Monaten hätte ich ihnen eine neunmalkluge Bemerkung an den Kopf geschleudert oder ihnen zumindest gesagt, sie sollen sich verpissen, aber der Großteil meines Mutes musste mir zusammen mit meinen Armen und Beinen abgeschnitten worden sein, denn ich blieb stumm, wagte nicht, auch nur ein Wort von mir zu geben.

»Na schön«, sagte Dr. Marshall. »Bringen Sie ihn so schnell wie möglich nach unten, Drake. Wir haben bereits zu viel Zeit vergeudet. Ich gehe nachsehen, ob alles bereit ist.«

»Ja, Sir. Sofort.«

Dr. Marshall ging ohne einen weiteren Blick zurück. Nun, da er seine Entscheidung getroffen hatte, waren die anderen in ihren Betten festgezurrten Männer völlig bedeutungslos für ihn. Kaum war er durch die Tür getreten, schob ein großer, hagerer Krankenpfleger eine gepolsterte, mit Leder überzogene Bahre herein, kam herüber und stellte sich neben Drake.

»Machen wir eine Ausfahrt, Mike«, sagte Drake und genoss offensichtlich jede Sekunde. Dann flüsterte er dem Krankenpfleger zu: »Schaff ihn hier raus.«

»Wohin bringst du mich?«, wollte ich von dem Krankenpfleger wissen, der meine Gurte löste und mich unsanft auf die Bahre neben dem Bett hievte.

Er ignorierte meine Frage, vermied sogar den Blickkontakt mit mir, deshalb brüllte ich zu Drake: »Was ist hier los, Drake? Lasst mich in Ruhe, gottverdammt!«

Er grinste nur, wandte sich ab und bedeutete dem Krankenpfleger mit der Hand, ihm zu folgen. Innerhalb von Sekunden war ich auf der Bahre festgeschnallt und wurde auf die Tür zugeschoben. Mir gelang ein flüchtiger Blick zu Lucas und Rotbart. Beide zitterten ebenso heftig wie ich, und ihre Gesichter wirkten bleicher als arktische Geister. Ich würde sie vielleicht nie wiedersehen und wollte etwas sagen, um sie zu beruhigen, sie auffordern, sich keine Sorgen um mich zu machen, doch ich bekam keine Gelegenheit dazu. Bevor mir auch nur ein Wort einfiel, war ich zur Tür hinaus und wurde durch den Gang gerollt.

Kapitel 25

Die Fahrt mit der Bahre war erschreckend und verwirrend; ich hatte keine Ahnung, wohin es ging, lag festgezurrt auf dem Rücken und konnte nur die Neonlampen sehen, die an der Decke vorbeirasten, als wir hinter Drake hereilten. Er wartete im Aufzug und hielt die Tür für uns auf, als wir eintraten. Immer noch grinste er mich an wie ein böser Clown mit einem schmutzigen Geheimnis. Ich war klug genug, ihn nichts zu fragen, und so fuhren wir schweigend nach unten, nachdem sich die Türen geschlossen hatten.

Wieder hetzten wir den Gang entlang, folgten erneut dem Sicherheitschef.

Sind wir im Erdgeschoss oder im ersten Stock?

Schließlich blieb Drake vor einer soliden Doppeltür aus Holz stehen, legte die Hand auf einen an der Wand montierten Scanner und wartete auf die Freigabe.

»Von hier an übernehme ich ihn, Steve«, sagte er zu dem Krankenpfleger, scheuchte ihn weg und schob die Bahre selbst durch die offene Tür.

Drinnen schloss Drake die Tür, rollte mich in die Mitte des Raums und drückte eine Taste an meiner Bahre, die es ihm ermöglichte, mich fast senkrecht zu kippen, sodass ich mein Umfeld besser sehen konnte. Nicht, dass es viel zu sehen gab. In dem kühlen Raum herrschten Stille und hohe Luftfeuchtigkeit, was mich an die Salzwasseraquarien im *Marineland* an den Niagarafällen erinnerte, wohin mich mein Vater als Kind mitgenommen hatte. Als ich den Kopf herumdrehte, konnte ich allerdings kein Wasser sehen, nur einen großen leeren Raum, in dem sich außer Drake und mir niemand befand.

»Sind Sie das, Drake?«, fragte eine vertraute Stimme.

Es war die von Dr. Marshall, aber ich konnte ihn weder sehen, noch feststellen, woher die Stimme kam.

»Ja, Sir«, antwortete Drake. »Bereit, wenn Sie es sind.«

Dr. Marshall tauchte aus dem Nichts auf, schien durch eine Ziegelsteinmauer zu gehen, bis mir der schwere, dunkle Vorhang auffiel, der hinter ihm zurückschwang. Da erkannte ich, dass an dem Raum mehr dran war, als ich sehen konnte. Dr. Marshall kam zu uns herüber und blieb unmittelbar vor mir stehen.

»Guten Tag, Mr. Fox«, begann er in unbeschwertem, fröhlichem Tonfall, was mir schlagartig eine Gänsehaut bescherte. »Wähnen Sie sich glücklich, mein Freund. Sie wurden dazu auserwählt, an etwas Unglaublichem teilzunehmen. An etwas, wenn ich das so sagen darf, *Wundersamem.*«

Ich begann tatsächlich zu lachen. Ich wollte es nicht, konnte jedoch nicht anders. Vielleicht war mein Gehirn bereits weich gekocht, und ich fing an, den Verstand zu verlieren, aber die Vorstellung, mich als ›glücklich‹ zu betrachten, war so unbeschreiblich lächerlich, dass ich einfach kichern musste.

»Was ist so komisch?«, fragte Dr. Marshall, wobei das freundliche Lächeln aus seinen Zügen verschwand.

Ich wusste, dass es nicht klug war, diesen Psychopathen noch mehr zu verärgern, aber es interessierte mich nicht mehr. *Scheiß auf ihn!*

»Sie«, gab ich zurück. »Sind Sie komplett durchgeknallt? Sie schneiden mich in Stückchen, verwandeln mich in etwas, das nicht mal mehr menschlich ist, und ich soll mich *glücklich* fühlen? Oh, sicher doch! Recht herzlichen Dank. Gott, sind Sie erbärmlich. Sie sind so beschissen übergeschnappt, dass es schon wieder lustig ist. Bringen Sie mich einfach um und machen Sie ein Ende.«

Nach meiner kleinen Tirade wurde es still im Raum – richtig still; niemand gab einen Laut von sich. Dr. Marshall starrte mich an. Sein Körper zitterte vor Anspannung, aus seinen Augen sprühte Hass, aber er ließ sich eine gute Minute Zeit, um sich unter Kontrolle zu bekommen, bevor er wieder das Wort ergriff.

»Zeigen Sie es ihm, Drake. Öffnen Sie den Vorhang.«

Drake eilte in den Bereich, in dem der Chirurg vor wenigen Minuten aufgetaucht war, und suchte die Mitte der Vorhänge. Er zog die rechte Hälfte auf und befestigte sie mit einer farblich zu den Vorhängen passenden, an der Wand verschraubten Schnur.

Hinter dem Vorhang herrschte im Rest des Raums Dunkelheit. Ich konnte einen großen Glasbehälter erkennen, doch das spärliche Licht von unserer Seite des Raums warf Schatten, durch die ich nicht sehen konnte, was sie mir zeigen wollten.

Dann schaltete Drake das Licht ein, und mir wurde die Luft förmlich aus den Lungen gesaugt, als ich ungläubig auf das starrte, was sich in dem Glastank befand.

Es war der nackte Körper eines Mannes in gutem Zustand – oder dessen, was mal ein Mann gewesen war. Der Kopf fehlte, und auf dem Rücken erstreckte sich vom Nacken bis knapp über den Hintern ein mächtiger Schnitt, wo die Wirbelsäule chirurgisch entfernt worden war. Aber der Körper war nicht tot. Weit gefehlt.

Unzählige winzige, bunte Drähte und Elektroden verliefen in die grausigen Wunden am Hals und Rücken des Mannes und waren vermutlich am komplexen zentralen Nervensystem angeschlossen, denn der Körper zuckte und tänzelte in dem mit Flüssigkeit gefüllten Tank wie ein Varietéschauspieler.

»Was um alles in der Welt ist das für ein Ding?«, brachte

ich den Mut auf zu fragen, da meine Neugier im Moment meine Angst überstieg.

Drake lachte, kam näher zu mir und flüsterte mir ins Ohr: »Dieses *Ding*, Mike, ist etwas, das wir als ›Fleischanzug‹ bezeichnen. Im Grunde genommen ist es ein wartender Körper. Es sind die Überreste deines Kumpels Bill Smith. Jetzt, wo ich darüber nachdenke, hättest es eigentlich du sein sollen.«

Bill?

»Was meinst du damit?«, fragte ich.

»Wir dachten, es sei Mr. Smith gewesen, der sich in eurer ersten Nacht hier in Zimmer 301 geschlichen hat. Wir glaubten, er sei es gewesen, der herausgefunden hatte, dass Andrews Zimmer eine Attrappe ist, deshalb haben wir ihn uns in der nächsten Nacht geschnappt. Eigentlich hättest du es sein sollen.«

»Aber warum?«, wollte ich wissen. »Warum habt ihr ihm so etwas angetan? Warum sollte man irgendjemandem so etwas antun?«

Diesmal antwortete Dr. Marshall. »Aus zwei Gründen. Zum einen, um ihn zum Schweigen zu bringen. Wir wollten nicht, dass er dem Rest von euch erzählt, was er glaubte, in Andrews Zimmer gesehen zu haben. Wir fanden bald heraus, dass wir einen Fehler begangen hatten, doch da war es bereits zu spät. Der wichtigere Grund allerdings ist, dass ich seinen Körper für das bedeutendste Experiment von allen brauchte, für den letzten Schritt meines Plans, Andrew aus seinem langen Leben in jämmerlichem Elend zu befreien.«

Dr. Marshall beugte sich vor, bis sich sein Gesicht nur Zentimeter von meinem entfernt befand, bevor er fortfuhr: »Sie können mich ruhig als wahnsinnig bezeichnen, Mr. Fox, und Ihnen mag das alles komisch vorkommen und wie ein großer Witz erscheinen, aber mir ist es ernst, Sie wertloses, kleines Stück Scheiße ... todernst. Und ob es Ihnen gefällt oder nicht, Sie werden mir helfen. Verstanden? Andrew *wird* gehen können.«

Nun verstand ich, reimte mir die Verbindung zusammen, was Andrew betraf, aber an welcher Stelle passte ich bei all dem Wahnsinn ins Bild?

»Was haben Sie mit mir vor?«, fragte ich.

Dr. Marshall wich einige Schritte zurück und begann, wieder zu lächeln. Seine freundliche Haltung stellte sich wieder ein.

»Das ist eigentlich einfach«, antwortete er. »Ich werde mit Ihnen genau das tun, was ich für Andrew beabsichtige. Sein Zustand ist äußerst instabil, weshalb die Zeit drängt, trotzdem will ich nicht überstürzt vorgehen und es vermasseln. Er hat nur noch eine einzige Chance, und ich muss gewährleisten, dass sämtliche Unzulänglichkeiten aus meinem Verfahren beseitigt sind. Dabei kommen Sie ins Spiel. Sie werden mein Abschlusstest, Mr. Fox. Ich werde das gesamte Verfahren zuerst an Ihnen ausprobieren, um sicherzustellen, dass es funktioniert. Danach bin ich bereit, Andrew zu heilen.«

Mir fiel kein einziges Wort für eine Erwiderung ein. Ich war schockiert, und es musste mir anzusehen gewesen sein, denn Dr. Marshall begann, mir zu versichern, dass alles gut werden würde.

»Keine Bange, Mr. Fox. Es wird alles großartig verlaufen. Fantastisch sogar. Sie haben meine Experimente gesehen, Sie wissen also, dass ich dazu in der Lage bin. Eigentlich sollten Sie dankbar sein. Ich werde Ihnen Arme und Beine zurückgeben. Denken Sie mal darüber nach. Sie werden wieder laufen können. Sowohl Sie als auch Andrew.«

Ein Teil von mir kaufte dem Doktor seinen irren Plan ab

– in Wahrheit sogar ein großer Teil. Ich hegte keine Zweifel daran, dass er erfolgreich durchziehen könnte, was er vorhatte, und ich wollte unbedingt meine Arme und Beine zurück, damit ich wieder auf eigenen Füßen stehen konnte, statt auf dieser dämlichen Bahre festgeschnallt zu sein. Technisch gesehen, würde es sich nicht um *meine* Arme und Beine handeln, aber in dem halb übergeschnappten Zustand, in dem sich mein Verstand befand, klang das für mich besser als gar nichts.

Dann jedoch warf ich einen weiteren Blick auf Bills elektronisch animierten Körper, der in seinem Tank vor mir tanzte. Dabei wurde mir klar, dass mich Dr. Marshall, um mich in diesen Körper zu stecken, noch weiter zusammenstutzen musste – bis auf den Kopf und die Wirbelsäule, genau wie Andrew ... und das war etwas, das ich einfach nicht verkraften konnte. Eine weitere Operation würde mich zweifellos in den Wahnsinn treiben, und davon wollte ich kein Stück.

»Bitte, tun Sie das nicht«, bettelte ich. »Ich kannte Bill nicht besonders gut, aber ich will nicht in seinen Körper. So könnte ich nicht leben. Ich flehe Sie an, bringen Sie mich einfach auf der Stelle um und lassen Sie es gut sein, ja?«

»Bills Körper?«, fragte Dr. Marshall. Drake und er begannen zu lachen. »Keine Sorge, Sie kommen nicht in Bills Körper. Sind Sie verrückt?«

Ich begriff nicht, was ich gesagt hatte, das die beiden so lustig fanden. Ich war müde und sehr verwirrt. War mir etwas entgangen oder hatte ich den Doktor falsch verstanden?

»Sie wollen meinen Kopf nicht auf diesen Körper verpflanzen? Aber Sie haben doch gerade gesagt ...«

»Natürlich nicht, Sie Idiot«, fiel mir Dr. Marshall ins Wort. »Denken Sie etwa, ich würde ein solches Exemplar für Sie verschwenden? Bill Smiths Fleischanzug ist perfekt. Er war körperlich fit und ist unversehrt. Das ist der ideale neue Körper für Andrew.«

Er nickte Drake zu, der freudig zum linken Vorhang ging, der immer noch bis zur Mitte des Raums zugezogen war. Mit einem Zwinkern schob Drake diese Hälfte des schweren Stoffs an die Wand. Dahinter kam ein zweiter Glastank zum Vorschein, in dem ein zweiter Fleischanzug in seinem eigenen wässrigen Grab tanzte.

Grundgütige Mutter Gottes!

Die Glastanks und die unzähligen farbigen Drähte waren praktisch identisch, doch damit endeten die Ähnlichkeiten. Bill Smiths Körper sah vielleicht seltsam aus, wie er ohne Kopf in dem Tank schwebte, aber zumindest wirkte er noch relativ menschlich. Was sich in dem anderen Tank befand, ließ sich nur als grotesk beschreiben – ein Fleischanzug aus Teilen und Flicken mehrerer verschiedener Körper; Rumpf, Hände, Füße, Arme, Beine, Finger, Zehen – alles zu einer abscheulichen Parodie eines menschlichen Körpers zusammengenäht und -gestückelt.

»*Das* ist Ihr Fleischanzug, Mr. Fox«, erklärte Dr. Marshall. »Ich habe ihn aus den Teilen verschiedener Experimente gefertigt, die ich noch herumliegen hatte. Eigentlich ist allein das an sich eine erstaunliche Errungenschaft – insgesamt wurden zwölf verschiedene Körperteilspender verwendet. Mit Ihrem Kopf und Rückgrat werden es dreizehn sein. Ein hübsches Bäckerdutzend. Ich weiß, dass er nicht so attraktiv ist wie der, den Andrew bekommen wird, aber in der Not frisst der Teufel Fliegen. Was meinen Sie?«

Wieder setzte mein Verstand aus. Meine Gedanken kamen knirschend zum Stillstand. Während ich den monströsen Körper betrachtete, der schon bald meiner sein konnte, fiel mir nichts ein, das mir vielleicht helfen könnte, aus diesem Wahnsinn herauszukommen. Teils fasziniert, teils neugierig, vorwiegend jedoch entsetzt starrte ich auf den kopflosen, tanzenden Frankenstein und betete, ich möge sterben, bevor Dr. Marshall tun konnte, was er beabsichtigte.

Gott erhörte mich nicht.

»Mr. Drake«, sagte Dr. Marshall. »Bringen Sie Mr. Fox den Gang hinunter, ja? Operationssaal drei ist für uns vorbereitet.«

»Mit Vergnügen, Sir«, erwiderte Drake. »Mit größtem Vergnügen.«

Kapitel 26

Der Spiegel musste Drakes Einfall gewesen sein – seine kranke, bizarre Vorstellung von Humor, um meinen zerbrechlichen Verstand zusätzlich zu foltern. Doch statt mich endgültig zu brechen, wie er zweifellos gehofft hatte, machte mich das höchstens stärker. Es ersetzte meine Angst und Besorgnis durch die guten, alten Emotionen Hass und Verbitterung, und ich brauchte ein gewaltiges Maß an Wut, um die sinnlosen Erniedrigungen zu ertragen, die ich gezwungen wurde zu erdulden. Wut wurde mein Gefährte, mein Verbündeter, mein Retter.

Als ich die Augen zum ersten Mal aufschlug, dachte ich, sie hätten mich in ein Zimmer mit Andrew gesteckt und uns so nah zusammengestellt, dass ich direkt in seinen gehetzten, blutunterlaufenen Augen starrte und seinen gezackten Halsansatz sah, von dem eine Unzahl von Drähten zum in der Flüssigkeit treibenden, zuckenden Rückgrat verlief. Aber als ich vollständig erwachte und mein Verstand etwas klarer wurde, erkannte ich die Augen, die Nase und die Kieferpartie der Person, die ich anglotzte, und mir fiel der zierliche Holzrahmen rings um das silberbeschichtete Glas auf. Ein Mann im Spiegel – es darf dreimal geraten werden, wer es war, die beiden ersten Versuche zählen nicht.

Drake hatte den Spiegel offensichtlich nur deshalb aufgestellt, damit ich sehen konnte, was sie mir angetan hatten. Es reichte nicht, dass ich nur wusste, dass ich auf einen körperlosen Kopf samt Rückgrat reduziert worden war – er wollte, dass ich es mit eigenen Augen *sah*.

Es ist unmöglich, die Abfolge von Emotionen zu beschreiben, die meine beschädigte Psyche in diesem Moment überschwemmten. Um Himmels willen, was soll man denken und fühlen, wenn man hinunterschauen und die Anzahl der Wirbel im eigenen Rückgrat zählen kann? Schock, Grauen, Traurigkeit, Verleugnung, Selbstmitleid, Angst oder Wahnsinn? Ja, all das erfuhr ich, aber wie gesagt, als ich wütend – nein, fuchsteufelswild – wurde, war das für mich der emotionale Rettungsanker, an dem ich mich verzweifelt festklammerte. Es war nicht viel, aber meine Rage war alles, was ich noch übrig hatte. Sonst wäre mir nur ein Hechtsprung aus meinem verfluchten Verstand geblieben.

Ich wurde lange Zeit in Ruhe gelassen und starrte stumm auf die Überreste meines dezimierten Körpers. Dabei schwoll meine Wut unaufhörlich an, bis ich sicher war, dass mir Dampf aus den Ohren strömen musste. Ich konnte nicht einmal schreien. Glauben Sie mir, ich habe es versucht, wieder und wieder, aber es drang kein Laut über meine Lippen. Ich hatte weder Stimmbänder noch Lungen, um Luft an ihnen vorbeizupressen und Geräusche zu erzeugen. Alles, was ich tun konnte, war, den Mund zu öffnen und zu schließen und still zu toben.

Bald erkannte ich, dass ich weder meine Stimme noch den Rest meines Körpers am meisten vermisste, sondern das Schlagen meines Herzens. Normalerweise hören wir es nicht einmal und verschwenden keinen Gedanken an die Aufgabe, die es erfüllt – bis es verschwunden ist. Ich wurde zwar mit ausreichend Blut versorgt, um mein Gehirn am Leben und funktionstüchtig zu erhalten, trotzdem war es irgendwie nicht dasselbe. Obwohl ich das ähnlich klingende Pumpgeräusch der Herz-Lungen-Maschine hören konnte, war das Blut, das durch mich floss, nicht mehr das meine, und ohne zu lügen, ich bemerkte den Unterschied.

Hör auf, so verschissen philosophisch zu denken. Diese Dreckschweine haben dir den gesamten verdammten Körper wegge-

schnitten, warum, zum Henker, zerbrichst du dir den Kopf über dein Herz? Komm darüber hinweg.

Vermutlich war das ein guter Rat. Schien sinnvoll, und mein Verstand kam mit einem Ruck wieder auf Schiene. In jenem Augenblick hätte ich zehn gesunde Herzen gegen eine kräftige Faust und einen starken Arm eingetauscht, um sowohl Drake als auch Dr. Marshall einen mörderischen Schwinger zu verpassen. Das wäre schön gewesen, aber es war ein alberner, irrationaler Gedanke. Einer von vielen. Ich verlor allmählich ziemlich den Verstand, und ich wusste es. Ich konnte bloß nicht viel dagegen unternehmen. Andererseits wurde geistige Gesundheit vermutlich ohnehin überschätzt. Was würde sie mir in meinem gegenwärtigen Zustand schon bringen? Verrückt wie ein Hutmacher wäre ich besser dran; verloren in meiner Wahnwahrnehmung könnte ich mit einer dunkelhäutigen Schönheit am Arm einen imaginären, weißen Sandstrand entlangschlendern.

Ich verbrachte eine Minute damit, über diesen Traumstrand nachzudenken, doch meine Illusion zerbarst, als Drake von irgendwo hinter mir meinen Namen rief.

»Siehst gut aus, Mike«, meinte er, kam vor mich und entfernte den Spiegel.

Der Tank, der meine Wirbelsäule enthielt, stand auf einem niedrigen Tisch; ich musste mir den Hals verrenkten, um zu Drake aufzuschauen.

Der muskelbepackte Sicherheitschef starrte mich eine volle Minute lang schweigend an, dann bückte er sich auf meine Augenhöhe und beugte sich so dicht zu mir, dass sich unsere Nasen berührten. Sein Atem stank nach schalem Whiskey. Der leicht glasige Blick seiner betrunkenen Augen verriet mir, dass ich vor Drake mehr als bloß schlechten Atem zu befürchten hatte. Er erinnerte an ein hungriges Raubtier, und daran, dass ich leichte Beute verkörperte, bestand keinerlei Zweifel.

»Wie fühlst du dich, Kleiner? Ist dir kalt? Ich sollte dir einen Pulli holen ... oh, tut mir leid. Ein Pulli würde dir wenig helfen, oder? Vielleicht einen warmen Hut?«

Drake brach in Gelächter aus und bespritzte mein Gesicht mit Speichel. In jenem Moment hasste ich ihn mehr als jeden anderen auf der Welt – sogar mehr als Dr. Marshall, der verantwortlich für das zeichnete, was mir widerfahren war. Den Doktor trieb zumindest seine wahnsinnige Besessenheit an, seinem einzigen Sohn zu helfen. Drake hingegen handelte aus schierer Boshaftigkeit so. Er war ein von Grund auf böser, überheblicher Scheißkerl, und ich gelobte mir, dass ich durchhalten, irgendwie den Mut und die Kraft finden würde, lange genug zu leben, um zu sehen, wie er starb.

»Dr. Marshall will mit dir reden. Er hat gesagt, er kommt in ein paar Minuten.« Drake flüsterte mir ins Ohr: »Was könnten wir tun, während wir warten?«

Er trat einige Schritte zurück, tat so, als überlege er und begann schließlich, seine Hose zu öffnen.

Das wagst *du nicht!*

Natürlich würde er es wagen. Sekunden später hatte er seinen Pimmel in der Hand und wichste ihn steif.

»Ich hatte von Anfang an ein Auge auf dich geworfen«, erklärte Drake in lüsternem Tonfall. »Ich mag lebhafte Kerle wie dich, Mike. Und jetzt sei brav, sonst muss dir der gute, alte Drake übel wehtun. Verstanden?«

Perfekt. Ich öffnete den Mund, so weit ich konnte – eine Einladung für ihn. *Steck ihn rein, Großer, und dann wart ab, was du davon hast.*

Gott, ich hoffte, er würde dumm genug sein, es zu tun. Wenn er mir dieses dreckige Ding in den Mund schöbe, würde mich nichts auf der Welt davon abhalten, zuzubeißen. Er konnte mir mit Schmerzen, mit endlosem Leid, sogar mit dem Tod drohen, aber all das würde mir scheißegal sein. Wenn er ihn reinsteckte, würde er ihn verlieren. Garantiert!

Mach schon, Drake. Tu es!

Etwas in meinen Augen musste meine Absicht verraten haben, denn ich sah, wie er zögerte, überlegte und entschied, dass seine Vorgehensweise vielleicht nicht die klügste war. Ich schwöre, ich erkannte ein Aufflackern von Angst, das über seine Züge huschte, und als sein Penis in seiner Hand erschlaffte, wusste ich, dass ich gewonnen hatte.

»Du bist die Umstände nicht wert«, versuchte er, einen Rückzieher zu machen und seine Spuren zu verwischen.

Natürlich war er zu sehr Macho, um je zuzugeben, dass es mir gelungen war, ihm Angst einzujagen. Stattdessen schloss er einfach den Reißverschluss seiner Jeans und verließ den Raum ohne ein weiteres Wort.

Wenige Minuten später kam er mürrisch mit Dr. Marshall zurück, der mittlerweile deutlich besser zu gehen schien, als ich es in Erinnerung hatte. Dabei kam mir in den Sinn, wie lange ich mich wohl diesmal im Regenerierungsland aufgehalten hatte, und wollte es tatsächlich fragen, wobei ich vergaß, dass ich nicht sprechen konnte. Der Doktor sah, wie sich meine Lippen bewegten, und kam zu mir herüber.

»Sparen Sie sich Ihre Kraft, Mr. Fox«, sagte er. »Ich habe versucht, das Lippenlesen zu lernen, um besser mit Andrew kommunizieren zu können, aber mir scheint das Talent dafür zu fehlen. Wie auch immer, ich bin gekommen, um Ihnen großartige Neuigkeiten mitzuteilen.«

Das bezweifelte ich stark, aber was konnte ich schon tun, außer abzuwarten, bis er die Katze aus dem Sack ließ?

»Ich bin sämtliche Testdaten mindestens zwanzig Mal durchgegangen, Mr. Fox Alles sieht genauso aus, wie ich es vorhergesagt und erhofft hatte. Wir sind bereit, loszulegen und die Transplantation durchzuführen. Ihre natürlich, nicht die von Andrew. Bevor ich ihn an die Reihe nehme, muss ich erst noch die Ergebnisse Ihrer Transplantation in den Fleischanzug studieren.«

Das waren seine guten Neuigkeiten? Dass mir eine weitere Operation bevorstand? Zugegeben, ich wollte auf keinen Fall in dem jämmerlich hilflosen Zustand bleiben, in dem ich mich befand, aber der Gedanke daran, in dieses grausige Flickenwerk genäht zu werden, das so linkisch in dem zweiten Tank getänzelt hatte, war zu viel, um ihn vernünftig in Erwägung zu ziehen. Ich meine, wie sollte ich in einem Körper existieren, der aus dreizehn verschiedenen Personen bestand? Michael Fox – vom Obdachlosen zu Frankensteins Monster in vier einfachen Schritten. Was für ein Albtraum.

Ich geriet in Panik; zwar konnte ich mich nur winden und stumme Unflätigkeiten brüllen, aber irgendetwas musste ich tun. Ich konnte nicht seelenruhig stillhalten und mich zu einer wandelnden Freakshow machen lassen, ohne wenigstens zu versuchen, dagegen anzukämpfen. Natürlich half es mir nichts. Sobald Dr. Marshall sah, dass ich mich aufregte und gefährlich zuckte, füllte er eine weitere seiner scheinbar unzähligen großen Spritzen und injizierte etwas in einen der Schläuche, die in meinen Hals verliefen. Ich spürte die Wirkung des Medikaments sofort und war machtlos, dagegen anzukämpfen. Noch bevor er die Nadel wieder herauszog, schlossen sich meine Augen.

»Keine Sorge, Mr. Fox«, hörte ich Dr. Marshall sagen, wobei er sich zehn Meilen entfernt anhörte. »Sie brauchen nicht mehr lange in diesem körperlosen Zustand zu leiden.

Ich werde Sie im Handumdrehen zusammengeflickt haben. Wenn Sie das nächste Mal die Augen öffnen, werden Sie sich viel besser fühlen. Wie ein neuer Mensch. Buchstäblich wie ... ein ... neuer ... Mensch.«

TEIL VIER

Das Monster

Kapitel 27

Eine Weile verschwand ich. Komplett. Ich lag vollkommen still, unnötigerweise in einem Bett festgezurrt, in einem Raum, in einem Krankenhaus, in einer Welt, von der ich nicht wusste, dass sie existierte. Ich war weit über jeden vernünftigen Gedanken hinaus, blieb mehrere gefühlte Ewigkeiten verwirrt und orientierungslos, während die Zeit verging und mich auslachte.

Das Erste, was ich bewusst wahrnahm, waren die Lichter.

Ich hatte in der Vergangenheit reichlich sonderbare Dinge getan, aber ich konnte mir ums Verrecken nicht zusammenreimen, wann – oder warum – ich beschlossen hatte, Astronaut zu werden. Gab es nicht ziemlich strenge Normen für Leute, die sich um diese Art von Arbeit bewarben? Nicht, dass ich mich schlecht machen wollte, aber mal ehrlich – *ich?* Die NASA musste doch Besseres bekommen können. Im einen Moment befand ich mich an einem kalten, dunklen Ort – im Cockpit des Shuttles? – und hatte die Augen geschlossen, im nächsten drückte jemand den Startschalter, und als ich die Augen öffnete, erblickte ich eine Galaxie explodierender Planeten, feuriger Kometen und umherrasender Sterne; eine endlose Supernova greller Lichter und überzogener Farben, die einen wahrhaft ehrfurchtgebietenden Anblick boten.

Gibt es im Weltraum wirklich Regenbogen?

Natürlich war ich auf einem Trip; die blendende Lichtshow spielte sich nur in meinem Kopf ab. Mein Hirn war mit so viel Schmerzmitteln übersättigt, dass sie mir wahrscheinlich bei den Ohren herausquollen und auf das Kissen tropften. Monatelang war ich ein ausgewiesenes Mitglied der Sternenflotte und kehrte nur auf die Erde zurück, um

Medikamente nachzutanken. Und das war gut so, denn die Schwerkraft schmerzte höllisch. Ich litt derart extreme Qualen, dass es sogar zu sehr schmerzte, Energie für Schreien zu vergeuden. Es fühlte sich an, als wäre mein Körper von einer Metallpresse zu Brei verarbeitet worden.

Später – viel später – erzählten mir Krankenschwestern mit steinernen Mienen, dass ich beim Aufwachen oft brüllte: »Schickt mich zurück. Schickt mich auf den beschissenen Mond zurück!« Und mit einem kurzen Druck auf den Kolben einer Spritze taten sie genau das – gesegnet seien ihre kalten kleinen Herzen.

Houston, wir haben ein Problem.

Und ob.

Kapitel 28

Manchmal sind Drogen etwas Wundervolles – sie besitzen die Macht, die Realität über einen unbestimmten Zeitraum zu verschleiern, ja sogar zu *ändern*. Aber ob es gut ist oder schlecht, alles vergeht, und so endeten letztlich auch meine Reisen zu den Sternen. Ich müsste durch meine fest zusammengebissenen Zähne hindurch lügen, wollte ich behaupten, dass ich sie nicht vermisste.

Ein aufgeputschter Astronaut zu sein, war wesentlich besser, als ein Monster zu sein. Und für mich bestanden keinerlei Zweifel daran, dass ich genau dazu geworden war – zu einem zusammengestückelten Albtraum aus dreizehn verstümmelten Menschen.

Vielleicht war ich mit dieser Einschätzung zu streng; immerhin musste man es als Schritt nach vorn betrachten, dass ich wieder einen Körper hatte und nicht mehr in dem mit Flüssigkeit gefüllten Glastank weilte, der mein Zuhause gewesen war, doch so sehr ich mich bemühte, diese Sicht der Dinge in meinen Schädel zu bekommen, ich konnte nicht ändern, was ich empfand.

Ich hätte tot sein sollen. Ohne Wenn und Aber. Der gesamte Fortbestand meiner Existenz war schlicht und einfach *falsch*.

Aber verdammt noch mal, ich war nicht tot.

Was also hieß das für mich? Nun, zum einen Schmerzen. Verdammt noch mal, litt ich Höllenqualen. Sie hatten nicht alle Schmerzmittel abgesetzt, *so* grausam waren die Krankenschwestern dann doch nicht. Ich bekam immer noch reichlich davon, aber sie hatten mit etwas begonnen, das sie als meine ›Ausschleichungsphase‹ bezeichneten. Anscheinend wollten die Entscheider, dass ich klar genug bei Verstand war, um mit dem nächsten Abschnitt meiner Folter beginnen zu können ... die Rehabilitation hieß.

»Stehen Sie gefälligst auf«, herrschte mich die Krankenschwester in scharfem, streitlustigem Tonfall an. Sie war eine pausbäckige, mürrische alte Matrone mit grauem Haar, das sie zu einem engen Dutt zusammengeknotet trug. Ein wenig erinnerte sie an die Sekretärin unten. Jedenfalls besaß sie dasselbe griesgrämige Gemüt. Ich hatte sie noch nie zuvor gesehen, und das waren die ersten Worte aus ihrem Mund, als sie mein Zimmer betrat. Kein ›Guten Morgen‹, kein ›Wie fühlen Sie sich heute‹, nichts dergleichen. Ein wirklich nettes Exemplar, soviel stand bereits fest. Wo fand Dr. Marshall nur solche Leute?

»Ich *bin* wach«, sagte ich. »Schon seit einer Stunde warte ich unter Schmerzen, dass Sie mir meine Medikamente bringen. Wo ist meine übliche Krankenschwester?«

Natürlich ignorierte sie mich. Das taten sie alle. Ich konnte labern und fantasieren, brüllen, weinen oder kläffen wie ein Hund – niemanden von denen schien es auch nur im Geringsten zu interessieren. Meist hielt ich deshalb einfach die Klappe. Außerdem waren es nicht meine Stimmbänder, mit denen ich sprach, und meine Stimme jagte mir immer noch jedes Mal, wenn ich den Mund aufmachte, eine Heidenangst ein. Es war nicht unbedingt eine üble Stimme, keine bizarre wie die von Pee-wee Herman, auch keine übermäßig nervende wie die von Arnold Horshack aus der alten Fernsehserie *Welcome Back, Kotter* aus den Siebzigern. Sie war höher, als jene, an die ich mich gewöhnt hatte, und ich flippte regelrecht aus, wenn ich zu viel darüber nachdachte, wem sie einst gehört haben mochte.

»Ich sagte nicht auf*wachen*.« Die alte Krankenschwester bückte sich und kniff die Augen zusammen, um meine Krankenakte auf dem Klemmbrett am Fußende meines Betts zu lesen. »Ich sagte auf*stehen*! Das ist ein Unterschied. Putzen Sie sich besser die Ohren und lernen Sie, zuzuhören, sonst werden Sie und ich aneinandergeraten, verstanden?«

»Wovon reden Sie?«, fragte ich. »Und wer, zum Teufel, sind Sie?«

»Nennen Sie mich Junie. Ich bin Ihre Wiedererweckerin.«

»Meine was?«

»Ihre Physiotherapeutin, Sie Trottel, aber Wiedererweckerin erscheint mir irgendwie passender zu sein – jedenfalls für die meisten Teile von Ihnen.«

»Lecken Sie mich«, gab ich zurück. Jeder Zoll meines Körpers schmerzte, und mein Kopf fühlte sich erbärmlich an. Ich war weder in der Stimmung für Wortspiele noch für den verschrobenen Sinn für Humor dieser alten Vettel. »Geben Sie mir meine Medikamente und verschwinden Sie aus meinem Zimmer!«

Sie starrte mich eine Weile an, kalt und eindringlich wie eine Schlange. Ich war mir ziemlich sicher, dass ihr schon lange niemand mehr gesagt hatte, sie solle sich zum Teufel scheren, und ich konnte ihr ansehen, dass es ihr nicht besonders gefiel.

»Sie hören nicht zu«, meinte sie schließlich. »Ich sagte, Sie sollen aufstehen, und das meine ich durchaus ernst. Es ist an der Zeit, mit Ihrer Rehabilitation zu beginnen. Sie haben lang genug herumgelegen. Dr. Marshall erwartet Ergebnisse, wie Sie hoffentlich wissen. Er hat seinen Teil erfüllt; jetzt sind Sie an der Reihe. Auf die Beine, Junge!«

Nun war ich wirklich stinksauer. Ich war auseinandergerissen und mit weggeworfenen Ersatzteilen wieder zusammengenäht worden, man hatte mich für wer weiß wie viele

Monate auf diesem unchristlich harten Bett festgegurtet, und mein zusammengeflickter Körper schmerzte derart schlimm, dass ich Mühe hatte, nicht zu schreien. Was fiel dieser dummen, alten Schnepfe überhaupt ein, hier reinzuplatzen und mir zu befehlen, aufzustehen? Meine Wiedererweckerin – von wegen! Drauf geschissen.

»Ich bin nicht sicher, aus welchem Friedhof man sie ausgegraben hat, Lady, und eigentlich ist es mir auch egal. Doch irgendjemand hätte Ihnen Bescheid sagen sollen, dass ich nicht einfach auf die Beine springen *kann*. Aufstehen? Ebenso gut könnten Sie mich auffordern, verkehrt herum zu schweben und einen Jitterbug an der Decke zu tanzen. Ich kann mich kaum bewegen, Sie Miststück!«

»Papperlapapp«, entgegnete Junie in einem Tonfall, der keine Widerrede duldete. »Hören Sie auf, eine solche Heulsuse zu sein. Sie glauben vielleicht, mich zum ersten Mal zu sehen, aber ich betreue Sie schon seit Monaten. Während Sie sich im Halbkoma erholt haben, ließ mich Dr. Marshall Sie an diese fantastischen Maschinen anschließen, die laufend Ihre neuen Muskeln stimulieren und Ihre Sehnen und Bänder dehnen. Während Sie geschlafen haben, hatten Ihre neuen Körperteile Gelegenheit, einander kennenzulernen. Wir haben Ihre Arme und Beine, Ihren Hals, ja sogar Ihre Finger und Zehen gründlich behandelt. Also plustern Sie sich nicht auf und behaupten, Sie könnten sich nicht bewegen. Ich habe Sie genau beobachtet und *weiß*, dass Sie es *sehr wohl* können. Haben Sie es überhaupt versucht? Oder waren Sie zu sehr damit beschäftigt, in Selbstmitleid zu versinken?«

»Natürlich habe ich es versucht«, log ich. »Ich kann es nicht. Ich zittere und bekomme Wadenkrämpfe, durch die ich mich bewege. Sie bringen mich fast um, aber ich kann sie nicht kontrollieren. Außerdem habe ich im Moment zu große Schmerzen für diesen Scheiß. Geben Sie mir meine Medikamente, lassen Sie mir eine Stunde Zeit, bis sie wirken, und ich verspreche Ihnen, dann versuche ich alles, was Sie wollen. Aber nicht jetzt. Keine Chance.«

Die alte Physiotherapeutin schleuderte mir einen Blick blanken Hasses zu, dann schüttelte sie angewidert den Kopf. »Sie sind erbärmlich, Mike, aber die Jammerei hat heute ein Ende. Auf der Stelle. Sie wollen Ihre Medikamente? Hier, kommen Sie her. Sie müssen Sie sich schon selbst holen.«

Sie legte die vertrauten Plastikbehälter mit meinen bunten Glückspillen auf den Holzrollwagen für meine Mahlzeiten und schob ihn an die seitliche Wand meines Zimmers, etwa zwei Meter zu meiner Rechten. Dann wandte sie sich zum Gehen.

»Das kann nicht Ihr Ernst sein«, brüllte ich. Junie antwortete nicht. Sie war bereits zur Tür hinaus verschwunden.

Es dauerte gute fünfzehn Minuten, bis ich mich endlich damit abfand, dass es sich um keinen miesen Trick handelte und sie wirklich nicht zurückkommen würde. Junie, die Wiedererweckerin, war gegangen, und meine Schmerzmittel halfen mir dort, wo sie lagen, auf halbem Weg zur Tür, rein gar nichts.

Verdammte Scheiße. Was soll ich jetzt tun?

Ich starrte auf den Plastikbecher, der meine Tabletten enthielt – sicher, er befand sich nicht weit entfernt, trotzdem hätte er ebenso gut auf der anderen Seite des Planeten stehen können. Mein Blick wanderte zum Notfallknopf, der an einem langen, weißen Kabel neben meinem Bett befestigt war. Ich brauchte nur den kleinen roten Knopf zu drücken, und eine meiner üblichen Krankenschwestern würde angerannt kommen. Sie würden mir bestimmt meine Pillen geben. Aber zuerst musste ich das Ding zu fassen bekommen, und das war in meinem Zustand unmöglich. Oder doch nicht? Ich hatte das ungewisse Gefühl, dass der Versuch, meine neuen Arme zu benutzen, teuflisch schmerzen würde, aber was blieb mir schon anderes übrig? Ich musste es zumindest probieren. Oder einfach weiter stillhalten und leiden.

Na schön, zuerst die Finger.

Ohne besonderen Grund entschloss ich mich dazu, mit dem Zeigefinger der rechten Hand zu wackeln zu versuchen und mich dann dazu vorzuarbeiten, den gesamten Arm zu bewegen. Der Plan schien mir so gut wie jeder andere zu sein. Sofern die verrückte Junie die Wahrheit darüber gesagt hatte, dass meine Muskeln bearbeitet worden waren, während ich schlief, sollte es ein Kinderspiel werden.

Mein Finger rührte sich; er wackelte auf Befehl, als sei er nervös. Das Problem war nur: Es handelte sich um den falschen Finger. Ich hatte den Zeigefinger gewollt, derjenige, der wackelte, war jedoch der Mittelfinger. Nicht allzu schlimm – nur einen daneben. Ich konzentrierte mich angestrengter darauf, den Zeigefinger zu bewegen. Wieder zuckte der Mittelfinger.

Verdammt!

Entweder versuchte ich es nicht intensiv genug, oder ich war irgendwie nicht richtig ›verkabelt‹ worden. Das erschien mir durchaus möglich. Mehr als möglich – eigentlich unvermeidlich. Bei all den Millionen Nervenverbindungen und -strängen in einem menschlichen Körper war nur zu erwarten, dass der eine odere andere Fehler passieren musste, als Dr. Marshall mich zusammennähte. Die Frage lautete eher: *Wie viele* Fehler waren passiert? Wie viele mangelhafte Verbindungen wies mein neues, bunt zusammengewürfeltes Nervensystem auf? Bei dem Glück, das ich in letzter Zeit hatte, wollte ich gar nicht darüber nachdenken.

Zurück zu den Fingern.

Diesmal versuchte ich, alle gleichzeitig zu beugen und nicht so wählerisch zu sein. Ich wollte die Hand zur Faust ballen, und ...

He, das hat ja funktioniert!

Ich konnte sie auch wieder öffnen. Vielleicht würde es nur eine Weile der Feinabstimmung bedürfen, um meine Fingerfertigkeit zurückzuerlangen. Ich spielte einige Minuten mit meiner neuen Hand herum und lächelte dabei glücklich wie ein Junge mit einem makabren neuen Spielzeug aus Fleisch. Es tat ein wenig weh – ich verspürte jedes Mal, wenn ich die Finger beugte, einen stechenden Schmerz in den Knöcheln –, aber es war nicht so schlimm, wie ich es mir ausgemalt hatte. In gewisser Weise fühlte es sich sogar gut an. Das mag sich vielleicht lächerlich anhören, aber es stimmte. Nach mehreren Monaten, die ich in körperlosem Zustand verbracht hatte, war es schön, wieder etwas zu fühlen – *irgendetwas*, sogar Schmerz.

Bevor mir klar war, was ich tat, schob sich mein rechter Arm über das Laken, und ich griff nach dem Rufknopf. Ich brauchte mehrere Versuche, um den kleinen Kunststoffgegenstand zu fassen zu bekommen und festzuhalten, aber letztlich gelang es mir. Mein gesamter Arm kribbelte, als wäre er eingeschlafen.

Ich spürte, wie sich ein Krampf anbahnte – die Schmerzen begannen in meinen Fingern und setzten dazu an, sich den Arm entlang auszubreiten. Ich konzentrierte mich mit aller Kraft und fühlte mich ermutigt, als mein Daumen brav gehorchte und den roten Rufknopf drückte, wie ich es gewollt hatte. Irgendwo draußen im Gang, vermutlich in der Schwesternstation, ertönte ein Summer.

Ich ließ den linken Arm aufs Bett plumpsen und entspannte mich. Ich hatte es tatsächlich geschafft und war unwillkürlich stolz auf mich. Ich hatte den Arm, die Hand und die Finger eines anderen Menschen benutzt, um das zu tun, was ich wollte. Es mochte nicht viel sein, doch für mich war es eine unglaubliche Leistung. Bestimmt würde bald jemand auf den Summer reagieren und kommen, um nachzusehen, was ich brauchte. Ich musste mich nur zurücklehnen und zu warten. Mein Blick verharrte auf dem Becher mit den Pillen, und die freudige Erwartung zauberte einen leichten Schweißfilm auf meine Stirn. Außerdem wurde mir der Mund wässrig. Einmal ein Junkie, immer ein Junkie.

Niemand kam.

Weder sofort noch fünf Minuten später oder überhaupt.

Der Summer tönte noch einige Minuten weiter, ehe er verstummte. Da schöpfte ich neue Hoffnung, aber es kamen keine Schuhe mit weichen Sohlen in Richtung meiner Tür. Keine hübsche oder sonstige Krankenschwester betrat lächelnd mein Zimmer, meine Tabletten in der Hand. Instinktiv wusste ich, dass ich auf mich allein gestellt war, wie Junie gesagt hatte, aber ich weigerte mich, es zu akzeptieren. Aufzustehen und durch das Zimmer zu gehen, war etwas, worüber ich nicht einmal nachdenken wollte, geschweige denn, es tun. Meinen Arm zwanzig Zentimeter über ein glattes, flaches Laken zu bewegen, hatte meine Hand verkrampfen lassen. Was würde erst mit meinen Beinen geschehen, wenn ich dumm genug wäre, zu versuchen, sie mein Gewicht über den kalten, harten Boden tragen zu lassen?

Zehn weitere Minuten verstrichen, bevor ich die Augen schloss, die Zähne zusammenbiss und mein rechtes Bein über die Bettkante schob. Es bewegte sich langsam, träge, und meinen Fuß konnte ich eigentlich überhaupt nicht spüren. Unterhalb des Knies fühlte sich alles taub an. Sobald mein Knie den Rand der Matratze hinter sich hatte, kippte mein Fuß schlaff von der Bettkante, und ein Feuerwerk von Schmerzen schoss durch mein Knie in den Oberschenkel.

»Gott *verdammt*!«, brüllte ich, so laut, dass man mich zweifellos im gesamten Stockwerk gehört hatte.

Ich konnte mir bildlich vorstellen, wie die Krankenschwestern mit der alten Junie beisammensaßen und sich auf meine Kosten amüsierten; da gelobte ich mir, dass ich nicht noch einmal aufschreien würde. Miststücke! Ich hasste sie alle – jeden an diesem psychotischen Ort. Ich würde ihnen die Genugtuung nicht geben.

Irgendwie gelang es mir, auch mein linkes Bein vom Bett zu hieven und meinen Hintern über die Bettkante zu schieben. Sich aufzusetzen allerdings, schien aussichtslos zu sein. Völlig aussichtslos.

Trotzdem schaffte ich es.

Mein Verlangen, meine Sehnsucht, meine Gier nach den Schmerztabletten war so groß, dass ich bereit war, durch Reifen zu springen zu versuchen, wenn das notwendig gewesen wäre, um sie zu bekommen. Mein Körper brannte; jeder Muskel, jeder Knochen, jedes Gelenk schmerzte. Meine Lider flatterten, und ich stand kurz davor, das Bewusstsein zu verlieren, aber ich weigerte mich, das zuzulassen. Stattdessen stieß ich mich mit Armen ab, die sich wie zwanzig Kilo schwere Bleigewichte anfühlten, und stellte fest, dass ich auf den Beinen stand. Vor Schmerzen strömten mir Tränen über die Wangen, doch nun war ich in Fahrt – die Freude darüber, das verfluchte Bett verlassen zu haben, war überwältigend und jagte einen Adrenalinstoß durch meinen erschöpften Körper.

Unterhalb des rechten Knies konnte ich immer noch nichts fühlen, trotzdem unternahm ich einen kleinen, schlurfenden Schritt. Ich hatte gar keine andere Wahl – mein Körper war ins Wanken geraten, und hätte ich den Schritt nach vorn nicht gemacht, um das Gleichgewicht zu halten, wäre ich mit dem Gesicht voraus auf dem Boden gelandet. Heiß lodernde Qualen schossen erneut durch mein Knie, und ich fiel um ein Haar. Ich schwankte, biss mir auf die Innenseite der Wange und kämpfte darum, aufrecht zu bleiben. Mir war klar, sollte ich stürzen, käme ich nicht mehr auf die Beine. Die Schmerzen gingen etwas zurück, und ich setzte zu einem weiteren Schritt an.

Die physischen Schmerzen waren grausam, aber vielleicht noch schlimmer war das verwirrende Gefühl, sich in einem geliehenen Körper zu bewegen. Dies waren nicht meine Arme, nicht meine Beine, nicht meine Füße. Und die Liste ließ sich beliebig lange fortsetzen. Welchen Körperteil man auch herausgepickt hätte, die Chancen standen gut, dass er nicht mir gehörte, und ich denke, tief in meinem Innersten, auf Zellenebene, wusste ich es. Ich weiß, das klingt nach weiterem wirren Zeug, doch so fühlte es sich für mich an – als nähmen es mir das Fleisch, die Muskeln und die Knochen, aus denen ich bestand, übel, dass ich sie benutzte. Keiner meiner zusammengeflickten Teile funktionierte so, wie er sollte. Jede Bewegung erfolgte langsamer, hinkte eine halbe Sekunde hinter dem her, wie es sein sollte, als wüsste mein neuer Körper, dass ich ein Hochstapler war, und hätte beschlossen, mich auf jede erdenkliche Weise zu bekämpfen. Es war ein unheimliches, fremdartiges Gefühl, das mir Schauder über den Rücken jagte; am liebsten hätte ich geschrien.

Aber ich brauchte unbedingt meine Medikamente, also machte ich weiter und bewegte mich eine gefühlte Ewigkeit roboterartig über den Boden, bis ich endlich – ENDLICH – neben dem Metalltablett mit meiner bunten Erlösung stand. Während mir Schweiß übers Gesicht lief und meine Hände so heftig zitterten, dass ich den Becher kaum halten konnte, schluckte ich die gesamte Ladung der Pillen trocken hinunter und ließ den Plastikbecher fallen.

Hol mich der Teufel – ich hab's tatsächlich geschafft.

Ich lächelte und genoss den Augenblick. Dann rollten meine Augen nach oben, die Welt wurde schwarz, und ich ging hart zu Boden.

Kapitel 29

Die Reha setzte sich acht mörderische Wochen lang fort, und Junie, die sadistische, alte Physiotherapeutin, begleitete mich jeden schmerzerfüllten Schritt des Weges. Um die Wahrheit zu sagen, die alte Kuh wuchs mir tatsächlich ein wenig ans Herz. Sie war kalt und rücksichtslos, und sie beugte, dehnte, streckte und knetete mich täglich durch, bis ich kaum noch stehen konnte, aber sie war so ziemlich die geradlinigste Person, der ich in meiner gesamten Zeit in der Burg begegnet war.

Junie belog mich nie, kein einziges Mal. Sie hasste Lügen und sagte mir immer genau, was wir tun würden und wie wir es tun würden. Das gefiel mir an ihr. Nicht falsch verstehen – ich mochte nicht *sie*; sie kannte keine Gnade und war vermutlich die übellaunigste alte Vettel der gesamten Medizinerschaft, aber solange ich hart arbeitete, behandelte sie mich fair. Im Gegensatz zum Rest der Trottel in der Einrichtung versuchte sie aufrichtig, mir zu helfen, den Anschein eines Lebens zurückzuerlangen, und ich wusste ihre Bemühungen zu schätzen.

In Anbetracht aller Umstände hielt mein neuer Körper erstaunlich gut zusammen. Das war etwas, das mir große Sorgen bereitete. Immer wieder plagten mich Träume über den schlimmstmöglichen Fall, nämlich dass sich meine Nähte lösten, während Junie meine Routine mit mir durchging, und dass Blut an die Wände spritzte, als ein Arm oder Bein abfiel. Dachte ich tagsüber an die Albträume, erschienen sie mir komisch, aber wenn sie mich nachts heimsuchten, jagten sie mir eine Heidenangst ein. Ich wachte dann immer schreiend und weinend auf und griff hinab, um mein Bein festzuhalten und die Blutung zu stoppen. Verrückt, klar, aber das war nichts Neues. Mein gesamtes Leben war zu einem großen, verrückten Traum verkommen.

An dem Montagmorgen, der den Beginn meiner neunten Reha-Woche kennzeichnete, betrat Juni mein Zimmer und tat etwas, das mich schockierte – etwas, wozu ich sie nicht für fähig gehalten hätte.

Sie weinte.

Nicht besonders dramatisch, nicht schluchzend wie ein Schulmädchen, aber ihr liefen Tränen über die Wangen, und ihr gerötetes Gesicht verriet mir, dass sie schon eine Weile versuchte, ihre Emotionen in den Griff zu bekommen. Vielleicht war sie doch menschlich. Zweifelhaft, aber möglich.

»Was ist denn los?«, fragte ich.

»Nichts. Kümmern Sie sich um Ihren eigenen Kram. Und stellen Sie diesen Teller weg. Sie fressen seit Wochen wie ein Scheunendrescher. Wenn Sie so weitermachen, werden Sie in null Komma nichts ein fettes Schwein. Wollen Sie das etwa?«

Sie wechselte das Thema, verbarg etwas vor mir. Zugegeben, es stimmte – ich hatte in letzter Zeit viel gegessen, und ja, ich legte Gewicht zu, war jedoch noch weit davon entfernt, fett zu werden. Außerdem hatte Junie selbst mich dazu aufgefordert, mehr zu essen, um schneller zu Kräften zu kommen. Warum also sollte sie jetzt darüber meckern? Ganz einfach – das tat sie nicht wirklich.

Mit einer beiläufigen Handbewegung wischte sie sich die Tränen ab, dann machte sie deutlich, dass das Thema damit erledigt war, und ließ eine weitere ihrer berüchtigten, militärartigen Tiraden vom Stapel.

»Los jetzt, Fox, setzen Sie Ihren faulen Arsch in Bewegung. Wir müssen Sie auf das Laufband bekommen. Zehn

Minuten haben wir bereits verloren, weil Sie sich vollgestopft haben, statt Ihre Dehnungsübungen zu machen. Auf geht's, Mister. Bewegung!«

»Ja, *Sir*!«, höhnte ich, sprang aber auf und setzte dazu an, ihr zur Tür hinaus zu folgen. Herumzualbern war in Ordnung, direkte Befehle zu missachten hingegen nicht. »Bereit, wenn Sie es sind.«

Junie schüttelte mit finsterer Miene den Kopf und ging auf die Tür zu. Ich reihte mich hinter ihr ein und folgte ihr im Gänsemarsch. An diesem Morgen fühlte ich mich gut. Allerdings währte meine gute Laune nur, bis Junie die Tür aufzog und ich Dr. Marshall und Drake erblickte, die geduldig auf dem Gang warteten.

Drake wirkte mächtiger denn je zuvor; gewaltige Muskeln, ein unergründlicher, bedrohlich starrender Blick. Ich hatte ihn seit Monaten nicht mehr gesehen, und so, wie er aussah, hatte er wohl einen Großteil der Zeit im Fitnessraum verbracht. Er schien nicht besonders erfreut darüber zu sein, mich zu sehen.

Nathan Marshall präsentierte sich fit und schlank und lehnte mit einem wilden Ausdruck in den Augen am Türknauf. Sein gut aussehendes Gesicht wirkte ruhig, aber an der Kieferpartie konnte ich erkennen, dass er die Zähne zusammenbiss, als wäre er über etwas wütend. Ich hoffte, nicht meinetwegen. Drake jagte mir Angst ein, klar – ein solches Tier hätte jedem Angst eingejagt. Dennoch war es Dr. Marshall, der mich beunruhigte. Insgesamt schien er mir stinksauer zu sein, und ich konnte mich des Eindrucks nicht erwehren, dass er hier war, um mich erneut in den Operationssaal zu holen.

Alles, nur das nicht! Bringt mich um, wenn ihr wollt, aber keine Operationen mehr. Nicht, wo ich gerade erst anfange, mich wieder menschlich zu fühlen.

Die beiden vor der Tür zu erblicken, überraschte auch Junie. Und auch sie wirkte nicht erfreut darüber, sie zu sehen.

»Was machen Sie hier?«, fragte sie. »Erst gestern sagten Sie, ich hätte noch eine volle Woche.«

Dr. Marshall lächelte und richtete sich auf. »Nun, wie Sie wissen, haben mich bestimmte *andere* Entwicklungen gezwungen, meine Pläne zu überdenken. Ich habe es satt, abzuwarten und Berichte darüber zu erhalten, dass es diesem Trottel« – damit meinte er mich – »immer besser geht und er bald die vollständige Kontrolle über seinen neuen Körper erlangt haben wird, während …«

An der Stelle verstummte er jäh, doch er hatte bereits mehr als genug gesagt. Offensichtlich war bei Andrews Transplantation in den anderen Fleischanzug nicht alles glatt verlaufen, aber was mochte geschehen sein? Schwamm Andrew wieder in seinem Glasbehälter? War er tot? Dies war vermutlich nicht der günstigste Zeitpunkt, danach zu fragen, aber mein Mundwerk verselbstständigte sich bisweilen und handelt unabhängig vom Gehirn. Bevor ich mich bremsen konnte, legte ich los und ließ mich von meiner Neugier hinreißen.

»Was ist mit Andrew passiert? Geht es ihm gut?«, fragte ich.

Ich hatte zuvor schon gedacht, dass Dr. Marshalls Kiefer verkrampft wirkte, doch jetzt biss er die Zähne erst richtig zusammen und knirschte damit, um zu verhindern, dass er aufbrüllte. Sein Gesicht lief schlagartig hochrot an. Also, ich habe viele Male gesehen, wie einem Mann Wut ins Gesicht schießt, aber dieser Anblick ging weit darüber hinaus. Dr. Marshall starrte mich voll reinem, mörderischen Hass an.

Oh-oh. Jetzt habe ich es aber echt geschafft.

Drake trat vor und rammte mir das Knie heftig in den

Schritt; ich ging jäh zu Boden. Meine Eingeweide fühlten sich an, als stünden sie in Flammen. Ich lag keuchend und würgend da und massierte mir die Glocken. Ich hätte ja geschrien, aber ich hatte zu viel Mühe mit dem Atmen. Als die Schmerzen nachließen und es mir gelang, mich auf die Knie zu rappeln, war Dr. Marshall verschwunden. Drake war noch da und ragte über mir auf wie Gevatter Tod an meiner Schwelle. Er beobachtete mich bestenfalls halbherzig interessiert, als spiele ich für ihn eine etwa so große Rolle wie ein Floh für einen Hund. Gott, wie innig ich mir wünschte, ihn umzubringen.

»Bereiten Sie ihn für morgen früh vor, Junie«, sagte er und stapfte davon.

Junie sah mich mitleidig an, oder zumindest so nah dran an ›mitleidig‹, wie es ihre Züge zuließen, dann steuerte sie auf die Tür zu.

»Warten Sie«, stieß ich hervor, nach wie vor auf den Knien. »Wofür vorbereiten? Was ist hier los? Was ist mit Andrew passiert?«

Einen Moment lang hielt sie inne, und ich dachte, sie würde es mir sagen. Doch stattdessen begann sie wieder zu weinen und flüchtete zur Tür hinaus. Ich hörte, wie der Schlüssel klapperte und das Schloss einrastete, dann lauschte ich, wie sich Junie schluchzend den mit Teppichboden ausgelegten Flur entlang entfernte. Bald wurde es still. Zu still. Es war, als hielte die gesamte Einrichtung den Atem an, entweder aus Trauer darüber, was Andrew widerfahren war, oder aus stummer Angst vor dem Zorn des Vaters. Ich konnte nicht für alle sprechen, aber es stand außer Zweifel, was von beidem mich schweigen ließ.

Kapitel 30

Ununterbrochen eine verriegelte Tür anzustarren, ist nicht besonders unterhaltsam. Allerdings konnte ich nicht anders, da ich überzeugt davon war, Drake oder Dr. Marshall würden plötzlich wieder auftauchen und durch die Tür stürmen, um mich zu schnappen, wenn ich einen Moment lang nicht aufpasste. Das war nicht nur nervenaufreibend, es ließ den Tag auch verflucht lang und die Nacht noch länger werden.

Natürlich kreuzte niemand auf. Weder Drake noch Marshall, nicht einmal Junie. Da waren nur ich und meine hyperaktive Fantasie, die Paranoia zu einer regelrechten Kunstform erhob. Bei Tagesanbruch war ich geistig und körperlich erschöpft. Vier oder fünf Stunden lang war ich eingenickt und dazwischen immer wieder ruckartig erwacht, weil ich dachte, ich hätte gehört, wie sich die Tür öffnete.

Um mich abzulenken – sonst hätte ich wohl durchgedreht und angefangen, meinen Kopf gegen die Tür zu rammen –, beschloss ich, die Zeit mit etwas Training totzuschlagen. Müde hin, müde her, alles erschien mir besser, als nur herumzusitzen und darauf zu warten, dass etwas Schlimmes passieren würde. Die meisten der Übungen, die Junie mich in der Reha machen ließ, konnte ich hier in meinem Zimmer genauso einfach wie im Fitnessraum ausführen. Ich schob das Bett ein Stück beiseite, um mir Ellbogenfreiheit zu verschaffen, und legte los. Nichts Großartiges, bloß die Gliedmaßen beugen und strecken, einige Liegestütze und Hampelmänner, aber doppelt so viele wie bei meiner üblichen Routine. Bald schnaufte und keuchte ich wie ein alter, überlasteter Farmesel. Ich schwitzte und roch entschieden übel, deshalb schälte ich mich aus meinem dreckigen T-Shirt und durchquerte das Zimmer, um mir ein neues zu holen. Dabei bemerkte ich meinen Körper im großen Ankleidespiegel an der Wand. Ich meine, ich bemerkte ihn *richtig*, und zwar zum ersten Mal seit meiner Verpflanzung in den Fleischanzug.

Der Anblick ließ mich jäh erstarren.

Bisher hatte ich es mir zur Gewohnheit gemacht, *nicht* darauf zu achten – abgesehen von einigen unvermeidlichen flüchtigen Blicken beim Baden und Anziehen. Das ganze Bild hatte ich mir nie angesehen; ich war rundum zufrieden damit gewesen, die grausige Realität zu ignorieren, die das Spiegelglas zu mir zurückwarf. Um meine geistige Gesundheit zu bewahren, war das alte Sprichwort ›Aus den Augen, aus dem Sinn‹ zu meinem neuen Motto geworden. Worte wie ein Gebot, doch durch meine Angst, dass ich neuerlich in den Operationssaal geschafft werden könnte, wurde ich plötzlich neugierig und wollte mich näher betrachten, um festzustellen, wie schlimm ich wirklich aussah. Ich zog mich aus, warf Hose, Socken und Unterwäsche neben das verschwitzte T-Shirt auf den Boden, drehte mich langsam um ... und hatte Mühe, den Schrei zu unterdrücken, der sich in meinem Hals anbahnte.

Es war schlimmer, als ich gedacht hatte. Viel schlimmer.

O mein Gott! Was ist aus mir geworden?

Ein einziges, kaltes Wort kroch mir durch den Kopf; es beschrieb meinen neuen Körper perfekt.

Abscheulichkeit.

Mir war von Anfang an klar gewesen, dass ich nackt ein hässlicher, grässlicher Anblick sein würde, doch was mich überraschte – nein, schockierte –, war, wie *unmenschlich* ich aussah. Mit hässlich hätte ich leben können, aber die zusammengestückelte, erbärmliche Kreatur mit dieser teigigen Haut, die sich mir im Spiegel offenbarte, war schlimmer als alles, was ich mir ausgemalt hatte.

Was stimmte bloß nicht mit meiner Haut? Sie sah einfach nicht richtig aus. Man hatte Spenderteile verschiedener Typen von Menschen verwendet, deshalb wirkten manche Bereiche meines Körpers glatt und jugendlich, während andere – besonders meine Beine – alt, runzlig und mit dichtem, verfilztem Haar überwuchert waren. Meinen linken Arm bedeckten knallige Tätowierungen, die jedoch an der Schulter endeten, mitten im Bild abgeschnitten. Auch mit meinem Rücken stimmte etwas nicht. Man hatte wohl irgendetwas vergessen – Fett, Muskeln, was auch immer –, denn die Haut spannte sich so straff über mein Rückgrat, dass sie beinah durchscheinend wirkte. Jedes Mal, wenn ich mich verrenkte, um über die Schulter zu blicken, konnte ich beobachten, wie sich meine Wirbel auf ihren Scheiben drehten.

Mit Abstand am schlimmsten waren die Narben. Offensichtlich hatte mich Dr. Marshall mit Augenmerk auf Funktion, nicht auf Form zusammengenäht. Die richtige Anordnung der Teile war eindeutig wichtiger als die Ästhetik gewesen. Vermutlich musste es auch so sein, aber zweifellos hätte er ein wenig mein künftiges Aussehen berücksichtigen und zumindest versuchen können, die Narben zu minimieren.

O mein Gott!

Ich war außerstande, den Blick von dem Fremden abzuwenden, den ich im Spiegel weinen sah.

Die Narben waren dick, aufgedunsen, dunkelrot und überall an meinem Körper. Es musste mindestens zwanzigtausend Stiche sein, vielleicht mehr. Ich sah aus, wie eine zusammengestückelte Schaufensterpuppe, die riesige, blutdürstige Egel überzogen – eigentlich noch größer, vielleicht Bandwürmer –, so angeordnet, dass sie sich wie lebendige Taue um meinen Leib schlangen. Die Stränge des Narbengewebes kreuzten sich mit anderen Narben; das Endergebnis war ein Flickenteppich aus Fleisch, der mit so wenig Rücksicht auf mich als Mensch zusammengestickt worden war, wie ein wütendes Kind für ein altes, kaputtes Spielzeug aufbringen würde.

Ich setzte mich auf die Bettkante und weinte. Wenigstens meine Tränen waren meine eigenen. Ich ließ sie in Strömen über meine Wangen rinnen, während ich Dr. Marshall mit jedem Quäntchen Hass verfluchte, das ich in mir aufstöbern konnte. Marshall war ein brillanter Chirurg; ich war fest davon überzeugt, dass er mein Erscheinungsbild dramatisch hätte verbessern können. Er hatte es bloß nicht gewollt. Nein, er hatte vielmehr gewollt, dass ich *genau so* aussah. Dafür hasste ich ihn mehr als für alles andere, was er mir angetan hatte.

Ein Schlüssel klickte im Schloss. Fünf Sekunden später betrat Junie mein Zimmer, ohne anzuklopfen.

Wäre es Dr. Marshall gewesen, ich bin ziemlich sicher, dass ich versucht hätte, ihm mit den Zähnen an die Gurgel zu gehen, selbst wenn ich dafür erst Drake hätte überwinden müssen, aber als ich Junie und den traurigen Ausdruck in ihrem Gesicht sah, mit dem sie meine mitleiderregende Nacktheit betrachtete, senkte ich nur den Kopf und weinte weiter.

»Helfen Sie mir«, schluchzte ich und sank auf dem Boden auf die Knie. »Bitte, helfen Sie mir, von hier zu entkommen, Junie. Durch Flucht oder Selbstmord, ist mir egal. Er hat mir alles genommen, *alles*, und ich kann nicht mehr. Ich kann einfach nicht mehr.«

Junie stand wie verwurzelt direkt neben der Tür und schwieg eine Weile, dann schloss sie die Tür und trat neben mich. In leisestem Flüsterton sagte sie: »Ich werde es versuchen.«

Das war alles. Mehr kam nicht. Nicht einmal ein tröstliches Lächeln, als ich zu ihr aufschaute. Sie ging zur Tagesordnung über, befahl mir, mich anzuziehen und in die Gänge zu kommen. Vielleicht hatte ich sie nicht richtig verstanden, oder schlimmer noch, vielleicht hatte sie gar nichts gesagt. Hätte mich nicht überrascht, wenn mir mein Verstand und meine Ohren einen Streich gespielt hätten, aber unabhängig davon, ob es geschehen war oder nicht, in mir keimte ein winziger Hoffnungsschimmer. Nicht genug, um mich vor Freude in die Luft springen zu lassen, aber es reichte, um mich vom Boden aufzurappeln und mich in Bewegung zu setzen. Vorerst würde das genügen müssen.

»Und was passiert jetzt?«, fragte ich, nachdem ich vollständig angezogen war und meine Gefühle wieder im Griff hatte.

»Drake kommt bald, um sie in den Videokonferenzraum zu bringen. Er wollte, dass ich dafür sorge, dass Sie bereit dafür sind.«

»Videokonferenzraum? Also blüht mir keine weitere Operation?« Junie schüttelte den Kopf und schalt mich mit ihrem Blick dafür, alberne Schlüsse gezogen zu haben. Ich war erleichtert, aber immer noch verwirrt. »Was hat Marshall dann vor?«

»Er will eine Dokumentation aufzeichnen. Niemand hat je versucht, geschweige denn geschafft, was Dr. Marshall mit Ihnen gemacht hat. Sie sehen es natürlich nicht so, aber die Wahrheit ist, dass Sie ein medizinisches Wunder verkörpern.«

»Also will er mich wie einen Freak an der Leine vor die Kameras führen und sich von der Welt dafür auf den Rücken klopfen lassen, dass er so brillant ist. Ich kann es schon regelrecht hören. Kommt und seht euch den erbärmlichen kleinen Puzzlemann an. Scheiße! Dieser Irre gehört eingesperrt, nicht bewundert. Er ermordet und verstümmelt Menschen, Junie. Er zerstört sie, geistig und körperlich, nur um sich einen akademischen Orgasmus zu verschaffen. Und dafür will man ihm vielleicht noch einen verdammten Preis verleihen?«

»Natürlich nicht. Die Videos sind für seine persönlichen Aufzeichnungen. Nichts, was er hier tut, würde von der Ärztekammer je gutgeheißen oder genehmigt. Was Ethik angeht, hat er alle Grenzen gesprengt, aber seine Ergebnisse sind unübertroffen. Das ist alles, was ihn interessiert.«

»Aber was ist mit Ihnen? Er ist ein Wahnsinniger, Junie. Das wissen Sie. Wie können Sie für ihn arbeiten?«

»Ich habe keine andere Wahl, Mike.«

»Blödsinn! Jeder hat eine Wahl. Sie sind wegen des Geldes hier. Ich wette, er zahlt Ihnen eine gewaltige Stange ...«

»Er bezahlt mir kaum etwas«, fiel mir Junie ins Wort.

Das ließ mich jäh verstummen.

»Er lässt mich kostenlos hier wohnen und essen, aber mein Lohnscheck beträgt nur achthundert Dollar im Monat.«

»Warum sind Sie dann hier?«, fragte ich, aufrichtig verwirrt. »Eine gute Krankenschwester wie Sie kann in einem richtigen Krankenhaus doch sicher das Dreifache verdienen.«

Junie schloss die Augen und holte mehrmals tief Luft, bevor sie antwortete. »Ich habe einen Sohn, der in Jamestown bei meinem Exmann lebt. Er ... er sitzt im Rollstuhl, und Dr. Marshall hat versprochen ...«

»Sie müssen es nicht aussprechen, Junie. Tut mir leid, dass ich gefragt habe. Nach allem, was Sie gesehen haben .. glauben Sie ihm?«

Junie begann zu weinen. »Nein, eigentlich nicht, aber ich hoffe einfach weiter, dass er mir hilft, wenn ich tue, was er verlangt. Ein Teil von mir weiß, dass er wahnsinnig ist, ein anderer jedoch weiß, dass er in der Lage ist zu tun, was er sagt. Er *könnte* meinem Sohn helfen, wenn er wollte. Seinetwegen fällt es mir so schwer wegzugehen.«

»Das kann ich verstehen. Ehrlich. Bevor ich hierher kam, war ich bereit, mich umzubringen, um meiner Tochter zu helfen. Verzweiflung ist etwas Mächtiges, aber sie kann auch ein Werkzeug sein, das Psychos wie Dr. Marshall gegen anständige Menschen einsetzen. Er hat vor langer Zeit den Verstand verloren, Junie. Irgendjemand muss ihn aufhalten, sonst foltert und tötet er weiter unschuldige Menschen. Wir müssen etwas unternehmen. Helfen Sie mir.«

»Ich weiß nicht recht, Mike. Ich ... ich will nicht mehr darüber reden. Machen Sie sich einfach fertig, in Ordnung?«

So einfach wollte ich sie nicht vom Haken lassen. Niemals! »Sie wollen nicht darüber reden? Soll das ein Scherz sein? Sie arbeiten für einen gottverdammten Mörder, und nur, weil er reich und klug ist und Ihnen das sagt, was Sie hören wollen, ist das in Ordnung? Sehen Sie sich um, Junie. Sie können nicht ewig wegschauen. Um Himmels willen, haben Sie die armen Teufel oben im dritten Stock in der Blutbank gesehen? Möchten Sie Ihren Sohn dort oben haben? Da geht es ihm in seinem Rollstuhl um einiges besser!«

Junie erwiderte nichts. Ich glaube, das konnte sie nicht, ohne in Hysterie auszubrechen, und bei einer zähen alten Krähe wie ihr hatte das wirklich etwas zu heißen. Es verriet mir, dass ich zu ihr durchdrang und vielleicht endlich im Begriff war, die Verbündete zu finden, die ich brauchte, um etwas zu tun. Ich hatte keine Ahnung, was genau, aber *irgendetwas*.

Dann steckte Drake den glänzenden Schädel zur Tür herein und begann, uns Befehle zu erteilen. Ich sah ihn nicht einmal an, sondern konzentrierte mich weiter auf Junie und beobachtete, wie das Licht in ihren Augen erlosch, als sie Drakes grausame Stimme hörte. Die Hoffnung und der Mut in ihr verwelkten, erstarben vor meinen Augen. Und ohne, dass sie es mir zu sagen brauchte, wusste ich, dass ich auf mich allein gestellt war. Sie fühlte mit mir, davon war ich überzeugt, aber in vielerlei Hinsicht war sie hier genauso sehr ein Opfer wie ich. Ihre Liebe und Hoffnung für ihren Sohn sowie ihre Angst vor Dr. Marshall und dessen wandelndem Muskelberg Drake waren zu groß, als dass sie das Risiko eingegangen wäre, etwas Dummes zu versuchen. Ich konnte ihr daraus keinen Vorwurf machen. Wer war ich schon, dass ich von ihr verlangen konnte, ihr Leben und ihre Familie für mich aufs Spiel zu setzen? Niemand. Absolut niemand. Ich küsste sie auf die kalte, runzlige Wange, und ohne Drake eines Blickes zu würdigen, ging ich an ihm vorbei zur Tür hinaus.

Er lachte über meine jämmerliche Demonstration von Trotz, sagte jedoch kein Wort. Ich wertete das als kleinen Sieg und steuerte mit hoch erhobenem Haupt auf den Videokonferenzraum zu.

Kapitel 31

Ich fühlte mich ein wenig wie ein Filmstar. Da waren so viele Videokameras, die drehten, Halogenleuchten, die mich in grelles Licht tauchten, Digitalmikrofone, die jedes Geräusch aufzeichneten, und Sicherheitsleute als Möchtegernfotografen und -videofilmer, die herumwuselten und jede meiner Bewegungen verfolgten, dass ich mir unwillkürlich wie etwas Besonderes vorkam. Albern, ich weiß. Mir war durchaus bewusst, dass ich lediglich einem dressierten Seehund glich, der kläffte und einen Gummiball auf der Nase balancierte, wenn Dr. Marshall einen saftigen Fisch davor baumeln ließ. Nicht, dass ich eine Wahl gehabt hätte. Jedes Mal, wenn ich mich beschwerte oder nicht sofort den Anweisungen gehorchte, lächelte Drake und zog seine Jacke auf, um mir den Pistolengriff zu zeigen, der aus seinem Hosenbund ragte. Das war ein Fisch, den ich nicht unbedingt kosten musste, also hielt ich die Klappe und tat, was von mir verlangt wurde.

Es war keine große Sache. Wie Junie gesagt hatte, wollte Dr. Marshall lediglich den Video- und Fotobeweis, dass meine Transplantation erfolgreich gewesen war. Ich verbrachte zwei Stunden damit, zu gehen, zu sitzen, zu springen, hinzuknien, im Stand zu laufen und einige derselben Übungen auszuführen, an denen ich mit Junie seit Wochen arbeitete. Außerdem ließen sie mich Bälle verschiedener Größen fangen und treten und Dinge tun wie meinen Namen schreiben oder meine Schnürsenkel zubinden, um zu zeigen, dass ich ausreichend Gefühl in den Händen und Füßen hatte.

Es war ermüdend und mühsam, aber keine große Anstrengung. Nach einer Pause zum Mittagessen wurde ich etwas aufgebracht – na ja, eigentlich sehr aufgebracht –, da Dr. Marshall vorschlug, ich solle meine Kleider ausziehen und dieselben Bewegungsabläufe noch einmal vorzeigen. Er wollte, dass auf den Videos deutlich zu sehen sei, wo er meine verschiedenen Körperteile zusammengefügt hatte. Ich sagte ihm, er könne mich kreuzweise und sich die Idee, mich nackt zu filmen, in den Arsch stecken. Fünf Minuten, eine hässliche Beule am Kopf und einen kurzen Zuspruch von Drake später, der mir erklärte, dass niemanden interessiere, was *ich* wolle, war ich splitterfasernackt und dackelte wieder wie ein braver Seehund durch den Raum. Es war demütigend, und ich hatte mich noch nie in meinem Leben so befangen gefühlt. Ich war offiziell der Freak, als den ich mich gesehen hatte – der hässliche Puzzlemann, der für alle zur Schau gestellt wurde, auf dass sie lachen und mit dem Finger auf ihn zeigen konnten. Es war schrecklich.

Schließlich gaben sie mir kurz vor drei Uhr nachmittags meine Kleidung und ließen mich in mein Zimmer zurückkehren. Junie brachte mir ein frühes Abendessen, aber ich hatte keinen Appetit. Sie versuchte, sich mit mir zu unterhalten, wollte mich aufmuntern und mich aus meiner Niedergeschlagenheit holen, aber ich war in mieser Stimmung und forderte sie auf, zu gehen und mich in Ruhe zu lassen. Ich wollte nur noch ins Bett und vergessen, dass sich dieser Tag je ereignet hatte. Innerhalb von Minuten schlief ich ein.

Kapitel 32

»Reden Sie heute mit mir?«, flüsterte eine Stimme.

Ich setzte mich ruckartig auf und erblickte überrascht Junie, die am Fußende meines Bettes stand und Kleidung in den Armen hielt. Mein Herz hämmerte wild in der Brust. Ich hatte nicht gehört, wie sie die Tür aufgesperrt hatte und hereingekommen war, was ich als ungewöhnlich empfand, zumal ich ständig in höchster Alarmbereitschaft war. Ich musste müder gewesen sein, als ich gedacht hatte, komplett weggetreten. Offenbar hatten mir die Videoaufnahmen doch mehr abverlangt als mein übliches Training im Fitnessraum.

»Herrgott, Junie. Ich hätte um ein Haar einen Herzinfarkt bekommen.«

»So viel Glück haben Sie nicht«, erwiderte sie. Auf ihrem Gesicht bildete sich ein halbherziges Lächeln, doch sie vermochte nicht, es aufrechtzuerhalten, und ich wusste sofort, dass ihr etwas auf dem Herzen lag.

»Was ist los?«, fragte ich.

»Nichts. Na ja, ich weiß es nicht. Irgendetwas stimmt nicht. Drake hat mir gesagt, ich soll Sie wecken und anziehen. Die wollen heute draußen weitere Videos mit Ihnen drehen, und ich bin nicht sicher, weshalb.«

»Wer weiß?«, meinte ich. »Klingt nach nichts Aufregendem. Großer Gott, Sie glauben doch nicht, die zwingen mich, draußen nackt rumzulaufen, oder?«

»Niemals, zumindest hoffe ich das. Dafür ist es draußen zu kalt.«

Es ist draußen kalt?

Halt mal. Plötzlich wurde mir klar, dass ich keine Ahnung hatte, welcher Monat war, geschweige denn, welches

Datum. Wie lange war ich schon hier? Ich war im September angekommen, aber wie viel Zeit war verstrichen, während ich nach den verschiedenen Operationen weggetreten oder während der Erholungsphasen durch Medikamente ins Traumland geschickt worden war?

»Welches Datum haben wir, Junie?«, fragte ich mit mehr Verzweiflung in der Stimme, als ich beabsichtigt hatte.

Etwas verzagt antwortete sie: »Es ist der 20. Oktober.« Sie sah vorher, wohin mein Gedankengang führte, und fügte hinzu: »Sie sind seit etwas mehr als dreizehn Monaten hier.«

Dreizehn Monate! Wirklich so lange?

Nun, in Anbetracht dessen, dass ich wahrscheinlich mindestens die Hälfte der Zeit entweder im Koma oder im Fantasieland verbracht hatte, fiel es mir nicht schwer, das zu glauben. Ich ging zum Fenster und warf einen Blick nach draußen – ich hatte schon ewig nicht mehr daran gedacht, das zu tun. Ich rechnete damit, dunkle Gewitterwolken zu sehen, die den Himmel verhüllten, und dass Schnee den Boden bedeckte, doch stattdessen schien die Sonne auf ein grasbewachsenes Feld. Dahinter konnte ich einen Wald ausmachen, und tatsächlich, die Blätter der Bäume wiesen ihre Herbstfarben auf, und viele waren bereits abgefallen.

»*So* schlimm sieht es nicht aus«, befand ich.

»Lassen Sie sich von der Sonne nicht täuschen«, entgegnete Junie. »Es ist heute windig und so kalt, dass es glatt durch einen durchbläst und die Knochen gefrieren lässt.«

Die Bäume schienen ziemlich heftig durchgepeitscht zu werden, besonders die höher gelegenen Zweige, die einen seltsam hypnotischen Tanz mit dem Wind aufführten und sich nach links neigten. Alle paar Sekunden richteten sie sich wie auf ein Stichwort kurz auf, dann wurden sie sofort zurück auf den Tanzboden geblasen.

»Ziehen Sie unbedingt eine Jacke an«, sagte Junie.

»Ich habe keine.«

»Sicher haben Sie eine. Die Jacke, mit der Sie letztes Jahr hier aufgekreuzt sind, hat in einem Spind unten im Lager gehangen. Ich habe sie mitgebracht. Ihre anderen Kleider konnte ich nicht finden, vielleicht wurden sie verbrannt, aber ich habe andere Sachen aufgetrieben, die Sie warm halten werden. Die Stiefel dürften ein wenig groß sein.«

Junie ließ die Kleider, die sie mitgebracht hatte, vor meine Füße fallen. Der Anblick meiner alten, blauen Bomberjacke zauberte ein Lächeln auf mein Gesicht. Sie war alt und zerlumpt und hätte wahrscheinlich mit dem Rest von meinem Kram verbrannt werden sollen, aber ich bückte mich und hob sie fast ehrfurchtsvoll vorsichtig auf. Meine Frau hatte mir diese Jacke zu unserem letzten gemeinsamen Weihnachtsfest geschenkt; eine Träne löste sich von meinem Auge, als mir klar wurde, dass sie meinen einzigen Besitz auf der Welt darstellte. Meine Beine gehörten nicht mir, mein Herz gehörte nicht mir, aber diese alte Bomberjacke, die genauso viele Erinnerungen barg, wie sie Löcher aufwies – sie gehörte mir, und das war ein gutes Gefühl. Ein richtig gutes Gefühl.

»Danke, Junie«, sagte ich. »Diese Jacke bedeutet mir eine Menge. Mehr als man glauben möchte, wenn man sie ansieht.«

»Gut. Dann ziehen Sie sich an. Wenn wir uns nicht beeilen, kommt Drake wieder nach uns suchen.«

Rasch tat ich, wie mir geheißen. Ich freute mich darauf, hinauszugehen. Ich war nicht sicher, weshalb, aber ich war so lange in diesem Höllenbau eingesperrt gewesen, dass mich der Gedanke an frische Luft – unabhängig davon, wie kalt sie sein mochte – erregte und anspornte. Natürlich durfte ich nicht einfach so zur Vordertür hinauslaufen. Junie und ich wurden von einem großen, stämmigen Wachmann namens Jackson begleitet. Er führte mich durch einen Nebeneingang, den ich noch nie gesehen hatte, dann weiter zu Drake, der mit Kameras wartete.

Eigentlich nur mit einer Kamera.

Verschwunden waren die grellen Lichter, die Filmmannschaften, die Digitalmikrofone. Auch all die Leute vom Dreh am Vortag fehlten – am auffälligsten war Dr. Marshalls Abwesenheit. Das konnte kein gutes Zeichen sein. Da war nur Drake, der mürrisch dreinschaute und dem kalt zu sein schien, während er mit einem Camcorder dastand, der in seiner riesigen Pranke wie ein Kinderspielzeug aussah. Der Ausdruck in seinem Gesicht verjagte mein Lächeln, und letztlich fiel auch mir auf, wie kalt es außerhalb der klimatisierten Welt der Burg war.

Eiskalt!

Jacke hin, Jacke her, der Wind verschlug mir den Atem und fuhr durch mich hindurch, wie Junie gesagt hatte. Ich hatte mehrere eisige Winter auf der Straße überlebt – Nächte so kalt, dass die Tränen auf dem Weg über die Wangen gefroren –, also sollte man meinen, ich wäre an schlechtes Wetter gewöhnt, aber verdammt, wenn man sich ein Jahr lang nur im Haus aufhielt, vergaß man rasch, wie grausam die Elemente sein konnten.

»Schwing deinen Kadaver hier rüber, Arschloch«, brüllte Drake.

An diesem Tag fühlte ich mich deutlich weniger als ein Filmstar.

Ich straffte die Schultern, versuchte, den Wind bestmöglich von meinem Hals fernzuhalten, und stapfte zu Drake, der im Gras stand. Ohne Zeit zu verschwenden, erteilte er mir den Befehl, einige Übungen auszuführen. Ihm war egal, was ich tat, solange ich nur in Bewegung blieb und ihm etwas zum Filmen bot. Es war albern und forschungstechnisch weitgehend wertlos, aber ich war froh darüber; die körperliche Anstrengung fühlte sich gut an und wärmte mich. Ich begann gerade, mich wieder besser zu fühlen, zumindest, bis ich zu Junie blickte, die bei Jackson neben der Tür in die Burg stand. Warum war sie dort und nicht drinnen im Warmen? Sie wirkte traurig, und je genauer ich hinsah, desto mehr kam ich zu der Überzeugung, dass sie weinte.

Um mich? Warum sollte sie weinen? Es sei denn …

Oh-oh …

Ich roch Ärger. Kolossalen Ärger.

»Okay, das reicht«, brüllte Drake, ließ mich innehalten und bestätigte meine Befürchtungen. »Kommen Sie her und nehmen Sie die Kamera, Junie. Bringen Sie sie in Dr. Marshalls Büro. Er wartet darauf.«

Junie kam zu uns, wollte mir jedoch nicht in die Augen sehen. Ich hatte recht, sie weinte tatsächlich. Sie nahm den Camcorder von Drake entgegen und verharrte stocksteif, schien unsicher, was sie als Nächstes tun sollte. Drake hatte die Antwort darauf parat.

»Verschwinden Sie, Junie. Sie werden nicht mehr gebraucht.«

Junie wandte sich zum Gehen. Mittlerweile strömten ihr die Tränen zügellos über die Wangen. Bevor sie losging, packte sie mich und gab mir eine innige, mütterliche Umarmung. Drake fand das irre witzig und krümmte sich vor Lachen über ihre Demonstration von Zuneigung.

»Sieh nur, Jackson«, rief Drake dem Wachmann zu. »Mike hat eine Freundin. Ist das nicht süß?«

Ich hätte Drake ja gesagt, er solle sich ins Knie ficken, aber ich war zu beschäftigt damit, Junie zuzuhören. Unter dem Schutz von Drakes Gelächter brachte sie den Mund dicht an mein Ohr und flüsterte zwei Worte: »Linke Tasche.«

Das war alles, dann zerrte Drake sie von mir und deutete ihr die Richtung zur Tür. Sie schaute über die Schulter zurück, und ich nickte ihr kaum merklich zu, um ihr zu zeigen, dass ich verstanden hatte. Dann war sie verschwunden, ließ mich in der Kälte allein mit Drake und Jackson. Noch bevor es ausgesprochen wurde, wusste ich, was kommen würde. Ich war vielleicht kein Genie, aber auch kein Vollidiot. Spiel, Satz und Niederlage. Dr. Marshall war letztlich fertig damit, mit mir herumzuspielen.

»Es ist vorbei, Mike«, sagte Drake. »Du bist für uns nicht mehr nützlich. Dr. Marshall hat mit dir alles gemacht, was er kann, und nun, da wir Fotos und Videos als Beweis dafür haben, wie erfolgreich deine Transplantation war, ist die Zeit für uns gekommen, getrennte Wege zu gehen.«

»Ihr lasst mich gehen?«, fragte ich. Natürlich wusste ich, dass das nicht geschehen würde, aber etwas anderes fiel mir nicht ein.

Drake grinste. »Nein, Mike. Ich denke, du bist klüger, als so etwas anzunehmen, also sage ich es dir geradeheraus. Jackson nimmt dich auf einen Spaziergang in den Wald mit. Wir haben dort einen kleinen – natürlich inoffiziellen – Friedhof, den wir benutzten, bevor die Verbrennungsanlage installiert wurde. Klar, wir könnten dich auch verbrennen, aber irgendwie gefällt mir die Vorstellung, dass sich Würmer und Maden an dir gütlich tun werden. Eine Verbrennung scheint mir für einen jämmerlichen, kleinen Unruhestifter wie dich zu gut zu sein.«

Eine Minute lang erwiderte ich nichts – teilweise, weil ich ihm die Befriedigung nicht gönnen wollte, größtenteils jedoch, weil ich Angst hatte. Ganz gleich, was man aus Filmen kennt, niemand ist tapfer genug, im Angesicht des

Todes Witze zu reißen und sich kaltschnäuzig zu zeigen. Jedenfalls niemand, den ich kannte. Und bestimmt nicht ich. Einen Spruch allerdings brachte ich an, und ich fühlte mich dadurch besser.

»Hast wohl nicht den Mumm, es selbst zu tun, was?«

Auch darüber lachte Drake. Er hatte an dem Tag eine Menge Spaß. Mistkerl. »Wie du meinst, Mike. Ich gebe zu, ich habe es genossen, dich hier zu haben. Du warst witzig und eine erfrischende Abwechslung gegenüber den meisten Patienten des Doktors, aber du warst auch eine entsetzliche Nervensäge. Unterm Strich, mein Freund, bist du meine Zeit einfach nicht wert. Sieh den Tatsachen ins Auge, Mike – du bist ein Penner. Ein Taugenichts, ein entbehrlicher Gammler.«

Ich wollte ihm sagen, was ich von ihm hielt – dass er ein psychopathischer, perverser Steroidprimat sei oder etwas ähnlich Blumiges, aber ich brachte kein Wort heraus. Schweigen. Mein Mund war trocken, und meine Zunge fühlte sich an, als wäre sie auf die dreifache Größe angeschwollen. Der bittere Gallegeschmack von Angst erstickte mich beinah, als ich in diese große, dumme, grinsende Fresse blickte.

Sag etwas!

Ich zögerte zu lang, und die Gelegenheit verstrich.

»Schaff mir dieses Stück Scheiße aus den Augen, Jackson«, befahl Drake, drehte sich um und tat mich ab, als hätte ich nie existiert. So viel war mein Leben wert. Nichts. Nicht einmal einen Blick zurück.

Kapitel 33

Nachdem Drake ins Gebäude verschwunden war, stieß mir Jackson zweimal den Lauf einer glänzenden, silbrigen Pistole heftig in die Rippen. Beim ersten Mal wollte er meine Aufmerksamkeit erregen, aber ich bin sicher, das zweite Mal sollte mir unmissverständlich vor Augen führen, dass dies ab sofort seine Show war. »Du hast den Mann gehört«, sagte er mit barscher Stimme, rau wie Stahlwolle. Er klang dabei reichlich aufgeblasen. »Setz deinen Arsch in Bewegung, sonst können wir das auch auf die harte Tour machen.«

Die harte Tour? Er würde mir eine Kugel in den Kopf jagen; wie könnte es noch härter werden? Ein weiterer Stoß der Pistole brannte mir wie ein Hornissenstich in den Rippen und vermittelte mir eine Vorstellung davon.

»Warte mal«, wagte ich einen Versuch. »Das kannst du nicht tun, Mann. Das ist verrückt! Drake verlangt von dir, dass du einen Mord ...«

Ohne Vorwarnung schlug mir Jackson auf den Mund, dass mein Kopf zurückschnellte und ich jäh verstummte. Ich sank auf die Knie, aber Jackson zerrte mich gleich wieder auf die Beine und stieß mich vorwärts. »Ab in den Wald und halt die verdammte Schnauze. Herumzuwinseln, wird dir nicht helfen, also erspar es dir. Los.«

Ich setzte mich in Bewegung.

Ich hatte Jackson in all den Monaten immer wieder gesehen, aber noch nie richtig mit ihm geredet oder zu tun gehabt, abgesehen davon, dass er gelegentlich vor meinem Zimmer Wache gestanden hatte oder mir während der Reha in den Fitnessraum gefolgt war. Sicher, ich erkannte ihn – groß und muskulös mit dunklem, gelocktem Haar, einer dieser Bodybuildertypen, die keinen Hals zu haben schienen –, aber zu wissen, wer jemand war, lief nicht auf dasselbe hinaus, wie jemanden zu *kennen*. Natürlich brauchte ich ihn nicht zu kennen, um zu wissen, dass er ein Dreckskerl vom selben Schlag wie sein Boss war. Drake und Jackson ähnelten einander wie zwei faule Eier. Unter dem Strich blieb: Ich würde mich aus dieser Sache nicht herausreden können. Am Ende dieses kleinen Spaziergangs würde jemand sterben, und wenn nicht ich derjenige sein wollte, musste ich aufhören, den Wachmann zu verärgern, und mir einen Plan einfallen lassen.

Ich steckte die Hand in die linke Jackentasche – langsam und beiläufig, damit Jackson denken würde, ich wolle sie nur wärmen. Ich wollte das von dem Moment an tun, als Junie mir ins Ohr flüsterte, aber zwei Dinge hatten mich davon abgehalten. Ich durfte nicht hektisch in meiner Tasche herumwühlen und Jackson erkennen lassen, dass ich etwas darin versteckt hatte. Er würde es mir einfach wegnehmen, und was bliebe mir dann noch? Der andere Grund, warum ich es hinausgezögert hatte, war einfacher – ich fürchtete mich davor herauszufinden, worum es sich handelte. Ich ging gerade meinem Tod entgegen, und bislang hatte ich allein durch die Hoffnung die Fassung bewahrt, dass sich in meiner Tasche etwas verbarg, das mich letztlich retten würde.

In meinen wildesten, rasenden Vorstellungen malte ich mir eine kurzläufige Pistole aus, bestückt mit einem randvollen Magazin von Hohlmantelgeschossen. Vor meinem geistigen Auge sah ich bereits, wie ich sie herauszog, blitzschnell herumwirbelte und Jackson in rascher Abfolge vier oder fünf Kugeln verpasste wie Clint Eastwood in seinen Dirty-Harry-Zeiten. Das Dumme war nur, ich konnte nicht sicher sein, dass ich eine Pistole oder auch nur eine

Waffe in der Jackentasche hatte. Vielleicht hatte Junie darin auch nur ein Päckchen Aspirin oder Kaugummi versteckt – es konnte alles Mögliche sein. Von einer Waffe hatte sie schließlich nichts erwähnt – trotzdem hoffte mein von Verzweiflung umwölktes Gehirn genau darauf.

Während diese widerstreitenden Gedanken durch meinen Kopf wirbelten, fasste ich also in die linke Jackentasche, und meine Hand schloss sich um ...

Ich hatte keine Ahnung, worum es sich handelte. Eindeutig nicht um eine Pistole, soviel stand fest. Es fühlte sich an, als höre mein Herz einige Sekunden lang zu schlagen auf, und mein Blut erkaltete in den Adern, während meine tauben Finger die Konturen des Gegenstands in meiner Tasche abtasteten.

Was um alles in der Welt ist das?

Es fühlte sich wie ein rechteckiges Stück Plastik oder Holz an, um die zehn Zentimeter lang, die Ecken leicht abgerundet. Irgendwie wirkte es vertraut, aber was genau war es? An der Stelle wäre ich um ein Haar losgerannt, um zu versuchen, zwischen die Bäume zu gelangen – die Panik stieg auf meiner Prioritätenliste über die Vernunft. Wahrscheinlich – nein, sicher – hätte ich eine unvermeidliche Kugel in den Rücken riskiert, wenn mein Daumen nicht den harten, kleinen Knopf auf dem Gegenstand entdeckt hätte. Ich beruhigte mich ein wenig, als ich begriff, was Junie mir gegeben hatte.

Ein Messer.

Nicht bloß irgendein Messer – ein Klappmesser. Der kleine Knopf unter meinem Daumen würde die verborgene Klinge herausspringen lassen. In meiner Erleichterung drückte ich beinah auf den Knopf, womit ich alles herrlich vermasselt hätte. Um sicherzugehen, dass ich es nicht tun würde, zog ich die Hand wieder aus der Tasche und versuchte, mir eine Möglichkeit einfallen zu lassen, meinen Möchtegernhenker zu überrumpeln und das Messer mit genug Kraft und Präzision zum Einsatz zu bringen, um Jackson außer Gefecht zu setzen, bevor er seine Pistole verwenden konnte.

Aber ganz gleich, wie viele Szenarien ich durchspielte, alle endeten damit, dass mir das Gehirn weggepustet wurde. Immerhin musste ich mich umdrehen, das Messer ziehen, den Knopf drücken, ziemlich nah an Jackson ranspringen und ihn mit nur einem Streich erledigen. Alles, was er tun musste, war, mich in der Sekunde zu erschießen, in der ihm etwas komisch vorkam. Mich umzudrehen, würde ich wahrscheinlich noch schaffen, aber in dem Moment, in dem Jackson sähe, wie ich das Messer zog, würde er feuern, ohne zu zögern. Es schien aussichtslos, nah genug an ihn heranzukommen, um ihn auszuschalten, aber obwohl die Chancen immens schlecht für mich standen, musste ich es wenigstens versuchen.

Wir näherten uns dem Waldrand. Jackson grunzte und benutzte die Pistole, um mich auf einen schmalen Pfad zu lenken, der zwischen die Bäume führte. Vermutlich verlief der Weg zu dem von Drake erwähnten behelfsmäßigen Friedhof, aber ich konnte den Pfad ziemlich weit entlangblicken und sah nur festgetretenen, halb von Laub bedeckten Boden. Das war gut; zumindest blieb mir noch etwas Zeit, um mir etwas einfallen zu lassen. Ich holte einige Male tief Luft und versuchte, mich zu beruhigen.

Denk nach, Mike. Denk nach.

»Bewegung, Schwachkopf«, sagte Jackson und stieß mich erneut mit der Pistole, weil ich für seinen Geschmack zu langsam ging.

Vielleicht war das die Lösung. Wenn ich den Abstand zwischen uns nicht verringern konnte, ohne erschossen zu werden, konnte ich ihn vielleicht dazu bringen, es für mich zu tun. Jedes Mal, wenn ich langsamer wurde, schlug mich Jackson mit der Pistole, um mich wieder in die Gänge zu bringen. Ich experimentierte ein wenig damit, verlangsamte die Schritte erneut, und tatsächlich, Jackson rammte mir den Lauf in eine Niere und befahl mir fluchend, schneller zu machen. Wenn es mir gelang, das Timing richtig hinzubekommen, indem ich wartete, bis er mir so nahe kam, dass er mich schlagen konnte, wäre ich vielleicht in der Lage, herumzuwirbeln, seine Pistole abzulenken und mit dem Messer zuzustechen.

Es war kein perfekter Plan, und wahrscheinlich würde er nicht funktionieren, aber ich musste zugeben, dass er auch nicht übel war; jedenfalls der beste, der mir einfiel.

Dann tu es. Warte nicht.

Adrenalin strömte durch meine Adern und rüstete mich für mein Gefecht, aber ich war schon immer ein wenig feig, und die Angst ließ mich zögern. Ich war noch nicht bereit zu sterben. Vielleicht würde sich nach der nächsten Biegung eine bessere Gelegenheit bieten.

Verdammt noch mal, Mike! Tu es sofort, bevor es …

»Das ist weit genug, Drecksack«, zischte Jackson.

»Was?«, fragte ich verwirrt. Ich blickte mich nach Anzeichen auf einen Friedhof um, es waren jedoch weit und breit keine zu sehen. Der Pfad präsentierte sich unverändert, höchstens etwas schmaler als den Großteil der Strecke. »Aber was ist mit dem Friedhof? Drake hat doch gesagt …«

»Vergiss den Friedhof, Mike. Das ist weit genug. Ich hab genug vom Laufen, und ich will verdammt sein, wenn ich mir hier draußen den Arsch abfriere, weil ich ein Loch für einen Freak wie dich grabe.«

Ich drehte mich zu Jackson um, verängstigt und frustriert darüber, dass ich meine beste Chance vertan hatte, diesen

Kampf zu gewinnen, aber ein Teil von mir wurde auch wütend. Für wen hielten sich diese Leute eigentlich?

»Du willst mich also abknallen, und dann was? Lässt du mich einfach hier verrotten?«

Jackson lächelte, hob die Pistole an, zielte mitten auf meine Brust und meinte: »Ja, das klingt richtig. Irgendwelche letzten Worte?«

Es würde wirklich geschehen. Jackson würde mich erschießen; sein Finger krümmte sich bereits um den Abzug. Die Zeit zum Hinauszögern war vorbei. Ob die Chancen eine Million zu eins standen oder nicht, ich musste handeln, und zwar sofort; ich musste zum Messer greifen, unabhängig von den Konsequenzen. Ich war ein toter Mann, ob ich handelte oder nicht.

»Keine letzten Worte, Jackson«, sagte ich. »Aber ich möchte dir etwas Cooles zeigen.«

Noch während ich es aussprach, wusste ich, dass es ein ziemlich lahmer Plan war, trotzdem griff ich nach dem Messer. Jackson stand mindestens drei Meter von mir entfernt, wie also sollte ich nah genug an ihn heran, ohne erschossen zu werden? Konnte ich das Messer vielleicht werfen? Oder vielleicht ...

Heilige Scheiße!

Ich sah sie, bevor Jackson es tat, und es erschreckte mich gehörig. Mein stümperhafter Plan, das Klappmesser zu ziehen, hatte Jackson wenigstens so sehr abgelenkt, dass er auf meine Hand hinabblickte, um zu sehen, was ich aus der Tasche holte. Dass sich eine dritte Person im Wald aufhielt, bemerkte er erst, als es zu spät war.

Junie!

Woher sie kam oder wie sie sich so leise an uns beide anpirschen konnte, werde ich nie erfahren, aber als sie angriff, griff sie heftig an. Ich dachte, sie hätte einen Baseballschläger, dabei handelte es sich nur um einen abgebrochenen Ast. Als Jackson begriff, was vor sich ging, schwang Junie ihn bereits. Sie war eine kleine Frau, aber sie traf Jackson so kraftvoll an der Brust und am Hals, dass er Gute zwei Meter rückwärts geschleudert wurde, gegen den Stamm eines nahen Baums prallte und stöhnend zu Boden sank. Junie folgte ihm für einen weiteren Schlag, und ich schüttelte meine Ungläubigkeit darüber ab, dass sie hier war, um mich zu retten. Ich zog das Messer, betätigte die Feder, die die glänzende Stahlklinge in voller Länge herausspringen ließ, und eilte ihr zu Hilfe.

Jackson war am Boden und hatte wahrscheinlich innere Verletzungen, aber er war keineswegs weggetreten. Junie hob den Ast über den Kopf, um erneut zuzuschlagen, doch Jackson schoss ihr aus nächster Nähe in den Bauch. Eine rote Austrittswunde der Größe eines Silberdollars erschien oberhalb ihrer rechten Niere. Das Geräusch des Schusses war ohrenbetäubend, ein Donnerschlag so nah, dass er mich beinah von den Beinen schleuderte. Aber ich fiel nicht, geriet nicht in Panik; ich lief weiter und verringerte den Abstand.

Junie ging rechts von Jackson zu Boden und schrie nur einmal kurz auf. Jackson beobachtete sie dabei. Dem Ausdruck in seinem Gesicht nach zu urteilen, genoss er den Moment, doch seine Miene änderte sich jäh, als er mich durch die Luft auf ihn zuhechten sah. Er versuchte, seine Pistole herumzuschwenken, um auf mich zu schießen, aber ich war schneller als er; meine Reflexe arbeiteten mittlerweile im Überlebensmodus. Ich landete mit voller Kraft auf ihm und setzte mein gesamtes Gewicht ein, um Jackson die Klinge links des Brustbeins in den Leib zu rammen. Er brüllte, aber die Wucht meines Körpers hatte ihm die Luft aus den Lungen gepresst; was aus seinem Mund kam, klang eher wie ein Reifen, dem die Luft ausging, denn wie ein Schmerzensschrei. Es gab überraschend wenig Blut, aber ich wusste, dass ich ordentlich Schaden angerichtet hatte. Allerdings war ich kein Trottel. Ich hatte genug billige Horrorstreifen gesehen, um zu wissen, dass man jemanden nicht mehr aufstehen lassen sollte, wenn man ihn erst auf dem Boden hatte. Also trieb ich die Klinge ein zweites Mal in Jacksons Brust, dann ein drittes Mal und bald ein zehntes Mal. Ich bin nicht sicher, wie oft ich insgesamt zustach oder wann der Wachmann tot war, aber als ich mich von ihm rollte, war seine Brust zerstört, und es bestand keine Gefahr, dass er mich von hinten angreifen würde, sobald ich ihm den Rücken zukehrte.

Junie!

Ich musste ihr helfen.

Gott, bitte mach, dass es ihr gutgeht, betete ich, doch tief in meinem Herzen wusste ich, dass dem nicht so sein würde. Sie hatte sich nicht gerührt, seit ich sie fallen gesehen hatte. Ich sank zu Boden, hob sie in meine Arme und half ihr mit einer Hand, mir das Gesicht zuzudrehen. Ihr Blick wirkte verschwommen und entfernt, aber mit einer heroischen Anstrengung gelang es ihr, sich zusammenzureißen und mich anzusehen.

»Warum, Junie?«, fragte ich mit Tränen in den Augen, überwältigt von ihrem Opfer. »Warum haben Sie für mich eine Kugel abgefangen? Wir kennen einander doch kaum.«

Sie wurde rasch schwächer; Blut blubberte aus ihren Mundwinkeln hervor und strömte aus der schweren Bauchverletzung. »Weil die Ihnen genug angetan haben«, flüsterte Junie. »Ich konnte nicht mit dem Wissen leben ...«

Das war alles. Das Licht in ihren Augen erlosch, und Junie erschlaffte, lag tot in meinen Armen, hatte nicht mehr die Kraft, den Satz zu beenden. Aber sie hatte alles gesagt, was nötig war; ich zog sie dichter an mich und hielt sie fest, während ich um sie, ihren verkrüppelten Sohn und ihren sinnlosen Tod weinte. Hätte ich die Plätze mit ihr tauschen können, ich hätte es mit Freuden getan.

Ohne zu zögern.

Ich schloss die Augen und betete darum, dass die Welt verschwinden möge.

Kapitel 34

Was für eine Überraschung – meine Gebete blieben unerhört. Als ich die Augen wieder aufschlug, war die Welt noch da, kalt und faulig wie eh und je, und zu meinen Füßen lagen zwei Leichen, die es bewiesen.

Ich holte tief Luft, um meine angespannten Nerven zu beruhigen, dann rappelte ich mich auf die Beine. Ich verbrachte einige Minuten damit, Junie mit Laub zu bedecken und mich von ihr zu verabschieden. Sie hatte ein besseres Grab und Begräbnis verdient, aber die Zeit drängte, und ein Leichentuch aus Laub war alles, was ich ohne Schaufel oder sonstige Werkzeuge bewerkstelligen konnte. Jackson ließ ich liegen. Er sollte an Ort und Stelle verrotten, wie er es mir zugedacht gehabt hatte. Meinetwegen sollten ihm die Vögel die Augen herauspicken und sich der Rest der Waldtiere und die Käfer seinen übrigen Körper untereinander aufteilen. Ich musste weiter. Ich wollte den größtmöglichen Abstand zwischen mich und diesen Ort bringen, bevor jemand bemerkte, dass Jackson nicht zurückkam.

Ich hatte etwa hundert Meter auf dem Pfad zurückgelegt, als ich hinter der nächsten Biegung schließlich auf Drakes Friedhof stieß.

Mein Gott!

Der Pfad wurde nicht wesentlich weiter, höchstens sechs Meter an der breitesten Stelle, aber da waren überall Grabmale, kleine weiße Holzkreuze, die den Weg und den Waldboden zu meiner Linken und Rechten überzogen. Ich machte mir nicht die Mühe, sie zu zählen, aber es mussten gut sechzig oder siebzig sein – vielleicht sogar hundert.

Einen solchen Anblick hatte ich nicht erwartet. Warum sollte Drake die Gräber kennzeichnen? Leichen zu entsorgen, war eine Sache – die Tiere und die Elemente würden sie im Nu verschwinden lassen; aber die Gräber zu kennzeichnen, schien mir eine dumme Idee zu sein. Was, wenn die Polizei je etwas von diesem Ort erführe? Drake und Dr. Marshall wären am Arsch. Ich konnte nicht glauben, dass sie das zulassen würden. Es sei denn, sie waren beide so arrogant und unverschämt dumm zu denken, sie stünden so weit über dem Gesetz, dass sie tun konnten, was sie wollten, ohne die Konsequenzen zu berücksichtigen. Das war es – musste es sein. Eine andere Antwort gab es für diesen Ort des Bösen nicht. Und genau das war er. Böse. Ein Schrein für Nathan Marshalls Gottkomplex, eine Verhöhnung der armen Seelen, die hier kurzerhand begraben worden waren, um Drakes gestörtes Superego zu streicheln.

Dies waren die Männer und Frauen aus der Zeit vor der Verbrennungsanlage, hatte Drake gesagt. Wie viele mehr waren seither gestorben? Wie viel Asche war in den Wald geschüttet worden, auf dass der Wind sie verstreute. Wahrscheinlich mehr, als hier an Menschen lag – viel mehr.

Mein Gott … all diese Leute!

Da wurde mir das volle Ausmaß von Dr. Marshalls Wahnsinn klar. Ich hatte gewusst, dass er völlig übergeschnappt und Drake keinen Deut besser war, aber mir war nicht bewusst gewesen, wie abartig und grausam sie wirklich waren. Dieser Friedhof bereitete mir Übelkeit. Und machte mich stinksauer.

Jemand musste diese Schweine aufhalten.

Jemand, der nichts zu verlieren hatte, jemand, der glaubte, dass Vergeltung wichtiger als seine eigene Sicherheit war.

Jemand wie ich.

Das klang gut. Es klang nach etwas, das der Held in einem großen Actionstreifen sagen würde. Das Problem war nur, hier ging es um mein Leben, nicht um einen Film, und ich war alles andere als ein Held. Weit gefehlt. Andererseits stimmte durchaus, dass ich nichts zu verlieren hatte. Und irgendjemand musste Dr. Marshall und seinem durchgeknallten Kumpel Drake das Handwerk legen.

O Mann, wie konnte es je so weit kommen?

Tief in meinem Inneren wusste ich, dass ich meine Entscheidung bereits getroffen hatte. Ich versuchte bloß, sie noch einige Sekunden hinauszuzögern. Die Freiheit war letztlich in Reichweite, doch ich konnte nicht einfach weggehen. Ich wusste, dass ich nicht dazu in der Lage war. Mein Gewissen, das schon immer störrisch wie ein Esel gewesen war, würde es nicht zulassen. Zu viele Menschen hatten hier gelitten. Zu viele riefen mir aus ihren namenlosen Gräbern zu, gequälte Seelen, die mir das Wort *Rache* ins Ohr flüsterten. Sie verdienten Vergeltung – sie alle, aber besonders Junie. Wie könnte ich einfach davongehen?

Scheiß drauf. Marshall und Drake werden untergehen!

Ich hatte keine Ahnung, was ich unternehmen sollte oder ob es überhaupt in mir steckte, ein solches Unterfangen durchzuziehen, aber als ich mich umdrehte und mich zurück zur Burg in Bewegung setzte, fühlte ich mich gut mit meiner Entscheidung. Ich hatte Angst – verdammt, wer hätte keine gehabt –, aber auf angenehme Weise fühlte ich mich dadurch zum ersten Mal seit Jahren lebendig. An diesem Tag hatte ich die Chance, mehr als bloß ein entbehrlicher Penner oder ein zusammengeflickter Freak zu sein. An diesem Tag konnte ich zum großen Rächer werden, zum Hammer der Gerechtigkeit – ein Held für die Toten und Geknechteten weltweit. Damit schoss ich natürlich *weit* übers Ziel hinaus, redete mir wirres Zeug ein, aber ich musste wieder an mich glauben – *richtig* an mich glauben, und das hatte ich schon vor dem Autounfall, der meine Familie zerstört hatte, nicht mehr getan.

An der Stelle, wo Junie und Jackson gestorben waren, blieb ich stehen, um nachzusehen, ob der Wachmann etwas bei sich hatte, das nützlich sein konnte. Natürlich schnappte ich mir seine Pistole und stellte zufrieden fest, dass das Magazin noch fast voll mit Patronen war. Außerdem fand ich eine kleine, schwarze Stablampe und ein Einwegfeuerzeug der Marke *Bic*, aber was mich schockierte und mich aus Angst und Wut zum Zittern brachte, war ein weißes Holzkreuz, das in seiner Jackentasche steckte.

Ein weiteres Grabmal.

Meins.

Die Taschenlampe und das Feuerzeug steckte ich zu Junies Klappmesser in meine Tasche, aber das Kreuz hatte einen zwölf Zentimeter langen vertikalen Schaft und war zu groß, um hineinzupassen. Ich spielte mit dem Gedanken, es wegzuwerfen, aber es hatte an einem Ende eine Spitze, die sich vielleicht als Waffe verwenden ließe. Ich steckte es unter meine Jacke und beschloss, das verfluchte Ding mitzunehmen. Die Pistole hielt ich schussbereit in der Hand. Ob Sie es glauben oder nicht, in meinem Hinterkopf bildete sich bereits der Ansatz eines Plans. Ich versuchte nicht, etwas zu erzwingen, ließ die Gedanken einige Minuten köcheln, während ich etwas Laub über Jacksons Leiche trat. Man würde bald nach ihm suchen, und ihn zu bedecken, würde mir vielleicht einige zusätzliche Minuten verschaffen, bevor meine beste Waffe – das Überraschungsmoment – für immer verpuffte. In der Zwischenzeit musste ich meinen Hintern in Bewegung setzen.

Ich brach im Laufschritt den Pfad entlang auf. Na ja, eigentlich war es eher ein schnelles Humpeln, mehr brachte ich nicht zustande. Ich musste es zurück zum äußeren Rand des Waldes schaffen, bevor Drake Verstärkung schickte, um nach mir zu suchen. Und das würde er; in dieser Hinsicht gab ich mich keinerlei Illusionen hin. Bestimmt hatte er den Schuss gehört, der Junie getötet hatte. Meine Ohren summten immer noch von dem Knall. Drake würde vermuten, dass Jackson mich erschossen hatte, aber wenn der Wachmann nicht in der Burg aufkreuzte, um Drake die schauerlichen Einzelheiten zu schildern, würde dieser wissen, dass ich irgendwie den Spieß umgedreht hatte, und er würde sofort weitere Wachleute losschicken.

Wie viel Zeit hatte ich? Junie war vor etwa zehn Minuten getötet worden. Der Marsch in diesen Teil des Waldes dauerte etwa dreißig Minuten, also hatte ich noch zwanzig Minuten, bevor Drake anfangen würde, beunruhigt zu werden. Danach blieben mir vielleicht noch zehn oder fünfzehn Minuten, bevor Drake stocksauer werden und zu brüllen beginnen würde. Noch einige weitere Minuten, um die Truppen zu versammeln, danach würde ich hier wieder als Staatsfeind Nummer eins gelten. Insgesamt bedeutete das für mich etwa fünfunddreißig Minuten – reichlich Zeit, um zum Waldrand zu gelangen und ein Versteck zu finden. Ich beeilte mich trotzdem, da ich kein Risiko eingehen wollte.

Ich schaffte es dorthin zurück, wo der Pfad in das Feld neben der Burg mündete, ohne jemandem zu begegnen. Gut, noch schien das Glück auf meiner Seite zu sein. Da ich von niemandem bemerkt werden wollte, der unter Umständen aus einem der vielleicht hundert Fenster an der Seite des Gebäudes schaute, hielt ich mich vom offenen Gelände fern und bahnte mir einen Weg durch den Wald. Durch den würde ich versteckt bleiben, wenn die Wachleute kamen, wäre ich jedoch gleichzeitig nah genug, um ein Auge auf die Geschehnisse haben zu können. Ich entfernte mich ein gutes Stück vom Pfad, dann sank ich zu Boden und robbte auf dem Bauch in Richtung des Waldrands.

Kurz vor der Baumgrenze schaufelte ich Laub über meine Beine und meinen Rücken und lag so still wie möglich, während ich darauf wartete, was weiterhin geschah.

Es fühlte sich großartig an, dort zu liegen und sich auszuruhen. Ich war erschöpft, und so gut wie jede Stelle meines geschundenen Körpers schmerzte, brüllte nach meiner täglichen Dosis Schmerzmittel. Dabei musste ich an Junie denken, die nun niemandem mehr Pillen bringen würde, weder mir noch sonst jemandem. Harter Kerl, der ich war, rannen mir einige Tränen über die Wangen, und während ich dort lag und weinte, bekam ich Zweifel über den wilden Selbstjustizkreuzzug, den ich zu wagen gedachte. Ich meine, wer war ich schon, dass ich es mit Drake und seiner gesamten Sicherheitsmannschaft aufnehmen wollte? Ich hatte Jackson in Notwehr umgebracht, aber würde ich wirklich den Mumm besitzen, um der Gerechtigkeit willen erneut zu töten? Lautete die Antwort darauf *nein*, sollte ich besser den Schwanz einziehen und so schnell wie möglich verschwinden.

Drake kam aus der Burg. Sein Blick schweifte prüfend über den Wald und schien sich direkt auf mich zu heften. Ich wusste, dass er mich von dort, wo er stand, nicht sehen konnte. Wahrscheinlich hielt er Ausschau nach Anzeichen auf Jacksons Rückkehr. Dazwischen blickte er immer wieder auf sein Handgelenk hinab, sah auf die Uhr und schüttelte den Kopf. Trotz der Entfernung erkannte ich, wie unruhig der Sicherheitschef war. Er lief auf und ab und ließ langsam anschwellende Wut erkennen. Wie ich es geahnt hatte, brüllte Drake nach weiteren fünf Minuten in sein Walkie-Talkie und sah aus, als würde er jeden Moment Feuer speien.

Geschieht dir recht, du Dreckskerl. Ich hoffe, du bekommst vor meinen Augen einen Herzinfarkt.

Fünf Minuten später schlossen sieben Wachleute die Reißverschlüsse ihrer Jacken gegen die Kälte und luden Waffen desselben Typs, wie ich sie hatte, während Drake ihnen Befehle zubrüllte. Ich konnte nicht verstehen, was er sagte, aber man brauchte kein Genie zu sein, um sich das zusammenzureimen. Sie wurden über Jackson informiert und aufgefordert, mich so schnell wie möglich zu finden. Sollte ich es aus dem Wald und zu einem Polizeirevier schaffen, würden sie alle in gewaltigen Schwierigkeiten stecken. Drake würde das niemals zulassen. Ich bin sicher, er gab den Wachleuten einen Anreiz – Geld, Urlaub, *irgendetwas* – für den Ersten, der mir eine Kugel in den Kopf jagte. Als Drake seine Männer hinter mir herhetzte, rannten sie los wie ein Rudel hirnloser Bluthunde, darauf trainiert, dem Geruch von rohem Fleisch zu folgen.

Damit hatte ich gerechnet, aber Drake überraschte mich, indem er seine Pistole zog und hinter seinen Leuten her in den Wald rannte. Entweder vertraute er nicht darauf, dass sie den Job ordentlich erledigen würden, oder er hatte eine solche Raserei entwickelt, dass er mich selbst umbringen wollte. Was immer der Grund war, für mich stellte es einen unverhofften Pluspunkt dar. Ich hatte mich schon darüber gesorgt, wie ich an Drake vorbei ins Gebäude gelangen sollte, wäre er einfach stehen geblieben und hätte auf die Rückkehr seiner Männer gewartet. So war niemand da, um mich davon abzuhalten, aus dem Wald und hinein in die Burg zu huschen. Natürlich bestand die Gefahr, dass im Inneren weitere Wachleute warteten, aber mein Bauchgefühl sagte mir, dass alle bei Drake waren, alle bedacht darauf, derjenige zu werden, der seinem durchgeknallten Boss Freude bereitete.

Ich wartete, bis ich niemanden mehr sehen und hören konnte, dann sprang ich auf und begann, über das Feld zur

Burg zu laufen. Mein Körper schmerzte zu sehr, um zu rennen, trotzdem überwand ich die Entfernung relativ rasch und ohne Zwischenfall. Wenn alles so lief, wie ich mir es dachte, sollte ich mindestens eine Stunde haben, vielleicht sogar drei oder vier Stunden. Junies und Jacksons Leichen würden zwar ziemlich einfach zu finden sein, wahrscheinlich innerhalb von zwanzig Minuten, wenn die Wachleute den ganzen Weg rannten, aber danach würden sie keine Ahnung haben, wohin ich gegangen sein könnte.

Ich verließ mich darauf, dass sie tiefer im Wald nach mir suchen und annehmen würden, ich liefe in blinder Panik zwischen den Bäumen, um so weit wie möglich wegzukommen. Unter keinen Umständen würden sie denken, ich wäre umgekehrt, um Rambo zu spielen – nicht einmal Drake würde mir das zutrauen. Sie würden also gezwungen sein, sich aufzuteilen und den Wald abzusuchen, vielleicht, indem sie eine Linie mit einem Abstand von fünfzig Metern zwischen ihnen bildeten und so nach mir Ausschau hielten. Das konnte eine Weile dauern. Und das Beste war: Jeden Schritt, den sie tiefer in den Wald vordrangen, würden sie letztlich zurückgehen müssen, sobald die Suche abgebrochen wurde.

Den Rücken an die Wand gepresst, schlich ich zum Ende einer Mauer des Gebäudes vor und spähte zur Rückseite, um mich zu vergewissern, ob die Luft rein war. Sie war es, und ich preschte um die Ecke und stieß einen Seufzer der Erleichterung darüber aus, das Blickfeld etwaiger Personen verlassen zu haben, die aus dem Wald zurückkommen würden. Es gab mehrere Fenster und eine Tür, durch die ich hätte versuchen können, die Burg zu betreten, aber ich hatte bereits die Stelle gesichtet, zu der ich wollte, und bahnte mir den Weg zu dem kleinen Kellerfenster, das sich etwa im ersten Drittel der Mauer befand.

Ich sank auf die Knie und nahm mir Zeit für den Versuch, hineinzuspähen, aber im Keller herrschte Dunkelheit, und ich konnte nichts erkennen. Ich betrachtete das als Zeichen dafür, dass sich unten niemand aufhielt, und schlug ohne weiteres Zögern mit dem Griff von Jacksons Pistole die Scheibe ein. Das Glas zerbrach mühelos und mit weniger Lärm, als ich gedacht hatte, allerdings musste ich mehrere Minuten damit vergeuden, die Reste zu beseitigen und sicherzustellen, dass keine Scherben mehr aus dem Rahmen ragten. Das Letzte, was ich wollte, war, mir die Handgelenke oder den Hals bei dem tollpatschigen Versuch aufzuschlitzen, durch ein halb zerbrochenes Fenster zu klettern.

Ich drehte mich herum, ließ mich mit den Füßen voraus durch das Fenster und robbte rückwärts, bis ich nur knapp einen Meter über dem Boden an der Innenwand hing. Dies war der Punkt, nach dem es keine Rückkehr gab, und ich wusste ehrlich nicht, ob ich loslassen sollte.

Mitgehangen, mitgefangen, dachte ich und musste mich auf Klischees verlassen, um etwas Mut in mir aufzuspüren. Mit welchem Sprichwort hatte mich Dr. Marshall noch mal aufgezogen? *Aus dem Regen in die Traufe*. Scheiße, darüber war ich hinaus. Ich begab mich hier nicht in die Traufe – sondern geradewegs in die verfluchte Hölle.

Ich holte tief Luft und ließ mich zu Boden fallen.

Kapitel 35

Sehen wir den Tatsachen ins Gesicht. Wie man es auch drehte und wendete, ich gab einen jämmerlichen Aushilfs-James-Bond ab. Außerdem hatte ich meinen aufgemotzten Aston Martin nicht dabei, meine Rolex verlegt, die zugleich als Laserlampe fungierte, und meinen Attachékoffer mit all dem anderen coolen Spielzeug eines Superspions verloren. Da mir also nur mein Gehirn und die beschränkte Muskelkraft dieses klapprigen Monsteranzugs, der mir als Körper diente, zur Verfügung stand, war ich gezwungen, meinen Plan einfach zu halten.

Ich hatte weder die Zeit, noch die Fähigkeiten, den Ehrgeiz oder das nötige Glück, um etwas zu Kompliziertes abzuziehen.

Mit diesen Gedanken zog ich die kleine Stablampe hervor, die ich Jackson abgenommen hatte, und machte mich an die Arbeit. Der Strahl erwies sich als überraschend hell für eine so kleine Lampe und beleuchtete problemlos den Weg vor mir.

»Nur das Beste für Drakes Jungs«, murmelte ich und nutzte selbst Kleinigkeiten, um meine Wut zu schüren. Ich hoffte, so den nötigen Adrenalinschub zu erzeugen, der meinen misshandelten Körper durch die bevorstehenden Aufgaben führen sollte.

Ich begann, nach dem Heizkessel zu suchen. Draußen herrschte Kälte, im Gebäude hingegen behagliche Wärme, demnach besaß Dr. Marshalls Klinik offensichtlich eine ausreichende Heizanlage. Ich war sicher, dass für einen solchen Ort ein gewaltiger Heizkessel erforderlich war, der sich irgendwo hier unten befinden musste. Innerhalb weniger Minuten fand ich ihn. Der rostige Metallofen war in der Tat riesig, wie ich vermutet hatte, allerdings gab es ein Problem. Ein *großes* Problem. Es war ein Ölofen.

Scheiße! Aber bei einem alten Haus wie diesem hätte ich mir das denken können.

Ich konnte versuchen, den Öltank umzukippen oder die Leitungen zu kappen, um die klebrige, schwarze Flüssigkeit über den Kellerboden zu gießen, aber das würde mir lediglich ermöglichen, ein Feuer anzuzünden. Ich hatte das *Bic*-Feuerzeug in meiner Tasche, und sicher, ein Brand würde eine Menge Schaden anrichten, aber nicht genug. So wie ich Dr. Marshall kannte, gab es hier eine topmoderne Brandschutzanlage mit Sprinklern im gesamten Haus. Letztlich würde ich nur Chaos im Keller anrichten und Drake darauf hinweisen, dass ich mich wieder in der Burg aufhielt. Das reichte nicht. Mir stand der Sinn nach Zerstörung in *richtig* großem Ausmaß.

Denk nach, Mike.

Während ich umherwanderte und versuchte, mir einen Plan B einfallen zu lassen, stieß ich auf den zweiten Ofen. Er war kleiner, neuer und in wesentlich besserer Verfassung, aber trotzdem ein Ölofen, womit ich im selben Boot wie zuvor saß. Allerdings geriet ich dadurch ins Grübeln. Ein Ort dieser Größe brauchte vermutlich mehrere Öfen. Und wenn es zwei gab, vielleicht würde es auch drei geben – oder fünf. Würden alle mit Öl befeuert werden oder würden auch neuere, moderne zur Ergänzung der alten darunter sein? Vielleicht. Vielleicht auch nicht. Jedenfalls schien es mir die Idee wert, ihr nachzugehen.

Ich fand den dritten Ofen mitten im Keller unter einer von Spinnweben überzogenen Holztreppe, die ins Erdgeschoss führte. Auch dieser Ofen war groß, jedoch deutlich kleiner als die beiden ersten. Ein Vogel namens Hoffnung begann, mit seinen winzigen Flügeln in meiner Brust zu schlagen. Ich hielt den Atem an, als ich näher hinging, um ihn genauer zu betrachten. Der Ofen glänzte, wirkte relativ neu, und ich konnte weit und breit keinen sperrigen Öltank ausmachen. Hol mich der Teufel – er funktionierte mit Erdgas.

Ja!

Ein großer Knall. Das war mein Masterplan. Plump, einfallslos, und er war mir innerhalb von Sekunden eingefallen, aber ob es Ihnen gefällt oder nicht, so sah er aus. Entweder würde er klappen oder nicht.

Ich schritt die drei Seiten ab, zu denen ich Zugang hatte. Zunächst konnte ich nicht erkennen, wo sich die Gaszufuhrleitung befand. Von irgendwoher musste das Ding mit Brennstoff versorgt werden, aber von wo? Dann schaute ich nach oben. Die Gasleitung, schwarz und so neu wie der Ofen selbst, schlängelte sich vom Erdgeschoss herab, war an der Unterseite der Treppe befestigt und trat oben in den Ofen ein, außerhalb meiner Reichweite. Nicht gut. Entmutigt, aber längst nicht geschlagen, begann ich, nach der Zündflamme zu suchen. Es musste eine geben, und für gewöhnlich befanden sich Zündflammen in Bodennähe.

Dort war sie auch, allerdings versteckt hinter einer abnehmbaren Metallplatte. Ich brauchte einige Sekunden, um sie zu finden, und einige weitere, um herauszufinden, wie man sie öffnete. Nachdem ich die Abdeckung herausgerissen hatte, kniete ich mich hin, spähte hinein und betrachtete die winzige Flamme sowie eine Reihe offener Rohre, die mitten in den Ofen hinein verliefen. Ich bin kein Experte für Gasöfen, aber ich verstehe das allgemeine Prinzip, auf dem sie basieren. Gas füllt diese Kammern und wird von der Zündflamme entzündet, dann schaltet sich ein Gebläse ein, um die Hitze durch die Abzugsschächte nach oben ins Gebäude zu blasen.

Offensichtlich musste ich die Zündflamme löschen. Ich wollte nicht, dass sich Gas entzündete, bis ich bereit dafür war. Um die Dinge nicht komplizierter als nötig zu gestalten, beugte ich einfach meinen Kopf vor und blies die Flamme aus. Es war zwar schwieriger als das Ausblasen von Geburtstagskerzen, im Grunde genommen funktionierte es aber auf dieselbe Weise – zwei kräftige Stöße, und sie erlosch.

Okay, was jetzt?

Im Moment trat eine winzige Menge Gas aus, aber nicht annähernd genug, um für den großen Knall zu sorgen, der mir vorschwebte. Nein, dafür musste ich für einen freien Gasstrom direkt aus der Hauptleitung sorgen. Ich musste den Regler entfernen, um die Leitung voll zu öffnen und Gas in den Keller fluten zu lassen, solange es ging, bevor jemand herausfand, was ich tat. Dann würde ich das *Bic*-Feuerzeug aus der Tasche ziehen und uns alle mit einer Explosion aus Feuer und berstenden Ziegelsteinen ins Jenseits befördern.

Wenn ich bloß eine Rohrzange gehabt hätte.

Aber ich hatte keine. Ich hatte eine Pistole, eine Taschenlampe, ein Klappmesser, ein Feuerzeug und ein Holzkreuz, aber kein Werkzeug, das mir helfen würde, mich als laienhafter Gasinstallateur zu betätigen. Also benutzte ich stattdessen meine Stiefel. Ich stand auf und trat dort gegen das Rohr, wo der Regler die in die Zündkammern fließende Gasmenge kontrollierte. Nach fünf Tritten brachten mich mein Fuß und mein Bein beinah um, und ich hatte noch kaum Schaden angerichtet. Ich hatte das Rohr ein wenig verbogen und die obere Hälfte des Reglers demoliert, aber der Gasfluss wurde immer noch gebremst. Oder doch nicht? Man kann Erdgas an sich nicht riechen, aber es wird mit etwas versetzt, damit man es riechen und Lecks aufspüren kann. Was immer dieser Zusatz sein mochte, ich konnte ihn mittlerweile mühelos riechen, und als ich mich wieder bückte und die Hand an die Armatur legte, stellte ich erfreut fest, dass ein kräftiger Gasstrom meine Finger wegdrückte.

Na also! Schön langsam wird das ja etwas.

Ich versetzte dem Regler einen weiteren harten Tritt und hatte vor, weitere folgen zu lassen, aber es schmerzte zu sehr. *Viel* zu sehr! Ob ich mir bei den Tritten etwas gebrochen hatte? Eine oder mehrere Zehen? Vielleicht fiel ich einfach auseinander. Konnte dieser Körper der physischen Belastung nicht standhalten, die ich ihn gezwungen hatte, zu ertragen? Wie dem auch sein mochte, ich war damit fertig, gegen den Regler zu treten.

Ich überprüfte erneut den Gasstrom, der aus dem Rohr des Ofens austrat, und war mit meinen Bemühungen zufrieden. Das Gas strömte zwar nicht ungehindert aus der Hauptversorgungsleitung, wie ich es mir vorgestellt hatte, aber es trat deutlich mehr aus, als ich ohne das richtige Werkzeug für möglich gehalten hatte. Ich wollte weg von dem durchdringenden, chemischen Geruch, der sich mit dem Gas ausbreitete, also humpelte ich den Mittelgang entlang und setzte mich schließlich auf den Boden. Ich lehnte mich gegen etwas Weißes aus Metall und erfreute mich einen Moment an meiner kleinen, aber potenziell bedeutsamen Errungenschaft.

Jetzt brauche ich nur noch zu warten, bis ...

Da leuchtete ich mit der Taschenlampe hinter mich, um zu sehen, wogegen ich mich lehnte, und mein einfacher Plan ging schlagartig in Rauch auf, verwandelte sich innerhalb weniger Herzschläge in etwas bedeutend Größeres.

Du meine Güte!

Ich stand auf, um besser zu sehen, leuchtete mit der Taschenlampe umher und staunte darüber, wie groß dieses Ding aus der Nähe war. Ich konnte kaum glauben, dass ich nicht als Erstes daran gedacht hatte, aber das zeigte, was für eine Niete ich in der feinen Kunst der Sabotage war.

Der Sauerstofftank.

Eigentlich waren es zwei Tanks nebeneinander. Die riesigen, vom Boden bis zur Decke reichenden, zylindrischen weißen Metalltanks, gegen die ich an dem Tag zurückgedrängt worden war, als Drake und seine Spießgesellen mich aus der mit Blut und Fleisch gefüllten Verbrennungsanlage gelassen hatten. Dieselben Tanks, vor denen Drake verhindert hatte, dass sein übereifriger Untergebener auf mich schoss, weil ...

BUMMM!, dachte ich mit einem breiten Lächeln.

Ein Riesenknall!

Also, *das* hatte Potenzial. Das sich ausbreitende Erdgas könnte sich mit dem Sauerstoff mischen und von ihm um ein Vielfaches verstärkt werden, sodass ich hier unten ein monumentales Chaos veranstalten konnte. Würde es reichen? Es würde eine gewaltige Explosion geben, und der Keller zerstört werden. Wahrscheinlich würden auch Teile des Gebäudes einstürzen, aber wäre das ausreichend? Allmählich dachte ich klarer als zuvor, betrachtete nicht mehr alles nur durch eine von Rache gefärbte Brille, und um es richtig zu machen, wollte ich nur noch ein riesiges, glimmendes Loch in der Erde zurücklassen. Es wäre nicht genug, Nathan Marshall eine Weile die Tour zu vermasseln. Es wäre nicht einmal genug, Glück zu haben und ihn zu töten. Ich musste alles hier zerstören, wirklich *alles*. Es durfte nichts und niemand zurückbleiben, sodass nie jemand in der Lage wäre, die Teile dieses grausigen Puzzles zusammenzusetzen und weiterzumachen. Das würde schwieriger werden.

Aber nicht unmöglich.

Ich richtete die Taschenlampe nach oben und ließ ihren Strahl über die Decke wandern, fuhr Dutzende Rohrleitungen entlang, die sich wie Spinnweben von der Oberseite der beiden Sauerstofftanks aus verzweigten. Sie verteilten sich über den gesamten Keller, viel weiter, als der Strahl meiner Lampe reichte, aber ich wusste, dass letztlich alle nach oben durch die Decke verschwanden und sich ihren Weg durch die Böden und Wände in jeden Operationssaal, jeden Aufwachraum, jedes Patientenzimmer und jedes Testlabor in der Burg bahnten.

Du meine Güte!, dachte ich zum zweiten Mal binnen weniger als einer Minute, als sich vor meinem geistigen Auge eine kurze Vision einer riesigen Pilzwolke aus Feuer und Rauch abspielte.

Die Vision mochte ein klein wenig übertrieben sein, aber sie bescherte mir ein wohliges Gefühl in der Magengrube und ließ mich zur Tat schreiten. Ich hatte noch viel zu tun, bevor Drake und seine Jungs von ihrem Marsch in den Wald zurückkehrten. Ich wollte für sie bereit sein.

Eins nach dem anderen. Ich musste dafür sorgen, dass diese Tanks reinen Sauerstoff in den Keller pumpten, damit er sich mit dem Erdgas vermischen konnte, das sich bereits ausbreitete. Zum Glück musste ich nicht erneut meine Zehen malträtieren, um das zu bewerkstelligen. Beide Tanks hatten Anschlüsse für Schläuche, um sie von Tanklastwagen draußen zu befüllen. Der Schlauch war austauschbar, und im Augenblick an den Tank zu meiner Rechten angeschlossen. Er verlief den Boden entlang zur hinteren Wand, aber ich konnte nicht sehen, wo er das Gebäude verließ. Es spielte keine Rolle; ich hatte nicht vor, mir daran zu schaffen zu machen. Wenn ich Glück hatte, war er vielleicht an einen Versorgungslaster angeschlossen, und ich konnte auch diesen in die Luft jagen. Falls mein Plan so funktionierte, wie ich hoffte, würde sich das Gas in diesem Tank so oder so bald in den oberen Geschossen ausbreiten.

Vorerst galt mein Augenmerk dem anderen Tank. Ich steuerte auf den Versorgungsanschluss des linken Tanks zu, und es bedurfte lediglich einer Drehung des Absperrventils in die richtige Richtung, um den Sauerstoff mit einem Zischen aus dem Loch strömen zu lassen, wo kein Schlauch angeschlossen war. Einfacher hätte es kaum sein können, aber ich zügelte meine Freude, da ich wusste, dass ich immer noch Dinge zu tun hatte, die sich nicht so rasch und bestimmt nicht so einfach erledigen lassen würden.

So schnell ich konnte, hielt ich auf die Treppe zu.

Kapitel 36

Als ich die Kellertür öffnete, blendete mich das Licht aus dem Erdgeschoss regelrecht. Die Neonröhren an der Decke wirkten greller als üblich, aber ich bin sicher, das stimmte nicht. Es lag wohl eher an der Erkenntnis, dass mein Plan, der ein gewisses Maß an Verstohlenheit erforderte, einige Löcher mehr hatte, als ich mir gewünscht hätte. Und damit würde Verstohlenheit wenig zu tun haben. Was ich dringender als alles andere brauchte, war eine riesige Handvoll reines Idiotenglück.

Ich holte ein weiteres Mal tief Luft, betrat den mit Teppich ausgelegten Flur und schloss die Kellertür. Ich glaube, ich habe mich noch nie in meinem Leben so ungeschützt gefühlt, aber ich konnte nichts dagegen unternehmen, also verdrängte ich die unangenehmen Gedanken und machte mich an die Arbeit.

Im Erdgeschoss gab es nichts, was mich interessierte, und ich war sicher, ich würde Dr. Marshall oder einer seiner Sekretärinnen über den Weg laufen, wenn ich mich zu lange hier herumtrieb, also steuerte ich auf das Treppenhaus am Ende des Korridors zu und hielt kurz inne, um auf Stimmen zu lauschen, ehe ich rasch hineinhuschte. Außerhalb des am stärksten frequentierten Bereichs fühlte ich mich wesentlich besser und ließ mir eine Sekunde Zeit, um mich zu beruhigen, bevor ich die Stufen zum ersten Stock erklomm.

Der Flur präsentierte sich verweist, als ich die Nase durch die kaum geöffnete Tür steckte, allerdings hatte ich keine Ahnung, ob sich Leute in den Operationssälen und Labors aufhalten würden. Eigentlich war ich ziemlich sicher, dass dem so sein würde, aber ich konnte nichts dagegen unternehmen. Und wenn sie mich sähen – na, wenn schon. Die meisten der Ärzte, Wissenschaftler und Krankenpfleger an diesem Ort waren daran gewöhnt, mein Gesicht zu sehen und würden wahrscheinlich mit keiner Wimper zucken. Zumindest hoffte ich das.

Auf dem Weg durch den Gang gelangte ich bald zum ersten Operationssaal – jenen, in dem mir Dr. Marshall meine Arme abgenommen hatte – und stellte erfreut fest, dass er leer war. Die Beleuchtung war zwar ausgeschaltet, aber die Jalousien waren halb geöffnet, wodurch ich mehr als genug Licht hatte, um zu sehen, was ich tat. So rasch ich konnte, ging ich herum und drehte jeden Gashahn auf, den ich finden konnte. Besonders erfreut war ich, dass es nicht nur mehrere Sauerstoffventile gab, sondern auch eine Reihe mobiler Tanks an der gegenüberliegenden Wand, die mit CYCLOPROPAN und ETHYLEN beschriftet waren. Ich wusste nicht, worum es sich dabei handelte – vielleicht um die Gase, die für Anästhesien verwendet wurden –, aber auf jedem befand sich ein Symbol, dem zufolge sie entflammbar waren, und das genügte mir. Ich entfernte die daran befestigten Plastikschläuche und drehte die Ventile voll auf. Statt herumzustehen und meine Arbeit zu bewundern, eilte ich weiter.

Die nächste halbe Stunde verging wie in Trance. Im zweiten Stock gab es noch zwei Operationssäle und sieben voll ausgestattete Labors. Ich bewegte mich, so schnell ich konnte, humpelte jedoch immer schlimmer, weil mein Fuß und Bein ziemlich schlimm zu schmerzen begannen. Ich schluckte die Schmerzen hinunter und machte weiter. Zimmer um Zimmer, Labor um Labor – jede neue Tür, durch die ich schritt, drohte, meine letzte zu sein. Aber niemand hielt mich auf. Niemand brüllte. Niemand jagte mir eine Kugel durch den Schädel.

Es lief gut.

Man muss es wohl purem Glück zuschreiben, dass es mir gelang, alle drei Operationssäle und sechs der Labors zu manipulieren.

Im verbliebenen Labor arbeiteten Wissenschaftler, und wenngleich es mir keine Sorgen bereitete, dass sie mich sehen könnten, glaubte ich kaum, dass sie damit einverstanden wären, wenn ich hineinginge und vor ihren Augen alle Gasventile aufdrehte. Es erschien mir besser, mich darüber zu freuen, dass ich fast alle Räume erwischt hatte, und weiterzuziehen. Der zweite Stock winkte.

Im Treppenhaus auf dem Weg nach oben begegnete ich einem großen, rothaarigen Krankenpfleger namens Jack O'Hare, der einige Male recht anständig zu mir gewesen war, wenn ich mit ihm geredet hatte; er nickte mir nur unbekümmert zu und ging weiter die Treppe nach unten. Ich hielt den Atem an, bis ich in den Flur der zweiten Etage gelangte, dann atmete ich laut aus, überrascht darüber, dass ich es so weit geschafft hatte, ohne erwischt zu werden. Schnell kam ich darüber hinweg; Gedanken an Junie brachten wieder Wut in mir hervor, und ich war entschlossener den je, diesen Job richtig zu machen. Diese Schweinehunde würden bezahlen!

Im zweiten Stock war es äußerst still. Als ich mich durch den Flur von Raum zu Raum bewegte, hatte ich das Gefühl, durch ein Beerdigungsinstitut zu schleichen. Der Teppich war so dick, dass ich nicht einmal meine Schritte hören konnte. Allmählich wurde mir das unheimlich. An jeder Tür rechnete ich damit, Drake oder einem seiner Wachmänner über den Weg zu laufen, und ganz gleich, wie viele leere Zimmer ich betrat, das Gefühl wollte nicht verschwinden. Ich glaube, meine Nerven waren ziemlich im Eimer. Oder würden es bald sein.

Reiß dich zusammen, Mann! Bring das zu Ende, danach kannst du zusammenbrechen. Nicht jetzt, Mike. Nicht jetzt.

Das klang gut, doch es verhinderte nicht, dass mein geliehenes Herz wie wild in der Brust hämmerte oder dass meine geliehenen Hände jedes Mal zitterten, wenn ich nach einem weiteren Türknauf griff.

Trotzdem machte ich weiter. Eine gleichwertige Mischung aus Angst und Wut hielt mich in Bewegung, ließ mich die stetig anschwellenden Schmerzen in meinem Bein ertragen und die allgegenwärtigen Zweifel in meinem Verstand verdrängen. Ich manipulierte jedes Patientenzimmer, in das ich konnte. Einige waren abgeschlossen – vermutlich diejenigen, in denen sich Menschen befanden –, doch die meisten waren einfache Beute. Fünfundzwanzig Minuten später breitete sich im gesamten zweiten Stockwerk Gas aus, und mein Plan war beinah vollendet.

Aber noch nicht ganz.

Nein, etwas musste ich noch tun. Etwas, wovor mir graute, aber es war so wichtig, dass ich wusste, ich konnte nicht davor weglaufen. Ich hatte hier einst jemandem ein Versprechen gegeben – jemandem, der genauso sehr gelitten hatte wie ich, vielleicht noch mehr; und wenn es das Letzte wäre, was ich je tun würde, ich gelobte mir, dieses Versprechen zu erfüllen. Mit schwerem Herzen und einem Kloß der Größe eines Baseballs, der mir in den Hals zu steigen versuchte, kehrte ich zum Treppenhaus zurück. Ich musste für einige Minuten in den dritten Stock.

Ich musste dem Bluterraum einen Besuch abstatten.

Kapitel 37

Ich befand mich im Flur vor dem Bluterraum, und es gab kein Versteck, als eine Krankenschwester, die ich nicht kannte, mit mürrischer Miene aus dem Zimmer kam. Sie trug ein Tablett, auf dem sich Blutbeutel aus Plastik türmten, die zweifellos gerade von der Gruppe der grausam vivisezierten Männer geerntet worden waren, die drinnen an die Betten geschnallt lagen.

»Was machen *Sie* denn hier oben?«, fragte die Schwester in einem Tonfall, der in mir den Wunsch weckte, sie mit bloßen Händen totzuprügeln. Für wen hielt sie sich, dass sie diese Menschen so behandelte, sie nicht nur ihrer Lebenssäfte beraubte, sondern auch ihrer Würde – verdammt, ihrer *Menschlichkeit*? Aber ich blieb ruhig. Es wäre unklug gewesen, die Dinge jetzt noch zu vermasseln, wo der Erfolg zum Greifen nah zu sein schien.

»Mr. Drake hat mir aufgetragen, einem der Kerle da drin eine Botschaft zu überbringen. Er sagte, er würde bald raufkommen, um persönlich mit ihm zu reden. Ich soll hier warten.«

Ein lausiger Vorwand, ich weiß. Was für eine Botschaft konnte der Sicherheitschef schon an jemanden hier oben übermitteln wollen, und selbst wenn, warum sollte Drake ausgerechnet mich dafür auswählen, sie zu überbringen? Noch dazu in meiner Winterjacke und mit Stiefeln. Ich baute darauf, dass der Krankenschwester – wie immer sie heißen mochte – scheißegal war, was ich tat. Sie hatte Arbeit zu verrichten und wollte sie wahrscheinlich möglichst rasch erledigen, damit sie nach Hause gehen konnte. Zum Glück hatte ich recht.

»Na, dann beeilen Sie sich«, sagte sie, vergaß mich bereits

und entfernte sich. »Aber regen Sie die Männer nicht auf, sonst können Sie sich darauf verlassen, dass die Schuld Sie trifft, nicht mich.«

Mit dieser recht leeren Drohung stapfte sie in den vorderen Bereich des Gebäudes davon. Ich huschte ins Bluterzimmer, bevor sie nachdenken und sich umdrehen konnte, um mich noch etwas zu fragen. Bisher hatte ich Glück gehabt – gewaltiges Glück –, aber mir war klar, dass es nicht ewig währen konnte. Und mir lief die Zeit davon.

Nur noch eine halbe Stunde, betete ich zu den Deckenfliesen, dann sah ich mich in dem sterilen, weißen Zimmer um. Es bot einen höllischen Anblick, an den ich mich nur zu gut erinnerte.

Mittlerweile waren es zehn – vier auf einer Seite des Raums, sechs auf der anderen. Zehn Fleischklumpen ohne Glieder, die einst anständige Männer gewesen waren, nun jedoch nur noch Blutbeutel verkörperten, die Dr. Marshall bei Bedarf jederzeit anzapfen konnte. Es war diabolisch – ein anderes Wort gab es dafür nicht –, und allein der Anblick verursachte mir Übelkeit. Ich konnte ein Schaudern nicht unterdrücken, als ich feststellte, dass ich die meisten dieser Männer kannte. Sein leuchtend rotes Haar lenkte meinen Blick zunächst auf Rotbart, dann auf den alten Lucas, der im Bett neben ihm am hinteren Fenster lag. Charlie, der Verwirrte, dessen Geschrei damals dazu geführt hatte, dass ich geschnappt wurde, war auch noch hier. Er starrte stumpfsinnig an die Decke, genau wie mindestens vier weitere Männer, deren Gesichter ich erkannte, aber an deren Namen ich mich nicht erinnerte.

Scheiße!

Dies war weder eine Heimkehr noch ein freundschaftliches Wiedersehen, und in Wahrheit hatte ich gehofft, ich würde ein Zimmer voller Fremder betreten. Dadurch wäre es für mich einfacher gewesen. Vertraute Gesichter machten es schwerer und schürten meine Wut zusätzlich. Diese armen Teufel hatten die ganze Zeit hier gelegen, Tag für Tag, Woche für Woche, Monat für Monat, und alles, was sie tun konnten, war, sich langsam ausbluten zu lassen und auf den Tod zu hoffen.

Ich war hier, um ihre Gebete zu beantworten.

Ich wollte es nicht tun – verdammt, ich war nicht einmal sicher, ob ich es überhaupt *konnte.* Aber ich war hier, um es wenigstens zu versuchen. Diese Männer hatten genug gelitten, und wenngleich ich nur Lucas versprochen hatte, ihm zur Reise an einen besseren Ort zu verhelfen, hatte ich das Gefühl, dass ich denselben Gnadenakt auch allen anderen schuldete. Was hatte ich schon für eine Wahl? Ich konnte niemanden retten, sehr wohl hingegen konnte ich ihrem endlosen Elend ein Ende bereiten und gewährleisten, dass sie die bevorstehende Explosion nicht irgendwie überleben würden. Das wäre das Letzte, was sie wollten. Der Tod und ich waren die einzigen Freunde, die sie noch hatten.

Lucas musste gehört haben, wie ich hereinkam, denn er drehte den Kopf und blickte in meine Richtung. Ich hob die Hand, winkte und ging auf ihn zu, doch das Lächeln, das ich aufsetzen wollte, erstarrte auf meinen Lippen, als mir die verängstigte Miene im Gesicht des alten Mannes auffiel. Er sah aus, als würde er gleich schreien. Wusste er nicht, wer ich war? Oder hatte sich sein Verstand letztlich durch die ständigen Misshandlungen verabschiedet?

So etwas schafft einen Mann nach einer Weile. Es schafft ihn, bis er überschnappt.

Ich konnte mich noch gut an den Tag erinnern, als er diese Worte gesagt hatte. Es schien mir gestern gewesen zu sein, und hier hatte sich eindeutig nichts geändert, das

Anlass gegeben hätte, diese Einschätzung zu überdenken. Ich blieb stehen und hob die Hände vor mich. Hoffentlich würde er verstehen, dass ich nicht hier war, um ihm wehzutun.

»Hab keine Angst, Lucas. Ich bin's bloß, Mike«

Beim Klang meiner Stimme schlug Rotbart die Lider auf und sah mich vom nächsten Bett aus an. Seine Augen weiteten sich, und ich fürchtete, auch er könnte mit dem Gedanken spielen zu schreien. Sein Mund klappte auf, und einige Sekunden verstrichen, bevor er fragte: »Mike? Bist das wirklich du?«

Lucas' Kopf schwenkte jäh in Rotbarts Richtung, und ein Teil der Besorgnis floss aus seiner gerunzelten Stirn ab. »Du siehst ihn auch, Red?«

»Klar sehe ich ihn«, hallte Rotbarts tiefe Stimme durch den Raum. »Er steht doch direkt vor uns, oder?«

»Geht es euch beiden gut?«, fragte ich, da mir sonst nichts einfiel, als ich mich an die Fußenden ihrer Betten stellte.

Lucas zuckte beim Klang meiner Stimme leicht zusammen, aber er ließ darauf ein nervöses Lachen folgen, das meine Frage besser beantwortete, als es Worte je vermocht hätten.

»Herrgott, Mike, ich dachte, du wärst ein verfluchter Geist. Ohne Scheiß. Red und ich dachten, du seist längst tot, und dann kreuzt du aus dem Nichts auf, marschierst hier rein, als ...«

Plötzlich verstummte er, und alle restliche Farbe wich aus seinem bereits blassen Gesicht. Sowohl Lucas als auch Rotbart musterten mich von Kopf bis Fuß, und ein wenig Angst kehrte in ihre Augen zurück. Ich wusste sofort, was ihnen durch die Köpfe ging. Als sie mich zuletzt gesehen hatten, wurde ich festgezurrt auf einer Lederbahre aus diesem Raum gekarrt und hatte genauso viele Arme und Beine wie sie – keine. Nun stand ich vor ihnen und war wieder ein vollständiger Mensch. Kein Wunder, dass sie erschrocken waren. Ich wäre es auch gewesen.

Ich hatte weder die Zeit noch die Kraft, die gesamte Geschichte zu erzählen, und letztlich machte es kaum einen Unterschied, *wie* ich hier auftauchen konnte; wichtig war nur, *warum* ich hier war.

»Hört mal, Leute, das ist eine lange Geschichte, und ich will sie jetzt echt nicht lang und breit erzählen. Die abgespeckte Kurzfassung ist, dass Dr. Marshall immer noch sein altes Ziel verfolgt und mich mit den Körperteilen mehrerer Leute wieder zusammengestückelt hat. Ich bin durch die Hölle und wieder zurück gegangen, also glaubt nicht, ich sei glücklicher als ihr, nur weil ich hier stehe. Glaubt mir, das bin ich nicht.«

Eine halbe Minute lang herrschte Schweigen im Raum, während sie verdauten, was ich ihnen gesagt hatte. Sie sahen einander mehrere Male mit verwirrten Mienen an, aber dann schienen sich beide damit abzufinden, ohne weitere Fragen zu stellen. Für diese kleine Gnade war ich dankbar.

»Warum bist du hier, Mike?«, fragte Lucas schließlich.

»Ja, was ist los?«, fügte Red hinzu.

Wie sollte ich diese Fragen beantworten? Wie teilte man seinen Freunden mit, dass man gekommen war, um sie zu ermorden? Ich hatte keinen Schimmer. Statt etwas zu erwidern, drehte ich mich um und ging zu dem leeren Bett, das gegenüber den beiden stand. Ich hielt kurz inne, kämpfte mit meinen inneren Dämonen darum, ob ich es wirklich tun sollte oder nicht, doch tief in meinem Herzen wusste ich, dass es richtig – anständig – wäre, ihnen den Gnadentod zu schenken.

Ich bückte mich und ergriff das dünne weiße Kissen.

»Kissenschlacht?«, fragte Red und lachte über seinen

Scherz. »Tja, ich habe das Gefühl, dabei dürftest du gewinnen, Kumpel.«

Ich schenkte Rotbart keine Beachtung, drehte mich um und sah Lucas an, starrte ihm direkt in die Augen, und da wusste ich, dass er genau verstand, weshalb ich hergekommen war. Hätte er geschrien oder Anzeichen von Furcht erkennen lassen, hätte ich vielleicht gekniffen und das Kissen weggeworfen, aber in seinen Augen leuchtete nur eine einzige Empfindung deutlich auf – Hoffnung.

»Gott segne dich, Junge«, flüsterte er. Seine Stimme erklang kaum hörbar, aber diese vier kleinen Worte verliehen mir die Kraft, die ich brauchte, um diese grauenhafte Aufgabe zu erfüllen. Auch Rotbart hatte mittlerweile begriffen und nickte, lächelte mich an, während ihm Tränen über die eins so roten Wangen liefen.

»Tu es, Mike. Bitte«, flehte mich Rotbart an.

Ich musterte beide, nickte und machte mich an die Arbeit, bevor mich die Nerven im Stich ließen.

Aus keinem besonderen Grund beschloss ich, Charlie zuerst zu erledigen. Ich wusste, dass er im Wesentlichen schon komatös war, als ich noch hier geschlafen hatte, und inzwischen stand es vermutlich noch schlimmer um ihn, deshalb fand ich, dass ich mit ihm ebenso gut wie mit jedem anderen anfangen könnte. Ich hatte bereits beschlossen, dass ich mir Lucas und Rotbart bis zum Schluss aufheben würde. Die anderen Kerle waren bereits zu drei Vierteln tot und brauchten lediglich einen kleinen Schubs, um sie auf die Reise zu bringen. Das Kissen auf meine Freunde zu drücken, würde eine völlig andere Liga sein, und als der Feigling, der ich war, wollte ich es so lange wie möglich hinauszögern.

Charlie rührte sich nicht. Er wehrte sich überhaupt nicht, als das Kissen sein ausgemergeltes Gesicht bedeckte. Ich war nicht einmal sicher, ob ich etwas bewirkte, bis ich bemerkte, dass sich seine dürre Brust nicht mehr ausdehnte und zusammenzog. Er war still und in weniger als einer Minute gestorben, und mir traten Tränen in die Augen, als ich begriff, dass ich soeben einen anderen Menschen ermordet hatte.

Jackson hatte ich in Notwehr umgebracht, und das hatte mir nicht das Geringste ausgemacht, aber Charlies Tod war mein erster Mord – der erste von vielen an diesem Tag, aber ich zwang mich, nicht darüber nachzudenken. Ich versuchte, es aus meinem Kopf zu verbannen und den Schalter für den Autopiloten zu drücken. Ich hasste mich zwar unwillkürlich, trotzdem war ich überzeugt davon, diesen Männern einen Gefallen zu tun. Einen, den sie umgekehrt auch mir getan hätten, wenn unsere Rollen vertauscht gewesen wären. Und dennoch, Mord war Mord, ganz gleich, wie ich versuchte, ihn zu rechtfertigen. Aber mittlerweile gab es kein Zurück mehr. Mit zitternden Händen trat ich an das nächste Bett.

Dreißig Minuten später waren sieben weitere Männer tot. Einige kannte ich, andere nicht, aber alle nahmen die große Belohnung still und ohne Gegenwehr an. Nun ja, fast alle. Ein Mann – sein Name lautete Glen oder Ben – kämpfte ein wenig dagegen an, wand und krümmte sich schwach unter meinen Händen, aber es war wohl eher sein Körper, der reagierte, nicht sein Verstand. Ich hatte ihm in die Augen geblickt, bevor ich das Kissen auf sein Gesicht drückte, und ich wusste, dass die Lichter in seinem Oberstübchen längst erloschen waren.

Acht erledigt. Noch zwei übrig.

O Mann. Jetzt kommt's.

Die ganze Zeit, während der ich mit dem Kissen Gott gespielt hatte, hatte ich es bewusst vermieden, Rotbart und

Lucas anzusehen. Ich schämte mich nicht für das, was ich tat, auch fürchtete ich nicht, dass ich die Nerven verlieren könnte, ich wollte bloß den Ausdruck der Vorfreude in ihren Gesichtern nicht sehen.

Ich brauchte nicht hinzusehen, um zu wissen, dass sie bei der Aussicht darauf, dieser fauligen Ebene der Existenz zu entfliehen und die Chance auf ein besseres Dasein zu erhalten, lächeln, weinen und praktisch geifern würden. Leider konnte ich Lucas und Rotbart nicht länger meiden. Das Kissen wie einen Schild vor mich gestreckt, ging ich zu ihnen und schaute auf.

Es war nicht so schlimm, wie ich befürchtet hatte.

Sicher, sie wirkten aufgeregt und glücklich darüber, dass ihrem Leiden ein Ende gesetzt würde, aber sie sahen auch ängstlich aus, da sie nicht wussten, was sie im Jenseits erwartete – ob nach dem Tod überhaupt noch etwas kam.

Es war ein ernüchternder Gedanke, der mich genauso hart traf, zumal ich davon ausging, meinen Freunden sehr bald zu folgen.

Würden wir einander erkennen, wenn wir uns auf der anderen Seite begegneten? Mich betraf das wohl nicht. Für Lucas und Red würde hoffentlich ein nettes Plätzchen im Himmel reserviert sein. Ich würde für die Dinge, die ich an diesem Tag getan hatte, zweifellos geradewegs in die Hölle fahren und bezweifelte, dass ich einen der beiden je wiedersehen würde.

Hör auf, es hinauszuzögern, Mike. Tu, was du tun musst.

»Es ist in Ordnung, Mike«, sagte Lucas leise, als er bemerkte, dass ich zauderte, näherzukommen. »Wir sind eigentlich schon lange tot, nur unsere Körper lassen uns nicht gehen. Nichts von alledem ist deine Schuld, Junge. Ich weiß, es ist viel verlangt, aber du musst uns helfen.«

Schweigend nickte ich. Was er sagte, stimmte, trotzdem

fand ich nicht die Kraft, um meine Beine in Bewegung zu setzen. Lucas hatte noch etwas zu sagen.

»Ich habe dir das nie erzählt, aber meine Frau Charlotte starb vor acht Jahren an Krebs, und ich weiß, dass sie auf der anderen Seite auf mich wartet. Hilf mir, die Tür zu öffnen, Mike. Ich habe keine Hände, um es selbst zu tun, und sie fehlt mir. Sie fehlt mir so verdammt sehr.«

Da begann Lucas zu weinen, und ich konnte es nicht ertragen, ihn noch eine Minute länger leiden zu sehen. Bevor mich die Feigheit einholen konnte, ging ich zu ihm und küsste ihn auf die Stirn.

»Gib ihr einen Kuss von mir«, sagte ich, wobei mir mittlerweile zügellos Tränen über die Wangen liefen.

»Danke, Mike«, erwiderte er. »Das werde ich.«

Dann legte ich das Kissen auf sein lächelndes Gesicht und drückte mit aller Kraft zu.

Innerlich schmerzte es mich gewaltig, trotzdem lächelte auch ich und stellte mir die ganze Zeit vor, wie Lucas durch jene Tür schritt, das wunderschöne Antlitz seiner Frau erblickte und losrannte, um sie in die Arme zu nehmen. Vielleicht würde das nie geschehen, aber es war ein tröstlicher Gedanke, und für Lucas hoffte ich inständig, dass es wahr werden würde. So oder so, Dr. Marshall würde ihm nie wieder wehtun, und ich schätze, allein das reichte. Der Rest lag nicht bei mir.

Rotbart hatte lange geschwiegen, nun jedoch meldete er sich zu Wort. »Ich glaube, er ist gegangen, Mike.«

Ich vergewisserte mich, ob Lucas' Brust aufgehört hatte, sich zu heben und zu senken; sie lag still, dennoch hielt ich das Kissen noch eine Minute fest, bevor ich es von seinem Gesicht löste. Letztes Mal hatte ich ihn im Stich gelassen, und ich wollte verdammt sichergehen, dass ich es diesmal richtig machte. Doch es bestand kein Grund zur Sorge:

Lucas war gegangen, und er war mit einem Lächeln im Gesicht gestorben.

»Hast du auch jemanden, der dich auf der anderen Seite erwartet, Red?«, fragte ich und hoffte das Beste.

»Eigentlich nicht. Meine Eltern, schätze ich. Wäre schön, sie wiederzusehen. Vielleicht ein paar alte Kumpel von der Feuerwehr. Wer weiß? Was ist mit dir?«

»Meine Frau und mein kleiner Junge. Autounfall. Ich weiß nicht viel über diesen Kram, Red, aber *falls* es einen Himmel gibt und man einen Trottel wie mich dort reinlässt, freue ich mich darauf, sie bald wiederzusehen. Es ist ein verrückter Gedanke, aber weißt du, er hilft.«

Rotbart nickte. Mittlerweile flossen ihm genauso hemmungslos Tränen über die Wangen wie mir. »Lass es uns tun, Mike. Ich bin bereit.«

Ich trat neben ihn, küsste auch ihn auf die Stirn und wollte gerade das Kissen auf sein lächelndes Gesicht legen, als ich sah, wie sich seine Augen überrascht weiteten. Außerdem sprach Angst aus ihnen. Als ich mich umdrehte und seinem Blick folgte, verstand ich, weshalb.

Drake stand an der Tür.

Zu lange, Mike. Du hast dir zu lange Zeit gelassen.

Der Sicherheitschef wirkte erstaunt darüber, mich zu sehen. Von der Durchsuchung des Waldes war er noch verschwitzt und atmete schwer, und mich hier in der Burg anzutreffen, verschlug ihm vorübergehend die Sprache. Allerdings kam er rasch darüber hinweg.

»Hast du den verfluchten Verstand verloren, Mike?«

Ich erwiderte nichts.

»Du überrumpelst irgendwie Jackson, und statt von hier zu verschwinden, so schnell du kannst, kommst du zurück, um dich von deinen Freunden zu verabschieden?«

Er kam einige Schritte ins Zimmer und warf einen genaueren Blick auf die Männer, die in den Betten lagen, dann auf das Kissen, dass ich immer noch umklammerte, und er begann zu lachen. Er lachte und lachte – die Vorstellung, dass ich die Bluter getötet hatte, schien für ihn offenbar unheimlich lustig zu sein.

»Du *bist* verrückt. Ich wusste es. Verdammt noch mal, das ist was fürs Buch der Rekorde. Wir rennen durch den beschissenen Wald, und du bist hier, um Küss-das-Kissen mit deinen alten Kumpels zu spielen. Das wird Dr. Marshall gefallen.«

»Wie hast du mich gefunden?«, fragte ich, um Zeit zu schinden.

»Schwester Harper«, antwortete er. »Sie hat erwähnt, dass hier oben jemand eine Nachricht für mich überbringen sollte, und ich wusste, dass das Blödsinn ist. Aber um die Wahrheit zu sagen, ich dachte, es sei einer meiner Männer, der sich ein Päuschen genehmigen wollte. Ich bin eigentlich hier raufgekommen, um ihm ein neues Arschloch dafür zu treten, dass er uns nicht geholfen hat, nach dir zu suchen. Als ich dich hier stehen sah, hätte mich beinah der Schlag getroffen. Du steckst echt voller Überraschungen, das muss ich dir lassen. Es ist fast schade, jemanden wie dich umzubringen, aber ich muss ...«

»Lass ihn zufrieden, Drake, du Dreckschwein!«, brüllte Rotbart, dessen Stimme dabei viel zu laut und kräftig für einen so kleinen, ausgemergelten Körper klang.

Drake lachte erneut. »Leck mich, Stummelchen. Halt's Maul, oder ich schneide dir die Augen raus.«

Um seiner Drohung Nachdruck zu verleihen, zog Drake ein tödlich aussehendes Messer mit kurzer Klinge und zeichnete in Rotbarts Richtung Kreise in die Luft. Mein Freund stöhnte, schloss die Augen und begann, flüsternd zu beten, was Drake immens gefiel. Nachdem der muskelbepackte Sicherheitschef Rotbart in seine Schranken gewiesen hatte, richtete er die Aufmerksamkeit wieder auf mich, deutete mit dem Messer in meine Richtung und leckte sich über die Lippen. Er begann, auf mich zuzugehen.

»Sei ein braver Junge, Mike, und ich mache es kurz und schmerzlos für dich. Ich bin zu müde, um mich mit einem lästigen Scheißhaufen wie dir herumzuplagen. Es ist deine Entscheidung. Sterben wirst du so oder so.«

Sei dir da mal nicht so sicher, Großer.

Drake hatte ein scharfes Messer, aber ich hatte Jacksons Pistole.

Ohne Zeit zu verlieren, warf ich das Kissen beiseite und steckte die Hand in die Jackentasche. So schnell ich konnte, zog ich die silbrig glänzende Pistole, konnte es kaum erwarten, einige Kugeln in diesen großmäuligen Schwanzlutscher zu jagen, ihn mit genug Blei zu füllen, um ihn magnetisch zu machen, und ihm anschließend ins Gesicht zu spucken, wenn er vor meinen Füßen zu Boden ging. Wunschdenken.

Für einen Schlägertyp war Drake verdammt schnell, und als ich die Pistole in der Schusshand hatte und den Abzug zu betätigen versuchte, hatte er mich bereits erreicht. Er packte mit der Rechten mein linkes Handgelenk, sorgte dafür, dass die Pistole von ihm weg zielte, und begann zuzudrücken.

Meine dünnen Knochen glichen in seinem schraubstockartigen Griff Streichhölzern, und ich schrie auf, als etwas in meinem Unterarm brach. Einen Moment lang brannte meine Hand wie Feuer, dann wurde sie taub. Meine Finger zuckten, und die Pistole fiel zwischen uns auf den Boden. Drake trat sie quer durch das Zimmer und grinste mich an wie ein hungriger Fleischfresser.

»Netter Versucht, Mike, nur leider nicht gut genug«, sagte er, umklammerte weiter mein gebrochenes Handgelenk und stieß das Messer auf meinen Bauch zu.

Instinktiv drehte ich den Körper nach rechts, um dem tödlichen Streich auszuweichen. Drakes Messer riss einen langen Schlitz in meine Jacke, schabte über die linke Hälfte meines Brustkorbs und ließ Blut fließen, setzte mich jedoch nicht außer Gefecht. Ich schwang die rechte Faust mit aller Kraft auf Drakes Hals zu und hoffte, ihn am Adamsapfel zu treffen, aber er sah den Schlag kommen und duckte sich. Meine Faust prallte stattdessen gegen sein Kinn, nur besaß ich nicht genug Kraft, um großen Schaden anzurichten. Drake schüttelte den Treffer mühelos ab, ohne sein arrogantes Lächeln zu verlieren, dann griff er mich weiter mit dem Messer an.

Ich wollte mich erneut wegdrehen, diesmal nach links, doch Drake ließ sich nicht noch einmal überlisten. Er sah meine Bewegung voraus und trieb mir die Klinge unter dem Brustkorb in die rechte Seite. Als das Messer in mir steckte, ließ Drake endlich mein Handgelenk los und beobachtete, wie ich auf die Knie sank.

Einen Herzschlag lang stand die Zeit still.

Ich hielt den Atem an und wartete auf den Tod.

Drake stand triumphierend über mir und lachte, und ich konnte Rotbart erkennen, der auf der gegenüberliegenden Seite des Raums weinte, aber ich schenkte beiden kaum Beachtung. Ich hatte nur einen Gedanken kristallklar vor Augen.

Warum tut es nicht weh?

Ein Messer im Bauch sollte doch schmerzen, oder? Der Tod durch Erstechen galt als grausame, qualvolle Art zu sterben. Warum also tat es nicht weh?

Ich spürte nicht das Geringste. Nur der erste Treffer an den Rippen schmerzte. Vielleicht ließen mich Adrenalin und mein Hass auf Drake die Schmerzen nicht spüren, aber selbst wenn dem so wäre, hätte ich zumindest bluten müssen.

Und da war kein Blut.

Ich blickte hinab, sah das Messer aus dem Riss in meiner Jacke ragen, der durch den Einstich entstanden war, und fragte mich, was vor sich ging. Ich krümmte mich nach vorn, damit ich das Messer mit der Rechten herausziehen konnte, ohne dass Drake es sah, und stellte verdutzt fest, dass an der Spitze der Klinge eine runde Gummischeibe steckte. Die kurze Schneide hatte das Ding in der Mitte aufgespießt, aber nicht tief genug durchdrungen, um auf der anderen Seite herauszuragen.

Hol mich der Teufel! Puckman!

Es war der alberne Puck des verrückten Mexikaners. Der Puck, den ich vor all den Monaten in der Hoffnung gestohlen hatte, ihn damit am Kopf zu treffen, bevor ich vom Zug überrollt würde. Er hatte sich die ganze Zeit in meiner Jackentasche befunden, vergessen und nutzlos – außer, um mir das Leben zu retten.

Oder es nur zu verlängern.

Ich steckte immer noch gewaltig in der Klemme. Bevor mir die einzige Chance entgehen konnte, die ich vermutlich bekommen würde, täuschte ich ein gequältes Stöhnen vor und brach weiter auf dem Boden zusammen. Dabei verbarg ich meinen unversehrten Bauch vor Drake und benutzte den linken Unterarm, um den Puck von der Klinge zu lösen. Die Taubheit legte sich allmählich, und mein Handgelenk begann, höllisch zu schmerzen, aber das trug nur dazu bei, mein Stöhnen umso glaubwürdiger erscheinen zu lassen. Drake lachte mich aus, als ich in seine hässliche Visage aufschaute. Er genoss meinen Tod von Herzen, ergötzte sich an meinen Qualen und meinem Leid.

Dann rammte ich ihm das Messer in den Schritt, stieß es in seine Nüsse, so kräftig ich konnte. Ich drehte die Klinge herum, erst nach links, anschließend nach rechts und wieder nach links, nur so aus Spaß. Diesmal strömte Blut über meine Hand, und Drake lachte nicht mehr. Nein, vielmehr kreischte er wie ein Mädchen, hoch, schrill und richtig laut.

Perfekt!

Sollte der Schweinehund ruhig schreien. In meinen Ohren war es liebliche Musik und etwas, das zu hören ich mir schon lange gewünscht hatte. Ein Teil von mir sehnte sich danach, Drakes Leiden für Stunden, Tage, Wochen hinauszuzögern, und jeder in diesem Raum sollte es sehen können, aber das würde nicht geschehen. Mit einem Ausdruck blanker Ungläubigkeit im Gesicht sank der große Mann neben mir auf die Knie. Er versuchte zu sprechen, aber ich war nicht in der Stimmung, mir noch mehr von seinem Blödsinn anzuhören, daher trieb ich ihm das Messer tief in die Brust. Ich denke, ich hatte Glück und traf auf Anhieb sein Herz. Blut schoss ihm aus Nase und Mund, seine Augen rollten nach oben, er kippte rückwärts und rührte sich nicht mehr.

Und damit war der große, böse Drake tot.

Kapitel 38

Ein Teil von mir wollte aufspringen und auf Drakes Leiche einen Freudentanz aufführen. Meiner bescheidenen Meinung nach war die Welt ohne diesen kranken, perversen Scheißkerl besser dran. Ich wollte mich aufrappeln und den muskelbepackten Idioten so um die hundert Mal treten, um ihn anschließend auf die Lippen zu küssen und ihm für das Vergnügen zu danken, das mir sein Tod bereitet hatte. Ich war vor Freude wie berauscht, aber ein anderer Teil von mir litt zu viele Schmerzen und war zu erschöpft für derart albernen Machokram. Deshalb setzte ich mich nur still auf den Boden, über und über mit klebrigem Blut verschmiert, und wusste nicht recht, was ich als Nächstes tun sollte.

Eine Weile schaltete sich mein Verstand ab.

Das Nächste, was ich mitbekam, war, dass ich am Fußende von Rotbarts Bett stand und auf meinen Freund hinabsah, ohne den leisesten Schimmer zu haben, wie ich dort hingelangt war. Ein kurzer Blick zurück bestätigte, dass Drake immer noch in einer ziemlich großen, roten Pfütze lag – was ich als Erleichterung empfand, denn eine Sekunde lang dachte ich, dass ich mir die gesamte Konfrontation mir Dr. Marshalls Sicherheitschef nur eingebildet hätte.

»Alles in Ordnung, Mike?«, fragte Red, die großen Dackelaugen rot vom Weinen.

Ich war voll von Drakes Blut und mein Handgelenk, meine Rippen und mein Knie schmerzten höllisch, aber im Großen und Ganzen ging es mir gut. Jedenfalls besser als Drake, soviel stand fest.

»Ja, Red, alles in Ordnung. Was ist mit dir?«

Red nickte nur. Um seine Mundwinkel spielte ein Lächeln. »Hast mir Sorgen gemacht. Ich dachte, du hättest dich mit Drake übernommen, aber verdammt, du hast dem Schwein gegeben, was es verdient hat. Gut gemacht, Kumpel. Wenn du mich fragst, hätte es kein größeres Arschloch treffen können. Ich hoffe, er schmort bereits in der Hölle.«

»Ich auch«, bestätigte ich, öffnete den Reißverschluss meiner besudelten Jacke und ließ sie zu Boden fallen.

Sie hatte den Großteil von Drakes Blut abbekommen, und bei allen lieben Erinnerungen, die sie barg, das verfluchte Ding glich nur noch einem matschigen Chaos, das ich keine Sekunde länger anbehalten wollte. Ich verbrachte einige Minuten damit, mir an Reds Laken die Hände abzuwischen ... eigentlich eher, um mich darauf vorzubereiten, was mir bevorstand, nicht wirklich, um die Hände sauber zu bekommen. Außerdem riss ich einen Streifen ab, den ich um mein verletztes linkes Handgelenk wickelte und mit den Zähnen zusammenknotete. Sicher, ich wollte schon wieder Zeit schinden, aber allmählich fing ich an, mich richtig gut zu fühlen. Mein Plan ging auf. Dass es mir gelungen war, Drake zu töten, musste ein gutes Zeichen sein. Ich würde Red den Weg ins Jenseits ebnen, danach würde ich dieses Höllenhaus so weit in den Himmel sprengen, wie es das sich ausbreitende Gas zuließ, sobald ich es entzündete.

»Also gut«, sagte ich und holte mir ein neues Kissen. »Bringen wir es zu Ende. Bist du bereit?«

Ich hatte nicht erwartet, dass Red glücklich über das sein würde, was geschehen sollte, aber ich hatte auch nicht damit gerechnet, dass er mich mit solcher Furcht ansehen würde. Als ich das erste Mal mit dem Kissen auf ihn zugegangen war, hatte er nicht so gewirkt. Was hatte sich verändert?

»Was ist denn, Mann? Ich dachte, du willst das.«

»Du hast meinen ... meinen ...«, setzte Red an, doch dann begann er zu zittern. Was von seinem Körper übrig war, bebte unter der dünnen Decke. Er sah mir nicht in die Augen; er schaute überhaupt nicht in mein Gesicht, sondern tiefer. Ich blickte hinab, erkannte, was ihm solchen Kummer bereitete, und hätte um ein Haar geschrien. Auf meinem Bizeps prangte eine Tätowierung in Form eines grellroten Feuerwehrmannhelms, davor kreuzten sich eine gelbe Leiter und eine Axt. Die Worte *N. F. STATION 5* standen fett darunter.

Heilige Scheiße!

»Ist das *meiner*?«, fragte Red. Beim letzten Wort kippte seine Stimme.

Was sollte ich darauf antworten? Was konnte ich sagen, um zu rechtfertigen oder zu erklären, warum ich seinen verdammten Arm trug?

Wie konnte ich ein solcher Idiot gewesen sein, dass es mir zuvor nicht aufgefallen war? Klar erinnerte ich mich daran, wie stolz er uns allen seine Tätowierung gezeigt hatte, aber ich war so beschäftigt damit gewesen, zu beklagen, wie hässlich mein zusammengeflickter Körper aussah, dass es mir nie aufgefallen war. Ich hatte mich nie gefragt, ob ich einen der Spender vielleicht gekannt hatte oder was passieren würde, sollten sie je erfahren, dass ich eines der ihnen gestohlenen Körperteile erhalten hatte. Ich war zwar nicht derjenige gewesen, der ihnen ihre Gliedmaßen abgenommen hatte, trotzdem fühlte ich mich unweigerlich wie ein Dieb, während ich vor Rotbart stand. Schlimmer noch, denn ich hatte nicht nur einen Arm, der mir nicht gehörte, ich hielt damit auch noch ein Kissen und war im Begriff, ihn mit der Kraft seines eigenen Fleisches zu ermorden.

»Es tut mir leid, Red«, brachte ich schließlich hervor, da ich wusste, ich musste irgendetwas sagen, damit er mich verstehen würde. »Ich hatte dabei genauso wenig mitzureden wie du. Dr. Marshall hat all dieses Leid verursacht.

Es ist seine Schuld. Er hat mich narkotisiert, und als ich aufwachte, sah ich so aus. Bitte hass mich nicht dafür.«

Eine Weile erwiderte Rotbart nichts, aber er sah mir wieder in die Augen. Sein Zittern legte sich allmählich. Aus seinen verquollenen Augen strömten immer noch Tränen. »Ich hasse dich nicht, Mike. Großer Gott, nein, das weißt du. Ich kann es nur nicht mehr ertragen. Ich bin am Anschlag und will jetzt weg. Ob Himmel, Hölle oder bloß ein großes, schwarzes Loch im Boden, ist mir egal. Schaff mich einfach hier raus, ja? Bitte.«

Ich nickte, da ich meiner Stimme in diesem Augenblick nicht traute. Mit dem Kissen in der Hand trat ich neben sein Bett und bereitete mich wie betäubt darauf vor, abermals zu morden.

»Versprichst du mir etwas, Mike?«, fragte Red, als ich das Kissen senkte.

»Ich erwische ihn, Red«, sagte ich, da ich ahnte, was er hören wollte. »Verlass dich drauf, mein Freund. Nathan Marshall wird innerhalb der nächsten Stunde tot sein.«

Ich hatte zwar kein vollständiges Vertrauen in das, was ich sagte, aber jedes Wort kam von Herzen, und ich gelobte, alles in meiner Macht Stehende zu tun, um es wahr werden zu lassen – oder bei dem Versuch zu sterben. Rotbart nickte und lächelte. Ich erwiderte das Lächeln, dann drückte ich das Kissen auf sein Gesicht, bevor er sehen konnte, wie ich erneut in Tränen ausbrach.

Kapitel 39

Rotbart war gegangen, und sein Tod lastete schwer auf meiner Seele. Das Kissen, das ich benutzt hatte, ruhte noch auf seinem Gesicht, das Leichentuch eines armen Mannes. Ich war zu zerstreut, um das Kissen zu entfernen und ihn anzusehen – und, ich gebe es zu, ich hatte auch zu große Angst davor. Ich wollte nicht wissen, ob er in seinen letzten Momenten gelitten hatte. Ich wollte glauben, dass er darunter lächelte, wie es Lucas getan hatte, aber ich würde mich nicht davon überzeugen. Keine Chance.

In meinem Kopf drehte sich alles. Ich hatte Mühe, meine Gedanken in die richtige Richtung zu lenken. Wenn ich innehielt und zu intensiv darüber nachdachte, was ich gerade getan hatte, würde ich verrückt werden, mich wahrscheinlich auf den Boden zwischen Lucas und Red legen und alles bleiben lassen. Aber ich hatte immer noch eine Aufgabe zu erfüllen und – wichtiger noch – ein Versprechen einzulösen.

Bevor ich das Bluterzimmer verließ, stockte ich mein wachsendes Arsenal an Waffen und Vorräten auf. Mittlerweile hatte ich zwei Pistolen: Drakes und Jacksons. Außerdem zwei Messer – Drakes und Junies Klappmesser. Darüber hinaus ein *Bic*-Feuerzeug und ein Holzkreuz.

Das Problem war nur: Ich konnte nicht alles tragen. Die Messer konnte ich mühelos in meinen Hosentaschen verstauen, aber durch mein verletztes Handgelenk war ich nur in der Lage eine Pistole halten. Ich hätte mir zwar eine vorne in die Hose stecken können, doch bei meinem Glück hätte ich mir wahrscheinlich die Nudel weggeschossen. Nein, bestimmt würde ich nicht mehr als eine Pistole brauchen. Das Magazin von Drakes Waffe war noch voll, deshalb nahm ich sie und ließ die von Jackson auf einem der Reservebetten zurück. Um ein Haar hätte ich auch das Holzkreuz hingelegt, aber aus einer Eingebung heraus stopfte ich es mir vorne unters Hemd.

Zu guter Letzt drehte ich alle Sauerstoffventile auf – am Kopfende jedes Bettes befand sich eins. Danach verabschiedete ich mich von Lucas und Red und ging hinaus in den Flur des dritten Stockwerks.

Zum Glück präsentierte er sich verwaist, trotzdem war mir klar, dass ich von nun an auf Zehenspitzen schleichen musste. Wenn Drake in die Burg zurückgekommen war, galt das zweifellos auch für seine Männer, und von ihnen würde mich keiner einfach vorbeigehen lassen wie zuvor die Krankenschwester und der Krankenpfleger. Sollte ich noch einmal gesichtet werden, würde ich in wirklich großen Schwierigkeiten stecken.

Allerdings galt dasselbe umgekehrt für jeden, der mich sichten würde, denn ich war bewaffnet und fest entschlossen, kämpfend unterzugehen. Mich kümmerte einen Scheiß, ob mir bei einem Gefecht die Kehle durchgeschnitten oder ob ich bei einem Duell erschossen würde; ich musste nur irgendwohin gelangen, wo ich das Gas entzünden konnte, bevor man mich ausschalten würde.

Und ich wusste genau den richtigen Ort.

Ich hielt auf das vordere Treppenhaus zu.

Meine Vermutung war, dass sich das verbliebene Sicherheitsteam in Drakes Büro im Erdgeschoss versammelt hatte. Dort würden die Männer darauf warten, was Drake als Nächstes tun wollte. Sie waren nicht dumm und würden bald versuchen, ihren Anführer mit den Walkie-Talkies zu erreichen. Danach würden sie ausschwärmen und nach ihm suchen, was mich nicht störte, weil ich nicht vorhatte, mich in die Nähe von Drakes Büro zu begeben – ebenso wenig zu den Labors, Operationssälen oder Patientenzimmern, wo die Wachleute vermutlich mit der Suche beginnen würden. Nein, ich wollte an den Ort gehen, von dem ich glaubte, dass sie ihn auslassen würden – das Turmzimmer über dem Treppenhaus des dritten Stocks im vorderen Teil des Gebäudes.

Andrews Zimmer.

Als ich hier ankam, hatte Drake dort gewohnt, aber da Dr. Marshall seinen Rollstuhl mittlerweile nicht mehr brauchte, war ich ziemlich sicher, dass Andrew dauerhaft dorthin verlegt worden war. Vielleicht hatten sie alle zusammen im Turmzimmer geschlafen. Eine große, glückliche Familie. Aber egal, sofern Andrew noch lebte, wusste ich, dass er dort sein würde. Teilweise wollte ich ihn aus Neugier finden, das gebe ich zu. Ich wollte wissen, was aus ihm geworden war. Ich musste sehen, ob Dr. Marshalls Sohn tot war oder ob er einen Fleischanzug wie ich trug – nur würde er Bill Smiths verbessertes Modell mit deutlich weniger Narben haben. Der Hauptgrund allerdings war, dass ich wusste, dass es im Turmzimmer mehrere Sauerstoffanschlüsse gab, und durch den beengten Raum wäre es ein perfekter Ort, um die erste Explosion auszulösen.

Kurz spielte ich mit dem Gedanken, vorher Dr. Marshall aufzuspüren und ihn einer unglaublich befriedigenden Rambo-Behandlung zu unterziehen, um nicht nur mein Versprechen gegenüber Red zu erfüllen, sondern mir auch von Angesicht zu Angesicht die Rache zu gönnen, die ich so sehr verdiente, doch ich war klug genug zu wissen, dass dies keine gute Idee war. Ich hatte keine Ahnung, wo sich Dr. Marshall aufhalten mochte, und jeder Versuch, ihn zu finden, würde wahrscheinlich dazu führen, dass ich – entweder von dem wahnsinnigen Arzt selbst oder von einem seiner Wachleute – getötet würde, bevor ich das sich ausbreitende Gas entzünden konnte. Das war ein Risiko, das ich nicht bereit war einzugehen.

Außerdem war es sinnlos. Falls sich Dr. Marshall noch im Gebäude befand, wenn die Explosion losging – und davon war ich zu neunundneunzig Prozent überzeugt –, würde er bekommen, was er verdiente, ob ich es nun mit eigenen Augen miterleben würde oder nicht. Klar, es wäre herrlich gewesen, den Ausdruck im Gesicht des reichen Psychopathen zu sehen, wenn ihm klar wurde, dass ich zuletzt gelacht hatte, doch mir genügte auch das Wissen, dass er ohne jeden Zweifel zusammen mit seinem grausamen Personal und seinen unethischen medizinischen Geheimnissen sterben würde.

Sobald ich die Tür öffnete, die ins vordere Treppenhaus führte, hörte ich Stimmen. Zwei Personen, und obwohl ich sie nur gedämpft vernahm, klangen beide nicht glücklich. Sie stritten eindeutig miteinander, nur konnte ich nicht verstehen, worüber. Ich setzte dazu an, in den Flur des dritten Stocks zurückzuweichen, aber es näherten sich keine Schritte durch das Treppenhaus, und ich war ziemlich sicher, dass ich mich ins Turmzimmer schleichen konnte, bevor mich jemand sehen würde.

Still erklomm ich die letzte Treppenflucht und befand mich auf halbem Weg um die Ecke, als ich feststellte, dass die Stimmen, die ich hörte, lauter und deutlicher wurden.

Jemand ist im Turmzimmer.

Andrew – aber wer noch?

Das war nicht gut, definitiv kein Bestandteil des Plans. Langsam rückte ich die Treppe hinauf vor. Mittlerweile hörte ich die Stimmen klar genug, um zu erkennen, dass eine davon Dr. Marshall gehörte. Mein Herz schoss mir in die Kehle, und Angst versuchte, mich zu erdrosseln. Aber ich kämpfte dagegen an und rang die Furcht mit der beruhigenden Erkenntnis zurück, dass ich doch noch meine Chance auf persönliche Rache erhalten würde. Die andere Stimme klang zwar vertraut, doch ich konnte sie nicht einordnen. Mit der Pistole im Anschlag schlich ich einige Stufen weiter und spähte über den Absatz, um zu sehen, mit wem Dr. Marshall stritt.

Es war Andrew, allerdings nicht der Andrew Marshall, an den ich mich erinnerte. Er war nicht mehr als körperloser Mann in einem Glastank gefangen, sondern so wie ich wiederhergestellt worden. Andrew saß aufrecht da, festgezurrt in einem silbernen Rollstuhl mit hoher Rückenlehne und Kopfstütze. Er befand sich in der Nähe des fachgerecht reparierten Buntglasfensters, durch das ich bei meinem letzten Besuch in diesem Zimmer einen Hechtsprung versucht hatte.

Obwohl Andrew vollständig bekleidet war – er trug einen dunkelblauen Wollpullover und weite Jeans –, wusste ich, dass er in Bill Smiths Fleischanzug transplantiert worden war, was die vertraute Stimme erklärte. Es war Bills Stimme, die ich hörte. Andrew hatte mit dem Rest des Körpers auch die Stimmbänder seines Wohltäters geerbt. Ich hatte Bill zwar nicht lange gekannt, dennoch empfand ich es irgendwie als unheimlich, seine Stimme zu hören. Unweigerlich fragte ich mich dabei erneut, mit wessen Stimme ich sprach.

Spielt keine Rolle, lass dich nicht ablenken. Renn einfach mit feuernder Kanone da rauf.

An diesem Tag steckte ich voller guter Ideen, diese jedoch war keine davon. Ich war nicht angetan von der Vorstellung, Dr. Marshall zu erschießen. Eine Kugel wäre ein viel zu sauberer Abtritt für ihn gewesen. Außerdem fürchtete ich, dass der Schuss im gesamten Gebäude zu hören sein und Drakes Team im Laufschritt antraben würde. Und ich wollte hören, worüber sie stritten, also hielt ich still und lauschte ihrem Gespräch.

»Du bist ein Narr«, sagte Dr. Marshall zu seinem Sohn. »Ein *undankbarer* Narr. Ich habe mein Leben mit dem Versuch verbracht, dir zu helfen, wieder gehen zu können, und jetzt, wo wir dem Erfolg so nah sind, willst du mich im Stich lassen?«

»Erfolg?«, schrie Andrew zurück. »Du nennst *das* einen Erfolg? Sieh mich an, Vater. Du hast meinen echten Körper Stück für Stück weggeschnitten, bis nichts mehr übrig war, und dann nähst du mich in den toten Körper eines anderen. Aber weißt du was, Dad? Ich kann immer noch nicht gehen.«

»Das weiß ich, Andrew. Und ich habe dich in den *lebendigen* Körper eines anderen Mannes transplantiert. Das ist ein großer Unterschied.«

»Nicht für mich.«

»Das Problem ist, dass du zu lange in dem Tank warst. Die Infektion hat sich auf dein Rückgrat ausgebreitet und viele deiner Nervenbahnen stillgelegt, sodass du in deinem neuen Körper im Wesentlichen tetraplegisch bist. Aber keine Sorge, noch sind uns die Optionen nicht ausgegangen, mein Sohn. Wir müssen nur einige Schritte zurückgehen. Wir besorgen dir einen weiteren Fleischanzug, nur lassen wir diesmal die Wirbelsäule des Spenders intakt und transplantieren nur deinen Kopf auf den gesunden Hals. Ich kann das, mein Sohn, ich schwöre dir, ich kann es!«

»Großer Gott! Und was kommt danach, Dad? Hebst du einfach mein Gehirn raus und steckst es in einen Fremden?«

»Das wird nicht nötig sein, Andrew. Diesmal wird es funktionieren. Du musst mir vertrauen.«

»Niemals. Nie wieder. Ich will so nicht mehr leben, Dad. *Bitte.* Ich kann es nicht ertragen, noch einmal in Stücke geschnitten zu werden. Du musst diesen Wahnsinn beenden.«

»Niemals! Ich werde dafür sorgen, dass du wieder gehen kannst, Andrew. Eines Tages wirst du mir dankbar sein.«

»Nein, Dad, das werde ich nicht. Du behandelst mich wie eine Laborratte und erwartest von mir, dass ich mich vor deinem Genie verneigte wie all die anderen Idioten hier. Ich hasse dich für das, was du getan hast. Du kannst mich das nicht noch einmal durchmachen lassen. Lieber sterbe ich.«

»Sei nicht so naiv. Natürlich kann ich, und ich werde es tun. Wer sollte mich davon abhalten?«

In meinem Versteck auf der Treppe wusste ich, dass dies mein Stichwort war. Falls es je einen Zeitpunkt für mich geben würde, den Actionhelden zu spielen, war es definitiv dieser Moment. In einem Film würde jeder gute Geheimagent, der sein Geld wert ist, aus der Deckung treten und selbstsicher sagen: »Ich.« Leider befand ich mich nicht in einem Film. Ich hatte nicht die Absicht, so höflich und – mal ehrlich – dumm zu sein, das Überraschungselement zu verschleudern, das ich brauchen würde.

Trotz meiner großspurigen Gedanken darüber, Dr. Marshall aufzuspüren und mich von Angesicht zu Angesicht zu rächen, wäre es mir lieber gewesen, den Raum verwaist vorzufinden. Dann hätte ich meinen Plan, die Burg in die Luft zu jagen, still und leise und ohne Komplikationen in die Tat umsetzen können. So würde es offensichtlich nicht laufen, aber wenn ich schon zu einer Konfrontation mit Marshall gezwungen war, konnte sie zumindest nach meinen Bedingungen ablaufen. Ich hoffte, mich an ihn anschleichen und ihn ausschalten zu können, bevor er überhaupt bemerken würde, dass ich hier war. Ich war zu ramponiert und erschöpft für einen weiteren Kampf.

Dann knall ihn einfach ab, schlug mir mein Gewissen vor, doch ich verwarf den Gedanken. Einerseits wäre es feige gewesen – womit ich kein Problem gehabt hätte –, aber andererseits konnte ich nicht riskieren, dass Drakes Sicherheitsteam den Schuss hörte. Nein, die Pistole kam nicht infrage, womit mir nur zwei Möglichkeiten blieben. Drakes Messer war klebrig und von seinem Blut buchstäblich rot bemalt. Dasselbe galt für Junies Klinge, mit der ich Jackson getötet hatte. Ich hatte wirklich keine Lust, eine der beiden Waffen noch einmal anzufassen, aber das musste ich, also entschied ich mich für Drakes Messer. Bei dem von Junie würde ich den Knopf für die Klinge drücken müssen, und ich war ziemlich sicher, dass Dr. Marshall im beengten Treppenhaus hören würde, wie die Klinge heraussprang. Vielleicht auch nicht, aber es schien mir das Risiko nicht wert zu sein.

Ich legte die Pistole auf die oberste Stufe, nahm das Messer in die rechte Hand und begann, so leise wie möglich auf Dr. Marshalls ungeschützten Rücken zuzuschleichen. Ich schaffte nur fünf Schritte, bevor er sich umdrehte mich erblickte. Mich hatte kein Geräusch verraten – sondern Andrew. Er hatte in meine Richtung geschaut, als ich mich aus dem Treppenhaus löste, und ... sagen wir einfach, an seinem Pokergesicht musste er noch arbeiten. Andrews Augen weiteten sich jäh, und er starrte mich an, bis sich sein Vater umdrehte, um zu sehen, was ihn ablenkte.

Vielen Dank auch, Andrew. Genau die Hilfe, die ich brauchen konnte.

Als Dr. Marshall mich erblickte, wirkte er nicht annähernd so erschrocken wie sein Sohn. Tatsächlich schien er sich zu freuen und setzte sein breites, vollkommen irres Grinsen auf, das mir eine Heidenangst einjagte. Allerdings war Angst im Moment keine Option, also schlug ich alle Vorsicht in den Wind und stürmte in einem wilden Angriff auf Dr. Marshall los, bevor er die Chance hatte, sich zu verteidigen. Ich glaube, meine Kühnheit überraschte ihn, denn sein Lächeln verblasste, als ich rasch den Abstand zwischen uns verringerte, das blutige Messer vor mich gestreckt wie ein mittelalterlicher Ritter eine Lanze.

Dr. Marshall wirbelte herum, hielt Ausschau nach einer Waffe, doch es befand sich nichts in Griffweite. Ich hätte ihn schnell und problemlos ausgeschaltet ... wenn mein linkes Knie noch ein paar Schritte gehalten hätte. Doch als der Sieg und meine Rache nur noch anderthalb Meter entfernt waren, ließ es mich im Stich, und ich fiel mit dem Gesicht voraus zu Dr. Marshalls Füßen auf den Teppich. Ich landete hart; Sterne tanzten vor meinen Augen, als mein Kinn vom Boden zurückprallte. Auch mein Knie pochte grässlich, aber ich hatte schlimmere Probleme als Schmerzen. Ich musste sie abschütteln und mich auf die Beine rappeln – und zwar schnell.

Dr. Marshall hatte andere Vorstellungen.

Während ich ausgestreckt auf dem Boden lag, trat er mir auf die Hand und drehte brutal den Absatz, bis ich schreiend das Messer losließ. Er kickte die Klinge unter das ordentlich gemachte Bett zu unserer Linken. Dann begann er, mir gegen die Rippen, Arme und Beine zu treten, überallhin, wo er mich treffen konnte, und zwar ziemlich heftig. Ich rollte mich ein und versuchte, meinen Kopf zu schützen.

Mir war klar, dass ich höchstens getötet würde, wenn ich in der Defensive bliebe, also streckte ich mich, stürzte mich auf seine Beine, packte sie und brachte ihn aus dem

Gleichgewicht. Er stürzte zu Boden und landete mit einem befriedigenden, dumpfen Knall, allerdings brachte es ihn nicht ins Stocken. Sofort war er wieder auf mir und hämmerte mit den Fäusten auf meinen Kopf und meine Brust ein. Ich landete selbst ein paar gute Treffer, aber er war stärker als ich und drückte mich zu Boden. Durch die Prügel, die ich bezog, dachte ich nicht besonders klar, dennoch wusste ich, dass ich an eine meiner anderen Waffen herankommen musste, wenn ich diesen Kampf gewinnen wollte. Das Dumme war nur, die Pistole lag auf der obersten Treppenstufe und fiel somit flach. Das Klappmesser steckte in Reichweite in meiner rechten Hosentasche, doch da Dr. Marshall rittlings auf mir hockte, konnte ich es unmöglich erreichen.

Dr. Marshall schlug mir erneut ins Gesicht, brach mir die Nase und ließ mich damit um ein Haar das Bewusstsein verlieren. Es schmerzte nicht allzu schlimm, aber als sich die Schleier vor meinen Augen lichteten, hatte er bereits seine langen, kräftigen Finger um meinen Hals geschlungen und versuchte, mich zu erwürgen. Die Hände des Chirurgen waren stark, gruben sich in mein Fleisch und drückten zu wie zehn junge Würgeschlangen. Ich versuchte, ihm ins Gesicht zu schlagen, doch in meinem geschundenen Körper steckte nicht mehr viel Kampfgeist, und mein Schwinger ließ ihn kaum mit der Wimper zucken. Stattdessen lächelte er wieder, da er dachte, er hätte mich, und es gäbe nichts, was ich dagegen tun könnte.

Falsch, Arschloch!

Als meine Sicht zu verschwimmen begann und meine Lungen nach Sauerstoff brüllten, schob ich die rechte Hand unter mein Hemd und ergriff die letzte Hoffnung, die ich darauf hatte, diese Auseinandersetzung zu überleben. Meine Finger schlossen sich um den Schaft des Holzkreuzes, das mein Grab schmücken sollte. Richtiger Gedanke – falscher Körper!

Mit der Hand so um die obere Strebe, dass der angespitzte Schaft zwischen meinem Zeige- und Mittelfinger herausragte, zog ich das Kreuz hervor; es sah wie etwas aus, dass Abraham Van Helsing zur Vampirjagd verwendet hätte. Mit jedem Quäntchen Kraft, das mir verblieben war, trieb ich die behelfsmäßige Waffe nach oben in Dr. Marshalls Körper. Er sah es kommen, konnte jedoch nicht ausweichen. Die grobe Holzklinge traf ihn unter dem Kinn in den Hals, und die gesamten zehn Zentimeter des Schafts bohrten sich durch seinen Gaumen in sein Gehirn; zum Stillstand kamen sie erst, als die Spitze gegen seine Schädeldecke prallte und meine blutigen Knöchel seinen Unterkiefer berührten.

Dr. Marshall erstarrte kurz; seine Finger krallten sich fester denn je zuvor in meinen Hals, doch dann entspannte sich sein Körper, und seine Finger erschlafften. Ich zog das Kreuz aus seinem verheerten Hals, und ein Strom von Blut ergoss sich aus der Wunde über mich, ein roter Schauer, in den sich graue Gewebebrocken mischten, die wie Haferplätzchenteig aussahen. Dr. Marshall kippte von mir, fiel nach hinten und war längst tot, bevor er auf dem Boden landete.

Ich hätte euphorisch sein und meinen großen Sieg über den Mann bejubeln müssen, der mein Leben zerstört hatte, doch das tat ich nicht. Emotional empfand ich gar nichts. Ich fühlte mich höchstens ausgelaugt. Leer. Über und über besudelt lag ich auf dem blutigen Boden, litt Höllenqualen und hatte Mühe, zu Atem zu gelangen. Es gab immer noch Arbeit zu erledigen, und ich sollte mich daran machen, aber Mann, war ich müde. Ich konnte nur daran denken, wie schön es wäre, die Augen zu schließen und ein Nickerchen zu halten – ein kurzes Schläfchen, um die Batterien aufzuladen und all meine Probleme eine Viertelstunde zu vergessen.

Sicher doch. Wem willst du etwas vormachen?

Ich wusste, schlösse ich jetzt die Augen, wäre alles vorbei. Ich würde nie wieder aufstehen. Das Nächste, was ich sehen würde, wäre der Lauf der Pistole eines der Sicherheitsmänner, der mich wach träte, bevor er mir eine Kugel in den Kopf jagen würde. Ich hatte es nicht so weit geschafft, um nun aufzugeben. Sicher, da Drake und Dr. Marshall inzwischen tot waren, wäre es vielleicht nicht wirklich notwendig gewesen, die Burg in die Luft zu sprengen. Ich hatte die beiden Männer getötet, die die größte Verantwortung für die hier verübten Verbrechen trugen, also konnte ich vielleicht einfach hinüber zur Treppe kriechen, mir die Pistole schnappen, sie mir in den Mund stecken und ein Ende machen. Klang nach keiner üblen Idee.

Allerdings kam der einfache Weg für mich nicht infrage. Es würde Akten, Laborberichte, Tagebücher, Videoaufzeichnungen und wer weiß was noch für Beweise geben, aus denen hervorginge, dass das, woran Nathan Marshall gearbeitet hatte, tatsächlich funktionierte. Er hatte den Verstand verloren gehabt, war durch seine Besessenheit, seinem Sohn zu helfen, wahnsinnig geworden, doch davon abgesehen, war er wirklich ein brillanter Mann gewesen. Es ließ sich nicht leugnen, dass seine Frankensteinexperimente ein gewaltiger Erfolg gewesen waren. Ich konnte mir nicht einfach eine Kugel in den Kopf jagen und all die Dokumentation herumliegen lassen, auf dass sie ein anderer Wissenschaftler entdecken würde. Die Polizei würde alles an höhere Stellen übergeben, und letztlich würden Wissenschaftler der Regierung über diesen Ort herfallen wie Ameisen über einen Honigtopf. Das war inakzeptabel.

Sicher, Dr. Marshalls Arbeit hatte das Potenzial, vielen Leuten zu helfen, nur würde es nicht so kommen. Jemand mit Macht würde alles korrumpieren und vielleicht die Möglichkeit erkennen, Soldaten zu erschaffen, die ständig mit neuen Körpern ausgestattet werden könnten, wenn ihre vorherigen zusammenbrachen oder beschädigt wurden. Man bräuchte keine neuen Truppen auszubilden – man müsste nur den Kopf eines erfahrenen Soldaten nehmen und ihn auf einen neuen, starken Körper verpflanzen, damit er weiterkämpfen könnte. Vielleicht würde nichts davon je geschehen; vielleicht war ich nur paranoid, aber der Gedanke an eine Armee von Supersoldaten jagte mir Angst ein, und die Vision von Lagerhäusern voller bereitstehender Fleischanzüge, die in wässrigen Tanks tanzten, ließ mir das Blut in den Adern gefrieren.

Niemals. Mach diesen Ort dem Erdboden gleich, Mike. Lass nur ein großes, qualmendes Loch zurück.

Damit war meine Entscheidung getroffen. Ich setzte mich auf und versuchte, mich in Bewegung zu setzen. Miese Idee. Mein Knie, mein Handgelenk, meine Rippen, meine Nase und mein restlicher Körper schmerzten dermaßen, dass ich nicht glaubte, je wieder auf die Beine kommen zu können. Einen Herzschlag lang fürchtete ich, dass ich zu ramponiert sein könne, um meinen Plan zu Ende zu bringen, doch ich verdrängte derlei negative Gedanken. Jetzt ging es um alles.

Steh auf, Mann! Wenn schon nicht für dich, dann für Junie und all die anderen unschuldigen Menschen, die hier gestorben sind, während Marshall und Drake Gott gespielt haben.

Das spornte mich an, und obwohl ich mich wie nach einem Kampf über fünfzehn Runden mit Lennox Lewis fühlte, biss ich die Zähne zusammen und rappelte mich hoch. In meinem Kopf drehte sich wieder alles, und ich stürzte beinah, aber nach einigen tiefen Atemzügen gelang es mir, mich auf den Beinen zu halten.

Andrew ignorierte ich vorerst. Er hatte während all der Geschehnisse stumm dagesessen und starrte mich nun an, als wäre ich ein Außerirdischer. Ich wusste nicht, ob er erleichtert darüber war, dass ich seinen Vater getötet hatte, oder ob er einen Schock hatte, aber bevor ich mich um ihn kümmern konnte, musste ich sämtliche Gasventile im Raum aufdrehen, solange ich noch die Kraft dazu hatte.

Schweigend machte ich mich wieder an die Arbeit.

Kapitel 40

Das Turmzimmer erwies sich als noch besser dafür geeignet, die Kette der Explosionen auszulösen, als ich ursprünglich gedacht hatte. Es gab im Raum nicht nur vier Sauerstoffanschlüsse, sondern auch eine Reihe von sechs großen Sauerstofftanks, die zusammengezurrt an der gegenüberliegenden Wand standen. Anscheinend dienten sie ausschließlich als Reserve für das fest installierte System, eine Absicherung für einen etwaigen Ausfall der normalen Anlage.

Außerdem hing am Metallgitter seitlich an Andrews Bett ein tragbarer Ethylenzylinder. Ich drehte alle Ventile weit auf, dann setzte ich mich aufs Bett und wartete, bis das Gas den Raum füllte. Wenn dieser Ort in die Luft flog, würde es einen gewaltigen Knall geben.

Zu schade, dass ich nicht mehr hier sein werde, um es mitzuerleben.

Da die Arbeit nunmehr erledigt war, konnte ich Andrew nicht länger ignorieren. Ich wollte es auch gar nicht. Ich wollte mit ihm reden, solange wir noch die Gelegenheit dazu hatten. Er saß mit einem merkwürdigen Gesichtsausdruck in seinem Rollstuhl und beobachtete mich stumm und mit einem finsteren, anklagenden Blick, bei dem ich nicht recht wusste, wie ich anfangen sollte. Natürlich tat es mir leid, dass er gezwungen gewesen war, mit anzusehen, wie ich seinen Vater umbrachte, aber was ich getan hatte, bereute ich kein bisschen. Es wäre schön gewesen, es sauberer erledigen zu können, doch das änderte nichts an der Tatsache, dass Nathan Marshall sterben musste – dass er den Tod verdient hatte. Und ich würde es wieder tun, ohne zu zögern. Hoffentlich würde es mir gelingen, Andrew meine Gründe zu erklären, doch ich könnte ihm keinen Vorwurf daraus machen, sollte er mich hassen.

»Hör zu, Andrew, mein Name ist Michael Fox, und ich möchte, dass du weißt ...«

»Wirst du das Haus in die Luft sprengen?«, fiel er mir ins Wort.

Seine erste Frage hatte nichts mit seinem Vater zu tun und überraschte mich deshalb unvorbereitet. »Äh ... ja. So sieht jedenfalls der Plan aus. Hör mal, es tut mir echt leid wegen ...«

»Wird es funktionieren?«, schnitt er mir erneut das Wort ab. »Ich meine, ich hoffe, du verwendest mehr als nur das Gas in diesem Raum. Das ist ein großes Gebäude.«

Ich wusste nicht, wie ich darauf reagieren sollte, wie sich Andrew verhielt. Wollte er nicht über den Tod seines Vaters reden? Vielleicht nicht. Ich beschloss, mitzuspielen. »Ich weiß. Ich habe jedes Gasventil geöffnet, dass ich im Haus finden konnte, und nicht nur den Sauerstoff. Im ersten und zweiten Stock habe ich eine Menge Ethylen- und Ethertanks gefunden. Besser noch, bevor ich anfing, im eigentlichen Gebäude rumzuschleichen, habe ich im Keller für ordentliche Sauerstoff- und Erdgaslecks gesorgt. Inzwischen strömt das Gas schon eine Weile frei durchs Haus. Ich kann zwar nichts garantieren, aber ich vermute, wenn ich fertig bin, dürfte nicht wirklich viel von dem Ort übrig bleiben.«

»Gut«, meinte Andrew und schockierte mich, indem er lächelte.

Einen Moment lang fragte ich mich, ob er so verrückt wie sein Vater sein mochte, doch bald wurde mir klar, dass es ein echtes Lächeln war. Er war aufrichtig glücklich und erleichtert darüber zu erfahren, was ich vorhatte.

»Ist das in Ordnung für dich?«, fragte ich.

»Absolut. Michael, wenn ich aus diesem Stuhl könnte, würde ich dasselbe tun.«

Das war schön zu hören. Und nun die schwierige Frage.

»Und dein Vater? Ich hoffe, du verstehst ...«

»Er war ein mieser Dreckskerl und hat bekommen, was er verdiente«, sagte Andrew. Aus seinem leisen Tonfall sprachen Jahre der Verbitterung und tief sitzender Hass für den Mann, der zwischen uns auf dem von Blut durchtränkten Boden lag. »Ich verstehe vollkommen. Nicht, dass du einen falschen Eindruck bekommst, ich habe meinen Vater früher innig geliebt. Damals dachte ich, er könne gar nichts falsch machen und sei ein Heiliger, weil er versuchte, mir zu helfen. Das war, bevor ich herausfand, wie viele Menschen er meinetwegen verletzte. Ich habe ihn angefleht, es sein zu lassen, aber er wollte mir nicht zuhören.«

»Jammerschade«, meinte ich und versuchte, Worte zu finden, die seine Schuldgefühle vielleicht lindern würden. »Dein Vater war ein brillanter Mann ...«

»Ja, er war brillant, nur hat sein Genie irgendwann einen Umweg in Wahnsinn und Besessenheit eingeschlagen – eine Abwärtsspirale, die letztlich zu all dem hier geführt hat. Ich meine, sieh uns nur an! Der Mann, der da auf dem Boden liegt, ist nicht mehr mein Vater; schon lange nicht mehr. Jedenfalls nicht der Vater, den ich geliebt und respektiert habe. Es mag kaltherzig klingen, aber ich bin froh, dass er tot ist. Jemand musste ihn aufhalten.«

Ich wühlte in meiner Hosentasche und zeigte Andrew das *Bic*-Feuerzeug, machte es bereit für die große Show.

»Die Aufgabe ist erst halb erledigt. Wir müssen diesen Ort vom Antlitz der Erde fegen, damit niemand hier aufkreuzen und dort weitermachen kann, wo dein Vater aufgehört hat. Ich habe kein Problem damit zu sterben, aber was ist mit dir, Andrew? Ich habe gehört, wie du zu deinem

Vater gesagt hast, du würdest lieber sterben, als so zu leben. Hast du das ernst gemeint?«

»Selbstverständlich. Ich will das bereits seit Jahren, aber es ist mir nie gelungen. Ich war entweder zu krank oder hatte einfach nicht die nötigen Körperteile, um eine Pistole zu halten oder eine Schachtel mit Tabletten zu öffnen.«

Ja, das Gefühl kenne ich. Armer Teufel.

»Gut, denn ich glaube nicht, dass es mir möglich wäre, dich hier rauszuschaffen. Drakes Sicherheitsteam wird bald beginnen, das Haus zu durchsuchen. Ich glaube, hier oben sind wir relativ sicher, aber ich könnte dich nicht zur Tür hinausbekommen. Außerdem bin ich zu fertig, um dich zu tragen, wir werden also wohl gemeinsam hier warten und es locker nehmen müssen. Klingt das gut?«

»Tut es, aber warum musst *du* sterben? Mir ist schon klar, dass du mich nicht mitnehmen kannst – und selbst wenn, würde ich es nicht wollen; aber für dich besteht kein Grund, hier zu bleiben.«

»Aber ja doch. Wer soll denn die Explosion auslösen, wenn ich nicht hier bin?«

»Na ja, offensichtlich ich.«

»Du? Aber du bist gelähmt.«

»Ich bin größtenteils gelähmt, aber nicht vollständig. Ich kann immer noch die Finger bewegen, besonders an der rechten Hand. Sieh her ...«

Tatsächlich. Er konnte einige Finger der linken und alle der rechten Hand bewegen. Ich beobachtete, wie er mit dem rechten Daumen auf- und abwackelte, und konnte es kaum glauben. Es war beinah so, als hätte das Schicksal oder eine höhere Macht vorgesehen, dass Andrew diesen Daumen für etwas Wichtiges benutzen sollte.

Zum Beispiel dafür, ein Bic-*Feuerzeug anzuzünden ...*

Der Gedanke hätte mir nicht kommen sollen. Ich hätte

ihn nicht zulassen dürfen. Ich hatte keinen Moment lang die Möglichkeit in Erwägung gezogen, dass ich diesen Tag vielleicht überleben würde, doch nun, da ich es getan hatte, raste mein Verstand, mein Herz hämmerte wie wild, und meine Nackenhärchen richteten sich auf. Langsam kroch ein breites Grinsen auf mein Gesicht, und ich versuchte, mir einzureden, dass es nur an der sauerstoffgesättigten Luft lag, die mich so berauschte.

Vielleicht hat Andrew recht. Wenn er das Feuerzeug bedienen kann, könnte ich durch den Flur im dritten Stock schleichen, die hintere Treppe verwenden, um hinauszugelangen, und mich im Wald verstecken. Ich hätte einen Logenplatz, um mir das große Feuerwerk anzusehen!

Es waren üble Gedanken – alberne Gedanken. Ich musste sie sofort beenden, bevor sie anfingen, Sinn zu ergeben. Ich konnte Andrew unmöglich hier oben lassen, um es allein zu beenden. Es war meine Aufgabe. Meine Verantwortung ... oder?

Als er die Verwirrung in meinen Zügen bemerkte, bohrte Andrew hartnäckig weiter. »Ich kann es tun. Ich weiß, dass ich es kann. Warte, lass mich dir zeigen, wie ich das Feuerzeug halte.«

Obwohl ich mich dafür verfluchte, Hoffnung zu schöpfen, war ich neugierig und reichte Andrew das Feuerzeug. Ich half ihm, es in die richtige Position zu bringen, um zu sehen, ob er es halten konnte. Er konnte. Problemlos.

»Was hab ich dir gesagt?«, meinte Andrew wahrscheinlich aufgeregter und glücklicher, als er es seit zwanzig Jahren gewesen war.

Ich spürte, dass er es wirklich tun wollte – vielleicht sogar tun *musste.*

»Bist du sicher, dass du es allein tun willst?«, fragte ich. Zwar kannte ich die Antwort bereits, aber ich musste es noch einmal von Andrew hören, bevor mich mein Gewissen gehen lassen würde.

»Mehr, als du dir vorstellen kannst, Michael. Ich bin der Grund dafür, warum mein Vater besessen von Transplantationen wurde, und ohne mich gäbe es das alles hier nicht. All diese Leute sind meinetwegen gestorben.«

»Das ist nicht wahr«, widersprach ich. »Es war die Schuld deines Vaters. Vielleicht auch die von Drake, aber auf keinen Fall deine.«

Einen Augenblick saß Andrew stumm da, und eine Träne kullerte ihm über die Wange. »Ich weiß das. Ehrlich. Trotzdem fühle ich mich dadurch nicht besser. Es lässt sich nicht leugnen, dass heute noch viele Leute am Leben wären, wenn ich bei meiner Geburt gestorben wäre. Dagegen kann ich nichts mehr unternehmen, aber ich kann zumindest das hier tun. Ob es meine Schuld war oder nicht, dieser Wahnsinn hat mit mir begonnen; es ist nur recht und billig, dass ich derjenige bin, der ihn beendet. Irgendeinen Zweck muss mein Leben doch haben. Vielleicht ist es dieser.«

Wie sollte ich das entkräften? Das Leben war grausam zu Andrew gewesen. Er hatte während seines gesamten Daseins immer den kurzen Strohhalm gezogen. Wenn es ihm ein Gefühl der Befriedigung, der Endgültigkeit oder vielleicht der Buße für all das Leid und den Tod verschaffte, die seinetwegen verursacht worden waren, wer war ich dann, ihm dabei im Weg zu stehen?

Ich schob seinen Rollstuhl neben die Reihe der Reservesauerstofftanks. »Lass das Gas so lange wie möglich ausströmen, okay? Je länger, desto besser. Sobald du den Kopf eines Wachmanns im Treppenhaus auftauchen siehst, soll dein Daumen seine Magie wirken. Mach dir um mich keine Gedanken. Falls ich bis dahin noch nicht draußen bin, ist es meine eigene Schuld. Verstanden?«

»Dann mach dich auf die Socken«, sagte Andrew mit einem zufriedenen Lächeln im Gesicht. »Mein Abzugsfinger wird allmählich kribbelig.«

Ich nickte und steuerte auf die Treppe zu.

Kapitel 41

Ich hob die Pistole von der obersten Treppenstufe auf und bahnte mir so schnell und leise wie möglich den Weg in den dritten Stock hinunter. Ich hatte am ganzen Leib gewaltige Schmerzen, doch ich konnte nur die Zähne zusammenbeißen und in Bewegung bleiben. Als ich die Biegung im Flur passierte, zur hinteren Treppe ging und bereits fast den Ausgang erreicht hatte, hörte ich das Geräusch von schweren Stiefeln von der anderen Seite der Tür, und es näherte sich.

Wachleute!

Es musste so sein, was bedeutete, dass die Suche begonnen hatte. Im Treppenhaus herrschte starker Widerhall, deshalb konnte ich nicht sicher sein, ob die Geräusche auf dieses Stockwerk zukamen oder ob sich die Männer noch in der ersten oder zweiten Etage befanden. Es spielte keine Rolle; wenn sie unterwegs nach oben waren, konnte ich es nicht riskieren, die Treppe hinunterzurennen, um nach draußen zu gelangen. Das käme Selbstmord gleich. Nun, da sich mir die Gelegenheit geboten hatte, wollte ich unbedingt leben, um mit anzusehen, wie dieses Höllenloch in sich zusammenstürzte. So sehr ich nach draußen wollte, ich musste innehalten und nachdenken. An der vorderen Treppe wäre es vermutlich genauso ungünstig, vielleicht sogar noch schlimmer. Drake hatte seine Männer zweifellos gut ausgebildet, und ich war sicher, sie würden in jedem Treppenhaus jemanden an den Ausgängen postiert haben. Es musste einen anderen – einen sichereren, unbewachten – Weg nach draußen geben.

Mein Verstand zog eine Niete. Mir fiel rein gar nichts ein, was ich versuchen konnte, und ich spielte ernsthaft mit dem Gedanken, ins Turmzimmer zurückzukehren, um die Sache zusammen mit Andrew zu Ende zu bringen. Ich konnte entweder das tun, oder blindlings die Hintertreppe hinunterstürmen und auf das Beste hoffen. Zwar hatte ich für den Notfall Drakes Pistole, allerdings konnte ich mir nicht wirklich vorstellen, wie ich à la Lone Ranger mit feuernder Knarre in eine Schar von Sicherheitsleuten hineinstürmte, ohne mich um die Konsequenzen zu scheren. War einfach nicht mein Stil.

Ich humpelte zurück durch den Korridor, und mein Herz setzte beinah aus, als ich direkt hinter der Ecke Gebrüll hörte. Ich erstarrte, nahm eine, wie ich fand, recht respektable Polizeischützenhaltung ein und wartete. Zehn nervenzermürbende Sekunden verstrichen, ohne dass etwas geschah. Ich senkte die Waffe, spähte um die Ecke und fand den Flur verwaist vor. Ich begann, mich zu entspannten, als ich die Stimme erneut vernahm, diesmal aus dem Zimmer zu meiner Rechten.

Der Bluterraum.

Ich näherte mich der Tür und bemerkte, dass sie halb offen stand. Ich versuchte, mich zu erinnern, ob ich sie so zurückgelassen hatte, als ich herauskam, doch es fiel mir nicht mehr ein. Mit wild in der Brust polterndem Herzen stieß ich die Tür auf und war bereit, alles zu erschießen, was sich bewegte.

Der Raum war verwaist. Nun ja, zumindest befanden sich keine lebendigen, atmenden Menschen darin, die mich töten wollten. Dr. Marshalls Blutbank präsentierte sich genau so, wie ich sie verlassen hatte – als klebriges, rotes Chaos, in dem es nach Blut stank. Die Geisterstimme ertönte erneut, aber diesmal erkannte ich, woher sie stammte und was vor sich ging.

Drakes Walkie-Talkie.

Die Stimmen, die ich immerzu hörte, waren die anderen Sicherheitsleute, die nach Drake brüllten und sich untereinander per Funk verständigten. Ich fühlte mich wie ein Volltrottel, weil ich deshalb kostbare Minuten vergeudet hatte und beinah an einem Herzinfarkt gestorben wäre, aber es war nicht völlig umsonst gewesen. Wenn ich mir Drakes Funkgerät griffe und es mitnähme, hätte ich eine bessere Vorstellung davon, wo sich die Wachleute aufhielten und wo sie als Nächstes suchen würden. Wissen dieser Art konnte dazu dienen, mich vielleicht lebend hier rauszuschaffen, also ging ich hinein und zog das Walkie-Talkie aus der Ledertasche an Drakes Gürtel.

Vielleicht kann ich etwas über Funk durchsagen und die Wachen auf eine sinnlose Suche zur Vorderseite des Gebäudes schicken. Dann könnte ich ...

Etwas erregte meine Aufmerksamkeit und ließ mich mitten im Gedanken erstarren. Die Vorhänge im Raum waren an diesem Tag aufgezogen. Draußen sah ich jenseits des grasbewachsenen Felds in der Ferne den Wald. Allerdings schaute ich gar nicht so weit. Was mir eigentlich ins Auge sprang, war die Masse der grünen Efeublätter, die sich unmittelbar links des Fensters abzeichnete.

Das Metallspalier!

Dasselbe efeuüberwucherte Spalier, das ich vor so langer Zeit benutzt hatte, um aus meinem bewachten Zimmer hier herauf in den dritten Stock zu klettern, damals, als ich gerade erst anfing, mir die Wahrheit über Dr. Marshall und seine kleine Burg des Grauens zusammenzureimen. Das Spalier verlief seitlich des Fensters bis zur Oberkante des Gebäudes hinauf und, was wichtiger war, bis hinunter zum Boden. Ich konnte das Fenster öffnen, das Spalier hinunterklettern und zum Wald rennen. Nach dem Geplapper, das über Drakes Funkgerät drang, waren die Wachleute damit beschäftigt, den zweiten Stock zu durchsuchen, und ich bezweifelte, dass jemand das Gelände draußen beobachten würde. Sicher, es könnte jemand aus einem Fenster sehen und mich erblicken, aber dann wäre ich zumindest draußen und hätte eine Chance. Es erschien mir die beste Möglichkeit zu sein, die ich wahrscheinlich bekommen würde, also stopfte ich mir Drakes Funkgerät vorne in die Hose und beschloss, es zu wagen.

Als ich die linke Fensterhälfte aufzog, fuhr mir ein eisiger Luftstoß ins Gesicht und verschlug mir den Atem. Mann, war das kalt draußen. Bei dieser Witterung würde ich nicht weit kommen, nicht so, wie ich angezogen war.

Ich brauchte eine Jacke. Also drehte ich mich um und erblickte meine alte Jacke, die ich zuvor auf den Boden fallen gelassen hatte. Doch sie war zerfetzt, zerrissen und so voll von Drakes Blut, dass ich den Gedanken sofort verwarf. Damit blieb nur Drakes große Bomberjacke. Auch sie war blutig, aber nicht annähernd so schlimm wie meine eigene. Besser noch, sie war praktisch brandneu und eigens für diese Art frostigen Wetters gedacht. Wenngleich mir der Gedanke zutiefst widerstrebte, Drake noch einmal anzufassen, es musste getan werden. Dreißig Sekunden später hatte ich Drakes beträchtliches totes Gewicht herumgedreht, und es war mir gelungen, ihm die Jacke von den Armen zu schälen. Eingehüllt in meine schöne, warme Jacke, die mich mit einem großen Goldabzeichen zum neuen Sicherheitschef erklärte, kehrte ich zum Fenster zurück und begann, hinauszuklettern.

Auf das Spalier zu gelangen, erwies sich als schwierig, da ich nur eine heile Hand hatte, aber sobald ich mich hinübergeschwungen hatte, stellte das Hinunterklettern kein Problem mehr dar. Ich konnte nicht wissen, ob irgendjemand die Fenster beobachtete, also humpelte ich einfach so schnell wie möglich auf die Mündung des Waldpfads zu und hoffte, das Glück würde mir noch einige Minuten hold bleiben.

Es war ein seltsames Gefühl, sich auf die relative Sicherheit des Waldes zuzubewegen; ich sah, wie sie sich mit jedem qualvollen Schritte näherte, rechnete aber jede Sekunde mit einer Kugel in den Rücken. Ich wagte nicht, mich umzudrehen und zurückzuschauen. In meiner Fantasie sah ich deutlich vor mir, wie sich die Mitglieder von Drakes Sicherheitsteam entlang der Fenster aufreihten, mitten auf meinen Rücken zielten und nur auf das Signal zum Schießen warteten. Über das Funkgerät in meiner Hose würde ich *»FEUER!«* hören, eine halbe Sekunde später würde ein Kugelhagel meinen Körper zerfetzen. Die Schützen würden mich auch dann noch mit Blei vollpumpen, wenn ich bereits ausgestreckt mit dem Gesicht voraus im frostigen Gras läge.

Ich erreichte den Waldweg ohne Zwischenfall.

Wie ich es zuvor gemacht hatte, um nicht gesichtet zu werden, legte ich mich abseits des Pfades auf den Boden und verbrachte einige Sekunden damit, mich mit Laub zu tarnen, bevor ich schließlich zurück in die Richtung der Burg spähte. Alles wirkte ruhig. Niemand stürmte in die Kälte heraus und hinter mir her, und über Funk wurde nichts gesagt, was darauf schließen ließ, dass ich bemerkt worden war. Etwas überrascht beglückwünschte ich mich zu meiner sauberen Flucht. Alles, was noch zu tun blieb, war, stillzuliegen und auf den großen Knall zu warten.

Lass krachen, Andrew. Spreng das Ding geradewegs in die Hölle!

Das war aufregend. Ich konnte es kaum erwarten, den ersten Feuerball zu sehen, und wollte keinen Moment der Show verpassen, deshalb heftete ich den Blick starr auf

Andrews Turm. Wenn er das Feuerzeug betätigte, würde dieses Zimmer als Erstes in Rauch und Flammen aufgehen.

Zehn Minuten verstrichen, und nichts geschah.

Sogar die Wachleute schwiegen über Funk, und das beunruhigte mich allmählich. Was, wenn sie meinen Plan entdeckt hatten und nun rasch und leise umhergingen, um die Gasventile zu schließen und die Fenster zum Lüften der Räume öffneten? Oder was, wenn die Wachleute das Turmzimmer gestürmt und Andrew das Feuerzeug abgenommen hatten, bevor er das Gas entzünden konnte? Oder hatte Andrew es versehentlich zu Boden fallen lassen und konnte es nicht mehr aufheben, weil er gelähmt war?

All diese Szenarien boten Anlass zu großer Sorge, und mit jeder verstreichenden Minute wuchs die Anspannung in mir. Andrew allein gelassen zu haben, war vielleicht ein schwerer Fehler gewesen.

Verdammt! Soll ich zurückgehen?

Vielleicht.

Wahrscheinlich.

Ja.

Ich schüttelte meine Laubtarnung ab und trat den Rückweg über die Wiese an, ohne eine Ahnung zu haben, was ich tun wollte, sollte ich es zurück bis zur Burg schaffen. Ich konnte es an einem der Kellerfenster versuchen und …

BUMMM!

Das Turmzimmer detonierte. Die plötzliche Explosion traf mich unvorbereitet. Ein gewaltiger Donnerschlag fuhr aus scheinbar einem Meter Entfernung in meine Ohren. Ich hatte Glück, dass mich noch der Großteil des Feldes von dem Gebäude trennte, sonst wäre ich Geschichte gewesen. In der einen Sekunde war Andrews Zimmer noch da, in der nächsten verschwunden; dann verdunkelte sich der Himmel, und Ziegelbrocken hagelten herab. Vermutlich auch der eine oder andere Brocken von Andrew und ein, zwei Wachleuten, aber ich versuchte, nicht daran zu denken. Ich warf mich zu Boden, rollte mich auf dem Gras ein und schützte mit den Armen meinen Kopf.

Sekunden später folgte eine gewaltige Explosion im dritten Stock, sofort darauf setzte eine Reihe sich überlappender Minidetonationen im gesamten Gebäude ein. Als der Keller an der Reihe war, schien es, dass die gesamte Gebäudestruktur – samt Fundament – einen Meter in die Luft gehoben wurde, als sich die hoch erhitzten Gase ausbreiteten und auf dieselbe Weise nach oben drückten, wie es bei Vulkanausbrüchen der Fall ist. Aus dem Keller strömte zwar keine Lava, aber es wüteten Brände, und es strömte der dichteste, schwärzeste Rauch heraus, den ich je gesehen hatte, und verhüllte die letzten Explosionen, die Nathan Marshalls Forschungseinrichtung in Stücke rissen.

Ich sah zwar nicht, wie die Burg zurück auf die Erde stürzte, aber ich hörte es. Aus dem wallenden Rauch drang ein unvorstellbares Grollen, dann setzte eine Salve von ruckartigen Knallen ein, die den Boden unter mir wie bei einem Erdbeben erschütterten. Ich hatte den Kopf unter den Armen vergraben, die Augen fest geschlossen und betete, dass nichts von den Tausenden Pfund Beton, Ziegelwerk, Stahl, Verputz und Glas, die himmelwärts geschleudert wurden, auf mir landen und mich in meinem Augenblick des Triumphs erschlagen würden.

Ich behielt die Augen lange geschlossen, während rings um mich Trümmer einschlugen. Nichts berührte mich. Rein gar nichts. Als ich die Lider öffnete, kräuselte sich der Rauch dort, wo sich das Gebäude befunden hatte, so dicht, dass ich nicht zu sagen vermochte, wie viel Schaden angerichtet worden war. Hatte ich das gesamte Bauwerk zum

Einsturz gebracht oder stand es aus irgendeinem Grund immer noch unversehrt da? So schwarz und beißend, wie der Rauch war, musste es der Ölvorrat sein, der brannte. Wenn dem so war, würde das Feuer noch eine Weile wüten. Ich setzte mich auf und wartete.

Nach einer großen Explosion wird es entsetzlich still. Zu still. Nachdem sich das Feuer und der Rauch ein wenig gelegt hatten, konnte ich erkennen, dass sich meine Hoffnungen erfüllt hatten – von der Burg war nur noch ein gewaltiges Loch im Boden übrig. Ich hätte ekstatisch sein sollen, aber ehrlich, ich fühlte mich vorwiegend leer. Alle, auf die ich meinen Hass, meine Angst und meine Wut so lange gebündelt hatte, waren tot. Dr. Marshall, Drake, das Sicherheitsteam, die grausamen Ärzte, Krankenschwestern und Krankenpfleger, die das Pech hatten, heute hier Dienst zu versehen – alle waren der Zerstörung zum Opfer gefallen, die gerade geendet hatte. Ich fühlte mich wie der einzige Überlebende eines verheerenden Flugzeugabsturzes, während ich inmitten der Trümmer saß, die sich über einen Radius von einhundert Meter verteilten. Es war schaurig unter all den verkohlten Teilen der Toten, deshalb versuchte ich, über mich und darüber nachzudenken, was ich als Nächstes tun sollte, um meinen Verstand auf etwas anderes zu konzentrieren.

Keine gute Idee.

Die Gedanken an die Menschen, die hier soeben in Stücke gefetzt worden waren, ließen mich unwillkürlich über meinen eigenen neuen Körper und darüber nachdenken, dass auch er aus Teilen von Toten bestand. Von da an wurde das, was mir durch den Kopf ging, nur immer dunkler, und ich überlegte, wohin ich jetzt gehen sollte. Wo würde ein Freak wie ich hinpassen? Und würde man mir überhaupt eine Wahl lassen? Wenn die Behörden letztlich aufkreuzten, würde es nicht lange dauern, bis ihnen klar wurde, dass ich nicht bloß ein unschuldiger Augenzeuge war. Ein Blick auf meinen Körper von einem Polizisten oder einem Sanitäter, und die Katze wäre aus dem Sack. Bald würde man mich – natürlich zu meinem eigenen Schutz – in ein Krankenhauszimmer verfrachten, wo man an mir herumdoktern würde. So lange, bis jemand, der mehr zu sagen hatte, Wind von mir bekäme, der dann seine eigenen Leute schicken würde, um noch gründlicher an mir herumzudoktern.

Ich hatte eine trostlose Vision von meinem Leben, das zu einer endlosen Reihe von Tests und medizinischen Untersuchungen wurde. Jeder Arzt, Wissenschaftler und Regierungsbeamte im Land würde um das Recht wetteifern, mich als seine persönliche, übergroße Laborratte zu halten. Und es würde so kommen – diesmal war ich nicht bloß paranoid. Nathan Marshall war ein brillanter Mann gewesen, und sein Erfolg bei mir stellte einen riesigen Sprung nach vorn in der Nervenregenerations- und Transplantationsforschung dar. Mich in die Finger zu bekommen, wäre für die Wissenschaft so, als hätte jemand den Gebrüdern Wright ein Spaceshuttle zur Verfügung gestellt. Sie würden nicht aufhören, Tests durchzuführen, mich zu scannen, zu befragen, zu untersuchen, an mir zu zupfen und zu ziehen, an jedem Zoll meines Körpers und meines Verstands, bis sie alle von Dr. Marshalls Geheimnissen gelüftet hätten. Eben jene Geheimnisse, die ich zusammen mit diesem Ort zu zerstören gelobt hatte.

Verdammter Mist!

Was hatte ich getan? Ich hatte doch tatsächlich gedacht, ich wäre derjenige, der zuletzt lachte, der Penner, der allen Unbilden getrotzt, den verrückten Wissenschaftler besiegt und dessen Forschungen für immer zerstört hatte. Erst jetzt wurde mir klar, dass ich im Gebäude bleiben und mit allem anderen in Rauch aufgehen hätte sollen.

Kurz spielte ich mit dem Gedanken, zu verschwinden, bevor jemand auftauchte, um der Ursache der Explosionen auf den Grund zu gehen. Niemand wusste, dass ich hier war, ich brauchte also nur still und heimlich das Weite zu suchen und nie jemandem ein Wort zu erzählen. Menschen, die mich sähen, würden angesichts meiner Narben zusammenzucken, aber bei den Leuten, mit denen ich für gewöhnlich herumhing, würde das keine große Rolle spielen. Blue J würde immer noch mein Freund sein, ganz gleich, wie hässlich ich war.

Es war ein schöner Traum, doch ich wusste, dass es nicht sein konnte. Zum einen würde mich letztlich jemand verpfeifen, zum anderen würde jemand kommen, um den geheimnisvollen Berichten über das obdachlose Frankensteinmonster nachzugehen. Selbst wenn das nicht geschähe, selbst wenn man mich in Ruhe ließe, brauchte ich immer noch verschiedene abstoßungsverhindernde Medikamente, um zu unterbinden, dass mein Körper die fremden Teile angriff. Es handelte sich um teure Pharmazeutika, zu denen ich nie und nimmer Zugang hätte. Ohne sie würde das Immunsystem meines Körpers in Windeseile den Kriegszustand ausrufen. Wenn ich zurückkehrte, um wieder bei Blue J und Puckman zu leben, würde ich innerhalb weniger Wochen krank werden und vor Weihnachten tot sein.

Bleiben oder abhauen? So oder so, ich war im Arsch.

Ich hatte keine Ahnung, was ich tun sollte. Keine Ahnung, was ich tun *konnte*. Dann hörte ich aus weiter Ferne im Wald ein Geräusch. Ein vertrautes Geräusch, das mir ein Lächeln aufs Gesicht zauberte und die nagenden Fragen aus meinen Gedanken löschte. Ich erhob mich auf die Füße und wusste schlagartig, was ich zu tun hatte. Ich wandte mich von dem qualmenden Chaos ab, das ich angerichtet hatte, und begann, in den Wald zu humpeln. Ich vernahm das Geräusch erneut, diesmal näher.

Das einsame Geräusch einer sich nähernden Zugpfeife.

TEIL FÜNF

DAS ENDE

Kapitel 42

Der Kreislauf schließt sich.

Aus offensichtlichen Gründen gingen mir diese Worte unablässig im Kopf herum, und ich konnte sie nicht abschütteln. Die Vorstellung, dass die Dinge immer dorthin zurückkehrten, wo sie angefangen hatten, erschien mir an sich völliger Blödsinn zu sein, doch es ließ sich nicht bestreiten, dass es auf mich zutraf. Immerhin hatte ich auch eine tadellos funktionierende Pistole, die mit einer Betätigung des Abzugs den Job genauso gut erledigen würde, wenn ich mich schon umbringen wollte. Es bestand kein Grund für mich, meinen geschundenen, schmerzenden Körper an einem saukalten Tag durch den Wald zu schleppen, um dasselbe Ziel auf einer Eisenbahnstrecke zu erreichen, die ich vielleicht nie finden würde, geschweige denn, bevor der Zug an mir vorbeigefahren wäre.

Aber etwas in mir wollte es versuchen.

Sich Drakes Pistole in den Mund zu stecken, wäre schneller, einfacher und weit sauberer, doch das war ein Teil des Grundes, weshalb ich mein jämmerliches Leben nicht auf diese Weise beenden wollte. Die Kugel würde meinen Schädel zerstören und meine Seele auf die Reise schicken – sofern ich noch eine Seele besaß. Aber sie würde den Wissenschaftlern meinen Körper intakt hinterlassen, sodass sie ihn nach Belieben aufschlitzen und sezieren könnten, und das würde ich nicht gestatten. Der Zug war zwar schwerer zu erreichen und würde möglicherweise für einen qualvolleren Tod sorgen, wenn er mich nicht beim ersten Aufprall erledigte, aber zumindest würde von mir nichts zurückbleiben, was größer war als ein Brotkasten. Ich hatte Bilder von Zugunfallopfern gesehen, und Mann, die meisten mussten von den Schienen gekratzt und in kleinen Plastikkühlbeuteln weggebracht werden. Sollten die Wissenschaftler der Regierung so versuchen, an mir zu forschen. Viel Glück.

Wichtiger noch, wenn man meine Überreste auf der Eisenbahnstrecke identifizierte, würde meine Tochter Arlene trotzdem ihr Geld fürs College aus meiner Lebensversicherung erhalten. Gute alte Zahnarztunterlagen. Wenigstens meine Zähne waren noch meine eigenen. Arlene und Gloria würden keine Ahnung haben, weshalb ich so weit von Buffalo entfernt in den Wald gewandert war, aber das würde auch niemand sonst wissen. Niemand wusste, dass ich je hier gewesen war, und das war gut. Die Versicherungsleute würden zwar zetern, letztlich jedoch bezahlen müssen. Der Gedanke brachte mich zum Lächeln.

Ich konnte mich nicht erinnern, Gleise überquert zu haben, als Jackson mich den Waldweg entlang zu meiner vermeintlichen Todesstätte brachte, und ich war dem Weg ziemlich weit gefolgt. Ich vermutete, dass Dr. Marshall und Drake wussten, wo die Schienen verliefen, und den Weg zu ihrem makabren Friedhof in der entgegengesetzten Richtung angelegt hatten. Schließlich hatten sie sicher nicht gewollt, dass die Eisenbahnmannschaften vorbeifuhren, während Drake gerade eine frische Leiche in einem flachen Grab entsorgte. Nein, die Schienen würden weitab vom Pfad sein; als dieser nach rechts ausscherte, schlug ich mich daher nach links durch die Bäume.

Ich war zwar recht zuversichtlich, dass ich die Gleise finden würde, aber nicht, ob es mir rechtzeitig gelänge. Dem Pfeifen nach schien der Zug bereits ziemlich nah zu sein, aber da sich Geräusche in freier Natur weit ausbreiten, befand er sich vermutlich noch meilenweit entfernt.

Ich beeilte mich, so gut es ging. Mein Knie pochte bei jedem Schritt über das unebene, verwilderte Terrain. Der

Pfad lag mittlerweile weit hinter mir, und mein Orientierungssinn ließ mich allmählich im Stich. Rings um mich gab es nur Bäume und Büsche. Kein Wunder, dass sich ständig Menschen in Wäldern verirrten. Es sah alles gleich aus. Zehn Minuten lang kämpfte ich mich vorwärts, setzte einen Fuß vor den anderen, und hoffte, dass ich in einer einigermaßen geraden Linie lief. Vor mir stieg das Gelände an, und als ich die Kuppe des Hangs erreichte, endeten die Bäume. Statt auf gefrorenem Boden stand ich plötzlich auf Gesteinsbrocken und Schotter.

Und vier Meter vor mir befanden sich die Schienen.

Bingo!

War der Zug bereits vorbeigefahren? Das war die große Frage. Ich stellte mich mitten auf die Gleise und blickte in beide Richtungen. Nichts. Zu meiner Rechten verliefen die Schienen meilenweit pfeilgerade. Ich selbst befand mich in einer leichten Kurve, die sich zu meiner Linken erstreckte, trotzdem konnte ich die Strecke ziemlich weit entlangsehen. Ich überlegte, ob ich auf die Knie gehen und das Ohr auf die Gleise legen sollte, wie ich es in alten Western unzählige Male bei Zugräubern und Indianern gesehen hatte, doch mein Knie schmerzte zu stark, um mich zu bücken, und außerdem wusste ich nicht, was ich tun sollte, wenn ich unten wäre. Legte man das Ohr auf die Schienen, um das Geräusch der herannahenden Zugräder zu hören, oder bestand der Zweck darin, die stummen Schwingungen auf der Stahlschiene zu spüren.

So oder so, es war nicht notwendig. Ein Blick auf die Oberfläche der Schienen verriet mir alles, was ich wissen musste – der Zug war noch nicht vorbeigefahren. Auf ihnen befand sich Rost, der abgeschabt worden wäre, sodass sie glänzten, wenn unlängst mehrere Hundert Stahlräder darüber gerollt wären.

Wie zur Bestätigung meiner Schlussfolgerung ertönte abermals die Zugpfeife, diesmal lauter. Ich zuckte zusammen und verrenkte mir mein schlimmes Knie erneut. Ich fiel zwischen den Schienen zu Boden und versuchte, mich aufzurappeln, doch es schmerzte höllisch und war die Mühe eigentlich nicht wert. Ich schaffte es in sitzende Haltung, kauerte mich über eine Schiene und beschloss, hier zu bleiben. Nah am Boden war die Wahrscheinlichkeit geringer, dass man mich sehen und eine Notbremsung hinlegen würde, um zu versuchen, rechtzeitig anzuhalten. Ich wollte, dass der Zug volles Tempo draufhatte, wenn wir uns küssten. Auf diese Weise musste es weniger schmerzhaft sein, außerdem wäre der Schaden an meinem Körper größer. Besonders so, wie ich saß, ein Bein auf jeder Seite der Schiene.

Das Pfeifen war von links gekommen, und plötzlich gerieten der Schienenräumer und der Kühlergrill des großen Dieseltriebwerks in Sicht. Trotz der Kurve konnte ich in diese Richtung ungehindert ziemlich weit blicken, aber es war immer noch schwierig abzuschätzen, wie weit sich der Zug entfernt befand oder wann er mich erreicht haben würde. Ich konnte nur abwarten.

Willst du es wirklich auf diese Weise tun?

Gute Frage. Ich war nervös und verängstigt. Das ließ sich nicht leugnen. Viel verängstigter als damals auf der Brücke an der Carver Street in Buffalo. Es gab keinen besonderen Grund dafür – ich war mehr als bereit zu sterben, froh darüber, Arlene vielleicht endlich helfen zu können und aufgeregt über die Möglichkeit, unter Umständen meine Frau und meinen Sohn wiederzusehen. Sich jedoch vorsätzlich mitten in den Weg einer rasenden Lokomotive zu setzen, das erfordert eine Menge Mut und lässt selbst die Tapfersten ihr Vorhaben überdenken.

Vielleicht sollte ich mich sofort erschießen und meinen Körper vom Zug zerstören lassen, wenn ich bereits tot bin.

Das klang zwar verlockend, aber es würde vielleicht nicht funktionieren. Ich war nicht besonders massig und machte mir ernsthafte Sorgen, dass ich zwischen die Schienen kippen und der Zug über mich hinwegrauschen würde, ohne mich zu berühren. Womöglich würde er mir ein Bein oder einen Fuß abtrennen, aber auch dadurch würde den Wissenschaftlern mehr von mir bleiben, als ich akzeptabel fand. Nein, ich hatte es so weit geschafft und war fest entschlossen, es bis zum Ende durchzustehen.

Soweit ich zurückdenken kann, schon als kleiner Junge, habe ich Züge geliebt, und von einem überfahren zu werden, war keine so üble Art zu sterben, wie man vielleicht annehmen könnte. Der Anblick danach ist absolut grausig, aber der Tod würde schnell und relativ schmerzlos einsetzen. Ein kurzes *PENG*, und es wäre vorbei. Mein Körper würde wohl über eine Meile entlang der Gleise verteilt werden, aber mein Leiden würde nur eine Sekunde dauern. Das war nicht so schlimm. Ich würde es aushalten.

Der Zug näherte sich qualmend, befand sich noch an die zweihundert Meter entfernt. Ich schloss die Augen und versuchte, ein Bild von Jackie heraufzubeschwören. Ich dachte, der Anblick meiner Frau wäre perfekt, um die Dinge zu beenden, doch mit dem Wissen, dass der Zug auf mich zuraste, gelang es mir nicht. Ich konnte die Augen nicht geschlossen halten; irgendein masochistischer Drang zwang mich, zu beobachten, wie mein Tod auf mich zukam.

Noch etwa einhundertzwanzig Meter.

Bislang wiesen weder ein weiteres Pfeifen noch das schrille Kreischen der Bremsen darauf hin, dass mich jemand gesehen hatte. Das war gut. Bei der Geschwindigkeit, mit der die Lokomotive fuhr, wäre nicht mehr genug

Strecke zwischen uns übrig, um den Zug anzuhalten, selbst wenn mich jetzt noch jemand bemerken würde. Es gab kein Zurück mehr, wie man so schön sagte, und der Gedanke brachte mich zum Lächeln. Ich hatte in den vergangenen viereinhalb Jahren reichlich gelitten – vom tragischen Autounfall meiner Familie über den anschließenden Verfall, der dazu führte, dass mich meine Tochter hasste und ich auf der Straße lebte, bis hin zu meiner Zeit in der Hölle bei Dr. Marshall und Drake. Nun kam alles zu einem Ende. Es hätte bereits damals in Buffalo enden sollen, bevor ich mich von Drake und dem Versprechen schnellen Reichtums auf einen wahnwitzigen Umweg locken ließ, dennoch war ich letztlich gar nicht unglücklich über meinen Fehler.

Hätte ich mich umgebracht, wie ursprünglich geplant, wären Dr. Marshall und Drake noch am Leben und würden ihre kranke Vorstellung von wissenschaftlichem Fortschritt noch über Jahre – vielleicht über Jahrzehnte – fortsetzen. Unzählige Menschen hätten durch ihre grausamen Hände gelitten, wären durch sie gestorben, aber nun würde das nicht mehr geschehen. Ich betrachtete mich keinesfalls als Held, trotzdem hatte ich zumindest mir bewiesen, dass ich mehr war als der nutzlose, entbehrliche Penner, für den sie mich gehalten hatten. Auch wenn es in diesem Augenblick eine sinnlose Vorstellung war – vielleicht wäre meine Tochter stolz auf mich gewesen. Jedenfalls fühlte ich mich durch den Gedanken besser.

Leb wohl, Arlene. Pass auf dich auf, mein Schatz.

Noch fünfzig Meter.

Viel blieb nicht zu sagen. Nicht wirklich. Mir kamen keine Worte der Weisheit oder epische Schlussfolgerungen in den Sinn. Nicht einmal mein Leben zog vor meinen Augen vorbei, wie es angeblich in solchen Momenten sein sollte. Das ärgerte mich. Ich hatte mich darauf gefreut. Ich war nicht sicher, ob dies das Ende von allem oder vielleicht der Beginn des nächsten Abschnitts meiner Existenz sein würde. Ich war nie ein großer Fan von Religion gewesen, aber tief in meinem Herzen hatte ich auch nie völlig die Hoffnung aufgegeben, Gott wäre irgendwo da draußen und würde mich im Auge behalten, auch wenn ich seiner Aufmerksamkeit nicht würdig war.

Noch dreißig Meter.

Während der Tod auf unzähligen Stahlrädern auf mich zuraste und die Holzschwellen unter mir durch den herannahenden Donner zu vibrieren begannen, fing ich an zu beten. Für den Fall, dass mir jemand zuhörte, flehte ich nur um eins: Ich wollte meine Frau und meinen Sohn wieder in den Armen halten, Jackie und den kleinen Daniel an mich drücken, sie küssen und versuchen, mich für den Schaden zu entschuldigen, den ich angerichtet hatte. Arlenes Leben hatte ich auf den Kopf gestellt, aber ihres hatte ich schlichtweg zerstört. Beide verdienten etwas viel Besseres als mich, aber vielleicht würde ich es im Leben nach dem Tod irgendwie wiedergutmachen können. Für eine Chance darauf, für ein Aufflackern von Erlösung in ihren Augen wäre ich bereit gewesen, hier zu sitzen und tausend Zügen zu trotzen. Zehntausend. Liebe kann so etwas bewirken.

Noch zehn Meter.

Fünf Meter.

Zwei.

BRIAN KEENE

DIE WURMGÖTTER

240 Seiten, Gebunden mit Schutzumschlag
ISBN 978-3-9502185-9-6

Eines Tages hört es nicht mehr zu regnen auf. Die Fluten steigen an, Städte versinken, die Menschheit glaubt an das Ende der Welt.

Doch nicht das Wasser ist das Schlimmste. Noch Grauen erregender ist, was die aufgeweichte Erde aus ihrem tiefsten Inneren ausspeit – unaussprechliche Kreaturen aus uralten Mythen, die niemand für wahr gehalten hat. Und doch erweisen sie sich als nur allzu real – und setzen zur Eroberung dieser neuen Welt an, in der es kaum noch Hoffnung für die wenigen Überlebenden gibt ...

»Postapokalyptisch ... kompromisslos und aus dem Bauch heraus!«
The New York Times

BRIAN MORELAND
SCHATTENKRIEGER

464 Seiten, Gebunden mit Schutzumschlag
ISBN 978-3-8000-9517-9

Jack Chambers, Veteran aus dem 2. WK, bewahrt seit sechzig Jahren ein dunkles Geheimnis. Tief unter deutscher Erde verborgen liegt ein Nazi-Relikt, so bizarr und gefährlich, dass Chambers schwor, das Geheimnis mit ins Grab zu nehmen. Eine albtraumhafte Vision jedoch überzeugt ihn davon, dass das Relikt geboren werden muss. Er wendet sich mit einem düsteren Geständnis an seinen einzigen Vertrauten bei der Army. »Dies ist eine bislang unerzählte Geschichte, der wahre Grund für das Verschwinden meines gesamten Zugs im Oktober 1944 …«

»Ein überwältigendes Debüt eines bedeutenden neuen Talents.«
James Rollins, Bestsellerautor

www.otherworld-verlag.com

Otherworld
MYSTERY BY UEBERREUTER

MICHAEL LAIMO

DÄMONENFEUER

272 Seiten, Klappenbroschur
ISBN 978-3-8000-9519-3

Eine vergessene Kirche ohne Gemeinde ... aber nicht leer. Tief unter ihren Gewölben ruht eine Holzkiste, die nie geborgen werden sollte. Beim Abriss des Gebäudes stoßen Bauerbeiter darauf … und entfesseln eine grauenhafte Macht. Pater Pilazzo gerät in einen Albtraum, als in den Mauern der heiligen Stätte Menschen gegen Dämonen ums nackte Überleben kämpfen müssen ...

»Laimo kann sich stolz neben
Clive Barker und Stephen King stellen.«
The Horror Review

www.otherworld-verlag.com

otherworld
MYSTERY BY UEBERREUTER